Ludwig Tieck

Der gestiefelte Kater

Märchen aus dem
»Phantasus«

Fischer Taschenbuch Verlag

Veröffentlicht im Fischer Taschenbuch Verlag,
einem Unternehmen der S. Fischer Verlag GmbH,
Frankfurt am Main, Dezember 2008

Für diese Ausgabe:
© S. Fischer Verlag GmbH, Frankfurt am Main 2008
Satz: Dörlemann Satz, Lemförde
Druck und Bindung: Clausen & Bosse, Leck
Printed in Germany
ISBN 978-3-596-90127-2

Unsere Adressen im Internet:
www.fischerverlage.de
www.fischer-klassik.de

Inhalt

Der gestiefelte Kater
7

Märchen aus dem »Phantasus«
83

Der blonde Eckbert
85

Der getreue Eckart und Der Tannenhäuser
107

Der Runenberg
143

Liebeszauber
169

Liebesgeschichte der schönen Magelone
201

Die Elfen
257

Der Pokal
281

Editorische Notiz
303

Daten zu Leben und Werk
304

Aus Kindlers Literatur Lexikon:
Ludwig Tieck,
›Phantasus‹
308

DER GESTIEFELTE KATER

Ein Kindermärchen in drei Akten,
mit Zwischenspielen,
einem Prologe und Epiloge

1797

Personen

Der König
Die Prinzessin, *seine Tochter*
Prinz Nathanael *von Malsinki*
Leander, *Hofgelehrter*
Hanswurst, *Hofnarr*
Ein Kammerdiener
Der Koch
Lorenz,
Barthel, } *Brüder und Bauern*
Gottlieb,
Hinze, *ein Kater*
Ein Wirt
Kunz,
Michel, } *Bauern*
Gesetz, *ein Popanz*
Ein Besänftiger
Der Dichter
Ein Soldat
Zwei Husaren
Zwei Liebende
Bediente
Musiker
Ein Bauer

Der Souffleur
Ein Schuhmacher
Ein Historiograph
Fischer,
Müller,
Schlosser,
Bötticher, } *Zuschauer*
Leutner,
Wiesener,
Dessen Nachbar,
Elefanten
Löwen
Bären
Ein Amtmann
Adler und andre Vögel
Ein Kaninchen
Rebhühner
Jupiter
Tarkaleon
Der Maschinist
Gespenster
Affen
Das Publikum

Prolog

*Die Szene ist im Parterre, die Lichter sind schon angezündet,
die Musiker sind im Orchester versammelt. – Das Schauspiel ist voll,
man schwatzt durcheinander, mehr Zuschauer kommen,
einige drängen., andre beklagen sich. Die Musiker stimmen.*

FISCHER, MÜLLER, SCHLOSSER, BÖTTICHER *im Parterre,
ebenso auf der andern Seite* WIESENER *und dessen* NACHBAR.

FISCHER: Aber ich bin doch in der Tat neugierig. – Lieber Herr
Müller, was sagen Sie zu dem heutigen Stücke?

MÜLLER: Ich hätte mir eher des Himmels Einfall vermutet, als ein
solches Stück auf unserm großen Theater zu sehn – auf unserm
National-Theater! Ei! ei! nach allen den Wochenschriften, den
kostbaren Kleidungen, und den vielen, vielen Ausgaben!

FISCHER: Kennen Sie das Stück schon?

MÜLLER: Nicht im mindesten. – Einen wunderlichen Titel führt
es: *Der gestiefelte Kater.* – Ich hoffe doch nimmermehr, daß
man die Kinderpossen wird aufs Theater bringen.

SCHLOSSER: Ist es denn vielleicht eine Oper?

FISCHER: Nichts weniger, auf dem Komödienzettel steht: ein
Kindermärchen.

SCHLOSSER: Ein Kindermärchen? Aber ums Himmels willen,
sind wir denn Kinder, daß man uns solche Stücke aufführen
will? Es wird doch wohl nun und nimmermehr ein ordentlicher Kater aufs Theater kommen?

FISCHER: Wie ich es mir zusammenreime, so ist es eine Nachahmung der neuen Arkadier, und es kommt ein verruchter
Bösewicht, ein katerartiges Ungeheuer vor, mit dem es fast
solche Bewandtnis, wie mit dem Tarkaleon hat, nur daß er
etwa statt rot ums Maul, schwärzlich gefärbt ist.

MÜLLER: Das wäre nun nicht übel, denn ich habe schon längst
gewünscht, eine solche recht wunderbare Oper einmal ohne
Musik zu sehn.

FISCHER: Wie? Ohne Musik? Ohne Musik, Freund, ist dergleichen abgeschmackt, denn ich versichere Sie, Liebster, Bester, nur durch diese himmlische Kunst bringen wir alle die Dummheiten hinunter. Ei was, genau genommen sind wir über Fratzen und Aberglauben weg; die Aufklärung hat ihre Früchte getragen, wie sich's gehört.

MÜLLER: So ist es wohl ein ordentliches Familiengemälde, und nur ein Spaß, gleichsam ein einladender Scherz mit dem Kater, nur eine Veranlassung, wenn ich so sagen darf, oder ein bizarrer Titel, Zuschauer anzulocken.

SCHLOSSER: Wenn ich meine rechte Meinung sagen soll, so halte ich das Ganze für einen Pfiff, Gesinnungen, Winke unter die Leute zu bringen. Ihr werdet sehen, ob ich nicht recht habe. Ein Revolutionsstück, soviel ich begreife, mit abscheulichen Fürsten und Ministern, und dann ein höchst mystischer Mann, der sich mit einer geheimen Gesellschaft tief, tief unten in einem Keller versammelt, wo er als Präsident etwa verlarvt geht, damit ihn der gemeine Haufe für einen Kater hält. Nun da kriegen wir auf jeden Fall tiefsinnige und religiöse Philosophie und Freimaurerei. Endlich fällt er als das Opfer der guten Sache. O du Edler! Freilich mußt du gestiefelt sein, um allen den Schurken die vielen Tritte in den gefühllosen Hintern geben zu können!

FISCHER: Sie haben gewiß die richtige Einsicht, denn sonst würde ja der Geschmack abscheulich vor den Kopf gestoßen. Ich muß wenigstens gestehn, daß ich nie an Hexen oder Gespenster habe glauben können, viel weniger an den gestiefelten Kater.

MÜLLER: Es ist das Zeitalter für diese Phantome nicht mehr.

SCHLOSSER: Doch, nach Umständen. Könnte nicht in recht bedrängter Lage ein großer Abgeschiedener unerkannt als Hauskater im Palast wandeln, und sich zur rechten Zeit wundertätig zu erkennen geben? Das begreift sich ja mit der Vernunft, wenn es höheren und mystischen Endzwecken dient. – Da kömmt ja Leutner, der wird uns vielleicht mehr sagen können.

LEUTNER *drängt sich durch.*

LEUTNER: Guten Abend, guten Abend! Nun, wie geht's?

MÜLLER: Sagen Sie uns nur, wie es mit dem heutigen Stücke beschaffen ist.

Die Musik fängt an.

LEUTNER: Schon so spät? Da komm ich ja grade zur rechten Zeit. – Mit dem Stücke? Ich habe soeben den Dichter gesprochen, er ist auf dem Theater und hilft den Kater anziehn.

VIELE STIMMEN: Hilft? – der Dichter? – den Kater? – Also kommt doch ein Kater vor?

LEUTNER: Ja freilich, und er steht ja auch auf dem Zettel.

FISCHER: Wer spielt ihn denn?

LEUTNER: Je, der fremde Akteur, der große Mann.

BÖTTICHER: Da werden wir einen Göttergenuß haben. Ei, wie doch dieser Genius, der alle Charaktere so innig fühlt und fein nuanciert, dieses Individuum eines Katers herausarbeiten wird! Ohne Zweifel ideal, im Sinn der Alten, nicht unähnlich dem Pygmalion, nur Soccus hier, wie dort Kothurn. Doch sind Stiefeln freilich Kothurne, und keine Socken. Ich schwebe noch im Dilemma des Zweifels. – Oh, meine Herren, nur ein wenig Raum für meine Schreibtafel und Bemerkungen.

MÜLLER: Aber wie kann man denn solches Zeug spielen?

LEUTNER: Der Dichter meint, zur Abwechselung –

FISCHER: Eine schöne Abwechselung! Warum nicht auch den Blaubart, und Rotkäppchen oder Däumchen? Ei! der vortrefflichen Sujets fürs Drama!

MÜLLER: Wie werden sie aber den Kater anziehn? – Und ob er denn wirkliche Stiefeln trägt?

LEUTNER: Ich bin ebenso begierig wie Sie alle.

FISCHER: Aber wollen wir uns denn wirklich solch Zeug vorspielen lassen? Wir sind zwar aus Neugier hergekommen, aber wir haben doch Geschmack.

MÜLLER: Ich habe große Lust zu pochen.

LEUTNER: Es ist überdies etwas kalt. Ich mache den Anfang.

Er trommelt, die übrigen akkompagnieren.

WIESENER *auf der andern Seite*: Weswegen wird denn gepocht?

LEUTNER: Den guten Geschmack zu retten.

WIESENER: Nun, da will ich auch nicht der letzte sein. *Er trommelt.*

STIMMEN: Still! Man kann ja die Musik nicht hören.

Alles trommelt.

SCHLOSSER: Aber man sollte doch das Stück auf jeden Fall erst zu Ende spielen lassen, denn man hat sein Geld ausgegeben, und in der Komödie wollen wir doch einmal sein; aber hernach wollen wir pochen, daß man es vor der Tür hört.

ALLE: Nein, jetzt, jetzt – der Geschmack – die Regeln – die Kunst – alles geht sonst zugrunde.

EIN LAMPENPUTZER *erscheint auf dem Theater.*

LAMPENPUTZER: Meine Herren, soll man die Wache hereinschicken?

LEUTNER: Wir haben bezahlt, wir machen das Publikum aus, und darum wollen wir auch unsern eignen guten Geschmack haben und keine Possen.

LAMPENPUTZER: Aber das Pochen ist ungezogen und beweist, daß Sie keinen Geschmack haben. Hier bei uns wird nur geklatscht und bewundert; denn solch honettes Theater, wie das unsre hier, wächst nicht auf den Bäumen, müssen Sie wissen.

DER DICHTER *hinter dem Theater.*

DICHTER: Das Stück wird sogleich seinen Anfang nehmen.

MÜLLER: Kein Stück – wir wollen kein Stück – wir wollen guten Geschmack –

ALLE: Geschmack! Geschmack!

DICHTER: Ich bin in Verlegenheit; – was meinen Sie, wenn ich fragen darf!

SCHLOSSER: Geschmack! – Sind Sie ein Dichter, und wissen nicht einmal, was Geschmack ist?

DICHTER: Bedenken Sie, einen jungen Anfänger –

SCHLOSSER: Wir wollen nichts von Anfänger wissen – wir wollen ein ordentliches Stück sehn – ein geschmackvolles Stück!

DICHTER: Von welcher Sorte? Von welcher Farbe?

MÜLLER: Familiengeschichten.

LEUTNER: Lebensrettungen.

FISCHER: Sittlichkeit und deutsche Gesinnung.

SCHLOSSER: Religiös erhebende, wohltuende geheime Gesellschaften!

WIESENER: Hussiten und Kinder!

NACHBAR: Recht so, und Kirschen dazu, und Viertelsmeister!

DER DICHTER *kömmt hinter dem Vorhange hervor.*

DICHTER: Meine Herren –

ALLE: Ist der der Dichter?

FISCHER: Er sieht wenig wie ein Dichter aus.

SCHLOSSER: Naseweis.

DICHTER: Meine Herren – verzeihen Sie meiner Keckheit –

FISCHER: Wie können Sie solche Stücke schreiben? Warum haben Sie sich nicht gebildet?

DICHTER: Vergönnen Sie mir nur eine Minute Gehör, ehe Sie mich verdammen. Ich weiß, daß ein verehrungswürdiges Publikum den Dichter richten muß, daß von Ihnen keine Appellation stattfindet; aber ich kenne auch die Gerechtigkeitsliebe eines verehrungswürdigen Publikums, daß es mich nicht von einer Bahn zurückschrecken wird, auf welcher ich seiner gütigen Leitung und seiner Einsichten so sehr bedarf.

FISCHER: Er spricht nicht übel.

MÜLLER: Er ist höflicher, als ich dachte.

SCHLOSSER: Er hat doch Respekt vor dem Publikum.

DICHTER: Ich schäme mich, die Eingebung meiner Muse so erleuchteten Richtern vorzuführen, und nur die Kunst unsrer

Schauspieler tröstet mich noch einigermaßen, sonst würde ich ohne weitere Umstände in Verzweiflung versinken.

FISCHER: Er dauert mich.

MÜLLER: Ein guter Kerl!

DICHTER: Als ich Dero gütiges Pochen vernahm – noch nie hat mich etwas dermaßen erschreckt, ich bin noch bleich und zittre, und begreife selbst nicht, wie ich zu der Kühnheit komme, so vor Ihnen zu erscheinen.

LEUTNER: So klatscht doch!

Alle klatschen.

DICHTER: Ich wollte einen Versuch machen, durch Laune, wenn sie mir gelungen ist, durch Heiterkeit, ja, wenn ich es sagen darf, durch Possen zu belustigen, da uns unsre neusten Stücke so selten zum Lachen Gelegenheit geben.

MÜLLER: Das ist auch wahr.

LEUTNER: Er hat recht – der Mann.

SCHLOSSER: Bravo! bravo!

ALLE: Bravo! bravo! *Sie klatschen.*

DICHTER: Mögen Sie, Verehrungswürdige, jetzt entscheiden, ob mein Versuch nicht ganz zu verwerfen sei. Mit Zittern zieh ich mich zurück, und das Stück wird seinen Anfang nehmen. *Er verbeugt sich sehr ehrerbietig und geht hinter den Vorhang.*

ALLE: Bravo! bravo!

STIMME VON DER GALERIE: *Da capo! –*

Alles lacht. Die Musik fängt wieder an, indem geht der Vorhang auf.

Erster Akt

Erste Szene

Kleine Bauernstube.

LORENZ, BARTHEL, GOTTLIEB. DER KATER HINZ
liegt auf einem Schemel am Ofen.

LORENZ: Ich glaube, daß nach dem Ableben unsers Vaters unser kleines Vermögen sich bald wird einteilen lassen. Ihr wißt, daß der selige Mann nur drei Stück von Belang zurückgelassen hat: ein Pferd, einen Ochsen und jenen Kater dort. Ich, als der Älteste, nehme das Pferd, Barthel, der nächste nach mir, bekömmt den Ochsen, und so bleibt denn natürlicherweise für unsern Jüngsten der Kater übrig.

LEUTNER, *im Parterre*: Um Gottes willen! hat man schon eine solche Exposition gesehn! Man sehe doch, wie tief die dramatische Kunst gesunken ist!

MÜLLER: Aber ich habe doch alles recht gut verstanden.

LEUTNER: Das ist ja eben der Fehler, man muß es dem Zuschauer so verstohlenerweise unter den Fuß geben, ihm aber nicht so geradezu in den Bart werfen.

MÜLLER: Aber man weiß doch nun, woran man ist.

LEUTNER: Das muß man ja durchaus nicht so geschwind wissen; daß man so nach und nach hineinkömmt, ist ja eben der beste Spaß.

SCHLOSSER: Die Illusion leidet darunter, das ist ausgemacht.

BARTHEL: Ich glaube, Bruder Gottlieb, du wirst auch mit der Einteilung zufrieden sein, du bist leider der Jüngste, und da mußt du uns einige Vorrechte lassen.

GOTTLIEB: Freilich wohl.

SCHLOSSER: Aber warum mischt sich denn das Pupillenkollegium nicht in die Erbschaft? das sind ja Unwahrscheinlichkeiten, die unbegreiflich bleiben!

LORENZ: So wollen wir denn nur gehn, lieber Gottlieb, lebe wohl, laß dir die Zeit nicht lang werden.

GOTTLIEB: Adieu.

Die Brüder gehn ab.

GOTTLIEB *allein. Monolog:* Sie gehn fort – und ich bin allein. – Wir haben alle drei unsre Hütten; Lorenz kann mit seinem Pferde doch den Acker bebauen, Barthel kann seinen Ochsen schlachten und einsalzen, und eine Zeitlang davon leben – aber was soll ich armer Unglückseliger mit meinem Kater anfangen? – Höchstens kann ich mir aus seinem Felle für den Winter einen Muff machen lassen; aber ich glaube, er ist jetzt noch dazu in der Mauße. – Da liegt er und schläft ganz ruhig. – Armer Hinze! Wir werden uns bald trennen müssen. Es tut mir leid, ich habe ihn auferzogen, ich kenne ihn, wie mich selber – aber er wird daran glauben müssen, ich kann mir nicht helfen, ich muß ihn wahrhaftig verkaufen. – Er sieht mich an, als wenn er mich verstände; es fehlt wenig, so fang ich an zu weinen. *Er geht in Gedanken auf und ab.*

MÜLLER: Nun, seht ihr wohl, daß es ein rührendes Familiengemälde wird? Der Bauer ist arm und ohne Geld, er wird nun in der äußersten Not sein treues Haustier verkaufen, an irgendein empfindsames Fräulein, und dadurch wird am Ende sein Glück gegründet werden. Sie verliebt sich in ihn und heiratet ihn. Es ist eine Nachahmung vom *Papagei* von Kotzebue; aus dem Vogel ist hier eine Katze gemacht, und das Stück findet sich von selbst.

FISCHER: Nun es so kömmt, bin ich auch zufrieden.

HINZE DER KATER *richtet sich auf, dehnt sich, macht einen hohen Buckel, gähnt und spricht dann*: Mein lieber Gottlieb, ich habe ein ordentliches Mitleiden mit Euch.

GOTTLIEB *erstaunt*: Wie, Kater, du sprichst?

DIE KUNSTRICHTER, *im Parterre*: Der Kater spricht? – Was ist denn das?

FISCHER: Unmöglich kann ich da in eine vernünftige Illusion hineinkommen.

MÜLLER: Eh ich mich so täuschen lasse, will ich lieber zeitlebens kein Stück wieder sehn.

HINZE: Warum soll ich nicht sprechen können, Gottlieb?

GOTTLIEB: Ich hätt es nicht vermutet, ich habe zeitlebens noch keine Katze sprechen hören.

HINZE: Ihr meint, weil wir nicht immer in alles mitreden, wären wir gar Hunde.

GOTTLIEB: Ich denke, ihr seid bloß dazu da, Mäuse zu fangen.

HINZE: Wenn wir nicht im Umgange mit den Menschen eine gewisse Verachtung gegen die Sprache bekämen, so könnten wir alle sprechen.

GOTTLIEB: Nun, das gesteh ich! – Aber warum laßt ihr euch denn so gar nichts merken?

HINZE: Um uns keine Verantwortung zuzuziehen; denn wenn uns sogenannten Tieren noch erst die Sprache angeprügelt würde, so wäre gar keine Freude mehr auf der Welt. Was muß der Hund nicht alles tun und lernen! Wie wird das Pferd gemartert! Es sind dumme Tiere, daß sie sich ihren Verstand merken lassen, sie müssen ihrer Eitelkeit durchaus nachgeben; aber wir Katzen sind noch immer das freieste Geschlecht, weil wir uns bei aller unsrer Geschicklichkeit so ungeschickt anzustellen wissen, daß es der Mensch ganz aufgibt, uns zu erziehen.

GOTTLIEB: Aber warum entdeckst du mir das alles?

HINZE: Weil Ihr ein guter, ein edler Mann seid, einer von den wenigen, die keinen Gefallen an Dienstbarkeit und Sklaverei finden; seht, darum entdecke ich mich Euch ganz und gar.

GOTTLIEB, *reicht ihm die Hand*: Braver Freund!

HINZE: Die Menschen stehn in dem Irrtume, daß an uns jenes seltsame Murren, das aus einem gewissen Wohlbehagen entsteht, das einzige Merkwürdige sei; sie streicheln uns daher oft auf eine ungeschickte Weise, und wir spinnen dann gewöhnlich nur, um uns vor Schlägen zu sichern. Wüßten sie aber mit uns auf die wahre Art umzugehn, glaube mir, sie würden unsre gute Natur zu allem gewöhnen, und Michel, der Kater bei Eurem Nachbar, läßt es sich ja auch zuweilen gefallen, für den König durch einen Tonnenband zu springen.

GOTTLIEB: Da hast du recht.

HINZE: Ich liebe Euch, Gottlieb, ganz vorzüglich. Ihr habt mich nie gegen den Strich gestreichelt, Ihr habt mich schlafen lassen, wenn es mir recht war, Ihr habt Euch widersetzt, wenn Eure Brüder mich manchmal aufnehmen wollten, um mit mir ins Dunkle zu gehn, und die sogenannten elektrischen Funken zu beobachten – für alles dieses will ich nun dankbar sein.

GOTTLIEB: Edelmütiger Hinze! Ha, mit welchem Unrecht wird von euch schlecht und verächtlich gesprochen, eure Treue und Anhänglichkeit bezweifelt! Die Augen gehn mir auf; welchen Zuwachs von Menschenkenntnis bekomme ich so unerwartet!

FISCHER: Freunde, wo ist unsre Hoffnung auf ein Familiengemälde geblieben?

LEUTNER: Es ist doch fast zu toll.

SCHLOSSER: Ich bin wie im Traum.

HINZE: Ihr seid ein braver Mann, Gottlieb – nehmt's mir nicht übel – Ihr seid etwas eingeschränkt, borniert, keiner der besten Köpfe, wenn ich frei heraus sprechen soll.

GOTTLIEB: Ach Gott nein.

HINZE: Ihr wißt zum Beispiel jetzt nicht, was Ihr anfangen wollt.

GOTTLIEB: Du hast ganz meine Gedanken.

HINZE: Wenn Ihr Euch auch einen Muff aus meinem Pelze machen ließet –

GOTTLIEB: Nimm's nicht übel, Kamerad, daß mir das vorher durch den Kopf fuhr.

HINZE: Ach nein, es war ein ganz menschlicher Gedanke. – Wißt Ihr kein Mittel, Euch durchzubringen?

GOTTLIEB: Kein einziges.

HINZE: Ihr könntet mit mir herumziehn und mich für Geld sehen lassen – aber das ist immer keine sichre Lebensart.

GOTTLIEB: Nein.

HINZE: Ihr könntet vielleicht ein Naturdichter werden, aber dazu seid Ihr zu gebildet; Ihr könntet an ästhetischen Journalen mitarbeiten, aber, wie gesagt, Ihr seid keiner der besten Köpfe, die dazu immer verlangt werden; da müßtet Ihr noch Jahr und Tag abwarten, weil es nachher nicht mehr so genau genommen wird, denn nur die neuen Besen kehren scharf – aber das Ding ist überhaupt zu umständlich.

GOTTLIEB: Ja wohl.

HINZE: Nun, ich will schon noch besser für Euch sorgen; verlaßt Euch drauf, daß Ihr durch mich noch ganz glücklich werden sollt.

GOTTLIEB: O bester, edelmütigster Mann! *Er umarmt ihn zärtlich.*

HINZE: Aber Ihr müßt mir auch trauen.

GOTTLIEB: Vollkommen, ich kenne ja jetzt dein redliches Gemüt.

HINZE: Nun so tut mir den Gefallen und holt mir sogleich den Schuhmacher, daß er mir ein Paar Stiefeln anmesse.

GOTTLIEB: Den Schuhmacher? – Stiefeln?

HINZE: Ihr wundert Euch; aber bei dem, was ich für Euch zu tun gesonnen bin, habe ich so viel zu gehn und zu laufen, daß ich notwendig Stiefeln tragen muß.

GOTTLIEB: Aber warum nicht Schuh?

HINZE: Gottlieb, Ihr versteht das Ding nicht, ich muß dadurch ein Ansehn bekommen, ein imponierendes Wesen, kurz, eine gewisse Männlichkeit, die man in Schuhen zeitlebens nicht hat.

GOTTLIEB: Nun, wie du meinst – aber der Schuster wird sich wundern.

HINZE: Gar nicht, man muß nur nicht tun, als wenn es etwas Besondres wäre, daß ich Stiefeln tragen will; man gewöhnt sich an alles.

GOTTLIEB: Ja wohl, ist mir doch der Diskurs mit dir ordentlich ganz geläufig geworden. – Aber noch eins, da wir jetzt so gute Freunde geworden sind, so nenne mich doch auch *du*; warum wollen wir noch Komplimente miteinander machen; macht die Liebe nicht alle Stände gleich?

HINZE: Wie du willst.

GOTTLIEB: Da geht gerade der Schuhmacher vorbei. – He! pst! Herr Gevatter Leichdorn! Will Er wohl einen Augenblick bei mir einsprechen?

DER SCHUHMACHER *kömmt herein.*

SCHUHMACHER: Prosit! – Was gibt's Neues?

GOTTLIEB: Ich habe lange keine Arbeit bei Ihm bestellt –

SCHUHMACHER: Nein, Herr Gevatter, ich habe jetzt überhaupt gar wenig zu tun.

GOTTLIEB: Ich möchte mir wohl wieder ein Paar Stiefeln machen lassen –

SCHUHMACHER: Setz Er sich nur nieder, das Maß hab ich bei mir.

GOTTLIEB: Nicht für mich, sondern für meinen jungen Freund da.

SCHUHMACHER: Für den da? – Gut.

HINZE *setzt sich auf einen Stuhl nieder, und hält das rechte Bein hin.*

SCHUHMACHER: Wie beliebt Er denn Musje?

HINZE: Erstlich, gute Sohlen, dann braune Klappen, und vor allen Dingen steif.

SCHUHMACHER: Gut. – *Er nimmt Maß.* – Will Er nicht so gut sein – die Krallen – oder Nägel etwas einzuziehen? Ich habe mich schon gerissen.

HINZE: Und schnell müssen sie fertig werden. *Da ihm das Bein gestreichelt wird, fängt er wider Willen an zu spinnen.*

SCHUHMACHER: Der Musje ist recht vergnügt.

GOTTLIEB: Ja, er ist ein aufgeräumter Kopf, er ist erst von der Schule gekommen, was man so einen Vokativus nennt.

SCHUHMACHER: Na, adjes. *Ab.*

GOTTLIEB: Willst du dir nicht etwa auch den Bart scheren lassen.

HINZE: Beileibe nicht, ich sehe so weit ehrwürdiger aus, und du weißt ja wohl, daß wir Katzen dadurch unmännlich und verächtlich werden. Ein Kater ohne Bart ist nur ein jämmerliches Geschöpf.

GOTTLIEB: Wenn ich nur wüßte, was du vorhast?

HINZE: Du wirst es schon gewahr werden. – Jetzt will ich noch ein wenig auf den Dächern spazierengehn, es ist da oben eine hübsche freie Aussicht, und man erwischt auch wohl eine Taube.

GOTTLIEB: Als guter Freund will ich dich warnen, daß sie dich nicht dabei ertappen; die Menschen denken meist in diesem Punkt sehr unbillig.

HINZE: Sei unbesorgt, ich bin kein Neuling. – Adieu unterdessen. *Geht ab.*

GOTTLIEB *allein*: In der Naturgeschichte steht, daß man den Katzen nicht trauen könne, und daß sie zum Löwengeschlechte gehören, und ich habe vor einem Löwen eine gar erbärmliche Furcht; auch sagt man im Sprichwort: falsch wie eine Katze; wenn also nun der Kater kein Gewissen hätte, so könnte er mir mit den Stiefeln nachher davonlaufen, für die ich mein letztes Geld hingeben muß, und sie irgendwo vertrödeln, oder er könnte sich beim Schuhmacher dadurch beliebt machen wollen, und nachher bei ihm in Dienste treten. – Aber der hat ja schon einen Kater. – Nein, Hinz, meine Brüder haben mich betrogen, und deswegen will ich es mit deinem Herzen versuchen. – Er sprach so edel, er war so gerührt – da sitzt er drüben auf dem Dache und putzt sich den Bart – vergib mir, erhabener Freund, daß ich an deinem Großsinn nur einen Augenblick zweifeln konnte. *Er geht ab.*

FISCHER: Welcher Unsinn!

MÜLLER: Warum der Kater nur die Stiefeln braucht, um besser gehn zu können! – dummes Zeug!

SCHLOSSER: Es ist aber, als wenn ich einen Kater vor mir sähe!

LEUTNER: Stille! Es wird verwandelt!

Zweite Szene

Saal im königlichen Palast.

DER KÖNIG *mit Krone und Zepter.* DIE PRINZESSIN, *seine Tochter.*

KÖNIG: Schon tausend schöne Prinzen, wertgeschätzte Tochter, haben sich um dich beworben und dir ihre Königreiche zu Füßen gelegt, aber du hast ihrer immer nicht geachtet; sage uns die Ursach davon, mein Kleinod.

PRINZESSIN: Mein allergnädigster Herr Vater, ich habe immer geglaubt, daß mein Herz erst einige Empfindungen zeigen müsse, ehe ich meinen Nacken in das Joch des Ehestandes beugte. Denn eine Ehe ohne Liebe, sagt man, ist die wahre Hölle auf Erden.

KÖNIG: Recht so, meine liebe Tochter. Ach, wohl, wohl hast du da ein wahres Wort gesagt: eine Hölle auf Erden! Ach, wenn ich doch nicht darüber mitsprechen könnte! Wär ich doch lieber unwissend geblieben! Aber so, teures Kleinod, kann ich ein Liedchen davon singen, wie man zu sagen pflegt. Deine Mutter, meine höchst selige Gemahlin – ach, Prinzessin, sieh, die Tränen stehn mir noch auf meinen alten Tagen in den Augen – sie war eine gute Fürstin, sie trug die Krone mit einer unglaublichen Majestät – aber mir hat sie gar wenige Ruhe gelassen. – Nun, sanft ruhe ihre Asche neben ihren fürstlichen Anverwandten!

PRINZESSIN: Ihro Majestät erhitzen sich zu sehr.

KÖNIG: Wenn mir die Erinnerung davon zurückkömmt – o mein Kind, auf meinen Knieen möcht ich dich beschwören – nimm dich beim Verheiraten ja in acht. – Es ist eine große Wahrheit, daß man Leinewand und einen Bräutigam nicht bei Lichte kaufen müsse; eine erhabene Wahrheit, die jedes Mädchen mit goldenen Buchstaben in ihr Schlafzimmer sollte schreiben lassen. – Was hab ich gelitten! Kein Tag verging ohne Zank, ich konnte nicht in Ruhe schlafen, ich konnte die Reichsgeschäfte nicht mit Bequemlichkeit verwalten, ich konnte über nichts denken, ich konnte mit Verstand keine Zeitung lesen – bei Tische, beim besten Braten, beim gesundesten Appetit, immer mußte ich alles nur mit Verdruß hinunterwürgen, so wurde gezankt, gescholten, gegrämelt, gebrummt, gemault, gegrollt, geschmollt, gekeift, gebissen, gemurrt, geknurrt und geschnurrt, daß ich mir oft an der Tafel mitten unter den Gerichten den Tod gewünscht habe. – Und doch sehnt sich mein Geist, verewigte Klotilde, jezuweilen nach dir zurück. – Es beißt mir in den Augen – ich bin ein rechter alter Narr.

PRINZESSIN *zärtlich*: Mein Vater!

KÖNIG: Ich zittre, wenn ich überhaupt an alle die Gefahren denke, die dir bevorstehn; denn wenn du dich nun auch wirklich verlieben solltest, meine Tochter, wenn dir auch die zärtlichste Gegenliebe zuteil würde – ach, Kind, sieh, so dicke Bücher haben weise Männer vollgeschrieben, oft eng gedruckt, um die Gefahren der Liebe darzustellen; eben Liebe und Gegenliebe können sich doch elend machen: das glücklichste, das seligste Gefühl kann uns zugrunde richten; die Liebe ist gleichsam ein künstlicher Vexierbecher, statt Nektar trinken wir oft Gift, dann ist unser Lager von Tränen naß, alle Hoffnung, aller Trost ist dahin. – *Man hört blasen.* Es ist doch noch nicht Tischzeit? – Gewiß wieder ein neuer Prinz, der sich in dich verlieben will. – Hüte dich, meine Tochter, du bist mein einziges Kind, und du glaubst nicht, wie sehr mir dein Glück am Herzen liegt. *Er küßt sie und geht ab, im Parterre wird geklatscht.*

FISCHER: Das ist doch einmal eine Szene, in der gesunder Menschenverstand anzutreffen ist.

SCHLOSSER: Ich bin auch gerührt.

MÜLLER: Es ist ein trefflicher Fürst.

FISCHER: Mit der Krone brauchte er nun gerade nicht aufzutreten.

SCHLOSSER: Es stört die Teilnahme ganz, die man für ihn als zärtlichen Vater hat.

DIE PRINZESSIN *allein*: Ich begreife gar nicht, warum noch keiner von den Prinzen mein Herz mit Liebe gerührt hat. Die Warnungen meines Vaters liegen mir immer im Gedächtnis; er ist ein großer Fürst, und dabei doch ein guter Vater; mein Glück steht ihm beständig vor Augen; er ist vom Volk geliebt, er hat Talente und Reichtümer, er ist sanft wie ein Lamm, aber plötzlich kann ihn der wildeste Zorn übereilen, daß er sich und seine Bestimmung vergißt. Ja, so ist Glück immer mit Unglück gepaart. Meine Freude sind die Wissenschaften und die Künste, Bücher machen all mein Glück aus.

DIE PRINZESSIN, LEANDER, *der Hofgelehrte.*

PRINZESSIN: Sie kommen gerade recht, Herr Hofgelehrter.
LEANDER: Ich bin zu den Befehlen Euer Königlichen Hoheit.

Setzen sich.

PRINZESSIN: Hier ist mein Versuch, ich hab ihn *Nachtgedanken* überschrieben.
LEANDER *liest*: Trefflich! Geistreich! – Ach! mir ist, als hör ich die mitternächtliche Stunde zwölfe schlagen. Wann haben Sie das geschrieben?
PRINZESSIN: Gestern mittag, nach dem Essen.
LEANDER: Schön gedacht! Wahrlich schön gedacht! – Aber, mit gnädigster Erlaubnis: – »Der Mond scheint betrübt in *der* Welt herein« – wenn Sie es nicht ungnädig vermerken wollen, so muß es heißen: in *die* Welt.
PRINZESSIN: Schon gut, ich will es mir für die Zukunft merken. Es ist einfältig, daß einem das Dichten so schwer gemacht wird; man kann keine Zeile schreiben, ohne einen Sprachfehler zu machen.
LEANDER: Das ist der Eigensinn unsrer Sprache.
PRINZESSIN: Sind die Gefühle nicht zart und fein gehalten?
LEANDER: Unbeschreiblich, o so – wie soll ich sagen? – so zart und lieblich ausgezaselt, so fein gezwirnt; alle die Pappeln und Tränenweiden, und der goldne Mondenschein hineinweinend, und dann das murmelnde Gemurmel des mur-

melnden Gießbachs – man begreift kaum, wie ein sanfter weiblicher Geist den großen Gedanken nicht hat unterliegen müssen, ohne sich vor dem Kirchhofe und den blaß verwaschenen Geistern der Mitternacht bis zur Vernichtung zu entsetzen.

PRINZESSIN: Jetzt will ich mich nun in die griechischen und antiken Versmaße werfen; ich möchte einmal die romantische Unbestimmtheit verlassen, und mich an der plastischen Natur versuchen.

LEANDER: Sie kommen notwendig immer weiter, Sie steigen immer höher.

PRINZESSIN: Ich habe auch ein Stück angefangen: *Der unglückliche Menschenhasser;* oder: *Verlorne Ruhe und wiedererworbne Unschuld.*

LEANDER: Schon der bloße Titel ist bezaubernd.

PRINZESSIN: Und dann fühle ich einen unbegreiflichen Drang in mir, irgendeine gräßliche Geistergeschichte zu schreiben. – Wie gesagt, wenn nur die Sprachfehler nicht wären!

LEANDER: Kehren Sie sich daran nicht, Unvergleichliche, die lassen sich leicht herausstreichen.

KAMMERDIENER *tritt auf.*

KAMMERDIENER: Der Prinz von Malsinki, der eben angekommen ist, will Ew. Königlichen Hoheit seine Aufwartung machen. *Ab.*

LEANDER: So empfehle ich mich untertänigst. *Geht ab.*

PRINZ NATHANAEL VON MALSINKI *und* DER KÖNIG *kommen.*

KÖNIG: Hier, Prinz, ist meine Tochter, ein junges einfältiges Ding, wie Sie sie da vor sich sehn. – *Beiseit*: Artig, meine Tochter, höflich, er ist ein angesehener Prinz, weit her, sein Land steht gar nicht einmal auf meiner Landkarte, ich habe schon nachgesehn; ich habe einen erstaunlichen Respekt vor ihm.

PRINZESSIN: Ich freue mich, daß ich das Vergnügen habe, Sie kennenzulernen.

25

NATHANAEL: Schöne Prinzessin, der Ruf Ihrer Schönheit hat so sehr die ganze Welt durchdrungen, daß ich aus einem weit entlegenen Winkel hieherkomme, Sie von Angesicht zu Angesicht zu sehn.

KÖNIG: Es ist doch erstaunlich, wie viele Länder und Königreiche es gibt! Sie glauben nicht, wieviel tausend Kronprinzen schon hier gewesen sind, sich um meine Tochter zu bewerben; zu Dutzenden kommen sie oft an, besonders wenn das Wetter schön ist – und Sie kommen nun gar – verzeihen Sie, die Topographie ist eine gar weitläufige Wissenschaft – in welcher Gegend liegt Ihr Land?

NATHANAEL: Mächtiger König, wenn Sie von hier aus reisen, erst die große Chaussee hinunter, dann schlagen Sie sich rechts und immer fort so; wenn Sie aber an einen Berg kommen, dann wieder links, dann geht man zur See und fährt immer nördlich (wenn es der Wind nämlich zugibt), und so kömmt man, wenn die Reise glücklich geht, in anderthalb Jahren in meinem Reiche an.

KÖNIG: Der Tausend! das muß ich mir von meinem Hofgelehrten deutlich machen lassen. – Sie sind wohl vielleicht ein Nachbar vom Nordpol, oder Zodiakus, oder dergleichen?

NATHANAEL: Daß ich nicht wüßte.

KÖNIG: Vielleicht so nach den Wilden zu?

NATHANAEL: Ich bitte um Verzeihung, alle meine Untertanen sind sehr zahm.

KÖNIG: Aber Sie müssen doch verhenkert weit wohnen. Ich kann mich immer noch nicht daraus finden.

NATHANAEL: Man hat noch keine genaue Geographie von meinem Lande; ich hoffe täglich mehr zu entdecken, und so kann es leicht kommen, daß wir am Ende noch Nachbarn werden.

KÖNIG: Das wäre vortrefflich! Und wenn uns am Ende ein paar Länder noch im Wege stehen, so helfe ich Ihnen mit entdekken. Mein Nachbar ist so nicht mein guter Freund und er hat ein vortreffliches Land; alle Rosinen kommen von dort her, das möcht ich gar zu gerne haben. – Aber noch eins, sagen Sie mir nur, da Sie so weit weg wohnen, wie Sie unsre Sprache so geläufig sprechen können?

NATHANAEL: Still!

KÖNIG: Wie?

NATHANAEL: Still! Still!

KÖNIG: Ich versteh nicht.

NATHANAEL *leise zu ihm*: Sein Sie doch ja damit ruhig, denn sonst merkt es ja am Ende das Publikum da unten, daß das eben sehr unnatürlich ist.

KÖNIG: Schadet nicht, es hat vorher geklatscht und da kann ich ihm schon etwas bieten.

NATHANAEL: Sehn Sie, es geschieht ja bloß dem Drama zu Gefallen, daß ich Ihre Sprache rede, denn sonst ist es allerdings unbegreiflich.

KÖNIG: Ach so! Ja freilich, den Damen und den Dramen tut man manches zu Gefallen, und muß oft Fünfe gerade sein lassen. – Nun kommen Sie, Prinz, der Tisch ist gedeckt! *Der Prinz führt die Prinzessin ab, der König geht voran.*

FISCHER: Verfluchte Unnatürlichkeiten sind da in dem Stück!

SCHLOSSER: Und der König bleibt seinem Charakter gar nicht getreu.

LEUTNER: Am meisten erbosen mich immer Widersprüche und Unnatürlichkeiten. Warum kann denn nur der Prinz nicht ein bißchen eine fremde Sprache reden, die sein Dolmetscher verdeutschte? warum macht denn die Prinzessin nicht zuweilen einen Sprachfehler, da sie selber gesteht, daß sie unrichtig schreibt?

MÜLLER: Freilich! freilich! – das Ganze ist ausgemacht dummes Zeug; der Dichter vergißt immer selber, was er den Augenblick vorher gesagt hat.

Dritte Szene

Vor einem Wirtshause.

Lorenz, Kunz, Michel, *sitzen auf einer Bank,* der Wirt.

LORENZ: Ich werde wohl gehn müssen, denn ich habe noch einen weiten Weg bis nach Hause.

WIRT: Ihr seid ein Untertan des Königs?

LORENZ: Ja wohl. – Wie nennt Ihr Euren Fürsten?

WIRT: Man nennt ihn nur *Popanz.*

LORENZ: Das ist ein närrischer Titel. Hat er denn sonst keinen Namen?

WIRT: Wenn er die Edikte ausgehn läßt, so heißt es immer: zum Besten des Publikums verlangt das *Gesetz.* – Ich glaube daher, das ist sein eigentlicher Name: alle Bittschriften werden auch immer beim Gesetz eingereicht. Es ist ein furchtbarer Mann.

LORENZ: Ich stehe doch lieber unter einem Könige, ein König ist doch vornehmer. Man sagt, der Popanz sei ein sehr ungnädiger Herr.

WIRT: Gnädig ist er nicht besonders, das ist nun wohl wahr, dafür ist er aber auch die Gerechtigkeit selbst; von auswärts sogar werden ihm oft die Prozesse zugeschickt, und er muß sie schlichten.

LORENZ: Man erzählt wunderliche Sachen von ihm; er soll sich in alle Tiere verwandeln können.

WIRT: Das ist wahr, und so geht er oft inkognito umher, und erforscht die Gesinnungen seiner Untertanen; wir trauen daher auch keiner fremden Katze, keinem unbekannten Hunde, weil wir immer denken, unser Herr könnte wohl dahinterstecken.

LORENZ: Da sind wir doch auch besser dran; unser König geht nie aus, ohne Krone, Mantel und Zepter anzuziehn, man kennt ihn daher auch auf tausend Schritt. – Nun, gehabt Euch wohl. *Geht ab.*

WIRT: Nun ist er schon in seinem Lande.

KUNZ: Ist die Grenze so nah?

WIRT: Freilich, jener Baum gehört schon dem König; man kann von hier alles sehn, was im Lande dort vorfällt. Die Grenze hier macht noch mein Glück, ich wäre schon längst bankerott geworden, wenn mich nicht noch die Deserteurs von drüben erhalten hätten; fast täglich kommen etliche.

MICHEL: Ist der Dienst so schwer?

WIRT: Das nicht, aber das Weglaufen ist so leicht, und bloß weil es so sehr scharf verboten ist, kriegen die Kerle die erstaunliche Lust zum Desertieren. – Seht, ich wette, daß da wieder einer kömmt!

EIN SOLDAT *kömmt gelaufen.*

SOLDAT: Eine Kanne Bier. Herr Wirt! geschwind!

WIRT: Wer seid Ihr?

SOLDAT: Ein *Deserteur.*

MICHEL: Vielleicht gar aus *Kindesliebe;* der arme Mensch, nehmt Euch doch seiner an, Herr Wirt.

WIRT: Je, wenn er Geld hat, soll's am Bier nicht fehlen. *Geht ins Haus.*

ZWEI HUSAREN *kommen geritten und steigen ab.*

ERSTER HUSAR: Nu, gottlob, daß wir so weit sind. – Prosit, Nachbar.

SOLDAT: Hier ist die Grenze.

ZWEITER HUSAR: Ja, dem Himmel sei Dank – haben wir des Kerls wegen nicht reiten müssen – Bier, Herr Wirt!

WIRT, *mit mehreren Gläsern*: Hier, meine Herren, ein – schöner frischer Trunk; Sie sind alle drei recht warm.

ERSTER HUSAR: Hier, Halunke! auf deine Gesundheit!

SOLDAT: Danke schönstens; ich will euch die Pferde unterweilen halten.

ZWEITER HUSAR: Der Kerl kann laufen! Es ist gut, daß die Grenze nicht gar so weit ist, denn sonst wäre das ein Hundedienst.

ERSTER HUSAR: Nun, wir müssen wohl wieder zurück. Adieu, Deserteuer! viel Glück auf den Weg! – *Sie steigen wieder auf und reiten davon.*

WIRT: Werdet Ihr hier bleiben?

SOLDAT: Nein, ich will fort, ich muß mich ja beim benachbarten Herzog wieder anwerben lassen.

WIRT: Sprecht doch wieder zu, wenn Ihr wieder desertiert.

SOLDAT: Gewiß. – Lebt wohl. – *Sie geben sich die Hände, der Soldat und die Gäste gehn ab, der Wirt ins Haus. Der Vorhang fällt.*

Zwischenakt

FISCHER: Es wird doch immer toller und toller. – Wozu war denn nun wohl die letzte Szene?

LEUTNER: Zu gar nichts, sie ist völlig überflüssig; bloß um einen neuen Unsinn hineinzubringen. Den Kater verliert man ganz aus den Augen und behält nirgend einen festen Standpunkt.

SCHLOSSER: Mir ist völlig so, als wenn ich betrunken wäre.

MÜLLER: In welchem Zeitalter mag denn das Stück spielen sollen. Die Husaren sind doch offenbar eine neuere Erfindung.

SCHLOSSER: Wir sollten's nur nicht leiden und derbe trommeln. Man weiß durchaus jetzt gar nicht, woran man mit dem Stücke ist.

FISCHER: Und auch keine Liebe! Nichts fürs Herz darin, für die Phantasie!

LEUTNER: Sobald wieder so etwas Tolles vorkömmt, fang ich für meine Person wenigstens an zu pochen und zu zischen.

WIESENER *zu seinem Nachbar*: Mir gefällt jetzt das Stück.

NACHBAR: Sehr hübsch, in der Tat hübsch; ein großer Mann, der Dichter – hat die Zauberflöte gut nachgeahmt.

WIESENER: Die Husaren gefielen mir besonders; es sind die Leute selten so dreist, Pferde aufs Theater zu bringen – und warum nicht? Sie haben oft mehr Verstand als die Menschen.

Ich mag lieber ein gutes Pferd sehn, als so manchen Menschen in den neueren Stücken.

NACHBAR: Im Kotzebue die Mohren – ein Pferd ist am Ende nichts, als eine andere Art von Mohren.

WIESENER: Wissen Sie nicht, von welchem Regiment die Husaren waren?

NACHBAR: Ich habe sie nicht einmal genau betrachtet. – Schade, daß sie so bald wieder weggingen; ich möchte wohl ein ganzes Stück von lauter Husaren sehn – ich mag die Kavallerie so gern.

LEUTNER *zu Bötticher*: Was sagen Sie zu dem allen?

BÖTTICHER: Ich habe nur immer noch das vortreffliche Spiel des Mannes im Kopfe, welcher den Kater darstellt. Welches Studium! Welche Feinheit! Welche Beobachtung! Welcher Anzug!

SCHLOSSER: Das ist wahr, er sieht natürlich aus, wie ein großer Kater.

BÖTTICHER: Und bemerken Sie nur seine ganze Maske, wie ich seinen Anzug lieber nennen möchte; denn da er so ganz sein natürliches Aussehn verstellt hat, so ist dieser Ausdruck weit passender. Gott segne mir doch auch bei der Gelegenheit die Alten! Sie wissen wahrscheinlich nicht, daß diese Alten alle Rollen ohne Ausnahme in Masken spielten, wie Sie im Athenäus, Pollux und andern finden werden. Es ist schwer, sehn Sie, das alles so genau zu wissen, weil man mitunter diese Bücher deswegen selber nachschlagen muß; doch hat man freilich nachher auch den Vorteil, daß man sie anführen kann. Es ist eine schwierige Stelle im Pausanias. –

FISCHER: Sie wollten so gut sein, von dem Kater zu sprechen.

BÖTTICHER: Ja so. – Ich will auch alles Vorhergehende nur so nebenher gesagt haben; ich bitte Sie daher alle inständigst, es als eine Note anzusehn, und – um wieder auf den Kater zu kommen – haben Sie wohl bemerkt, daß er nicht einer von den schwarzen Katern ist? Nein, im Gegenteil, er ist fast ganz weiß und hat nur einige schwarze Flecke; das drückt seine

Gutmütigkeit ganz vortrefflich aus; man sieht gleichsam den Gang des ganzen Stückes, alle Empfindungen, die es erregen soll, schon im voraus in diesem Pelze.

FISCHER: Der Vorhang geht wieder auf!

Zweiter Akt

Erste Szene

Bauernstube.

GOTTLIEB, HINZE. *Beide sitzen an einem kleinen Tisch und essen.*

GOTTLIEB: Hat's dir geschmeckt?

HINZE: Recht gut, recht schön.

GOTTLIEB: Nun muß sich aber mein Schicksal bald entscheiden, weil ich sonst nicht weiß, was ich anfangen soll.

HINZE: Habe nur noch ein paar Tage Geduld, das Glück muß doch auch einige Zeit haben, um zu wachsen; wer wird denn so aus dem Stegreif glücklich sein wollen! Mein guter Mann, das kommt nur in Büchern vor, in der wirklichen Welt geht das nicht so geschwinde.

FISCHER: Nun hört nur, der Kater untersteht sich, von der wirklichen Welt zu sprechen! – Ich möchte fast nach Hause gehn, denn ich fürchte toll zu werden.

LEUTNER: Es ist beinahe, als wenn es der Verfasser darauf angelegt hätte.

MÜLLER: Ein exzellenter Kunstgenuß, toll zu sein, das muß ich gestehn!

SCHLOSSER: Es ist zu arg. Statt daß er froh sein sollte, daß er nur, wenn auch in imaginärer Welt, wenigstens existieren darf, will er den andern von phantastischen Hoffnungen abbringen, und behandelt ihn als Schwärmer, der doch wenigstens als Bauer nicht den Gesetzen unserer gewöhnlichen Welt widerspricht!

GOTTLIEB: Wenn ich nur wüßte, lieber Hinze, wo du die viele Erfahrung, den Verstand herbekommen hast.

HINZE: Glaubst du denn, daß man tagelang umsonst unterm Ofen liegt und die Augen fest zumacht? Ich habe dort immer im stillen fortstudiert. Heimlich und unbemerkt wächst die Kraft des Verstandes; daher hat man dann am wenigsten Fortschritte gemacht, wenn man manchmal Lust kriegt, sich mit einem recht langen Halse nach der zurückgelegten Bahn umzusehn. – Übrigens sei doch so gut und binde mir die Serviette ab.

GOTTLIEB *tut's*: Gesegnete Mahlzeit! – *Sie küssen sich.* Nimm so vorlieb.

HINZE: Ich danke von ganzem Herzen.

GOTTLIEB: Die Stiefeln sitzen recht hübsch, und du hast einen scharmanten kleinen Fuß.

HINZE: Das macht bloß, weil unsereins immer auf den Zehen geht, wie du auch wirst in der Naturgeschichte gelesen haben.

GOTTLIEB: Ich habe einen großen Respekt vor dir – von wegen der Stiefeln.

HINZE *hängt sich einen Tornister um*: Ich will nun gehn. – Sieh, ich habe mir auch einen Sack mit einer Schnurre gemacht.

GOTTLIEB: Wozu das alles?

HINZE: Laß mich nur, ich will einen Jäger vorstellen. – Wo ist denn mein Stock?

GOTTLIEB: Hier.

HINZE: Nun so lebe wohl. *Geht ab.*

GOTTLIEB: Einen Jäger? – Ich kann aus dem Manne nicht klug werden. *Ab.*

Zweite Szene

Freies Feld.

HINZE *mit Stock, Tornister und Sack.*

HINZE: Herrliches Wetter! – Es ist ein schöner warmer Tag, ich will mich auch hernach ein wenig in die Sonne legen. – *Er spreitet seinen Sack aus.* Nun, Glück, stehe mir bei! – Wenn ich freilich bedenke, daß diese eigensinnige Göttin so selten die klug angelegten Plane begünstigt, daß sie immer darauf ausgeht, den Verstand der Sterblichen zuschanden zu machen, so möcht ich allen Mut verlieren. Doch, sei ruhig, mein Herz, ein Königreich ist schon der Mühe wert, etwas dafür zu arbeiten und zu schwitzen! – Wenn nur keine Hunde hier in der Nähe sind. Ich kann diese Geschöpfe gar nicht vor Augen leiden; sie sind ein Geschlecht, das ich verachte, weil sie sich so gutwillig unter der niedrigsten Knechtschaft der Menschen bequemen; sie können nichts als schmeicheln und beißen, sie haben gar nichts von dem Ton, welcher im Umgange so notwendig ist. – Es will sich nichts fangen. – *Er fängt an ein Jägerlied zu singen: Im Felde schleich ich still und wild u.s.w., eine Nachtigall im benachbarten Busch fängt an zu schmettern.* Sie singt trefflich, die Sängerin der Haine – wie delikat muß sie erst schmecken! – Die Großen der Erde sind doch darin recht glücklich, daß sie Nachtigallen und Lerchen essen können, so viel sie nur wollen – wir armen gemeinen Leute müssen uns mit dem Gesange zufriedenstellen, mit der schönen Natur, mit der unbegreiflich süßen Harmonie. – Es ist fatal, daß ich nichts kann singen hören, ohne Lust zu kriegen, es zu fressen. – Natur! Natur! Warum störst du mich dadurch immer in meinen allerzartesten Empfindungen, daß du meinen Geschmack für Musik so pöbelhaft eingerichtet hast? – Fast krieg ich Lust, mir die Stiefeln auszuziehn und sacht den Baum dort hinaufzuklettern! sie muß dort sitzen. – *Im Parterre wird getrommelt.* Die Nachtigall hat eine gute Natur; ich habe immer nicht glauben wollen, daß sie am liebsten bei Sturm und Ungewitter singe, aber jetzt erleb ich die Wahrheit dieser Behauptung. – Ei! so singe und schmettre, daß dir der Atem vergeht! – Delikat muß sie schmecken. Ich vergesse meine Jagd über diese süßen Träume. – Es fängt sich wahrhaftig nichts. – Wer kömmt denn da?

ZWEI LIEBENDE *treten auf.*

ER: Hörst du wohl die Nachtigall, mein süßes Leben?
SIE: Ich bin nicht taub, mein Guter.
ER: Wie wallt mein Herz vor Entzücken über, wenn ich die ganze

harmonische Natur so um mich her versammelt sehe, wenn jeder Ton nur das Geständnis meiner Liebe wiederholt, wenn sich der ganze Himmel niederbeugt, um Äther auf mich auszuschütten.

SIE: Du schwärmst, mein Lieber.

ER: Nenne die natürlichsten Gefühle meines Herzens nicht Schwärmerei. *Kniet nieder.* Sieh, ich schwöre dir hier vor dem Angesicht des heitern Himmels –

HINZE *höflich hinzutretend*: Verzeihen Sie gütigst – wollen Sie sich nicht gefälligst anderswohin bemühn? Sie stören hier mit Ihrer holdseligen Eintracht eine Jagd.

ER: Die Sonne sei mein Zeuge, die Erde – und was sonst noch: Du selbst, mir teurer als Erde, Sonne und alle Planeten. – Was will Er, guter Freund?

HINZE: Die Jagd – ich bitte demütigst.

SIE: Barbar, wer bist du, daß du es wagst, die Schwüre der Liebe zu unterbrechen? Dich hat kein Weib geboren, du gehörst jenseits der Menschheit zu Hause.

HINZE: Wenn Sie nur bedenken wollten –

SIE: So wart Er doch nur einen Augenblick, Er sieht ja wohl, daß der Geliebte, in Trunkenheit verloren, auf seinen Knieen liegt.

ER: Glaubst du mir nun?

SIE: Ach! hab ich dir nicht schon geglaubt, noch ehe du ein Wort gesprochen hattest? – *Sie beugt sich liebevoll zu ihm hinab.* Teurer! – ich – liebe dich! – o unaussprechlich.

ER: Bin ich unsinnig? – O und wenn ich es nicht bin, warum werd ich Elender, Verächtlicher, es nicht urplötzlich vor übergroßer Freude? – Ich bin nicht mehr auf der Erde; sieh mich doch recht genau an, o Teuerste, und sage mir, ob ich nicht vielleicht im Mittelpunkte jener unsterblichen Sonne dort oben wandle.

SIE: In meinen Armen bist du, und die sollen dich auch nicht wieder lassen.

ER: O komm, dieses freie Feld ist meinen Empfindungen zu enge, wir müssen den höchsten Berg erklettern, um der ganzen Natur zu sagen, wie glücklich wir sind! – *Sie gehen schnell und voll Entzückens ab. Lautes Klatschen und Bravorufen im Parterre.*

WIESENER *klatschend*: Der Liebhaber griff sich tüchtig an. – O weh! da hab ich mir selber einen Schlag in die Hand gegeben, daß sie ganz aufgelaufen ist.

NACHBAR: Sie wissen sich in der Freude nicht zu mäßigen.

WIESENER: Ja, so bin ich immer.

FISCHER: Ah! – das war doch etwas fürs Herz! – Das tut einem wieder einmal wohl!

LEUTNER: Eine wirklich schöne Diktion in der Szene.

MÜLLER: Ob sie aber zum Ganzen wird notwendig sein?

SCHLOSSER: Ich kümmere mich nie ums Ganze; wenn ich weine, so wein ich, und damit gut; es war eine göttliche Stelle.

HINZE: O Liebe, wie groß ist deine Macht, daß deine Stimme die Ungewitter besänftigt, ein pochendes Publikum beschwichtigt, und das Herz kritischer Zuschauer so umwendet, daß sie ihren Zorn und alle ihre Bildung vergessen. – Es läßt sich nichts fangen. – *Ein Kaninchen kriecht in den Sack, er springt schnell hinzu und schnürt ihn zusammen.* Sieh da, guter Freund! Ein Wildpret, das eine Art von Geschwisterkind mit mir ist; ja, das ist der Lauf der heutigen Welt, Verwandte gegen Verwandte, Bruder gegen Bruder; wenn man selbst durch die Welt will, muß man andre aus dem Wege stoßen. – *Er nimmt das Kaninchen aus dem Sacke und steckt es in den Tornister.* Halt! Halt! – Ich muß mich wahrhaftig in acht nehmen, daß ich das Wildpret nicht selber auffresse. Ich muß nur geschwinde den Tornister zubinden, damit ich meine Affekten bezähme. – Pfui! schäme dich Hinz! – Ist es nicht die Pflicht des Edlen, sich und seine Neigungen dem Glück seiner Mitgeschöpfe aufzuopfern? Dies ist der Endzweck, zu welchem wir geschaffen worden, und wer das nicht kann – o ihm wäre besser, daß seine Mutter ihn nie geboren hätte. –

Er will abgehn, man klatscht heftig und ruft allgemein da capo, er muß die letzte schöne Stelle noch einmal hersagen, dann verneigt er sich ehrerbietig und geht mit dem Kaninchen ab.

FISCHER: O welcher edle Mann!

MÜLLER: Welche schöne menschliche Gesinnung!

SCHLOSSER: Durch so etwas kann man sich doch noch bessern – aber wenn ich Narrenpossen sehe, möcht ich gleich dreinschlagen.

LEUTNER: Mir ist auch ganz wehmütig geworden – die Nachtigall – die Liebenden – die letzte Tirade – das Stück hat denn doch wahrhaftig schöne Stellen!

Dritte Szene

Saal im Palast.

Große Audienz. DER KÖNIG, DIE PRINZESSIN, DER PRINZ NATHANAEL, DER KOCH *in Gala.*

KÖNIG *sitzt auf dem Thron*: Hieher, Koch, jetzt ist es Zeit, Rede und Antwort zu geben; ich will die Sache selbst untersuchen.

KOCH *läßt sich auf ein Knie nieder*: Ihro Majestät geruhen, Ihre Befehle über Dero getreusten Diener auszusprechen.

KÖNIG: Man kann nicht genug dahin arbeiten, meine Freunde, daß ein König, dem das Wohl eines ganzen Landes und unzähliger Untertanen auf dem Halse liegt, immer bei guter Laune bleibe; denn wenn er in eine üble Laune gerät, so wird er gar leicht ein Tyrann, ein Unmensch; denn gute Laune befördert die Fröhlichkeit, und Fröhlichkeit macht nach den Beobachtungen aller Philosophen den Menschen gut, dahingegen die Melancholie deswegen für ein Laster zu achten ist, weil sie alle Laster befördert. Wem, frag ich nun, liegt es so nahe, in wessen Gewalt steht es wohl so sehr, die Laune eines Monarchen zu befördern, als eben in den Händen eines Kochs? – Sind Kaninchen nicht sehr unschuldige Tiere? Wer anders denken oder sprechen könnte, von dem müßte ich fürchten, daß er selbst den reinsten Schmuck seiner Seele, seine Unschuld, verloren hätte. – Durch diese sanften Tierchen könnte ich dahin kommen, es gar nicht überdrüssig zu werden, mein Land glücklich zu machen – und an diesen Kaninchen läßt Er es mangeln! – Spanferkeln und alle Tage Spanferkeln – Bösewicht, das bin ich endlich überdrüssig.

KOCH: Verdamme mich mein König nicht ungehört. Der Himmel ist mein Zeuge, daß ich mir alle Mühe nach jenen niedlichen weißen Tierchen gegeben habe; ich habe sie zu allen Preisen einkaufen wollen, aber durchaus sind keine zu haben. – Sollten Sie an der Liebe Ihrer Untertanen zweifeln können, wenn man nur irgend dieser Kaninchen habhaft werden könnte?

KÖNIG: Laß die schelmischen Worte, schier dich fort in die Küche und beweise durch die Tat, daß du deinen König liebst. – *Der Koch geht ab.* – Jetzt wend ich mich zu Ihnen, mein Prinz – und zu dir, meine Tochter. – Ich habe erfahren, werter Prinz, daß meine Tochter Sie nicht liebt, daß sie Sie nicht lieben kann; sie ist ein unbesonnenes unvernünftiges Mädchen; aber ich traue ihr doch so viel Verstand zu, daß sie einige Ursachen haben wird. – Sie macht mir Sorgen und Gram, Kummer und Nachdenken, und meine alten Augen fließen von häufigen Tränen über, wenn ich daran denke, wie es nach meinem Tode mit ihr werden soll. – Du wirst sitzenbleiben! hab ich ihr tausendmal gesagt; greif zu, solange es dir geboten wird! Aber sie will nicht hören; nun so wird sie sich gefallen lassen müssen, zu fühlen.

PRINZESSIN: Mein Vater –

KÖNIG *weinend und schluchzend*: Geh, Undankbare, Ungehorsame – du bereitest meinem grauen Kopfe durch dein Weigern, ein, ach! nur allzufrühzeitiges, Grab! – *Er stützt sich auf den Thron, verdeckt mit dem Mantel das Gesicht und weint heftig.*

FISCHER: Der König bleibt seinem Charakter doch nicht einen Augenblick getreu.

EIN KAMMERDIENER *kömmt herein.*

KAMMERDIENER: Ihro Majestät, ein fremder Mann ist draußen und bittet vor Ihro Majestät gelassen zu werden.

KÖNIG *schluchzend*: Wer ist's?

KAMMERDIENER: Verzeihung, mein König, daß ich diese Frage nicht beantworten kann. Seinem langen weißen Barte nach sollte er ein Greis sein, und sein ganz mit Haaren bedecktes Gesicht sollte einen fast in dieser Vermutung bestärken, aber dann hat er wieder so muntre jugendliche Augen, einen so dienstfertigen geschmeidigen Rücken, daß man an ihm irre wird. Er scheint ein wohlhabender Mann, denn er trägt ein Paar vortreffliche Stiefeln, und soviel ich irgend aus seinem Äußern abnehmen kann, möcht ich ihn für einen Jäger halten.

KÖNIG: Führt ihn herein, ich bin neugierig ihn zu sehn.

KAMMERDIENER *geht ab und kömmt sogleich mit* HINZE *zurück.*

HINZE: Mit Ihrer Majestät gnädigster Erlaubnis ist der Graf von *Carabas* so frei, Ihnen ein Kaninchen zu übersenden.

KÖNIG *entzückt*: Ein Kaninchen? – Hört ihr's wohl, Leute? – O das Schicksal hat sich wieder mit mir ausgesöhnt! – Ein Kaninchen?

HINZE *nimmt es aus dem Tornister*: Hier, großer Monarch.

KÖNIG: Da – halten Sie mal das Zepter einen Augenblick Prinz – *Er befühlt das Kaninchen.* Fett! hübsch fett! – Vom Grafen von –

HINZE: *Carabas.*

KÖNIG: Ei, das muß ein vortrefflicher Mann sein, den Mann muß ich näher kennenlernen. – Wer ist der Mann? Wer kennt ihn von euch? – Warum hält er sich verborgen? Wenn solche Köpfe feiern, wie viel Verlust für meinen Staat! Ich möchte vor Freuden weinen; *schickt mir ein Kaninchen!* Kammerdiener, gebt es gleich dem Koch.

Kammerdiener empfängt's und geht ab.

NATHANAEL: Mein König, ich nehme meinen demütigsten Abschied.

KÖNIG: Ja so, das hätt ich über die Freude bald vergessen. – Leben Sie wohl, Prinz. Ja, Sie müssen andern Freiwerbern Platz machen, das ist nicht anders. – Adieu! Ich wollte, Sie hätten Chaussee bis nach Hause.

Nathanael küßt ihm die Hand und geht ab.

KÖNIG *schreiend*: Leute! – Mein Historiograph soll kommen!

DER HISTORIOGRAPH *erscheint.*

KÖNIG: Hier, Freund, kommt, hier gibt's Materie für unsre Weltgeschichte. – Ihr habt doch Euer Buch bei Euch?

HISTORIOGRAPH: Ja, mein König.

KÖNIG: Schreibt gleich hinein, daß mir an dem und dem Tage, (welch Datum wir nun heut schreiben) der Graf von Carabas ein sehr delikates Kaninchen zum Präsent überschickt hat.

Historiograph setzt sich nieder und schreibt.

KÖNIG: Vergeßt nicht, *anno currentis.* – Ich muß an alles denken, sonst wird's doch immer schief ausgerichtet. *Man hört blasen.* – Ah, das Essen ist fertig. – Komm, meine Tochter, weine nicht, ist's nicht der Prinz, so ist's ein andrer. – Jäger, wir danken für deine Mühe; willst du uns nach dem Speisesaal begleiten?

Sie gehn ab. Hinze folgt.

LEUTNER: Bald halt ich's nicht mehr aus! Wo ist denn nun der Vater geblieben, der erst gegen seine Tochter so zärtlich war, und uns alle so rührte?

FISCHER: Was mich nur ärgert, ist, daß sich kein Mensch im Stück über den Kater wundert; der König und alle tun, als müßte es so sein.

SCHLOSSER: Mir geht der ganze Kopf von dem wunderlichen Zeuge herum.

Vierte Szene

Königlicher Speisesaal.

Große ausgerüstete Tafel. Unter Pauken und Trompeten treten ein:
DER KÖNIG, DIE PRINZESSIN, LEANDER, HINZE,
MEHRERE VORNEHME GÄSTE *und* HANSWURST,
BEDIENTE, *welche aufwarten.*

KÖNIG: Setzen wir uns, die Suppe wird sonst kalt. – Ist für den
Jäger gesorgt?

EIN BEDIENTER: Ja, Ihro Majestät; er wird mit dem Hofnarren
hier am kleinen Tischchen essen.

HANSWURST *zu Hinze*: Setzen wir uns, die Suppe wird sonst
kalt.

HINZE *setzt sich*: Mit wem habe ich die Ehre zu speisen?

HANSWURST: Der Mensch ist, was er ist, Herr Jäger, wir können nicht alle dasselbe treiben. Ich bin ein armer verbannter
Flüchtling, ein Mann, der vor langer Zeit einmal spaßhaft war,
den man nachher für dumm, abgeschmackt und unanständig
hielt, und der nun in einem fremden Lande wieder in Dienst
getreten ist, wo man ihn von neuem auf einige Zeit für unterhaltend ansieht.

HINZE: So? – Was seid Ihr für ein Landsmann?

HANSWURST: Leider nur ein Deutscher. Meine Landsleute wurden um eine gewisse Zeit so klug, daß sie allen Spaß bei Strafe
verboten; wo man mich nur gewahr ward, gab man mir un-
ausstehliche Ekelnamen, als: gemein, pöbelhaft, niederträch-
tig, ja mein guter ehrlicher Name Hanswurst ward zu einem
Schimpfworte herabgewürdigt. O edle Seele, die Tränen stehn
dir in den Augen, und du knurrst vor Schmerz, oder macht es
der Geruch des Bratens, der dir in die Nase zieht? Ja, lieber
Empfindsamer, wer sich damals nur unterstand, über mich zu
lachen, der wurde ebenso verfolgt, wie ich, und so mußt ich
denn wohl in die Verbannung wandern.

HINZE: Armer Mann!

HANSWURST: Es gibt wunderliche Hantierungen in der Welt,

Herr Jäger; Köche leben vom Appetit, Schneider von der
Eitelkeit, ich vom Lachen der Menschen; wenn sie nicht mehr
lachen, so ist meine Nahrung verloren.

HINZE: Das Gemüse eß ich nicht.

HANSWURST: Warum? Seid nicht blöde, greift zu.

HINZE: Ich sage Euch, ich kann den weißen Kohl nicht vertragen.

HANSWURST: Mir wird er desto besser schmecken. – Gebt mir
Eure Hand, ich muß Euch näher kennenlernen, Jäger.

HINZE: Hier.

Gemurmel im Parterre: ein Hanswurst! ein Hanswurst!

HANSWURST: Empfangt hier die Hand eines deutschen Bieder-
mannes; ich schäme mich nicht, wie so viele meiner Landsleute, ein Deutscher zu sein. *Er drückt dem Kater die Hand
sehr heftig.*

HINZE: Au! au! – *Er sträubt sich, knurrt und klaut den Hanswurst.*

HANSWURST: O weh! Jäger! plagt Euch der Teufel? – *Er steht auf
und geht weinend zum König.* Ihro Majestät, der Jäger ist ein
treuloser Mann, seht nur, wie er mir ein Andenken von seinen
fünf Fingern hinterlassen hat.

KÖNIG *essend*: Wunderlich – nun, setz dich nur wieder hin,
trage künftig Handschuh, wenn du mit ihm gut Freund sein
willst. Es gibt vielerlei Arten von Freunden, man muß jedes
Gericht zu essen, und jeden Freund zu behandeln verstehn.
Halt! Ich habe gleich gedacht, daß hinter dem Jäger was Besonderes steckt: sieh! sieh! er ist ein Freimaurer, und hat dir
nur das Zeichen in die Hand schreiben wollen, um zu sehn, ob
du auch von der Brüderschaft bist.

HANSWURST: Man muß sich vor Euch hüten.

HINZE: Warum kneift Ihr mich so? Hole der Henker Euer bie-
deres Wesen.

HANSWURST: Ihr kratzt ja wie eine Katze.

Hinze lacht boshaft.

KÖNIG: Aber was ist denn das heute? Warum wird denn kein vernünftiges Tischgespräch geführt? Mir schmeckt kein Bissen, wenn nicht auch der Geist einige Nahrung hat. – Hofgelehrter, seid Ihr denn heut auf den Kopf gefallen?

LEANDER *essend*: Ihro Majestät geruhn –

KÖNIG: Wie weit ist die Sonne von der Erde?

LEANDER: Zweimal hunderttausend, fünfundsiebenzig und eine Viertel Meile, funfzehn auf einen Grad gerechnet.

KÖNIG: Und der Umkreis, den die Planeten so insgesamt durchlaufen?

LEANDER: Wenn man rechnet, was jeder einzelne laufen muß, so kommen in der Total-Summa etwas mehr als tausend Millionen Meilen heraus.

KÖNIG: Tausend Millionen! – Man sagt schon, um sich zu verwundern: ei der Tausend! und nun gar tausend Millionen! Ich mag auf der Welt nichts lieber hören, als so große Nummern – Millionen, Trillionen – da hat man doch dran zu denken. – Es ist doch meiner Seel ein bißchen viel, so tausend Millionen.

LEANDER: Der menschliche Geist wächst mit den Zahlen.

KÖNIG: Sagt mal, wie groß ist wohl so die ganze Welt im Umfange, Fixsterne, Milchstraßen, Nebelkappen und allen Plunder mitgerechnet.

LEANDER: Das läßt sich gar nicht aussprechen.

KÖNIG: Du sollst es aber aussprechen, oder – *Mit dem Zepter drohend.*

LEANDER: Wenn wir eine Million wieder als Eins ansehn, dann ohngefähr zehn mal hunderttausend Trillionen solcher Einheiten, die jede an sich schon eine Million Meilen ausmachen.

KÖNIG: Denkt nur, Kinder denkt! – Sollte man meinen, daß das Ding von Welt so groß sein könnte? Aber wie das den Geist beschäftigt!

HANSWURST: Ihro Majestät, das ist eine kuriose Erhabenheit, davon krieg ich noch weniger in den Kopf als in den Magen; mir kommt die Schüssel mit Reis hier viel erhabener vor.

KÖNIG: Wieso, Narr?

HANSWURST: Bei solchen ungeheuren Zahlen kann man gar nichts denken, denn die höchste Zahl wird ja am Ende wieder die kleinste. Man darf sich ja nur alle Zahlen denken, die es geben kann. Wir können nicht leicht, ohne uns zu verirren, bis fünfe zählen.

KÖNIG: Aber da ist was Wahres drin. Der Narr hat seine Einfälle. – Gelehrter, wieviel Zahlen gibt es denn?

LEANDER: Unendlich viel.

KÖNIG: Sagt mal geschwind die höchste Zahl.

LEANDER: Es gibt gar keine höchste, weil man zur höchsten noch immer wieder eine neue hinzufügen kann; der menschliche Geist kennt hier gar keine Einschränkung.

KÖNIG: Es ist doch aber wahrhaftig ein wunderliches Ding um diesen menschlichen Geist.

HINZE: Es muß dir hier sauer werden, ein Narr zu sein.

HANSWURST: Man kann gar nichts Neues aufbringen, es arbeiten zu viele in dem Fache.

KÖNIG: Und du sagst also auch, daß die Erde immer rundum, immer rundum geht, bald so, bald so, wie ein besoffener Mensch?

LEANDER: Nicht eigentlich auf diese Weise, sondern mehr einem Walzenden ähnlich.

KÖNIG: Und sie ist, wie Ihr meint, eine Kugel?

LEANDER: Allerdings, so daß unter uns Menschen wohnen, die ihre Füße gegen die unsrigen richten, oder unsre Antipoden sind, so wie wir wiederum die Antipoden von ihnen sind.

KÖNIG: Wir? Ich auch?

LEANDER: Allerdings.

KÖNIG: Ich verbitte mir aber dergleichen; meint Er, daß ich mich so wegwerfen werde? Er und seinesgleichen mögen Antipoden sein, soviel sie wollen; aber ich halte mich zu gut, jemandes Antipode zu sein, und wenn es selbst der große Mogul wäre. Er denkt wohl, weil ich mich manchmal herablasse, mit Ihm zu disputieren, so werde ich mir auch alles bieten lassen. Ja, ja, ich sehe, wer sich zum Schaf macht, den fressen die Wölfe; man darf solche Gelehrte nur ein weniges um sich greifen lassen, so mengen sie nach ihren Systemen Kraut und Rüben durcheinander, und entblöden sich nicht, den regierenden Herren selbst unter die Antipoden zu werfen. Daß dergleichen niemals wieder geschieht!

LEANDER: Wie Ihro Majestät befehlen.

KÖNIG: Doch um nicht einseitig bei einem Gegenstande zu verweilen, so bringt mir nun einmal mein Mikroskop herein! *Leander ab.* Ich muß Ihnen sagen, meine Herren, daß ich es als eine Andacht treibe, in das kleine Ding hineinzukucken, und daß es mich in der Tat erbaut, und mein Herz erhebt, wenn ich sehe, wie ein Wurm so ungeheuer vergrößert wird, wie eine Made und Fliege so seltsamlich konstruiert sind, und wie sie in ihrer Pracht mit einem Könige wetteifern können. – *Leander kommt zurück.* Gebt her! Ist nicht eine Mücke bei der Hand, ein Gewürm, sei es, was es sei, um es zu beobachten?

HANSWURST: Sonst findet sich dergleichen oft, ohne daß man's wünscht, und nun es zur Geistesbildung dienen soll, läßt sich nichts betreffen: aber ich schlage Ihrer Majestät unmaßgeblich vor, eins von den seltsamen Barthaaren des fremden Jägers zu observieren, was sich gewiß der Mühe verlohnt.

KÖNIG: Seht, der Narr hat heut einen luminösen Tag. Ein trefflicher Gedanke! Damit der Jäger sich aber nicht über Gewalt zu beschweren hat, soll ihm das ansehnlichste Haar durch niemand anders als durch zwei Kammerherren ausgerauft werden. Macht euch dran, Leute.

HINZE, *zu den Kammerherren*: Das scheint mir ein Eingriff in das Völkerrecht. – *Sie ziehn ihm das Haar aus.* Au! Mau! Miau! Prrrst!

KÖNIG: Hört, er maut fast wie eine Katze.

HANSWURST: O ja, auch hat er eben so geprustet; er scheint überhaupt eine merkwürdige Organisation zu besitzen.

KÖNIG, *durch das Glas sehend*: Ei! ei! wie höchst wunderbar! Da ist doch auch kein Riß, keine unebene Stelle, keine Rauhigkeit wahrzunehmen. Ja, das sollen mir einmal die englischen Fabriken nachahmen! Ei! ei! wo der Jäger nur die kostbaren Barthaare hergenommen hat!

HANSWURST: Sie sind ein Werk der Natur, mein König. Dieser fremde Mann hat noch eine andre große Naturmerkwürdigkeit an sich, die gewiß ebenso unterhaltend als nachdenklich ist. Ich nahm vorhin wahr, als die Braten hereingebracht wurden, und der angenehme Duft den ganzen Saal erfüllte, daß sich in seinem Körper ein gewisses Orgelwerk in Bewegung zu setzen anfing, das mit lustigen Passagen auf und nieder schnurrte, wobei er die Augen aus Wohlgefallen eindrückte und ihm die Nase lebhaft zitterte. Ich fühlte ihn zu der Zeit an, und der Tremulant war in seinem ganzen Körper unter Nacken und Rücken fühlbar.

KÖNIG: Ist es möglich? Kommt mal her, tretet zu mir, Jäger.

HINZE: An diesen Mittag werd ich gedenken.

HANSWURST: Kommt, edler Freund. *Indem er ihn führt.* Nicht wahr? Ihr werdet wieder kratzen?

KÖNIG: Hier tretet her. – Nun? – *Legt sein Ohr an ihn.* Ich höre nichts, es ist ja mäuschenstill in seinem Leibe.

HANSWURST: Er hat es verloren, seit ihm das Haar ausgerissen wurde; es scheint nur zu orgeln, wenn ihm wohl ist. Jäger, denkt einmal recht was Wohlgefälliges, stellt Euch doch was Anmutiges vor, sonst glaubt man, es ist nur Tücke, daß es jetzt nicht in Euch spielt.

KÖNIG: Haltet ihm den Braten vor die Nase. – So. – Seht, Jäger, davon sollt Ihr sogleich bekommen. Nun? – Ich will ihm indes etwas den Kopf und die Ohren streicheln, hoffentlich wirkt diese Gnade auf sein Zufriedenheits-Organ. – Richtig! Hört, hört, Leute, wie es schnurrt, auf und ab, ab und auf, in recht hübschen Läufen! Und in seinem ganzen Körper fühl ich die Erschütterung. – Hm! hm! äußerst sonderbar! – Wie ein solcher Mensch inwendig muß beschaffen sein! Ob es eine Walze sein mag, die sich umdreht, oder ob es nach Art der Klaviere eingerichtet ist? Wie nur die Dämpfung angebracht wird, daß augenblicks das ganze Werk stillsteht? – Sagt mal, Jäger: (Euch acht ich und bin wohlwollend gegen Euch gesinnt) aber habt Ihr nicht vielleicht in der Familie einen Vetter oder weitläuftigen Anverwandten, an dem nichts ist, an dem die Welt nichts verlöre, und den man so ein weniges aufschneiden könnte, um ein Einsehn in die Maschinerie zu bekommen?

HINZE: Nein, Ihro Majestät, ich bin der einzige meines Geschlechts.

KÖNIG: Schade! – Hofgelehrter, denkt einmal nach, wie der Mensch innerlich gebaut sein mag, und lest es uns alsdann in der Akademie vor.

HANSWURST: Kommt, Jäger, setzen wir uns wieder und speisen.

HINZE: Ich sehe, mit dir muß ich Freundschaft halten.

LEANDER: Es wird mir eine Ehre sein, mein König; ich habe auch schon eine Hypothese im Kopf, die mir von der höchsten Wahrscheinlichkeit ist; ich vermute nämlich, daß der Jäger ein unwillkürlicher Bauchredner ist, der wahrscheinlich bei strenger Erziehung sich früh angewöhnt hat, sein Wohlgefallen und seine Freude, die er nicht äußern durfte, in seinem Innern zu verschließen; dorten aber, weil sein starkes Naturell zu mächtig war, hat es in den Eingeweiden für sich selbst den Ausdruck der Freude getrieben, und sich so diese innerliche Sprache gebildet, die wir jetzt als eine seltsame Erscheinung an ihm bewundern.

KÖNIG: Läßt sich hören.

LEANDER: Nun klingt es deshalb in ihm mehr wie ein verhaltner Grimm, als wie ein Ausdruck der Lust. Ihrer Natur nach steigt die Freude nach oben, öffnet den Mund weit und spricht in den offensten Vokalen, am liebsten in A, I oder Ei, wie wir in der ganzen Schöpfung, an Kindern, Schafen, Eseln, Stieren und Betrunkenen wahrnehmen können; er aber, bei seinen tyrannischen Eltern und Vormündern, wo er nichts durfte laut werden lassen, mußte innerlich nur ein O und U brummen, und so angesehn muß diese Erscheinung alles Wunderbare verlieren, und ich glaube aus diesen Gründen nicht, daß er eigene Walzen oder ein Orgelwerk in seinem Leibe besitze.

HANSWURST: Wenn es nun einmal dem Herrn Leander verboten würde, laut zu philosophieren, und seine tiefsinnigen Gedanken müßten sich auch, statt oben, in der Tiefe aussprechen, welche Sorte von Knarrwerk sich wohl in seinem Bauche etablieren würde?

LEANDER: Der Narr, mein König, kann vernünftige Gedanken nie begreifen; mich wundert überhaupt, daß sich Ihro Majestät noch von seinen geschmacklosen Einfällen belustigen lassen. Man sollte ihn geradezu fortjagen, denn er bringt Ihren Geschmack nur in einen üblen Ruf.

KÖNIG, *wirft ihm das Zepter an den Kopf*: Herr Naseweis von Gelehrter! was untersteht Er sich denn? In Ihn ist ja heut ein satanischer Rebellionsgeist gefahren! Der Narr gefällt *mir, mir*, seinem Könige, und wenn ich Geschmack an ihm finde, wie kann Er sich unterstehn zu sagen, daß der Mann abgeschmackt sei? Er ist Hofgelehrter und der andre Hofnarr; ihr steht beide in einem Gehalte; der einzige Unterschied ist, daß er an dem kleinen Tischchen mit dem fremden Jäger speist. Der Narr macht dummes Zeug bei Tische und Er führt einen vernünftigen Diskurs bei Tische, beides soll mir nur die Zeit vertreiben und machen, daß mir das Essen gut schmeckt; wo ist denn also der große Unterschied? – Und dann tut's einem Herrn, wie mir, auch wohl, einen Narren zu sehn, der dummer ist, der die Gabe und die Bildung nicht hat, man fühlt sich mehr und ist dankbar gegen den Himmel. Schon deswegen ist mir ein Dummkopf ein angenehmer Umgang. – Wenn Er aber meint, daß der Narr in Religion und Philosophie zurück ist, daß er zu sehr in der Irre wandelt, kann Er sich denn nicht (da der Dumme doch gewiß Sein Nächster ist) menschenfreundlich zu ihm setzen und liebreich sagen: sieh, Schatz, das ist so, und jenes so, du bist hierin zurück, ich will dich mit Liebe auf den Weg des Lichtes bringen, und dann etwas gründliche Logik, Metaphysik und Hydrostatik ihm vorsprechen, daß der

Dumme in sich schlägt und sich bekehrt? So müßte einer handeln, der ein Weltweiser heißen will.

Der Koch trägt das Kaninchen auf und entfernt sich.

KÖNIG: Das Kaninchen! – Ich weiß nicht – die andern Herren essen es wohl nicht gerne? – *Alle verneigen sich.* Nun, so will ich es denn mit Ihrer Erlaubnis für mich allein behalten. – *Er ißt.*

PRINZESSIN: Mich dünkt, der König zieht Gesichter, als wenn er seine Zufälle wieder bekäme.

KÖNIG, *aufstehend, in Wut*:
Das Kaninchen ist verbrannt! –
O Heer des Himmels! Erde? – Was noch sonst?
Nenn ich die Hölle mit? –

PRINZESSIN:
Mein Vater –

KÖNIG:　　Wer ist das?
Durch welchen Mißverstand hat dieser Fremdling
Zu Menschen sich verirrt? – Sein Aug ist trocken!

Alle erheben sich voll Besorgnis, Hanswurst läuft geschäftig hin und wider, Hinze bleibt sitzen und ißt heimlich.

Gib diesen Toten mir heraus. Ich muß
Ihn wieder haben!

PRINZESSIN: Hole doch einer schnell den Besänftiger.

KÖNIG: Der Koch Philipp sei das Jubelgeschrei der Hölle, wenn ein Undankbarer verbrannt wird!

PRINZESSIN: Wo nur der Musikus bleibt.

KÖNIG:
Die Toten stehen nicht mehr auf. Wer darf
Mir sagen, daß ich glücklich bin? O wär er *mir* gestorben!
Ich hab ihn liebgehabt, sehr lieb.

DER BESÄNFTIGER *tritt mit einem Glockenspiele auf, das er sogleich spielt.*

50

KÖNIG: Wie ist mir? *Weinend*: Ach, ich habe schon wieder meinen Zufall gehabt. – Schafft mir den Anblick des Kaninchens aus den Augen. – *Er legt sich voll Gram mit dem Kopf auf den Tisch und schluchzt.*

EIN HOFMANN: Seine Majestät leiden viel.

Es entsteht ein gewaltiges Pochen und Pfeifen im Parterre; man hustet, man zischt, die Galerie lacht; der König richtet sich auf, nimmt den Mantel in Ordnung und setzt sich mit dem Zepter in größter Majestät hin. Alles ist umsonst, der Lärm wird immer größer, alle Schauspieler vergessen ihre Rollen, auf dem Theater eine fürchterliche Pause. – Hinze ist eine Säule hinangeklettert.

DER DICHTER *kömmt bestürzt aufs Theater.*

DICHTER: Meine Herren – verehrungswürdigstes Publikum – nur einige Worte.

IM PARTERRE: Still! still! der Narr will sprechen.

DICHTER: Ums Himmels willen, machen Sie mir die Schande nicht, der Akt ist ja gleich zu Ende. – Sehn Sie doch nur, der König ist ja auch wieder zur Ruhe, nehmen Sie an dieser großen Seele ein Beispiel, die gewiß mehr Ursache hatte, außer sich zu sein, als Sie.

FISCHER: Mehr als wir?

WIESENER, *zum Nachbar*: Aber warum trommeln Sie denn? Uns beiden gefällt ja das Stück.

NACHBAR: Ist auch wahr – in Gedanken, weil es alle tun. *Klatscht aus Leibeskräften.*

DICHTER: Einige Stimmen sind mir doch noch günstig; lassen Sie sich aus Mitleid mein armes Stück gefallen, ein Schelm gibt's besser, als er's hat; es ist auch bald zu Ende. – Ich bin so verwirrt und erschrocken, daß ich Ihnen nichts anders zu sagen weiß.

ALLE: Wir wollen nichts hören, nichts wissen.

DICHTER, *reißt wütend den* BESÄNFTIGER *hervor*: Der König ist besänftigt, besänftige nun auch diese tobende Flut, wenn du es kannst! *Stürzt außer sich ab.*

DER BESÄNFTIGER *spielt auf den Glocken, das Pochen schlägt dazu den Takt. Er winkt:* AFFEN *und* BÄREN *erscheinen, und tanzen freundlich um ihn her,* ADLER *und* ANDRE VÖGEL; *ein Adler sitzt Hinzen auf dem Kopf, der in der größten Angst ist,* ZWEI ELEFANTEN *und* ZWEI LÖWEN *tanzen auch.*

Ballet und Gesang

DIE VIERFÜSSIGEN:
Das klinget so herrlich –
DIE VÖGEL:
Das klinget so schön –
VEREINIGTES CHOR:
Nie hab ich so etwas gehört noch gesehn.

Hierauf wird von allen Anwesenden eine künstliche Quadrille getanzt, der König und sein Hofstaat wird in die Mitte genommen, Hinze und den Hanswurst nicht ausgeschlossen; allgemeines Applaudieren. Gelächter. Man steht im Parterre auf, um recht genau zu sehn; einige Hüte fallen von der Galerie herunter.

DER BESÄNFTIGER *singt während dem Ballet und der allgemeinen Freude der Zuschauer:*
Könnte jeder brave Mann
Solche Glöckchen finden,
Seine Feinde würden dann
Ohne Mühe schwinden,
Und er lebte ohne sie
In der schönsten Harmonie.

Der Vorhang fällt, alles jauchzt und klatscht, man hört noch das Ballet eine Zeitlang.

Zwischenakt

WIESENER: Herrlich! herrlich!

NACHBAR: Das heiß ich mir noch ein heroisch Ballet.

WIESENER: Und so schön in die Haupthandlung eingeflochten!

LEUTNER: Schöne Musik!

FISCHER: Göttlich!

SCHLOSSER: Das Ballet hat das Stück noch gerettet.

BÖTTICHER: Ich bewundre nur immer das Spiel des Katers. – An solchen Kleinigkeiten erkennt man den großen und geübten Schauspieler; sooft er zum Beispiel das Kaninchen aus der Tasche nahm, hob er es jederzeit bei den Ohren – es stand ihm nicht vorgeschrieben; haben Sie wohl bemerkt, wie es der König sogleich an den Leib packte? Aber man hält diese Tiere bei den Ohren, weil sie es dort am besten vertragen können. Das nenn ich den Meister!

MÜLLER: Das ist sehr schön auseinandergesetzt.

FISCHER, *heimlich*: Man sollte ihn selbst dafür bei den Ohren nehmen.

BÖTTICHER: Und die Angst, als ihm der Adler auf dem Kopfe saß! Wie er sich aus Furcht so gar nicht bewegte, sich weder rührte noch regte – nein, eine solche vollendete Kunst kann keine Beschreibung ausdrücken.

MÜLLER: Sie gehen sehr gründlich.

BÖTTICHER: Ich schmeichle mir, nur ein klein wenig Kenner zu sein; das ist freilich mit Ihnen allen nicht der Fall, und darum muß man es Ihnen ein wenig entwickeln.

FISCHER: Sie geben sich viele Mühe.

BÖTTICHER: Wenn man die Kunst so liebt, wie ich, ist das eine angenehme Mühe. – Mir ist auch jetzt über die Stiefeln des Katers ein sehr scharfsinniger Gedanke eingefallen, und ich bewundre darin das Genie des Schauspielers. – Sehn Sie, er ist anfangs Kater, deshalb muß er seine natürliche Kleidung ablegen, um die passende Maske einer Katze zu nehmen; jetzt soll er nun wieder ganz als Jäger erscheinen (dies schließe ich daraus, daß ihn jeder so nennt, sich auch kein Mensch über ihn verwundert), ein ungeschickter Schauspieler würde sich auch gewiß in einen Jagdhabit geworfen haben: – aber – wie würde es um unsre Illusion aussehn? Wir hätten vielleicht darüber vergessen, daß er doch im Grunde ein Kater ist, und wie unbequem müßte dem Schauspieler eine neue Kleidung über dem schon vorhandenen Pelze sein? Durch die Stiefeln aber deutet er sehr geschickt die Jägeruniform nur an, und daß solche Andeutungen vollkommen kunstgemäß sind, beweisen uns ganz vorzüglich die Alten, die oft –

FISCHER: Schon wieder die Alten!

BÖTTICHER: Verzeihen Sie, es ist eine angenehme, sonst löbliche Gewohnheit, die ich mir zugelegt habe, verträgt sich auch mit aller möglichen modernen Eleganz. Ich bin übrigens gesonnen, meine Herren, ein eignes Buch über die dargestellte Rolle des Katers herauszugeben (wozu ich mir auch nachher von Ihnen allerseits einige scharfsinnige Bemerkungen ausbitten werde), und darum wünschte ich wohl, daß das Stück nicht so oft unterbrochen würde. Die Szene, in welcher er dem Könige das Kaninchen mit so großer Kunst überliefert, schien mir fast sein Triumph, wenn ich die letzte ausnehme, in welcher sich sein Genie noch glänzender zeigte; denn jene spielte er ganz und gar mit dem linken Zeigefinger und einer geringen Bewegung des rechten Fußes. Was würde da mancher Schauspieler sich heftig bewegt und laut geschrieen haben? Aber er, er steht ruhig auf sich selber da, sich kennend, seiner Größe vertrauend, wohl wissend, daß das Kaninchen im Tornister steckt, den er nur aufknöpfen darf, um sein Glück zu machen.

SCHLOSSER: Uns dünkt der Mensch aber sehr langweilig.

BÖTTICHER: Sie sind vielleicht nur verwöhnt, meine Herren. Waren Sie denn nicht tief erschüttert, in jener einzigen, unnachahmlichen Szene, als dem Würdigsten seines Geschlectes auf Befehl des Tyrannen sein ehrwürdiger Bart ausgerauft ward? Nicht wahr, hier hätten Sie Geschrei, Fußstampfen, Zähneknirschen erwartet? Wie mancher Schreier unsrer Bühnen, der in Heldenrollen gerühmt wird, hätte hier die ganze Kraft seines Organs aufgeboten, um sich den Beifall des Haufens zu ertoben? Nicht so unser großer origineller Künstler. Da stand er, still, in sich gezogen, seinen Schmerz zurückzwängend; während die rechte Hand in der aufgeknöpften Weste unter dem Jabot ruhig steckt, ist die linke mit der ausgestreckten Fläche nach oben gewandt, sie drückte seinen Unwillen aus, und forderte gleichsam des Himmels Unterstützung; sein Gesicht war ruhig, fast lächelnd, in Verachtung gegen die Diener des Tyrannen, nur eine zwinkelnde Bebung zuckte im aufwärtsrollenden Auge, in der man sein ganzes Gefühl erkannte, und nun ertönt aus gehobener Brust das herzdurchschneidende *Au, Mau, Miau,* so gedehnt, so gezogen, so wimmernd klagend, daß uns allen der Atem verging; doch das Gefühl des Unwillens läßt sich nicht ganz zurückhalten, und nun der plötzlich kühne Übergang in jenen Ausruf des Zornes, den der Narr ein Prusten nannte, und vor dem selbst die schamlosen Despotenknechte zurückfuhren. Wahrlich, dies war der Gipfel aller Kunst. Ja in diesem marrenden, quarrenden, prustigen Tone möcht ich von diesem einzigen Manne einmal den König Lear, oder den Wallenstein spielen sehn; ich bin überzeugt, diese Darstellungen wären etwas Unerhörtes, und würden gegen jene Schreier grell abstechen, die die tragischen Rollen immer nur mit sogenannter Kraft und mit Nachdruck zu spielen suchen.

FISCHER: Das fehlt uns noch! Es ist aber unausstehlich, wenn es da oben einmal still ist, so martert uns der Kenner hier fast ebensosehr. – Der Vorhang geht auf!

Dritter Akt

Bauernstube.

DER DICHTER, DER MASCHINIST.

MASCHINIST: Meinen Sie denn wirklich, daß das etwas helfen wird?

DICHTER: O mein verehrtester Herr Maschinist, ich bitte Sie, ich beschwöre Sie, schlagen Sie mir meine Bitte nicht ab; meine letzte Hoffnung, meine Rettung beruht nur darauf.

LEUTNER: Was ist denn das wieder? – Wie kommen denn diese Menschen in Gottliebs Stube?

SCHLOSSER: Ich zerbreche mir über nichts mehr den Kopf.

MASCHINIST: Aber, lieber Freund, Sie verlangen auch wahrhaftig zu viel, daß das alles so in der Eil, ganz aus dem Stegereife zustande kommen soll.

DICHTER: Sie verfolgen mich auch; einverstanden mit meinen Feinden drunten, erfreuen Sie sich meines Unglücks.

MASCHINIST: Nicht im mindesten.

DICHTER *fällt vor ihm nieder*: Nun so beweisen Sie es mir dadurch, daß Sie meinen Bitten nachgeben; wenn das Mißfallen des Publikums bei irgendeiner Stelle wieder so laut ausbricht, so lassen Sie auf einen Wink von mir alle Maschinen spielen! Der zweite Akt ist so schon ganz anders geschlossen, als er in meinem Manuskripte steht.

MASCHINIST: Was ist denn das? – Wer hat denn die Gardine aufgezogen?

DICHTER: Alles Unglück strömt auf mich ein, ich bin verloren! – *Er flieht beschämt hinter die Kulissen.*

MASCHINIST: Solche Verwirrung ist noch an keinem Abende gewesen. *Geht ab. – Eine Pause.*

WIESENER: Gehört denn das zum Stück?

NACHBAR: Natürlich, das motiviert ja die nachherigen Verwandlungen.

FISCHER: Den heutigen Abend sollte man doch wirklich im Theaterkalender beschreiben.

KÖNIG *hinter der Szene*: Nein, ich geh nicht vor, durchaus nicht; ich kann es nicht vertragen, wenn ich ausgelacht werde.

DICHTER: Aber Sie – teuerster Freund – es ist doch einmal nicht zu ändern.

HANSWURST: Nun, ich will mein Glück versuchen. *Er tritt hervor, und verbeugt sich possierlich gegen das Publikum.*

MÜLLER: Wie kömmt denn der Hanswurst nun in die Bauerstube?

SCHLOSSER: Er wird gewiß einen abgeschmackten Monolog halten wollen.

HANSWURST: Verzeihen Sie, wenn ich mich erkühne, ein paar Worte vorzutragen, die eigentlich nicht zum Stücke gehören.

FISCHER: O Sie sollten nur ganz stille schweigen, Sie sind uns schon im Stücke zuwider, vielmehr nun gar so –

SCHLOSSER: Ein Hanswurst untersteht sich mit uns zu reden?

HANSWURST: Warum denn nicht? denn, wenn ich ausgelacht werde, so tut mir das nichts, sondern es ist im Gegenteil mein heißester Wunsch, daß Sie geruhen möchten, über mich zu lachen. Nein, nein, ich bitte, genieren Sie sich nur gar nicht, wir sind hier unter uns.

LEUTNER: Das ist ziemlich possierlich.

HANSWURST: Was dem Könige freilich wenig ansteht, schickt sich desto besser für mich; er wollte daher auch gar nicht vorkommen, sondern überließ mir diese wichtige Ankündigung.

MÜLLER: Wir wollen aber nichts hören.

HANSWURST: Meine lieben deutschen Landsleute –

SCHLOSSER: Ich denke, das Stück spielt draußen in Asien?

HANSWURST: Kann sein, ich weiß nicht; jetzt aber, verstehn Sie mich, jetzt rede ich ja zu Ihnen als bloßer Schauspieler zu den Zuschauern, nicht als Hanswurst, sondern als Mensch zu einem Publikum, das nicht in der Illusion begriffen ist, sondern sich außerhalb derselben befindet; kühl, vernünftig, bei sich, vom Wahnsinn der Kunst unberührt. Kapieren Sie mich? Können Sie mir folgen? Distinguieren Sie?

SCHLOSSER: Adieu! Nun geht's fort mit mir, ich schnappe über. Richtig, wie ich immer vorhergesagt habe.

MÜLLER: Wir verstehn Sie gar nicht.

SCHLOSSER: Sagen Sie doch nicht zu einem Hanswurste Sie.

MÜLLER: Er sagt ja aber, daß er jetzt nur einen Menschen vorstellt.

HANSWURST: Geruhen Sie doch zu vernehmen (und das ist die Ursach, weshalb ich komme), daß die vorige Szene, die Sie eben sahen, gar nicht zum Stücke gehört.

FISCHER: Nicht zum Stücke? Wie kömmt sie denn aber hinein?

HANSWURST: Der Vorhang war zu früh aufgezogen. Es war eine Privatunterredung, die gar nicht auf dem Theater vorgefallen wäre, wenn man zwischen den Kulissen nur etwas mehr Raum hätte. Sind Sie also illudiert gewesen, so ist es wahrlich um so schlimmer, und es hilft nichts, Sie müssen dann so gütig sein und die Mühe daran setzen, diese Täuschung aus sich wieder auszurotten; denn von jetzt an, verstehn Sie mich, von dem Augenblicke, daß ich werde abgegangen sein, nimmt der dritte Akt erst seinen Anfang. Unter uns: alles Vorhergehende gehört nicht zur Sache; es ist eine Zugabe, die wir uns jetzt wieder von Ihnen zurückerbitten. Aber Sie sollen entschädigt werden; es wird im Gegenteil bald manches kommen, das ziemlich zur Sache gehört, denn ich habe den Dichter selbst gesprochen und er hat's mir zugeschworen.

FISCHER: Ja, Euer Dichter ist der rechte Kerl.

HANSWURST: Nicht wahr, er ist nichts wert?

MÜLLER: Gar nichts, Hanswurst; es ist mir lieb, daß Sie die Einsicht haben.

HANSWURST: Nun, das freut mich von Herzen, daß noch jemand anders meinen Geschmack hat.

DAS PARTERRE: O wir alle, wir alle, keiner denkt anders.

HANSWURST: Gehorsamer Diener, gar zu viele Ehre. – Ja, es ist, weiß Gott, ein elender Dichter – nur, um ein schlechtes Beispiel zu geben: welche armselige Rolle hat er mir zugeteilt? Wo bin ich denn witzig und spaßhaft? Ich komme in so wenigen Szenen vor, und ich glaube, wenn ich nicht noch itzt durch einen glücklichen Zufall herausgetreten wäre, ich erschiene gar nicht wieder.

DICHTER *hervorstürzend*: Unverschämter Mensch –

HANSWURST: Sehn Sie! Sogar auf die kleine Rolle, die ich jetzt spiele, ist er neidisch.

DICHTER *auf der andern Seite des Theaters, mit einer Verbeugung*: Verehrungswürdige! ich hätte es nie wagen dürfen, diesem Manne eine größere Rolle zu geben, da ich Ihren Geschmack kenne –

HANSWURST *auf der andern Seite: Ihren* Geschmack! – Nun sehn Sie den Neid. – Und soeben haben Sie erklärt, daß mein Geschmack und der Ihrige in *einer* Form gegossen seien.

DICHTER: Ich wollte Sie durch gegenwärtiges Stück nur vorerst zu noch ausschweifenderen Geburten der Phantasie vorbereiten.

ALLE IM PARTERRE: Wie? – Was?

DICHTER: Denn stufenweise nur kann die Ausbildung geschehn, die den Geist das Phantastische und Humoristische lieben lehrt.

HANSWURST: Humoristische! Was er die Backen voll nimmt, und es ist doch lauter Wind. Aber Geduld, er hat gut Rollen-Schreiben, wir machen im Spielen doch ganz andre daraus.

DICHTER: Ich empfehle mich indes, um den Gang des Stückes nicht länger zu unterbrechen, und bitte der vorigen Störung wegen noch einmal um Verzeihung. *Geht ab.*

HANSWURST: Adieu, meine Teuren, bis auf Wiedersehn. – *Er geht ab, und kömmt schnell wieder.* Apropos! noch eins! – Auch was jetzt unter uns vorgefallen ist, gehört, genau genommen, nicht zum Stück. *Ab.*

Das Parterre lacht.

HANSWURST *kömmt schnell zurück*: Lassen Sie uns heut das miserable Stück zu Ende spielen; tun Sie, als merken Sie gar nicht, wie schlecht es ist, und sowie ich nach Hause komme, setze ich mich hin und schreibe eins für Sie nieder, das Ihnen gewiß gefallen soll. *Ab. Viele klatschen.*

Erste Szene

GOTTLIEB *und* HINZE *treten auf.*

GOTTLIEB: Lieber Hinze, es ist wahr, du tust sehr viel für mich, aber ich kann immer noch nicht einsehn, was es mir helfen soll.

HINZE: Auf mein Wort, ich will dich glücklich machen, und ich scheue keine Mühe und Arbeit, keine Schmerzen, keine Aufopferungen, um diesen Endzweck durchzusetzen.

GOTTLIEB: Bald, sehr bald muß es geschehn, sonst ist es zu spät – es ist schon halb acht, und um acht ist die Komödie aus.

HINZE: Was Teufel ist denn das?

GOTTLIEB: Ach, ich war in Gedanken! sonst, wollte ich sagen, verschmachten wir beide. Aber sieh, wie schön die Sonne aufgegangen ist. – Der verdammte Souffleur spricht so undeutlich, und wenn man denn manchmal extemporieren will, geht's immer schief.

HINZE *leise*: Nehmen Sie sich doch zusammen, das ganze Stück bricht sonst in tausend Stücke.

SCHLOSSER: Was sprach der von Komödie und halb acht?

FISCHER: Ich weiß nicht; mir deucht, wir sollten achtgeben, es würde bald aus sein.

SCHLOSSER: Ja wohl, acht! gottlob, um acht werden wir erlöst; wenn wir achtgeben, so wird es um acht für uns ein Losgeben; bis neun, nein, könnt es keiner aushalten; um zehn würd ich mit Zähnen um mich beißen.

MÜLLER: Bester, Sie phantasieren schon in der Manier des Stücks.

SCHLOSSER: Ja, ich bin auf lange ruiniert.

GOTTLIEB: Also heut noch soll sich mein Glück entscheiden?

HINZE: Ja, lieber Gottlieb, noch ehe die Sonne untergeht. – Sieh, ich liebe dich so sehr, daß ich für dich durchs Feuer laufen möchte – und du zweifelst an meiner Freundschaft?

WIESENER: Haben Sie's wohl gehört? – Er wird durchs Feuer laufen. – Schön! da bekommen wir noch die Dekoration aus der Zauberflöte, mit dem Wasser und Feuer.

NACHBAR: Katzen gehn aber nicht ins Wasser.

WIESENER: Desto größer ist ja des Katers Liebe für seinen Herrn; merken Sie, das will uns ja der Dichter eben dadurch zu verstehn geben.

HINZE: Was hast du denn wohl Lust zu werden in der Welt?

GOTTLIEB: Das ist schwer zu sagen.

HINZE: Möchtest du wohl Prinz oder König werden?

GOTTLIEB: Das noch am ersten.

HINZE: Fühlst du auch die Kraft in dir, ein Volk glücklich zu machen?

GOTTLIEB: Warum nicht? Wenn *ich* nur erst glücklich bin.

HINZE: Nun so sei zufrieden; ich schwöre dir, du sollst den Thron besteigen. *Geht ab.*

GOTTLIEB: Wunderlich müßt es zugehn. – Doch kömmt ja in der Welt so manches unerwartet. *Geht ab.*

BÖTTICHER: Bemerken Sie doch die unendliche Feinheit, mit der der Kater seinen Stock hält, so zart, so leutselig.

FISCHER: Sie sind uns mit Ihren Feinheiten schon längst zur Last, Sie sind noch langweiliger als das Stück.

MÜLLER: Ja es ist recht verdrüßlich, immer diese Entwickelungen und Lobpreisungen anhören zu müssen.

BÖTTICHER: Aber der Kunstenthusiasmus sucht sich doch auszusprechen.

SCHLOSSER: O es soll nun gleich zu Ende sein! Fassen Sie an, bester Herr Leutner; Herr Müller, halten Sie ihm den Kopf, ich habe hier eine Maschine, die ihm den Mund schließen und das Sprechen untersagen wird.

BÖTTICHER: Sie werden doch nimmermehr –

SCHLOSSER: So, nun steckt ihm der Knebel schon im Munde; Herr Fischer, lassen Sie die Feder zuschnappen, so ist die Sache gemacht. *Sie knebeln ihn.*

BÖTTICHER: Das ist doch himmelschreiend, daß ein Kunstke – –

SCHLOSSER: Kunstkenner will er sagen. So, jetzt wird doch von *der* Seite Ruhe sein. Nun sehn Sie hübsch still und bedächtlich zu.

Zweite Szene

Freies Feld.

HINZE *mit Tornister und Sack*: Ich bin der Jagd ganz gewohnt worden, alle Tage fang ich Rebhühner, Kaninchen und dergleichen, und die lieben Tierchen kommen auch immer mehr in die Übung, sich fangen zu lassen. – *Er spreitet seinen Sack aus.* Die Zeit mit den Nachtigallen ist nun vorbei, ich höre keine einzige.

DIE BEIDEN LIEBENDEN *treten auf.*

ER: Geh, du bist mir zur Last.

SIE: Du bist mir zuwider.

ER: Eine schöne Liebe!

SIE: Jämmerlicher Heuchler, wie hast du mich betrogen!

ER: Wo ist denn deine unendliche Zärtlichkeit geblieben?

SIE: Und deine Treue?

ER: Deine Wonnetrunkenheit?

SIE: Deine Entzückungen?

BEIDE: Der Teufel hat's geholt! das kommt vom Heiraten!

HINZE: So ist die Jagd noch nie gestört worden. – Wenn Sie doch geruhen wollten, zu bemerken, daß dieses freie Feld für Ihre Schmerzen offenbar zu enge ist, und irgendeinen Berg besteigen.

ER: Schlingel! *Gibt Hinzen eine Ohrfeige.*

SIE: Flegel! *Gibt ihm von der andern Seite eine.*

Hinze knurrt.

SIE: Ich dächte, wir ließen uns scheiden.

ER: Ich stehe zu Befehl. *Die Liebenden gehen ab.*

HINZE: Niedliches Volk, die sogenannten Menschen. – Sieh da, zwei Rebhühner, ich will sie schnell hintragen. – Nun, Glück, tummle dich, denn fast wird mir die Zeit auch zu lang. – Jetzt hab ich gar keine Lust mehr, die Rebhühner zu fressen. So gewiß ist es, daß wir durch bloße Gewohnheit unserer Natur alle möglichen Tugenden einimpfen können. *Geht ab.*

BÖTTICHER *unterm Knebel*: Himm – himm – li – sch!

SCHLOSSER: Strengen Sie sich nicht so an, es ist doch vergeblich.

Dritte Szene

Saal im Palast.

DER KÖNIG *auf seinem Thron mit der* PRINZESSIN, LEANDER *auf einem Katheder, ihm gegenüber* HANSWURST *auf einem andern Katheder; in der Mitte des Saals steckt auf einer hohen Stange ein Hut, der mit Gold besetzt und mit bunten Federn geschmückt ist; der ganze Hof ist versammelt.*

KÖNIG: Noch nie hat sich ein Mensch um das Vaterland so verdient gemacht, als dieser liebenswürdige Graf von *Carabas.* Einen dicken Folianten hat unser Historiograph schon vollgeschrieben, so oft hat er mir durch seinen Jäger niedliche und wohlschmeckende Präsente übermacht, manchmal sogar an einem Tage zweimal. Meine Erkenntlichkeit gegen ihn ist ohne Grenzen, und ich wünsche nichts so sehnlich, als irgendeinmal eine Gelegenheit zu finden, etwas von meiner großen Schuld gegen ihn abzutragen.

PRINZESSIN: Liebster Herr Vater, wollten Dieselben nicht gnädigst erlauben, daß jetzt die gelehrte Disputation ihren Anfang nehmen könnte? Mein Herz schmachtet nach dieser Geistesbeschäftigung.

KÖNIG: Ja, es mag jetzt seinen Anfang nehmen. – Hofgelehrter – Hofnarr – ihr wißt beide, daß demjenigen von euch, der in dieser Disputation den Sieg davonträgt, jener kostbare Hut beschieden ist; ich habe ihn auch deswegen hier aufrichten lassen, damit ihr ihn immer vor Augen habt und es euch nie an Witz gebricht.

Leander und Hanswurst verneigen sich.

LEANDER: Das Thema meiner Behauptung ist, daß ein neuerlich erschienenes Stück: *der gestiefelte Kater,* ein gutes Stück sei.

HANSWURST: Das ist gerade das, was ich leugne.

LEANDER: Beweise, daß es schlecht sei.

HANSWURST: Beweise, daß es gut sei.

LEUTNER: Was ist denn das wieder? – die Rede ist ja wohl von demselben Stücke, das hier gespielt wird, wenn ich nicht irre.

MÜLLER: Freilich von demselben.

LEANDER: Das Stück ist, wenn nicht ganz vortrefflich, doch in einigen Rücksichten zu loben.

HANSWURST: In gar keiner Rücksicht.

LEANDER: Ich behaupte, es ist Witz darin.

HANSWURST: Ich behaupte, es ist keiner drin.

LEANDER: Du bist ein Narr; wie willst du über Witz urteilen?

HANSWURST: Und du bist ein Gelehrter, was willst du von Witz verstehn?

LEANDER: Manche Charaktere sind gut durchgeführt.

HANSWURST: Kein einziger.

LEANDER: So ist, wenn ich auch alles übrige fallenlasse, das Publikum gut darin gezeichnet.

HANSWURST: Ein Publikum hat nie einen Charakter.

LEANDER: Über diese Frechheit möcht ich fast erstaunen.

HANSWURST *gegen das Parterre*: Ist es nicht ein närrischer Mensch? Ich und das verehrungswürdige Publikum stehn nun beide gleichsam auf du und du, und sympathisieren in Ansehung des Geschmacks, und doch will er gegen meine Meinung behaupten, das Publikum im gestiefelten Kater sei gut gezeichnet.

FISCHER: Das Publikum? Es kommt ja kein Publikum in dem Stücke vor.

HANSWURST: Noch besser! Also kömmt gar kein Publikum darin vor?

MÜLLER: Je bewahre! Wir müßten ja doch auch darum wissen.

HANSWURST: Natürlich. Nun, siehst du, Gelehrter? Was die Herren da unten sagen, muß doch wohl wahr sein.

LEANDER: Ich werde konfus – aber ich lasse dir noch nicht den Sieg.

HINZE tritt auf.

HANSWURST: Herr Jäger, ein Wort! –

Hinze nähert sich, Hanswurst spricht heimlich mit ihm.

HINZE: Wenn es weiter nichts ist. – *Er zieht die Stiefeln aus, und klettert die Stange hinauf, nimmt den Hut, springt herunter und zieht die Stiefeln wieder an.*

HANSWURST, *den Hut schwenkend*: Sieg! Sieg!

KÖNIG: Der Tausend! Wie ist der Jäger geschickt!

LEANDER: Es betrübt mich nur, daß ich von einem Narren überwunden bin, daß Gelehrsamkeit vor Torheit die Segel streichen muß.

KÖNIG: Sei ruhig; du wolltest den Hut haben, er wollte den Hut haben, da seh ich nun wieder keinen Unterschied. – Aber was bringst du, Jäger?

HINZE: Der Graf von *Carabas* läßt sich Eurer Majestät demütigst empfehlen, und nimmt sich die Freiheit, Ihnen diese beiden Rebhühner zu überschicken.

KÖNIG: Zu viel! zu viel! Ich erliege unter der Last der Dankbarkeit. Schon lange hätte ich meine Pflicht beobachten sollen, ihn zu besuchen, heute will ich es nun nicht länger aufschieben. – Laßt geschwind meine Staatskarosse in Ordnung bringen, acht Pferde vor, ich will mit meiner Tochter ausfahren! – Du, Jäger, sollst uns den Weg nach dem Schlosse des Grafen zeigen. *Geht mit seinem Gefolge ab.*

HINZE, HANSWURST.

HINZE: Worüber war denn eure Disputation?

HANSWURST: Ich behauptete, ein gewisses Stück, das ich übrigens gar nicht kenne: *der gestiefelte Kater,* sei ein erbärmliches Stück.

HINZE: So?

65

HANSWURST: Adieu, Herr Jäger, viel Dank. *Setzt den Hut auf und geht.*

HINZE *allein*: Ich bin ganz melancholisch. – Ich habe selbst dem Narren zu einem Siege verholfen, ein Stück herabzusetzen, in welchem ich die Hauptrolle spiele! – Schicksal! Schicksal! In welche Verwirrungen führst du so oft den Sterblichen! Doch mag es hingehn, wenn ich es nur dahin bringe, meinen geliebten Gottlieb auf den Thron zu setzen, so will ich herzlich gern alles Ungemach vergessen; will vergessen, daß ich mir und meiner Existenz zu nahe trete, indem ich die bessere Kritik entwaffnete und der Narrheit Waffen gegen mich selbst in die Hände gegeben; will vergessen, daß man mir den Bart ausgerauft und fast den Leib aufgeschnitten hätte; ja ich will nur im Freunde leben und der Nachwelt das höchste Muster uneigennütziger Freundschaft zur Bewunderung zurücklassen. – Der König will den Grafen besuchen? das ist noch ein schlimmer Umstand, den ich ins reine bringen muß. – In seinem Schlosse, das bis jetzt noch nirgend in der Welt liegt? – Nun ist der große wichtige Tag erschienen, an dem ich euch, ihr Stiefeln, ganz vorzüglich brauche! Verlaßt mich heut nicht, zerreißt nur heut nicht, zeigt nun, von welchem Leder ihr seid, von welchen Sohlen! Auf denn! Füß und Stiefeln an das große Werk, denn noch heut muß sich alles entscheiden! *Geht ab.*

SCHLOSSER: Was würgen Sie denn so?

BÖTTICHER: G – Gr – Großß!!

FISCHER: Sagt mir nur, wie das ist – das Stück selbst – das kömmt wieder als Stück im Stücke vor?

SCHLOSSER: Ich habe jetzt keinen mehr, an dem ich meinen Zorn, in welchen mich das Stück versetzt hat, auslassen könnte; da steht er, ein stummes Denkmal meiner eignen Verzweiflung.

Vierte Szene

Vor dem Wirtshause.

DER WIRT, *der mit einer Sense Korn mäht*: Das ist eine schwere Arbeit! – Je nun, die Leute können auch nicht alle Tage desertieren; an den guten Kindern liegt's gewiß nicht, sie haben den besten Willen, es geht aber halt nicht immer an. Das Leben besteht doch aus lauter Arbeit: bald Bier zapfen, bald Gläser reinmachen, bald einschenken, nun gar mähen. Leben heißt arbeiten. Es kam mal ein Gelehrter hier durch, der sagte, um recht zu leben, müsse sich der Mensch den Schlaf abgewöhnen, weil er im Schlaf seine Bestimmung verfehle und nicht arbeite; der Kerl muß gewiß noch niemals müde gewesen sein, und noch keinen guten Schlaf getan haben, denn ich kenne doch nichts Herrlichers und Ausbündigers als den Schlaf. Ich wollte, es wäre erst so weit, daß ich mich niederlegen könnte.

HINZE *tritt auf.*

HINZE: Wer etwas Wunderbares hören will, der höre mir jetzt zu. Wie ich gelaufen bin! Erstlich von dem königlichen Palast zu Gottlieb; zweitens mit Gottlieb nach dem Palast des Popanzes, wo ich ihn draußen im Walde gelassen habe; drittens von da wieder zum Könige; viertens lauf ich nun vor dem Wagen des Königes wie ein Laufer her und zeige ihm den Weg. O Beine, o Füße, o Stiefeln, wie viel müßt ihr heut verrichten! – He! guter Freund!

WIRT: Wer ist da? – Landsmann, Ihr müßt wohl fremde sein, denn die hiesigen Leute wissen's schon, daß ich um die Zeit kein Bier verkaufe, ich brauch's für mich selber; wer solche Arbeit tut, wie ich, der muß sich auch stärken; es tut mir leid, aber ich kann Euch nicht helfen.

HINZE: Ich will kein Bier, ich trinke gar kein Bier, ich will Euch nur ein paar Worte sagen.

WIRT: Ihr müßt wohl ein rechter Tagedieb sein, daß Ihr die fleißigen Leute in ihrem Beruf zu stören sucht.

HINZE: Ich will Euch nicht stören. Hört nur: der benachbarte König wird hier vorbeifahren, er steigt vielleicht aus und erkundigt sich, wem diese Dörfer hier gehören; wenn Euch Euer Leben lieb ist, wenn Ihr nicht gehängt, oder verbrannt sein wollt, so antwortet ja: dem Grafen von Carabas.

WIRT: Aber Herr, wir sind ja dem Gesetz untertan.

HINZE: Das weiß ich wohl, aber, wie gesagt, wenn Ihr nicht umkommen wollt, so gehört diese Gegend hier dem Grafen von Carabas. *Geht ab.*

WIRT: Schön Dank! – das wäre nun die schönste Gelegenheit, von aller Arbeit loszukommen, ich dürfte nur dem Könige sagen, das Land gehöre dem Popanz. Aber nein. Müßiggang ist aller Laster Anfang. *Ora et labora* ist mein Wahlspruch.

Eine schöne Kutsche mit acht Pferden, viele Bedienten hinten; der Wagen hält, DER KÖNIG *und* DIE PRINZESSIN *steigen aus.*

PRINZESSIN: Ich fühle eine gewisse Neugier, den Grafen zu sehn.

KÖNIG: Ich auch, meine Tochter. – Guten Tag, mein Freund! wem gehören diese Dörfer hier?

WIRT *für sich*: Er frägt, als wenn er mich gleich wollte hängen lassen. – Dem Grafen von Carabas, Ihro Majestät.

KÖNIG: Ein schönes Land. – Ich habe immer gedacht, daß das Land ganz anders aussehn müßte, wenn ich über die Grenze käme, so wie es auf der Landkarte ist. – Helft mir doch einmal. *Er klettert schnell einen Baum hinauf.*

PRINZESSIN: Was machen Sie, mein königlicher Vater?

KÖNIG: Ich liebe in der schönen Natur die freien Aussichten.

PRINZESSIN: Sieht man weit?

KÖNIG: O ja, und wenn mir die fatalen Berge hier nicht vor der Nase ständen, so würde ich noch weiter sehn. – O weh! der Baum ist voller Raupen. *Er steigt wieder hinunter.*

PRINZESSIN: Das macht, es ist eine Natur, die noch nicht idealisiert ist; die Phantasie muß sie erst veredeln.

KÖNIG: Ich wollte, du könntest mir mit der Phantasie die Raupen abnehmen. – Aber steig ein, wir wollen weiterfahren.

PRINZESSIN: Lebe wohl, guter unschuldiger Landmann.

Sie steigen ein, der Wagen fährt weiter.

WIRT: Wie die Welt sich umgekehrt hat! – Wenn man so in alten Büchern liest, oder alte Leute erzählen hört, so kriegte man immer Goldstücke, oder herrliche Kostbarkeiten, wenn man mit einem Könige oder Prinzen sprach. Aber jetzt! – Wie soll man noch sein Glück unverhoffterweise machen, wenn es sogar mit den Königen nichts mehr ist? Wenn ich ein König wäre, ich unterstände mir nicht, den Mund aufzutun, wenn ich den Leuten nicht erst Geld in die Hand gesteckt hätte. – Unschuldiger Landmann! Wollte Gott, ich wäre nichts schuldig. – Aber das machen die neuen empfindsamen Schilderungen vom Landleben. So ein König ist kapabel und beneidet unsereinen noch. – Ich muß nur Gott danken, daß er mich nicht gehängt hat. Der fremde Jäger war am Ende unser Popanz selber. – Wenigstens kömmt es nun doch in die Zeitung, daß der König gnädig mit mir gesprochen hat. *Geht ab.*

Fünfte Szene

Eine andre Gegend.

KUNZ, *der Korn mäht.*

KUNZ: Saure Arbeit! Und wenn ich's noch für mich täte, aber der Hofedienst! Da muß man für den Popanz schwitzen, und er dankt es einem nicht einmal. – Es heißt wohl immer in der Welt, die Gesetze sind notwendig, um die Leute in Ordnung zu halten, aber warum da *unser Gesetz* notwendig ist, der uns alle auffrißt, kann ich nicht einsehn.

HINZE *kömmt gelaufen.*

HINZE: Nun hab ich schon Blasen unter den Füßen! – Nun, es tut nichts; Gottlieb, Gottlieb muß dafür auf den Thron! – He! guter Freund!

KUNZ: Was ist denn das für ein Kerl?

HINZE: Hier wird sogleich der König vorbeifahren; wenn er Euch frägt, wem dies alles gehört, so müßt Ihr antworten, dem Grafen von Carabas, sonst werdet Ihr in tausend Millionen Stückchen gehackt. Zum Besten des Publikums will es so das Gesetz.

FISCHER: Wie? zum Besten des Publikums?

SCHLOSSER: Natürlich, weil sonst das Stück gar kein Ende hätte.

HINZE: Euer Leben wird Euch lieb sein! *Geht ab.*

KUNZ: Das ist so, wie die Edikte immer klingen. Nun, mir kann's recht sein, wenn nur keine neue Auflagen daraus entstehen, daß ich das sagen soll. Man darf keiner Neuerung trauen.

Die Kutsche fährt vor und hält, KÖNIG *und* PRINZESSIN *steigen aus.*

KÖNIG: Auch eine hübsche Gegend. Wir haben doch schon eine Menge recht hübscher Gegenden gesehn. – Wem gehört das Land hier?

KUNZ: Dem Grafen von Carabas.

KÖNIG: Er hat herrliche Länder, das muß wahr sein – und so nahe an dem meinigen. Tochter, das wäre so eine Partie für dich. Was meinst du?

PRINZESSIN: Sie beschämen mich, Herr Vater. – Aber was man doch auf Reisen Neues sieht. Sagt mir doch einmal, guter Bauer, warum haut Ihr denn das Stroh so um?

KUNZ *lachend*: Das ist ja die Ernte, Mamsell Königin, das Getreide.

KÖNIG: Das Getreide? – Wozu braucht Ihr denn das?

KUNZ *lachend*: Daraus wird ja das Brot gebacken.

KÖNIG: Bitt ich dich ums Himmels willen, Tochter! – daraus wird Brot gebacken! – Wer sollte wohl auf solche Streiche kommen? – Die Natur ist doch etwas Wunderbares. – Hier, guter Freund, habt Ihr ein klein Trinkgeld, es ist heute warm. –

Er steigt mit der Prinzessin wieder ein, der Wagen fährt fort,

KUNZ: Kennt kein Getreide! Alle Tage erfährt man doch mehr Neues. – Wenn er mir nicht ein blankes Goldstück gegeben hätte, und wenn er kein König wäre, so sollte man denken, er wäre ein ganz einfältiger Mensch. – Ich will mir nur gleich eine Kanne gutes Bier holen. Kennt kein Getreide! *Geht ab.*

Sechste Szene

Eine andere Gegend an einem Flusse.

GOTTLIEB: Da steh ich nun hier schon seit zwei Stunden und warte auf meinen Freund Hinze. – Er kömmt immer noch nicht. – Da ist er! Aber wie er läuft! Er scheint ganz außer Atem.

HINZE *kömmt gelaufen.*

HINZE: Nun, Freund Gottlieb, zieh dir geschwind die Kleider aus.
GOTTLIEB: Die Kleider?
HINZE: Und dann springe hier ins Wasser. –
GOTTLIEB: Ins Wasser?
HINZE: Und dann werf ich die Kleider in den Busch. –
GOTTLIEB: In den Busch?
HINZE: Und dann bist du versorgt!
GOTTLIEB: Das glaub ich selber; wenn ich ersoffen bin, und die Kleider weg sind, bin ich versorgt genug.
HINZE: Es ist nicht Zeit zum Spaßen. –
GOTTLIEB: Ich spaße gar nicht. Hab ich darum hier warten müssen?
HINZE: Zieh dich aus!
GOTTLIEB: Nun, ich will dir alles zu Gefallen tun.
HINZE: Komm, du sollst dich nur ein wenig baden. *Er geht mit ihm ab, und kömmt mit den Kleidern zurück, die er in den Busch hineinwirft.* – Hülfe! Hülfe! Hülfe!

Die Kutsche fährt vor, DER KÖNIG *sieht aus dem Schlage.*

KÖNIG: Was gibt's denn, Jäger? Warum schreist du so?

HINZE: Hülfe, Ihre Majestät, der Graf von Carabas ist ertrunken.

KÖNIG: Ertrunken!

PRINZESSIN *im Wagen*: Carabas!

KÖNIG: Meine Tochter in Ohnmacht! – Der Graf ertrunken!

HINZE: Er ist vielleicht noch zu retten, er liegt dort im Wasser.

KÖNIG: Bediente! wendet alles, alles an, den edlen Mann zu erhalten.

EIN BEDIENTER: Wir haben ihn gerettet, Ihro Majestät.

HINZE: Unglück über Unglück, mein König. – Der Graf hatte sich hier in dem klaren Flusse gebadet, und ein Spitzbube hat ihm die Kleider gestohlen.

KÖNIG: Schnallet gleich meinen Koffer ab! Gebt ihm von meinen Kleidern! – Ermuntre dich, Tochter, der Graf ist gerettet.

HINZE: Ich muß eilen. *Geht ab.*

GOTTLIEB *in den Kleidern des Königs.*

GOTTLIEB: Ihro Majestät. –

KÖNIG: Das ist der Graf! Ich kenne ihn an meinen Kleidern! – Steigen Sie ein, mein Bester – was machen Sie? – Wo kriegen Sie all die Kaninchen her? – Ich weiß mich vor Freude nicht zu lassen! – Zugefahren, Kutscher! –

Der Wagen fährt schnell ab.

EIN BEDIENTER: Da mag der Henker so schnell hinaufkommen – nun hab ich das Vergnügen zu Fuße nachzulaufen, und naß bin ich überdies noch wie eine Katze. *Geht ab.*

LEUTNER: Wie oft wird denn der Wagen noch vorkommen! – Diese Situation wiederholt sich auch gar zu oft.

WIESENER: Herr Nachbar! – Sie schlafen ja.

NACHBAR: Nicht doch – ein schönes Stück!

72

Siebente Szene

Palast des Popanzes.

DER POPANZ *steht als Rhinozeros da,* EIN ARMER BAUER *vor ihm.*

BAUER: Geruhn Ihr Gnaden Popanz –

POPANZ: Gerechtigkeit muß sein, mein Freund.

BAUER: Ich kann jetzt noch nicht zahlen –

POPANZ: Aber Er hat doch den Prozeß verloren, das Gesetz fordert Geld und Seine Strafe; Sein Gut muß also verkauft werden, es ist nicht anders und das von Rechts wegen!

Bauer geht ab.

POPANZ, *der sich wieder in einen ordentlichen Popanz verwandelt*: Die Leute würden allen Respekt verlieren, wenn man sie nicht so zur Furcht zwänge.

EIN AMTMANN *tritt mit vielen Bücklingen herein.*

AMTMANN: Geruhen Sie – gnädiger Herr – ich –

POPANZ: Was ist Ihm, mein Freund?

AMTMANN: Mit Ihrer gütigsten Erlaubnis, ich zittre und bebe vor Dero furchtbaren Anblick.

POPANZ: Oh, das ist noch lange nicht meine entsetzlichste Gestalt.

AMTMANN: Ich kam eigentlich – in Sachen – um Sie zu bitten, sich meiner gegen meinen Nachbar anzunehmen – ich hatte auch diesen Beutel mitgebracht – aber der Anblick des Herrn Gesetzes ist mir zu schrecklich.

Popanz verwandelt sich plötzlich in eine Maus, und sitzt in einer Ecke.

AMTMANN: Wo ist denn der Popanz geblieben?

POPANZ *mit einer feinen Stimme*: Legen Sie nur das Geld auf den Tisch dort hin; ich sitze hier, um Sie nicht zu erschrekken.

AMTMANN: Hier. – *Legt das Geld hin.* O das ist eine herrliche Sache mit der Gerechtigkeit. – Wie kann man sich vor einer solchen Maus fürchten? *Geht ab.*

POPANZ *nimmt seine natürliche Gestalt an*: Ein ziemlicher Beutel – man muß auch mit den menschlichen Schwachheiten Mitleid haben.

HINZE *tritt herein.*

HINZE: Mit Ihrer Erlaubnis – *Für sich*: Hinze, du mußt dir ein Herz fassen – Ihro Exzellenz –

POPANZ: Was wollt Ihr?

HINZE: Ich bin ein durchreisender Gelehrter, und wollte mir nur die Freiheit nehmen, Ihro Exzellenz kennenzulernen.

POPANZ: Gut, so lern Er mich kennen.

HINZE: Sie sind ein mächtiger Fürst, Ihre Gerechtigkeitsliebe ist in der ganzen Welt bekannt.

POPANZ: Ja, das glaub ich wohl. – Setz Er sich doch.

HINZE: Man erzählt viel Wunderbares von Ihro Hoheit –

POPANZ: Die Leute wollen immer was zu reden haben, und da müssen denn die regierenden Häupter zuerst dran.

HINZE: Aber eins kann ich doch nicht glauben, daß Dieselben sich nämlich in Elefanten und Tiger verwandeln können.

POPANZ: Ich will Ihm gleich ein Exempel davon geben. *Er verwandelt sich in einen Löwen.*

HINZE *zieht zitternd eine Brieftasche heraus*: Erlauben Sie mir, daß ich mir diese Merkwürdigkeit notiere. – Aber nun geruhen Sie auch, Ihre natürliche anmutige Gestalt wieder anzunehmen, weil ich sonst vor Angst vergehe.

POPANZ *in seiner Gestalt*: Gelt, Freund, das sind Kunststücke?

HINZE: Erstaunliche. Aber, noch eins: man sagt auch, Sie könnten sich in ganz kleine Tiere verwandeln; das ist mir mit Ihrer Erlaubnis noch weit unbegreiflicher; denn, sagen Sie mir nur, wo bleibt dann Dero ansehnlicher Körper?

POPANZ: Auch das will ich machen. *Er verwandelt sich in eine Maus; Hinze springt hinter ihm her auf allen vieren; Popanz erschreckt, entflieht in ein andres Zimmer, Hinze ihm nach.*

HINZE *zurückkommend*: Freiheit und Gleichheit! – Das Gesetz ist aufgefressen! Nun wird ja wohl der *Tiers état* Gottlieb zur Regierung kommen.

Allgemeines Pochen und Zischen im Parterre.

SCHLOSSER: Halt! Ein Revolutionsstück! Ich wittre Allegorie und Mystik in jedem Wort! Halt! halt! Zurück möcht ich nun alles denken und empfinden, um all die großen Winke, die tiefen Andeutungen zu fassen, die religiöse Tiefe zu ergründen! Halt! Nur nicht gepocht! Es sollte lieber von vorn gespielt werden! Nur nicht weltlich getrommelt!

Das Pochen dauert fort; Wiesener und manche andre klatschen, Hinze ist sehr verlegen.

BÖTTICHER: Ich – muß –
FISCHER: Halten Sie sich nur ruhig.
BÖTTICHER: Muß – muß –
MÜLLER: Was er drückt! Wie er sich aufbläst!
FISCHER: Ich fürchte, er platzt in der Anstrengung.
BÖTTICHER: Muß – muß –
FISCHER: Ums Himmels willen, Sie gehn zugrunde.
BÖTTICHER: Lo – lo – *sehr laut*: loben!! –

Der Knebel fliegt ihm aus dem Munde, über das Orchester weg auf das Theater, und dem Hinze an den Kopf.

HINZE: O weh! o weh! sie werfen mit Steinen nach mir! Ich bin tödlich am Kopfe blessiert! *Er entflieht.*
BÖTTICHER: Muß loben, preisen, vergöttern und auseinandersetzen das himmlische, das einzige Talent dieses unvergleichlichen Mannes, dem ähnlich nichts in unserm Vaterlande noch den übrigen Reichen anzutreffen ist. Und, o Jammer! er muß nun glauben, daß meine Anstrengung, ihn zu erheben, ihn hat beschädigen wollen, weil dieser verruchte Knebel ihm an sein ehrwürdiges, lorbeerumkränztes Haupt geflogen ist.
FISCHER: Es war wie ein Kanonenschuß.

MÜLLER: Lassen Sie ihn nur schwatzen und loben, und halten Sie den Herrn Schlosser, welcher auch wütig geworden ist.

SCHLOSSER: O Tiefe, Tiefe der mystischen Anschauungen! O gewiß, gewiß wird der sogenannte Kater nun in der letzten Szene auf dem Berge im Aufgang der Sonne knien, daß ihm das Morgenrot durch seinen transparenten Körper scheint! O weh! o weh! und darum kommen wir nun. Horcht! das Pochen währt immer fort. Nein, Kerle, laßt mich los – weg da!

LEUTNER: Hier, Herr Fischer, habe ich zum Glück einen starken Bindfaden im Orchester gefunden; da, binden Sie ihm die Hände.

MÜLLER: Die Füße auch, er stößt wie ein Rasender um sich.

BÖTTICHER: Wie wohl, wie leicht ist mir, nun du Knebel fort, fort flogest, weit in die Welt hinein, und die Lobpreisungen, einem Strome ähnlich, der seinen Damm zerreißt, wieder ergiebig, wortüberflüssig, mit Anspielungen und Zitaten spielend, Stellen aus alten Autoren wälzend, dahinfluten können. O welchen Anstand hat dieser Mann! Wie drückte er die Ermüdung so sinnreich aus, daß er ein weniges mit den Knien knickte und knackte, wenn er zum Stillstehn kam; nichts da vom Schweißabtrocknen, wie ein ordinärer Künstler getan haben würde; nein, dazu hatte er keine Zeit, der Erste, Einzige, Übermenschliche, Riesenhafte, Titanenmäßige!

FISCHER: Er fällt ordentlich in den Hymnus, nun das Sperrwerk fort ist.

MÜLLER: Lassen Sie ihn, mit dem Herrn Schlosser steht es viel schlimmer.

SCHLOSSER: Ach! nun würde die geheime Gesellschaft kommen, die für das Wohl der Menschheit tätig ist; die Freiheit wird nun proklamiert, und ich bin hier gebunden.

Das Getümmel vermehrt sich, so wie das Geschrei im Parterre und auf der Galerie.

LEUTNER: Das ist ja ein höllischer Spektakul, als wenn das ganze Haus einbrechen wollte.

DICHTER *hinter der Szene*: Ei was! laßt mich zufrieden – wohin soll ich mich retten? – *Er stürzt außer sich auf das Theater.* Was fang ich an, ich Elendester? – das Stück ist sogleich zu Ende – alles wäre vielleicht gut gegangen – ich hatte nun gerade von dieser moralischen Szene so vielen Beifall erwartet. – Wenn es nur nicht so weit von hier – nach dem Palast des Königs wäre – so holt ich den Besänftiger – er hat mir schon am Schluß des zweiten Aktes – alle Fabeln vom Orpheus glaublich gemacht. – Doch, bin ich nicht Tor? – Ich bin ja völlig konfuse; – auf dem Theater steh ich – und der Besänftiger muß irgendwo – zwischen den Kulissen stecken. – Ich will ihn suchen – ich muß ihn finden – er soll mich retten! – *Er geht ab, kömmt schnell zurück.* Dort ist er nicht. – Herr Besänftiger! – Ein hohles Echo spottet meiner. – Kommen Euer Wohlgeboren! – Nur ein weniges vermittelnde Kritik – und das ganze Reich – das jetzt empört ist – kömmt zur Ruhe wieder. – Wir meinen es ja alle gut – wir haben ja nur den Mittelpunkt verfehlt – Publikum wie ich! – Herr Vermittler! Herr Besänftiger! – Etwas bessere Kritik, die Anarchie zu enden! – – O weh, er hat mich verlassen. – Ha!! – dort seh ich ihn – er muß hervor!

Die Pausen werden vom Parterre aus mit Pochen ausgefüllt, und der Dichter spricht diesen Monolog rezitativisch, so daß dadurch eine Art von Melodram entsteht.

BESÄNFTIGER, *hinter der Szene*: Nein, ich gehe nicht vor.

DICHTER: Kommen Sie, sein Sie nur dreist, Sie werden gewiß Glück machen.

BESÄNFTIGER: Der Lärm ist zu ungeheuer.

DICHTER, *stößt ihn mit Gewalt hervor*: Die Welt wartet auf Sie! Hinaus! Vermitteln Sie! Besänftigen Sie!

BESÄNFTIGER, *tritt vor mit dem Glockenspiel*: Ich will mein Heil versuchen. – *Er spielt auf den Glocken und singt*:

In diesen heiigen Hallen
  Kennt man die Rache nicht,
Und ist ein Mensch gefallen,
  Führt Liebe ihn zur Pflicht;
Dann wandelt er an Freundes Hand
Vergnügt und froh ins beßre Land.

Wozu dies wilde Brüllen,
  Die Exzentrizität?
Das alles muß sich stillen,
  Wenn die Kritik entsteht;
Dann wissen wir woran wir sind,
Das Ideal fühlt jedes Kind.

*Das Parterre fängt an zu klatschen, indem verwandelt sich das Theater;
das Feuer und das Wasser aus der Zauberflöte fängt an zu spielen,
oben sieht man den offnen Sonnentempel, der Himmel ist offen,
und Jupiter sitzt darin, unten die Hölle mit Tarkaleon; Kobolde
und Hexen auf dem Theater, viel Licht. Das Publikum klatscht un-
mäßig, alles ist in Aufruhr.*

WIESENER: Nun muß der Kater noch durch Feuer und Wasser
gehn, und das Stück ist fertig.

DER KÖNIG, DIE PRINZESSIN, GOTTLIEB, HINZE, *mit verbundenem
Kopfe,* BEDIENTE *treten herein.*

HINZE: Dies ist der Palast des Grafen von Carabas. – Wie, Henker, hat sich's denn hier verändert?

KÖNIG: Ein schön Palais.

HINZE: Weil's denn doch einmal so weit ist, *Gottlieb bei der
Hand nehmend,* so müssen Sie erst hier durch das Feuer, und
dann durch das Wasser gehn.

Gottlieb geht nach einer Flöte und Pauke durch Feuer und Wasser.

HINZE: Sie haben die Prüfung überstanden; nun, mein Prinz,
sind Sie ganz der Regierung würdig.

GOTTLIEB: Das Regieren, Hinze, ist eine kuriose Sache. Mir ist heiß und kalt dabei geworden.

KÖNIG: Empfangen Sie nun die Hand meiner Tochter.

PRINZESSIN: Wie glücklich bin ich!

GOTTLIEB: Ich ebenfalls. – Mein König, ich wünschte nun auch meinen Diener zu belohnen.

KÖNIG: Allerdings; ich erhebe ihn hiermit in den Adelstand. *Er hängt dem Kater einen Orden um.* Wie heißt er eigentlich?

GOTTLIEB: Hinze; seiner Geburt nach ist er nur aus einer geringen Familie, aber seine Verdienste erheben ihn.

LEANDER *tritt schnell herein.*

LEANDER: Platz! Platz! *Er drängt sich durch.* Ich bin mit Extrapost nachgereiset, um meiner anbetungswürdigen Prinzessin und ihrem Herrn Gemahl Glück zu wünschen. *Er tritt vor, verbeugt sich gegen das Publikum.*

Vollendet ist die Tat, trotz tätgen Tatzen
Der Bosheit, glänzt sie in der Welt Geschichten
Jahrhunderten, die nach Verdiensten richten: Wenn
dann vergessen sind hochprahlnde Fratzen,

Die oft im stolzen Dünkel gleichsam platzen;
Dann tönt im Lied, in lieblichen Gedichten
Von schönen Lippen noch das Lob der schlichten,
Schmeich'lhaften, stillen, duldungsreichen Katzen.

Der große Hinz hat sein Geschlecht geadelt,
Er achtet nicht an Bein und Kopf der Wunden,
Nicht Popanz, Ungetüm, die ihn angrinzen.

Wenn Unbill nun das Katzgeschlecht blöd tadelt,
Irrwähnend Vorzug geben möchte Hunden –
Man widerlegt nicht – nein! – nennt ihr nur – Hinzen!

Lautes allgemeines Pochen, der Vorhang fällt.

Epilog

DER KÖNIG *tritt hinter dem Vorhang hervor*: Morgen werden wir die Ehre haben, die heutige Vorstellung zu wiederholen.

FISCHER: Welche Unverschämtheit! *Alles pocht.*

KÖNIG *gerät in Konfusion, geht zurück und kömmt dann wieder*: Morgen: – Allzu scharf macht schartig.

ALLE: Ja wohl! ja wohl! – *Applaudieren, der König geht ab.*

Man schreit: Die letzte Dekoration! Die letzte Dekoration!

HINTER DEM VORHANGE: Wahrhaftig! Da wird die Dekoration hervorgerufen! *Der Vorhang geht auf, das Theater ist leer, man sieht nur die Dekoration.*

HANSWURST *tritt mit Verbeugungen hervor.*

HANSWURST: Verzeihen Sie, daß ich so frei bin, mich im Namen der Dekoration zu bedanken; es ist nicht mehr als Schuldigkeit, wenn die Dekoration nur halbweg höflich ist. Sie wird sich bemühen, auch künftig den Beifall eines erleuchteten Publikums zu verdienen; daher wird sie es gewiß weder an Lampen noch an den nötigen Verzierungen fehlen lassen, denn der Beifall einer solchen Versammlung wird sie so – so – so anfeuern – o Sie sehn ja, sie ist vor Tränen so gerührt, daß sie nicht weitersprechen kann. –

Er geht schnell ab und trocknet sich die Augen, einige im Parterre weinen, die Dekoration wird weggenommen, man sieht die kahlen Wände des Theaters, die Leute fangen an fortzugehn; DER SOUFFLEUR *steigt aus seinem Kasten;* – DER DICHTER *erscheint demütig auf der Bühne.*

DICHTER: Ich bin noch einmal so frei –

FISCHER: Sind Sie auch noch da?

MÜLLER: Sie sollten doch ja nach Hause gegangen sein.

DICHTER: Nur noch ein paar Worte mit Ihrer gütigen Erlaubnis! Mein Stück ist durchgefallen –

FISCHER: Wem sagen Sie denn das?

MÜLLER: Wir haben's bemerkt.

DICHTER: Die Schuld liegt vielleicht nicht ganz an mir –

MÜLLER: An wem denn sonst, daß wir hier einen würdigen jungen Mann gebunden halten müssen, der sonst wie ein Rasender um sich schlägt? Wer hat denn sonst wohl schuld, als Sie, daß wir alle konfuse im Kopfe sind?

SCHLOSSER: Erleuchteter Mann! nicht wahr, Ihr hohes Schauspiel ist eine mystische Theorie und Offenbarung über die Natur der Liebe?

DICHTER: Daß ich nicht wüßte; ich wollte nur den Versuch machen, Sie alle in die entfernten Empfindungen Ihrer Kinderjahre zurückzuversetzen, daß Sie dadurch das dargestellte Märchen empfunden hätten, ohne es doch für etwas Wichtigeres zu halten, als es sein sollte.

LEUTNER: Das geht nicht so leicht, mein guter Mann.

DICHTER: Sie hätten dann freilich Ihre ganze Ausbildung auf zwei Stunden beiseit legen müssen. –

FISCHER: Wie ist denn das möglich?

DICHTER: Ihre Kenntnisse vergessen –

MÜLLER: Warum nicht gar!

DICHTER: Ebenso, was sie in Journalen getan haben.

MÜLLER: Seht nur die Foderungen!

DICHTER: Kurz, Sie hätten wieder zu Kindern werden müssen.

FISCHER: Aber wir danken Gott, daß wir es nicht mehr sind.

LEUTNER: Unsere Ausbildung hat uns Mühe und Angstschweiß genug gekostet.

Man trommelt von neuem.

SOUFFLEUR: Versuchen Sie ein paar Verse zu machen, Herr Dichter; vielleicht bekommen sie dann mehr Respekt vor Ihnen.

DICHTER: Vielleicht fällt mir eine Xenie ein.

SOUFFLEUR: Was ist das?

DICHTER: Eine neuerfundene Dichtungsart, die sich besser fühlen als beschreiben läßt.

Gegen das Parterre:

Publikum, soll mich dein Urteil nur einigermaßen belehren,
Zeig erst, daß du mich nur einigermaßen verstehst.

Es wird aus dem Parterre mit verdorbenen Birnen und Äpfeln und zusammengerolltem Papier nach ihm geworfen.

DICHTER: Die Herren da unten sind mir in dieser Dichtungsart zu stark.

MÜLLER: Kommen Sie, Herr Fischer und Herr Leutner, daß wir den Herrn Schlosser als ein Opfer der Kunst nach seinem Hause schleppen.

SCHLOSSER, *indem sie ihn fortschleppen:* Zieht nur, wie ihr wollt, ihr gemeinen Seelen, das Licht der Liebe und der Wahrheit wird dennoch die Welt durchdringen. *Alle gehn ab.*

DICHTER: Ich gehe auch nach Hause.

BÖTTICHER: St! St! Herr Poet!

DICHTER: Was ist Ihnen gefällig?

BÖTTICHER: Ich bin nicht unter Ihren Gegnern gewesen, aber das hinreißende Spiel des einzigen Mannes, welcher den tugendhaften Hinze dargestellt, hat mich etwas gehindert, die Kunst der dramatischen Komposition ganz zu fassen, der ich aber auch ohne das gern ihr Recht widerfahren lasse; jetzt wollte ich nur fragen, ob dieser große Mensch noch auf dem Theater verweilt?

DICHTER: Nein. Was wollten Sie aber mit ihm?

BÖTTICHER: Nichts als ihn ein weniges anbeten und seine Größe erläutern. – Reichen Sie mir doch gefälligst den Knebel dort her, den ich als ein Denkmal von der Barbarei meines Zeitalters und unsrer Landsleute aufbewahren will.

DICHTER: Hier.

BÖTTICHER: Ich werde mich Ihrer Gefälligkeit immer mit Dankbarkeit erinnern. *Geht ab.*

DICHTER: O du undankbares Jahrhundert! *Geht ab. Die wenigen, die noch im Theater waren, gehn nach Hause.*

MÄRCHEN
AUS DEM »PHANTASUS«

Der blonde Eckbert

1796

In einer Gegend des Harzes wohnte ein Ritter, den man gewöhnlich nur den blonden Eckbert nannte. Er war ohngefähr vierzig Jahr alt, kaum von mittler Größe, und kurze hellblonde Haare lagen schlicht und dicht an seinem blassen eingefallenen Gesichte. Er lebte sehr ruhig für sich und war niemals in den Fehden seiner Nachbarn verwickelt, auch sah man ihn nur selten außerhalb den Ringmauern seines kleinen Schlosses. Sein Weib liebte die Einsamkeit ebensosehr, und beide schienen sich von Herzen zu lieben, nur klagten sie gewöhnlich darüber, daß der Himmel ihre Ehe mit keinen Kindern segnen wolle.

Nur selten wurde Eckbert von Gästen besucht, und wenn es auch geschah, so wurde ihretwegen fast nichts in dem gewöhnlichen Gange des Lebens geändert, die Mäßigkeit wohnte dort, und die Sparsamkeit selbst schien alles anzuordnen. Eckbert war alsdann heiter und aufgeräumt, nur wenn er allein war, bemerkte man an ihm eine gewisse Verschlossenheit, eine stille zurückhaltende Melancholie.

Niemand kam so häufig auf die Burg als Philipp Walther, ein Mann, dem sich Eckbert angeschlossen hatte, weil er an diesem ohngefähr dieselbe Art zu denken fand, der auch er am meisten zugetan war. Dieser wohnte eigentlich in Franken, hielt sich aber oft über ein halbes Jahr in der Nähe von Eckberts Burg auf, sammelte Kräuter und Steine, und beschäftigte sich damit, sie in Ordnung zu bringen, er lebte von einem kleinen Vermögen und war von niemand abhängig. Eckbert begleitete ihn oft auf seinen einsamen Spaziergängen, und mit jedem Jahre entspann sich zwischen ihnen eine innigere Freundschaft.

Es gibt Stunden, in denen es den Menschen ängstigt, wenn er vor seinem Freunde ein Geheimnis haben soll, was er bis dahin oft mit vieler Sorgfalt verborgen hat, die Seele fühlt dann einen unwiderstehlichen Trieb, sich ganz mitzuteilen, dem Freunde auch das Innerste aufzuschließen, damit er um so mehr unser

Freund werde. In diesen Augenblicken geben sich die zarten Seelen einander zu erkennen, und zuweilen geschieht es wohl auch, daß einer vor der Bekanntschaft des andern zurückschreckt.

Es war schon im Herbst, als Eckbert an einem neblichten Abend mit seinem Freunde und seinem Weibe Bertha um das Feuer eines Kamines saß. Die Flamme warf einen hellen Schein durch das Gemach und spielte oben an der Decke, die Nacht sah schwarz zu den Fenstern herein, und die Bäume draußen schüttelten sich vor nasser Kälte. Walther klagte über den weiten Rückweg, den er habe, und Eckbert schlug ihm vor, bei ihm zu bleiben, die halbe Nacht unter traulichen Gesprächen hinzubringen, und dann in einem Gemache des Hauses bis am Morgen zu schlafen. Walther ging den Vorschlag ein, und nun ward Wein und die Abendmahlzeit hereingebracht, das Feuer durch Holz vermehrt, und das Gespräch der Freunde heitrer und vertraulicher.

Als das Abendessen abgetragen war, und sich die Knechte wieder entfernt hatten, nahm Eckbert die Hand Walthers und sagte: »Freund, Ihr solltet Euch einmal von meiner Frau die Geschichte ihrer Jugend erzählen lassen, die seltsam genug ist.« – »Gern«, sagte Walther, und man setzte sich wieder um den Kamin.

Es war jetzt gerade Mitternacht, der Mond sah abwechselnd durch die vorüberflatternden Wolken. »Ihr müßt mich nicht für zudringlich halten«, fing Bertha an, »mein Mann sagt, daß Ihr so edel denkt, daß es unrecht sei, Euch etwas zu verhehlen. Nur haltet meine Erzählung für kein Märchen, so sonderbar sie auch klingen mag.

Ich bin in einem Dorfe geboren, mein Vater war ein armer Hirte. Die Haushaltung bei meinen Eltern war nicht zum besten bestellt, sie wußten sehr oft nicht, wo sie das Brot hernehmen sollten. Was mich aber noch weit mehr jammerte, war, daß mein Vater und meine Mutter sich oft über ihre Armut entzweiten, und einer dem andern dann bittere Vorwürfe machte. Sonst hört ich beständig von mir, daß ich ein einfältiges dummes Kind sei, das nicht das unbedeutendste Geschäft auszurichten wisse, und wirklich war ich äußerst ungeschickt und unbeholfen, ich ließ alles aus den Händen fallen, ich lernte weder nähen noch spinnen, ich konnte nichts in der Wirtschaft helfen, nur die Not meiner Eltern verstand ich sehr gut. Oft saß ich dann im Winkel und füllte meine Vorstellungen damit an, wie ich ihnen helfen wollte, wenn ich plötzlich reich würde, wie ich sie mit Gold und Silber überschütten und mich an ihrem Erstaunen laben möchte, dann sah ich Geister heraufschweben, die mir unterirdische Schätze entdeckten, oder mir kleine Kiesel gaben, die sich in Edelsteine verwandelten, kurz, die wunderbarsten Phantasien beschäftigten mich, und wenn ich nun aufstehn mußte, um irgend etwas zu helfen, oder zu tragen, so zeigte ich mich noch viel ungeschickter, weil mir der Kopf von allen den seltsamen Vorstellungen schwindelte.

Mein Vater war immer sehr ergrimmt auf mich, daß ich eine so ganz unnütze Last des Hauswesens sei, er behandelte mich daher oft ziemlich grausam, und es war selten, daß ich ein freundliches Wort von ihm vernahm. So war ich ungefähr acht Jahr alt geworden, und es wurden nun ernstliche Anstalten gemacht, daß ich etwas tun, oder lernen sollte. Mein Vater glaubte, es wäre nur Eigensinn oder Trägheit von mir, um meine Tage in Müßiggang hinzubringen, genug, er setzte mir mit Drohungen unbeschreiblich zu, da diese aber doch nichts fruchteten, züchtigte er mich auf die grausamste Art, indem er sagte, daß diese Strafe mit jedem Tage wiederkehren sollte, weil ich doch nur ein unnützes Geschöpf sei.

Die ganze Nacht hindurch weint ich herzlich, ich fühlte mich so außerordentlich verlassen, ich hatte ein solches Mitleid mit mir selber, daß ich zu sterben wünschte. Ich fürchtete den Anbruch des Tages, ich wußte durchaus nicht, was ich anfangen sollte, ich wünschte mir alle mögliche Geschicklichkeit und konnte gar nicht begreifen, warum ich einfältiger sei, als die übrigen Kinder meiner Bekanntschaft. Ich war der Verzweiflung nahe.

Als der Tag graute, stand ich auf und eröffnete, fast ohne daß ich es wußte, die Tür unsrer kleinen Hütte. Ich stand auf dem freien Felde, bald darauf war ich in einem Walde, in den der Tag kaum noch hineinblickte. Ich lief immerfort, ohne mich umzusehn, ich fühlte keine Müdigkeit, denn ich glaubte immer, mein Vater würde mich noch wieder einholen, und, durch meine Flucht gereizt, mich noch grausamer behandeln.

Als ich aus dem Walde wieder heraustrat, stand die Sonne schon ziemlich hoch, ich sah jetzt etwas Dunkles vor mir liegen, welches ein dichter Nebel bedeckte. Bald mußte ich über Hügel klettern, bald durch einen zwischen Felsen gewundenen Weg gehn, und ich erriet nun, daß ich mich wohl in dem benachbarten Gebirge befinden müsse, worüber ich anfing mich in der Einsamkeit zu fürchten. Denn ich hatte in der Ebene noch keine Berge gesehn, und das bloße Wort Gebirge, wenn ich davon hatte reden hören, war meinem kindischen Ohr ein fürchterlicher Ton gewesen. Ich hatte nicht das Herz zurückzugehn, meine Angst trieb mich vorwärts; oft sah ich mich erschrocken um, wenn der Wind über mir weg durch die Bäume fuhr, oder ein ferner Holzschlag weit durch den stillen Morgen hintönte. Als mir Köhler und Bergleute endlich begegneten und ich eine fremde Aussprache hörte, wäre ich vor Entsetzen fast in Ohnmacht gesunken.

Ich kam durch mehrere Dörfer und bettelte, weil ich jetzt Hunger und Durst empfand, ich half mir so ziemlich mit meinen Antworten durch, wenn ich gefragt wurde. So war ich ohngefähr vier Tage fortgewandert, als ich auf einen kleinen Fußsteig geriet, der mich von der großen Straße immer mehr entfernte. Die Felsen um mich her gewannen jetzt eine andre, weit seltsamere Gestalt. Es waren Klippen, so aufeinandergepackt, daß es das Ansehn hatte, als wenn sie der erste Windstoß durcheinanderwerfen würde. Ich wußte nicht, ob ich weitergehn sollte. Ich hatte des Nachts immer im Walde geschlafen, denn es war gerade zur schönsten Jahrszeit, oder in abgelegenen Schäferhütten; hier traf ich aber gar keine menschliche Wohnung, und konnte auch nicht vermuten, in dieser Wildnis auf eine zu stoßen; die Felsen wurden immer furchtbarer, ich mußte oft dicht an schwindlichten Abgründen vorbeigehn, und endlich hörte sogar der Weg unter meinen Füßen auf. Ich war ganz trostlos, ich weinte und schrie, und in den Felsentälern hallte meine Stimme auf eine schreckliche Art zurück. Nun brach die Nacht herein, und ich suchte mir eine Moosstelle aus, um dort zu ruhn. Ich konnte nicht schlafen; in der Nacht hörte ich die seltsamsten Töne, bald hielt ich es für wilde Tiere, bald für den Wind, der durch die Felsen klage, bald für fremde Vögel. Ich betete, und ich schlief nur spät gegen Morgen ein.

Ich erwachte, als mir der Tag ins Gesicht schien. Vor mir war ein steiler Felsen, ich kletterte in der Hoffnung hinauf, von dort den Ausgang aus der Wildnis zu entdecken, und vielleicht Wohnungen oder Menschen gewahr zu werden. Als ich aber oben stand, war alles, so weit nur mein Auge reichte, ebenso, wie um mich her, alles war mit einem neblichten Dufte überzogen, der Tag war grau und trübe, und keinen Baum, keine Wiese, selbst kein Gebüsch konnte mein Auge erspähn, einzelne Sträucher ausgenommen, die einsam und betrübt in engen Felsenritzen emporgeschossen waren. Es ist unbeschreiblich, welche Sehnsucht ich empfand, nur eines Menschen ansichtig zu werden, wäre es auch, daß ich mich vor ihm hätte fürchten müssen. Zugleich fühlte ich einen peinigenden Hunger, ich setzte mich nieder und beschloß zu sterben. Aber nach einiger Zeit trug die Lust zu leben dennoch den Sieg davon, ich raffte mich auf und ging unter Tränen, unter abgebrochenen Seufzern den ganzen Tag hindurch; am Ende war ich mir meiner kaum noch bewußt, ich war müde und erschöpft, ich wünschte kaum noch zu leben, und fürchtete doch den Tod.

Gegen Abend schien die Gegend umher etwas freundlicher zu werden, meine Gedanken, meine Wünsche lebten wieder auf, die Lust zum Leben erwachte in allen meinen Adern. Ich glaubte jetzt das Gesause einer Mühle aus der Ferne zu hören, ich verdoppelte meine Schritte, und wie wohl, wie leicht ward mir, als ich endlich wirklich die Grenzen der öden Felsen erreichte; ich sah Wälder und Wiesen mit fernen angenehmen Bergen wieder vor mir liegen. Mir war, als wenn ich aus der Hölle in ein Paradies getreten wäre, die Einsamkeit und meine Hülflosigkeit schienen mir nun gar nicht fürchterlich.

Statt der gehofften Mühle stieß ich auf einen Wasserfall, der meine Freude freilich um vieles minderte; ich schöpfte mit der Hand einen Trunk aus dem Bache, als mir plötzlich war, als höre ich in einiger Entfernung ein leises Husten. Nie bin ich so angenehm überrascht worden, als in diesem Augenblick, ich ging näher und ward an der Ecke des Waldes eine alte Frau gewahr, die auszuruhen schien. Sie war fast ganz schwarz gekleidet und eine schwarze Kappe bedeckte ihren Kopf und einen großen Teil des Gesichtes, in der Hand hielt sie einen Krückenstock.

Ich näherte mich ihr und bat um ihre Hülfe; sie ließ mich neben sich niedersitzen und gab mir Brot und etwas Wein. Indem ich aß, sang sie mit kreischendem Ton ein geistliches Lied. Als sie geendet hatte, sagte sie mir, ich möchte ihr folgen.

Ich war über diesen Antrag sehr erfreut, so wunderlich mir auch die Stimme und das Wesen der Alten vorkam. Mit ihrem Krückenstocke ging sie ziemlich behende, und bei jedem Schritte verzog sie ihr Gesicht so, daß ich im Anfange darüber lachen mußte. Die wilden Felsen traten immer weiter hinter uns zurück, wir gingen über eine angenehme Wiese, und dann durch einen ziemlich langen Wald. Als wir heraustraten, ging die Sonne gerade unter, und ich werde den Anblick und die Empfindung dieses Abends nie vergessen. In das sanfteste Rot und Gold war alles verschmolzen, die Bäume standen mit ihren Wipfeln in der Abendröte, und über den Feldern lag der entzückende Schein, die Wälder und die Blätter der Bäume standen still, der reine Himmel sah aus wie ein aufgeschlossenes Paradies, und das Rieseln der Quellen und von Zeit zu Zeit das Flüstern der Bäume tönte durch die heitre Stille wie in wehmütiger Freude. Meine junge Seele bekam jetzt zuerst eine Ahndung von der Welt und ihren Begebenheiten. Ich vergaß mich und meine Führerin, mein

Geist und meine Augen schwärmten nur zwischen den goldnen Wolken.

Wir stiegen nun einen Hügel hinan, der mit Birken bepflanzt war, von oben sah man in ein grünes Tal voller Birken hinein, und unten mitten in den Bäumen lag eine kleine Hütte. Ein munteres Bellen kam uns entgegen, und bald sprang ein kleiner behender Hund die Alte an, und wedelte, dann kam er zu mir, besah mich von allen Seiten, und kehrte mit freundlichen Gebärden zur Alten zurück.

Als wir vom Hügel heruntergingen, hörte ich einen wunderbaren Gesang, der aus der Hütte zu kommen schien, wie von einem Vogel, es sang also:

>Waldeinsamkeit,
Die mich erfreut,
So morgen wie heut
In ewger Zeit,
O wie mich freut
Waldeinsamkeit.<

Diese wenigen Worte wurden beständig wiederholt; wenn ich es beschreiben soll, so war es fast, als wenn Waldhorn und Schalmeie ganz in der Ferne durcheinanderspielen.

Meine Neugier war außerordentlich gespannt; ohne daß ich auf den Befehl der Alten wartete, trat ich mit in die Hütte. Die Dämmerung war schon eingebrochen, alles war ordentlich aufgeräumt, einige Becher standen auf einem Wandschranke, fremdartige Gefäße auf einem Tische, in einem glänzenden Käfig hing ein Vogel am Fenster, und er war es wirklich, der die Worte sang. Die Alte keichte und hustete, sie schien sich gar nicht wieder erholen zu können, bald streichelte sie den kleinen Hund, bald sprach sie mit dem Vogel, der ihr nur mit seinem gewöhnlichen Liede Antwort gab; übrigens tat sie gar nicht, als wenn ich zugegen wäre. Indem ich sie so betrachtete, überlief mich mancher Schauer: denn ihr Gesicht war in einer ewigen Bewegung, indem sie dazu wie vor Alter mit dem Kopfe schüttelte, so daß ich durchaus nicht wissen konnte, wie ihr eigentliches Aussehn beschaffen war.

Als sie sich erholt hatte, zündete sie Licht an, deckte einen ganz kleinen Tisch und trug das Abendessen auf. Jetzt sah sie sich nach mir um, und hieß mir einen von den geflochtenen Rohrstühlen nehmen. So saß ich ihr nun dicht gegenüber und das Licht stand zwischen uns. Sie faltete ihre knöchernen Hände und betete laut, indem sie ihre Gesichtsverzerrungen machte, so daß es mich beinahe wieder zum Lachen gebracht hätte; aber ich nahm mich sehr in acht, um sie nicht zu erbosen.

Nach dem Abendessen betete sie wieder, und dann wies sie mir in einer niedrigen und engen Kammer ein Bett an; sie schlief in der Stube. Ich blieb nicht lange munter, ich war halb betäubt, aber in der Nacht wachte ich einigemal auf, und dann hörte ich die Alte husten und mit dem Hunde sprechen, und den Vogel dazwischen, der im Traum zu sein schien, und immer nur einzelne Worte von seinem Liede sang. Das machte mit den Birken, die vor dem Fenster rauschten, und mit dem Gesang einer entfernten Nachtigall ein so wunderbares Gemisch, daß es mir immer nicht war, als sei ich erwacht, sondern als fiele ich nur in einen andern noch seltsamem Traum.

Am Morgen weckte mich die Alte, und wies mich bald nachher zur Arbeit an. Ich mußte spinnen, und ich begriff es auch bald, dabei hatte ich noch für den Hund und für den Vogel zu sorgen. Ich lernte mich schnell in die Wirtschaft finden, und alle Gegenstände umher wurden mir bekannt; nun war mir, als müßte alles so sein, ich dachte gar nicht mehr daran, daß die Alte etwas Seltsames an sich habe, daß die Wohnung abenteuerlich und von allen Menschen entfernt liege, und daß an dem Vogel etwas Außerordentliches sei. Seine Schönheit fiel mir zwar immer auf, denn seine Federn glänzten mit allen möglichen Farben, das schönste Hellblau und das brennendste Rot wechselten an seinem Halse und Leibe, und wenn er sang, blähte er sich stolz auf, so daß sich seine Federn noch prächtiger zeigten.

Oft ging die Alte aus und kam erst am Abend zurück, ich ging ihr dann mit dem Hunde entgegen, und sie nannte mich Kind und Tochter. Ich ward ihr endlich von Herzen gut, wie sich unser Sinn denn an alles, besonders in der Kindheit, gewöhnt. In den Abendstunden lehrte sie mich lesen, ich fand mich leicht in die Kunst, und es ward nachher in meiner Einsamkeit eine Quelle von unendlichem Vergnügen, denn sie hatte einige alte geschriebene Bücher, die wunderbare Geschichten enthielten.

Die Erinnerung an meine damalige Lebensart ist mir noch bis jetzt immer seltsam: von keinem menschlichen Geschöpfe besucht, nur in einem so kleinen Familienzirkel einheimisch, denn der Hund und der Vogel machten denselben Eindruck auf mich, den sonst nur längst gekannte Freunde hervorbringen. Ich habe mich immer nicht wieder auf den seltsamen Namen des Hundes besinnen können, sooft ich ihn auch damals nannte.

Vier Jahre hatte ich so mit der Alten gelebt, und ich mochte ohngefähr zwölf Jahr alt sein, als sie mir endlich mehr vertraute, und mir ein Geheimnis entdeckte. Der Vogel legte nämlich an jedem Tage ein Ei, in dem sich eine Perl oder ein Edelstein befand. Ich hatte schon immer bemerkt, daß sie heimlich in dem Käfige wirtschafte, mich aber nie genauer darum bekümmert. Sie trug mir jetzt das Geschäft auf, in ihrer Abwesenheit diese Eier zu nehmen und in den fremdartigen Gefäßen wohl zu verwahren. Sie ließ mir meine Nahrung zurück, und blieb nun länger aus, Wochen, Monate; mein Rädchen schnurrte, der Hund bellte, der wunderbare Vogel sang und dabei war alles so still in der Gegend umher, daß ich mich in der ganzen Zeit keines Sturmwindes, keines Gewitters erinnere. Kein Mensch verirrte sich dorthin, kein Wild kam unserer Behausung nahe, ich war zufrieden und arbeitete mich von einem Tage zum andern hinüber. – Der Mensch wäre vielleicht recht glücklich, wenn er so ungestört sein Leben bis ans Ende fortführen könnte.

Aus dem wenigen, was ich las, bildete ich mir ganz wunderliche Vorstellungen von der Welt und den Menschen, alles war von mir und meiner Gesellschaft hergenommen: wenn von lustigen Leuten die Rede war, konnte ich sie mir nicht anders vorstellen wie den kleinen Spitz, prächtige Damen sahen immer wie der Vogel aus, alle alte Frauen wie meine wunderliche Alte. Ich hatte auch von Liebe etwas gelesen, und spielte nun in meiner Phantasie seltsame Geschichten mit mir selber. Ich dachte mir den schönsten Ritter von der Welt, ich schmückte ihn mit allen Vortrefflichkeiten aus, ohne eigentlich zu wissen, wie er nun nach allen meinen Bemühungen aussah: aber ich konnte ein rechtes Mitleid mit mir selber haben, wenn er mich nicht wieder liebte; dann sagte ich lange rührende Reden in Gedanken her, zuweilen auch wohl laut, um ihn nur zu gewinnen. – Ihr lächelt! wir sind jetzt freilich alle über diese Zeit der Jugend hinüber.

Es war mir jetzt lieber, wenn ich allein war, denn alsdann war ich selbst die Gebieterin im Hause. Der Hund liebte mich sehr und tat alles was ich wollte, der Vogel antwortete mir in seinem Liede auf alle meine Fragen, mein Rädchen drehte sich immer munter, und so fühlte ich im Grunde nie einen Wunsch nach Veränderung. Wenn die Alte von ihren langen Wanderungen zurückkam, lobte sie meine Aufmerksamkeit, sie sagte, daß ihre Haushaltung, seit ich dazugehöre, weit ordentlicher geführt werde, sie freute sich über mein Wachstum und mein gesundes Aussehn, kurz, sie ging ganz mit mir wie mit einer Tochter um.

›Du bist brav, mein Kind!‹ sagte sie einst zu mir mit einem schnarrenden Tone; ›wenn du so fortfährst, wird es dir auch immer gut gehn: aber nie gedeiht es, wenn man von der rechten Bahn abweicht, die Strafe folgt nach, wenn auch noch so spät.‹ – Indem sie das sagte, achtete ich eben nicht sehr darauf, denn ich war in allen meinen Bewegungen und meinem ganzen Wesen sehr lebhaft; aber in der Nacht fiel es mir wieder ein, und ich konnte nicht begreifen, was sie damit hatte sagen wollen. Ich überlegte alle Worte genau, ich hatte wohl von Reichtümern gelesen, und am Ende fiel mir ein, daß ihre Perlen und Edelsteine wohl etwas Kostbares sein könnten. Dieser Gedanke wurde mir bald noch deutlicher. Aber was konnte sie mit der rechten Bahn meinen? Ganz konnte ich den Sinn ihrer Worte noch immer nicht fassen.

Ich war jetzt vierzehn Jahr alt, und es ist ein Unglück für den Menschen, daß er seinen Verstand nur darum bekömmt, um die Unschuld seiner Seele zu verlieren. Ich begriff nämlich wohl, daß es nur auf mich ankomme, in der Abwesenheit der Alten den Vogel und die Kleinodien zu nehmen, und damit die Welt, von der ich gelesen hatte, aufzusuchen. Zugleich war es mir dann vielleicht möglich, den überaus schönen Ritter anzutreffen, der mir immer noch im Gedächtnisse lag.

Im Anfange war dieser Gedanke nichts weiter als jeder andre Gedanke, aber wenn ich so an meinem Rade saß, so kam er mir immer wider Willen zurück, und ich verlor mich so in ihm, daß ich mich schon herrlich geschmückt sah, und Ritter und Prinzen um mich her. Wenn ich mich so vergessen hatte, konnte ich ordentlich betrübt werden, wenn ich wieder aufschaute, und mich in der kleinen Wohnung antraf. Übrigens, wenn ich meine Geschäfte tat, bekümmerte sich die Alte nicht weiter um mein Wesen.

An einem Tage ging meine Wirtin wieder fort, und sagte mir, daß sie diesmal länger als gewöhnlich ausbleiben werde, ich solle ja auf alles ordentlich achtgeben und mir die Zeit nicht lang werden lassen. Ich nahm mit einer gewissen Bangigkeit von ihr Abschied, denn es war mir, als würde ich sie nicht wiedersehn. Ich sah ihr lange nach und wußte selbst nicht, warum ich so beängstigt war; es war fast, als wenn mein Vorhaben schon vor mir stände, ohne mich dessen deutlich bewußt zu sein.

Nie hab ich des Hundes und des Vogels mit einer solchen Emsigkeit gepflegt, sie lagen mir näher am Herzen, als sonst. Die Alte war schon einige Tage abwesend, als ich mit dem festen Vorsatze aufstand, mit dem Vogel die Hütte zu verlassen, und die sogenannte Welt aufzusuchen. Es war mir enge und bedrängt zu Sinne, ich wünschte wieder dazubleiben, und doch war mir der Gedanke widerwärtig; es war ein seltsamer Kampf in meiner Seele, wie ein Streiten von zwei widerspenstigen Geistern in mir.

In einem Augenblicke kam mir die ruhige Einsamkeit so schön vor, dann entzückte mich wieder die Vorstellung einer neuen Welt, mit allen ihren wunderbaren Mannigfaltigkeiten.

Ich wußte nicht, was ich aus mir selber machen sollte, der Hund sprang mich unaufhörlich an, der Sonnenschein breitete sich munter über die Felder aus, die grünen Birken funkelten: ich hatte die Empfindung, als wenn ich etwas sehr Eiliges zu tun hätte, ich griff also den kleinen Hund, band ihn in der Stube fest, und nahm dann den Käfig mit dem Vogel unter den Arm. Der Hund krümmte sich und winselte über diese ungewohnte Behandlung, er sah mich mit bittenden Augen an, aber ich fürchtete mich, ihn mit mir zu nehmen. Noch nahm ich eins von den Gefäßen, das mit Edelsteinen angefüllt war, und steckte es zu mir, die übrigen ließ ich stehn.

Der Vogel drehte den Kopf auf eine wunderliche Weise, als ich mit ihm zur Tür hinaustrat, der Hund strengte sich sehr an, mir nachzukommen, aber er mußte zurückbleiben.

Ich vermied den Weg nach den wilden Felsen und ging nach der entgegengesetzten Seite. Der Hund bellte und winselte immerfort, und es rührte mich recht inniglich, der Vogel wollte einigemal zu singen anfangen, aber da er getragen ward, mußte es ihm wohl unbequem fallen.

So wie ich weiter ging, hörte ich das Bellen immer schwächer, und endlich hörte es ganz auf. Ich weinte und wäre beinahe wieder umgekehrt, aber die Sucht etwas Neues zu sehn, trieb mich vorwärts.

Schon war ich über Berge und durch einige Wälder gekommen, als es Abend ward, und ich in einem Dorfe einkehren mußte. Ich war sehr blöde, als ich in die Schenke trat, man wies mir eine Stube und ein Bette an, ich schlief ziemlich ruhig, nur daß ich von der Alten träumte, die mir drohte.

Meine Reise war ziemlich einförmig, aber je weiter ich ging, je mehr ängstigte mich die Vorstellung von der Alten und dem kleinen Hunde; ich dachte daran, daß er wahrscheinlich ohne meine Hülfe verhungern müsse, im Walde glaubt ich oft, die

Alte würde mir plötzlich entgegentreten. So legte ich unter Tränen und Seufzern den Weg zurück; sooft ich ruhte, und den Käfig auf den Boden stellte, sang der Vogel sein wunderliches Lied, und ich erinnerte mich dabei recht lebhaft des schönen verlassenen Aufenthalts. Wie die menschliche Natur vergeßlich ist, so glaubt ich jetzt, meine vormalige Reise in der Kindheit sei nicht so trübselig gewesen als meine jetzige; ich wünschte wieder in derselben Lage zu sein.

Ich hatte einige Edelsteine verkauft und kam nun nach einer Wanderschaft von vielen Tagen in einem Dorfe an. Schon beim Eintritt ward mir wundersam zumute, ich erschrak und wußte nicht worüber; aber bald erkannt ich mich, denn es war dasselbe Dorf, in welchem ich geboren war. Wie ward ich überrascht! Wie liefen mir vor Freuden, wegen tausend seltsamer Erinnerungen, die Tränen von den Wangen! Vieles war verändert, es waren neue Häuser entstanden, andre, die man damals erst errichtet hatte, waren jetzt verfallen, ich traf auch Brandstellen; alles war weit kleiner, gedrängter als ich erwartet hatte. Unendlich freute ich mich darauf, meine Eltern nun nach so manchen Jahren wiederzusehn; ich fand das kleine Haus, die wohlbekannte Schwelle, der Griff der Tür war noch ganz so wie damals, es war mir, als hätte ich sie nur gestern angelehnt; mein Herz klopfte ungestüm, ich öffnete sie hastig – aber ganz fremde Gesichter saßen in der Stube umher und stierten mich an. Ich fragte nach dem Schäfer Martin, und man sagte mir, er sei schon seit drei Jahren mit seiner Frau gestorben. – Ich trat schnell zurück, und ging laut weinend aus dem Dorfe hinaus.

Ich hatte es mir so schön gedacht, sie mit meinem Reichtume zu überraschen; durch den seltsamsten Zufall war das nun wirklich geworden, was ich in der Kindheit immer nur träumte – und jetzt war alles umsonst, sie konnten sich nicht mit mir freuen, und das, worauf ich am meisten immer im Leben gehofft hatte, war für mich auf ewig verloren.

In einer angenehmen Stadt mietete ich mir ein kleines Haus mit einem Garten, und nahm eine Aufwärterin zu mir. So wunderbar, als ich es vermutet hatte, kam mir die Welt nicht vor, aber ich vergaß die Alte und meinen ehemaligen Aufenthalt etwas mehr, und so lebt ich im ganzen recht zufrieden.

Der Vogel hatte schon seit lange nicht mehr gesungen; ich erschrak daher nicht wenig, als er in einer Nacht plötzlich wieder anfing, und zwar mit einem veränderten Liede. Er sang:

>Waldeinsamkeit
Wie liegst du weit!
O dich gereut
Einst mit der Zeit. –
Ach einzge Freud
Waldeinsamkeit!‹

Ich konnte die Nacht hindurch nicht schlafen, alles fiel mir von neuem in die Gedanken, und mehr als jemals fühlt ich, daß ich Unrecht getan hatte. Als ich aufstand, war mir der Anblick des Vogels ordentlich zuwider, er sah immer nach mir hin, und seine Gegenwart ängstigte mich. Er hörte nun mit seinem Liede gar nicht wieder auf, und er sang es lauter und schallender, als er es sonst gewohnt gewesen war. Je mehr ich ihn betrachtete, je bänger machte er mich; ich öffnete endlich den Käfig, steckte die Hand hinein und faßte seinen Hals, herzhaft drückte ich die Finger zusammen, er sah mich bittend an, ich ließ los, aber er war schon gestorben. – Ich begrub ihn im Garten.

Jetzt wandelte mich oft eine Furcht vor meiner Aufwärterin an, ich dachte an mich selbst zurück, und glaubte, daß sie mich auch einst berauben oder wohl gar ermorden könne. – Schon lange kannt ich einen jungen Ritter, der mir überaus gefiel, ich gab ihm meine Hand – und hiermit, Herr Walther, ist meine Geschichte geendigt.«

»Ihr hättet sie damals sehn sollen«, fiel Eckbert hastig ein – »ihre Jugend, ihre Schönheit, und welch einen unbeschreiblichen Reiz ihr ihre einsame Erziehung gegeben hatte. Sie kam mir vor wie ein Wunder, und ich liebte sie ganz über alles Maß.

Ich hatte kein Vermögen, aber durch ihre Liebe kam ich in diesen Wohlstand, wir zogen hieher, und unsere Verbindung hat uns bis jetzt noch keinen Augenblick gereut.«

»Aber über unser Schwatzen«, fing Bertha wieder an, »ist es schon tief in die Nacht geworden – wir wollen uns schlafen legen.«

Sie stand auf und ging nach ihrer Kammer. Walther wünschte ihr mit einem Handkusse eine gute Nacht, und sagte: »Edle Frau, ich danke Euch, ich kann mir Euch recht vorstellen, mit dem seltsamen Vogel, und wie Ihr den kleinen *Strohmian* füttert.«

Auch Walther legte sich schlafen, nur Eckbert ging noch unruhig im Saale auf und ab. – »Ist der Mensch nicht ein Tor?« fing er endlich an; »ich bin erst die Veranlassung, daß meine Frau ihre Geschichte erzählt, und jetzt gereut mich diese Vertraulichkeit! – Wird er sie nicht mißbrauchen? Wird er sie nicht andern mitteilen? Wird er nicht vielleicht, denn das ist die Natur des Menschen, eine unselige Habsucht nach unsern Edelgesteinen empfinden, und deswegen Plane anlegen und sich verstellen?«

Es fiel ihm ein, daß Walther nicht so herzlich von ihm Abschied genommen hatte, als es nach einer solchen Vertraulichkeit wohl natürlich gewesen wäre. Wenn die Seele erst einmal zum Argwohn gespannt ist, so trifft sie auch in allen Kleinigkeiten Bestätigungen an. Dann warf sich Eckbert wieder sein unedles Mißtrauen gegen seinen wackern Freund vor, und konnte doch nicht davon zurückkehren. Er schlug sich die ganze Nacht mit diesen Vorstellungen herum, und schlief nur wenig.

Bertha war krank und konnte nicht zum Frühstück erscheinen; Walther schien sich nicht viel darum zu kümmern, und verließ auch den Ritter ziemlich gleichgültig. Eckbert konnte sein Betragen nicht begreifen; er besuchte seine Gattin, sie lag in einer Fieberhitze und sagte, die Erzählung in der Nacht müsse sie auf diese Art gespannt haben.

Seit diesem Abend besuchte Walther nur selten die Burg seines Freundes, und wenn er auch kam, ging er nach einigen unbedeutenden Worten wieder weg. Eckbert ward durch dieses Betragen im äußersten Grade gepeinigt; er ließ sich zwar gegen Bertha und Walther nichts davon merken, aber jeder mußte doch seine innerliche Unruhe an ihm gewahr werden.

Mit Berthas Krankheit ward es immer bedenklicher; der Arzt ward ängstlich, die Röte von ihren Wangen war verschwunden, und ihre Augen wurden immer glühender. – An einem Morgen ließ sie ihren Mann an ihr Bette rufen, die Mägde mußten sich entfernen.

»Lieber Mann«, fing sie an, »ich muß dir etwas entdecken, das mich fast um meinen Verstand gebracht hat, das meine Gesundheit zerrüttet, so eine unbedeutende Kleinigkeit es auch an sich scheinen möchte. – Du weißt, daß ich mich immer nicht, sooft ich von meiner Kindheit sprach, trotz aller angewandten Mühe auf den Namen des kleinen Hundes besinnen konnte, mit welchem ich so lange umging; an jenem Abend sagte Walther beim Abschiede plötzlich zu mir: ›Ich kann mir Euch recht vorstellen, wie Ihr den kleinen *Strohmian* füttert.‹ Ist das Zufall? Hat er den Namen erraten, weiß er ihn und hat er ihn mit Vorsatz genannt? Und wie hängt dieser Mensch dann mit meinem Schicksale zusammen? Zuweilen kämpfe ich mit mir, als ob ich mir diese Seltsamkeit nur einbilde, aber es ist gewiß, nur zu gewiß. Ein gewaltiges Entsetzen befiel mich, als mir ein fremder Mensch so zu meinen Erinnerungen half. Was sagst du, Eckbert?«

Eckbert sah seine leidende Gattin mit einem tiefen Gefühle an; er schwieg und dachte bei sich nach, dann sagte er ihr einige tröstende Worte und verließ sie. In einem abgelegenen Gemache ging er in unbeschreiblicher Unruhe auf und ab. Walther war seit vielen Jahren sein einziger Umgang gewesen, und doch war dieser Mensch jetzt der einzige in der Welt, dessen Dasein ihn drückte und peinigte. Es schien ihm, als würde ihm froh und leicht sein, wenn nur dieses einzige Wesen aus seinem Wege gerückt werden könnte. Er nahm seine Armbrust, um sich zu zerstreuen und auf die Jagd zu gehn.

Es war ein rauher stürmischer Wintertag, tiefer Schnee lag auf den Bergen und bog die Zweige der Bäume nieder. Er streifte umher, der Schweiß stand ihm auf der Stirne, er traf auf kein Wild, und das vermehrte seinen Unmut. Plötzlich sah er sich etwas in der Ferne bewegen, es war Walther, der Moos von den Bäumen sammelte; ohne zu wissen was er tat, legte er an, Walther sah sich um, und drohte mit einer stummen Gebärde, aber indem flog der Bolzen ab, und Walther stürzte nieder.

Eckbert fühlte sich leicht und beruhigt, und doch trieb ihn ein Schauder nach seiner Burg zurück; er hatte einen großen Weg zu machen, denn er war weit hinein in die Wälder verirrt. – Als er ankam, war Bertha schon gestorben; sie hatte vor ihrem Tode noch viel von Walther und der Alten gesprochen.

Eckbert lebte nun eine lange Zeit in der größten Einsamkeit; er war schon sonst immer schwermütig gewesen, weil ihn die seltsame Geschichte seiner Gattin beunruhigte, und er irgendeinen unglücklichen Vorfall, der sich ereignen könnte, befürchtete: aber jetzt war er ganz mit sich zerfallen. Die Ermordung seines Freundes stand ihm unaufhörlich vor Augen, er lebte unter ewigen innern Vorwürfen.

Um sich zu zerstreuen, begab er sich zuweilen nach der nächsten großen Stadt, wo er Gesellschaften und Feste besuchte. Er wünschte durch irgendeinen Freund die Leere in seiner Seele auszufüllen, und wenn er dann wieder an Walther zurückdachte, so erschrak er vor dem Gedanken, einen Freund zu finden, denn er war überzeugt, daß er nur unglücklich mit jedwedem Freunde sein könne. Er hatte so lange mit Bertha in einer schönen Ruhe gelebt, die Freundschaft Walthers hatte ihn so manches Jahr hindurch beglückt, und jetzt waren beide so plötzlich dahingerafft, daß ihm sein Leben in manchen Augenblicken mehr wie ein seltsames Märchen, als wie ein wirklicher Lebenslauf erschien.

Ein junger Ritter, Hugo, schloß sich an den stillen betrübten Eckbert, und schien eine wahrhafte Zuneigung gegen ihn zu empfinden. Eckbert fand sich auf eine wunderbare Art überrascht, er kam der Freundschaft des Ritters um so schneller entgegen, je weniger er sie vermutet hatte. Beide waren nun häufig beisammen, der Fremde erzeigte Eckbert alle möglichen Gefälligkeiten, einer ritt fast nicht mehr ohne den andern aus; in allen Gesellschaften trafen sie sich, kurz, sie schienen unzertrennlich.

Eckbert war immer nur auf kurze Augenblicke froh, denn er fühlte es deutlich, daß ihn Hugo nur aus einem Irrtume liebe; jener kannte ihn nicht, wußte seine Geschichte nicht, und er fühlte wieder denselben Drang, sich ihm ganz mitzuteilen, damit er versichert sein könne, ob jener auch wahrhaft sein Freund sei. Dann hielten ihn wieder Bedenklichkeiten und die Furcht, verabscheut zu werden, zurück. In manchen Stunden war er so sehr von seiner Nichtswürdigkeit überzeugt, daß er glaubte, kein Mensch, für den er nicht ein völliger Fremdling sei, könne ihn seiner Achtung würdigen. Aber dennoch konnte er sich nicht widerstehn; auf einem einsamen Spazierritte entdeckte er seinem Freunde seine ganze Geschichte, und fragte ihn dann, ob er wohl einen Mörder lieben könne. Hugo war gerührt, und suchte ihn zu trösten; Eckbert folgte ihm mit leichterm Herzen zur Stadt.

Es schien aber seine Verdammnis zu sein, gerade in der Stunde des Vertrauens Argwohn zu schöpfen, denn kaum waren sie in den Saal getreten, als ihm beim Schein der vielen Lichter die Mienen seines Freundes nicht gefielen. Er glaubte ein hämisches Lächeln zu bemerken, es fiel ihm auf, daß er nur wenig mit ihm spreche, daß er mit den Anwesenden viel rede, und seiner gar nicht zu achten scheine. Ein alter Ritter war in der Gesellschaft, der sich immer als den Gegner Eckberts gezeigt, und sich oft nach seinem Reichtum und seiner Frau auf eine eigne Weise erkundigt hatte; zu diesem gesellte sich Hugo, und beide sprachen eine Zeitlang heimlich, indem sie nach Eckbert hindeuteten. Dieser sah jetzt seinen Argwohn bestätigt, er glaubte sich verraten, und eine schreckliche Wut bemeisterte sich seiner. Indem er noch immer hinstarrte, sah er plötzlich Walthers Gesicht, alle seine Mienen, die ganze, ihm so wohlbekannte Gestalt, er sah noch immer hin und ward überzeugt, daß niemand als Walther mit dem Alten spreche. – Sein Entsetzen war unbeschreiblich; außer sich stürzte er hinaus, verließ noch in der Nacht die Stadt, und kehrte nach vielen Irrwegen auf seine Burg zurück.

Wie ein unruhiger Geist eilte er jetzt von Gemach zu Gemach, kein Gedanke hielt ihm stand, er verfiel von entsetzlichen Vorstellungen auf noch entsetzlichere, und kein Schlaf kam in seine Augen. Oft dachte er, daß er wahnsinnig sei, und sich nur selber durch seine Einbildung alles erschaffe; dann erinnerte er sich wieder der Züge Walthers, und alles ward ihm immer mehr ein Rätsel. Er beschloß eine Reise zu machen, um seine Vorstellungen wieder zu ordnen; den Gedanken an Freundschaft, den Wunsch nach Umgang hatte er nun auf ewig aufgegeben.

Er zog fort, ohne sich einen bestimmten Weg vorzusetzen, ja er betrachtete die Gegenden nur wenig, die vor ihm lagen. Als er im stärksten Trabe seines Pferdes einige Tage so fortgeeilt war, sah er sich plötzlich in einem Gewinde von Felsen verirrt, in denen sich nirgend ein Ausweg entdecken ließ. Endlich traf er auf einen alten Bauer, der ihm einen Pfad, einem Wasserfall vorüber, zeigte: er wollte ihm zur Danksagung einige Münzen geben, der Bauer aber schlug sie aus. – »Was gilt's«, sagte Eckbert zu sich selber, »ich könnte mir wieder einbilden, daß dies niemand anders als Walther sei.« – Und indem sah er sich noch einmal um, und es war niemand anders als Walther. – Eckbert spornte sein Roß so schnell es nur laufen konnte, durch Wiesen und Wälder, bis es erschöpft unter ihm zusammenstürzte. – Unbekümmert darüber setzte er nun seine Reise zu Fuß fort.

Er stieg träumend einen Hügel hinan; es war, als wenn er ein nahes munteres Bellen vernahm, Birken säuselten dazwischen, und er hörte mit wunderlichen Tönen ein Lied singen:

> »Waldeinsamkeit
> Mich wieder freut,
> Mir geschieht kein Leid,
> Hier wohnt kein Neid,
> Von neuem mich freut
> Waldeinsamkeit.«

Jetzt war es um das Bewußtsein, um die Sinne Eckberts geschehn; er konnte sich nicht aus dem Rätsel herausfinden, ob er jetzt träume, oder ehemals von einem Weibe Bertha geträumt habe; das Wunderbarste vermischte sich mit dem Gewöhnlichsten, die Welt um ihn her war verzaubert, und er keines Gedankens, keiner Erinnerung mächtig.

Eine krummgebückte Alte schlich hustend mit einer Krücke den Hügel heran. »Bringst du mir meinen Vogel? Meine Perlen? Meinen Hund?« schrie sie ihm entgegen. »Siehe, das Unrecht bestraft sich selbst: Niemand als ich war dein Freund Walther, dein Hugo.«

»Gott im Himmel!« sagte Eckbert stille vor sich hin – »in welcher entsetzlichen Einsamkeit hab ich dann mein Leben hingebracht!«

»Und Bertha war deine Schwester.«

Eckbert fiel zu Boden.

»Warum verließ sie mich tückisch? Sonst hätte sich alles gut und schön geendet, ihre Probezeit war ja schon vorüber. Sie war die Tochter eines Ritters, die er bei einem Hirten erziehn ließ, die Tochter deines Vaters.«

»Warum hab ich diesen schrecklichen Gedanken immer geahndet?« rief Eckbert aus.

»Weil du in früher Jugend deinen Vater einst davon erzählen hörtest; er durfte seiner Frau wegen diese Tochter nicht bei sich erziehn lassen, denn sie war von einem andern Weibe.«

Eckbert lag wahnsinnig und verscheidend auf dem Boden; dumpf und verworren hörte er die Alte sprechen, den Hund bellen, und den Vogel sein Lied wiederholen.

Der getreue Eckart

und

Der Tannenhäuser

In zwei Abschnitten

1799

Erster Abschnitt

»Der edle Herzog groß
Von dem Burgunder Lande
Litt manchen Feindesstoß
Wohl auf dem ebnen Sande.

Er sprach: ›Mich schlägt der Feind,
Mein Mut ist mir entwichen,
Die Freunde sind erblichen,
Die Knecht geflohen seind!

Ich kann mich nicht mehr regen,
Nicht Waffen führen kann:
Wo bleibt der edle Degen,
Eckart der treue Mann?

Er war mir sonst zur Seite
In jedem harten Strauß,
Doch leider blieb er heute
Daheim bei sich zu Haus.

Es mehren sich die Haufen,
Ich muß gefangen sein,
Mag nicht wie Knecht entlaufen,
Drum will ich sterben fein!‹ –

So klagt der von Burgund,
Will sein Schwert in sich stechen:
Da kommt zur selben Stund
Eckart, den Feind zu brechen.

Geharnischt reit't der Degen
Keck in den Feind hinein,

Ihm folgt die Schar verwegen
Und auch der Sohne sein.

Burgund erkennt die Zeichen,
Und ruft: ›Gott sei gelobt!‹
Die Feinde mußten weichen
Die wütend erst getobt.

Da schlug mit treuem Mute
Eckart ins Volk hinein,
Doch schwamm im roten Blute
Sein zartes Söhnelein.

Als nun der Feind bezwungen,
Da sprach der Herzog laut:
›Es ist dir wohl gelungen,
Doch so, daß es mir graut;

Du hast viel Mann geworben
Zu retten Reich und Leben,
Dein Söhnlein liegt erstorben,
Kann's dir nicht wiedergeben.‹ –

Der Eckart weinet fast,
Bückt sich der starke Held,
Und nimmt die teure Last,
Den Sohn in Armen hält.

›Wie starbst du, Heinz, so frühe,
Und warst noch kaum ein Mann?
Mich reut nicht meine Mühe,
Ich seh dich gerne an,

Weil wir dich, Fürst, erlösten,
Aus deiner Feinde Hohn,

Und drum will ich mich trösten,
Ich schenke dir den Sohn!‹

Da ward dem Burgund trübe
Vor seiner Augen Licht,
Weil diese große Liebe
Sein edles Herze bricht.

Er weint die hellen Zähren
Und fällt ihm an die Brust:
›Dich, Held, muß ich verehren‹,
Spricht er in Leid und Lust,

›So treu bist du geblieben,
Da alles von mir wich,
So will ich nun auch lieben
Wie meinen Bruder dich,

Und sollst in ganz Burgunde
So gelten wie der Herr,
Wenn ich mehr lohnen kunnte,
Ich gäbe gern noch mehr.‹

Als dies das Land erfahren,
So freut sich jedermann,
Man nennt den Held seit Jahren
Eckart den treuen Mann.«

Die Stimme eines alten Landmanns klang über die Felsen herüber, der dieses Lied sang, und der getreue Eckart saß in seinem
Unmute auf dem Berghang und weinte laut. Sein jüngstes Söhnlein stand neben ihm und fragte: »Warum weinst du also laut,
mein Vater Eckart? Wie bist du doch so groß und stark, höher
und kräftiger, als alle übrige Männer, vor wem darfst du dich
denn fürchten?«

Indem zog die Jagd des Herzogs heim nach Hause. Burgund saß auf einem stattlichen, schön geschmückten Rosse, und Gold und Geschmeide des fürstlichen Herzogs flimmerte und blinkte in der Abendsonne, so daß der junge Conrad den herrlichen Aufzug nicht genug sehn, nicht genug preisen konnte. Der getreue Eckart erhob sich und schaute finster hinüber, und der junge Conrad sang, nachdem er die Jagd aus dem Gesichte verloren hatte:

»Wann du willt
Schwert und Schild,
Gutes Roß,
Speer und Geschoß
Führen:
Muß dein Mark
In Beinen stark,
Dir im Blut
Mannesmut
Gar kräftiglich regieren!«

Der Alte nahm den Sohn und herzte ihn, wobei er gerührt seine großen hellblauen Augen anschaute. »Hast du das Lied jenes guten Mannes gehört?« fragte er ihn dann.

»Wie nicht?« sprach der Sohn, »hat er es doch laut genug gesungen, und bist du ja doch der getreue Eckart, so daß ich gern zuhörte.«

»Derselbe Herzog ist jetzt mein Feind«, sprach der alte Vater; »er hält mir meinen zweiten Sohn gefangen, ja hat ihn schon hingerichtet, wenn ich dem trauen darf, was die Leute im Lande sagen.«

»Nimm dein großes Schwert und duld es nicht«, sagte der Sohn; »sie müssen ja alle vor dir zittern, und alle Leute im ganzen Lande werden dir beistehn, denn du bist ihr größter Held im Lande.«

»Nicht also, mein Sohn«, sprach jener, »dann wäre ich der, für den mich meine Feinde ausgeben, ich darf nicht an meinem Landesherren ungetreu werden, nein, ich darf nicht den Frieden brechen, den ich ihm angelobt und in seine Hände versprochen.«

»Aber was will er von uns?« fragte Conrad ungeduldig.

Der Eckart setzte sich wieder nieder und sagte: »Mein Sohn, die ganze Erzählung davon würde zu umständlich lauten, und du würdest es dennoch kaum verstehn. Der Mächtige hat immer seinen größten Feind in seinem eigenen Herzen, den er so Tag wie Nacht fürchtet: so meint der Burgund nunmehr, er habe mir zu viel getraut, und in mir eine Schlange an seinem Busen auferzogen. Sie nennen mich im Land den kühnsten Degen, sie sagen laut, daß er mir Reich und Leben zu danken, ich heiße der getreue Eckart, und so wenden sich Bedrängte und Notleidende zu mir, daß ich ihnen Hülfe schaffe; das kann er nicht leiden. So hat er Groll auf mich geworfen, und jeder, der bei ihm gelten möchte, vermehrt sein Mißtrauen zu mir: so hat sich endlich sein Herz von mir abgewendet.«

Hierauf erzählte ihm der Held Eckart mit schlichten Worten, daß ihn der Herzog von seinem Angesichte verbannt habe, und daß sie sich ganz fremd geworden seien, weil jener geargwohnt, er wolle ihm gar sein Herzogtum entreißen. In Betrübnis fuhr er fort, wie der Herzog ihm seinen Sohn gefangengenommen, und ihm selber, als einem Verräter, nach dem Leben stehe. Conrad sprach zu seinem Vater: »So laß mich nun hingehn, mein alter Vater, und mit dem Herzoge reden, damit er verständig und dir gewogen werde; hat er meinen Bruder erwürgt, so ist er ein böser Mann, und du sollst ihn strafen, doch kann es nicht sein, weil er nicht so schnöde deiner großen Dienste vergessen kann.«

»Weißt du nicht den alten Spruch«, sagte Eckart:

> »Wenn der Mächtge dein begehrt,
> Bist du ihm als Freund was wert,
> Wie die Not von ihm gewichen,
> Ist die Freundschaft auch erblichen.

Ja, mein ganzes Leben ist unnütz verschwendet: warum machte er mich groß, um mich dann desto tiefer hinabzuwerfen? Die Freundschaft der Fürsten ist wie ein tötendes Gift, das man nur gegen Feinde nützen kann, und womit sich der Eigner aus Unbedacht endlich selbst erwürgt.«

»Ich will zum Herzoge hin«, rief Conrad aus, »ich will ihm alles, was du getan, was du für ihn gelitten, in die Seele zurückrufen, und er wird wieder sein, wie ehemals.«

»Du hast vergessen«, sagte Eckart, »daß man uns für Verräter ausgerufen hat, darum laß uns miteinander flüchten, in ein fremdes Land, wo wir wohl ein besseres Glück antreffen mögen.«

»In deinem Alter«, sagte Conrad, »willst du deiner lieben Heimat noch den Rücken wenden? Nein, laß uns lieber alles andere versuchen. Ich will zum Burgunder, ihn versöhnen und zufriedenstellen; denn was kann er mir tun wollen, wenn er dich auch haßt und fürchtet?«

»Ich lasse dich sehr ungern«, sagte Eckart, »meine Seele weissagt mir nichts Gutes, und doch möcht ich gern mit ihm versöhnt sein, denn er ist mein alter Freund, auch deinen Bruder erretten, der in gefänglicher Haft bei ihm schmachtet.«

Die Sonne warf ihre letzten milden Strahlen auf die grüne Erde, und Eckart setzte sich nachdenkend nieder, an einem Baumstamm gelehnt, er beschaute den Conrad lange Zeit und sagte dann: »Wenn du gehen willst, mein Sohn, so gehe jetzt, bevor die Nacht vollends hereinbricht; die Fenster in der herzoglichen Burg glänzen schon von Lichtern, ich vernehme aus der Ferne Trompetentöne vom Feste, vielleicht ist die Gemahlin seines Sohnes schon angelangt und sein Gemüt freundlicher gegen uns.«

Ungern ließ er den Sohn von sich, weil er seinem Glücke nicht mehr traute; der junge Conrad aber war um so mutiger, weil es ihm ein leichtes dünkte, das Gemüt des Herzoges umzuwenden, der noch vor weniger Zeit so freundlich mit ihm gespielt hatte. »Kommst du mir gewiß zurück, mein liebstes Kind?« klagte der Alte, »wenn du mir verlorengehst, ist keiner mehr von meinem

Stamme übrig.« Der Knabe tröstete ihn, und schmeichelte mit Liebkosungen dem Greise; sie trennten sich endlich.

Conrad klopfte an die Pforte der Burg und ward eingelassen, der alte Eckart blieb draußen in der Nacht allein. »Auch diesen habe ich verloren«, klagte er in der Einsamkeit, »ich werde sein Angesicht nicht wiedersehn.« Indem er so jammerte, wankte an einem Stabe ein Greis daher, der die Felsen hinabsteigen wollte, und bei jedem Schritte zu fürchten schien, daß er in den Abgrund stürzen möchte. Wie Eckart die Gebrechlichkeit des Alten wahrnahm, reichte er ihm die Hand, daß er sicher heruntersteigen möchte. »Woher des Weges?« fragte ihn Eckart.

Der Alte setzte sich nieder und fing an zu weinen, daß ihm die hellen Tränen die Wangen hinunterliefen. Eckart wollte ihn mit gelinden und vernünftigen Worten trösten, aber der sehr bekümmerte Greis schien auf seine wohlgemeinten Reden nicht zu achten, sondern sich seinen Schmerzen noch ungemäßigter zu ergeben. »Welcher Gram kann Euch denn so gar sehr niederbeugen«, fragte er endlich, »daß Ihr gänzlich davon überwältigt seid?«

»Ach meine Kinder!« klagte der Alte. Da dachte Eckart an Conrad, Heinz und Dietrich, und war selbst alles Trostes verlustig; »ja, wenn Eure Kinder gestorben sind«, sprach er, »dann ist Euer Elend wahrlich sehr groß.«

»Schlimmer als gestorben«, versetzte hierauf der Alte mit seiner jammernden Stimme, »denn sie sind nicht tot, aber ewig für mich verloren. O wollte der Himmel, daß sie nur gestorben wären!«

Der Held erschrak über diese seltsamen Worte, und bat den Greis, ihm dieses Rätsel aufzulösen, worauf jener sagte: »Wir leben wahrlich in einer wunderbarlichen Zeit, die wohl die letzten Tage bald herbeiführen wird, denn die erschrecklichsten Zeichen fallen dräuend in die Welt herein. Alles Unheil macht sich von den alten Ketten los, und streift nun frank und frei herum; die Furcht Gottes versiegt und verrinnt, und findet kein Strombett, in das sie sich sammeln möchte, und die bösen Kräfte stehn kecklich in ihren Winkeln auf, und feiern ihren Triumph. O mein lieber Herr, wir sind alt geworden, aber für dergleichen Wundergeschichten noch nicht alt genug. Ihr werdet ohne Zweifel den Kometen gesehen haben, dieses wunderbare Himmelslicht, das so prophetisch herniederscheint; alle Welt weissagt Übles, und keiner denkt daran, mit sich selbst die Besserung anzufahn und so die Rute abzuwenden. Dies ist nicht genug, sondern aus der Erde tun sich Wunderwerke hervor und brechen geheimnisvoll von unten herauf, wie das Licht schrecklich von oben herniederscheint. Habt Ihr niemals von dem Berge gehört, den die Leute nur den Berg der Venus nennen?«

»Niemalen«, sagte Eckart, »so weit ich auch herumgekommen bin.«

»Darüber muß ich mich verwundern«, sagte der Alte, »denn die Sache ist jetzt ebenso bekannt, als sie wahrhaftig ist. In diesen Berg haben sich die Teufel hineingeflüchtet, und sich in den wüsten Mittelpunkt der Erde gerettet, als das aufwachsende heilige Christentum den heidnischen Götzendienst stürzte. Hier, sagt man nun, solle vor allen Frau Venus Hof halten, und alle ihre höllischen Heerscharen der weltlichen Lüste und verbotenen Wünsche um sich versammeln, so daß das Gebirge auch verflucht seit undenklichen Zeiten gelegen hat.«

»Doch nach welcher Gegend liegt der Berg?« fragte Eckart.

»Das ist das Geheimnis«, sprach der Alte, »daß dieses niemand zu sagen weiß, als der sich schon dem Satan zu eigen gegeben, es fällt auch keinem Unschuldigen ein, ihn aufsuchen zu wollen. Ein Spielmann von wunderseltner Art ist plötzlich von unten hervorgekommen, den die Höllischen als ihren Abgesandten ausgeschickt haben; dieser durchzieht die Welt, und spielt und musiziert auf einer Pfeifen, daß die Töne weit in den Gegenden widerklingen. Wer nun diese Klänge vernimmt, der wird von ihnen mit offenbarer, doch unerklärlicher Gewalt erfaßt, und fort, fort in die Wildnis getrieben, er sieht den Weg nicht, den er geht, er wandert und wandert und wird nicht müde, seine Kräfte nehmen zu wie seine Eile, keine Macht kann ihn aufhalten, so rennt er rasend in den Berg hinein, und findet ewig niemals den Rückweg wieder. Diese Macht ist der Hölle jetzt zurückgegeben, und von entgegengesetzten Richtungen wandeln nun die unglückseligen verkehrten Pilgrime hin, wo keine Rettung zu erwarten steht. Ich hatte an meinen beiden Söhnen schon seit lange keine Freude mehr erlebt, sie waren wüst und ohne Sitten, sie verachteten so Eltern wie Religion; nun hat sie der Klang ergriffen und angefaßt, sie sind davon und in die Weite, die Welt ist ihnen zu enge, und sie suchen in der Hölle Raum.«

»Und was denkt Ihr bei diesen Dingen zu tun?« fragte Eckart.

»Mit dieser Krücke habe ich mich aufgemacht«, antwortete der Alte, »um die Welt zu durchstreifen, sie wiederzufinden, oder vor Müdigkeit und Gram zu sterben.«

Mit diesen Worten riß er sich mit großer Anstrengung aus seiner Ruhe auf, und eilte fort so schnell er nur konnte, als wenn er sein Liebstes auf der Welt versäumen möchte, und Eckart sah mit Bedauern seiner unnützen Bemühung nach, und achtete ihn in seinen Gedanken für wahnwitzig. –

Es war Nacht geworden und wurde Tag, und Conrad kam nicht zurück; da irrte Eckart durch das Gebirge und wandte seine sehnenden Augen nach dem Schlosse, aber er ersah ihn nicht. Ein Getümmel zog aus der Burg daher, da trachtete er nicht mehr, sich zu verbergen, sondern er bestieg sein Roß, das frei weidete, und ritt in die Schar hinein, die fröhlich und guter Dinge über das Blachfeld zog. Als er unter ihnen war, erkannten sie ihn, aber keiner wagte Hand an ihn zu legen, oder ihm ein hartes Wort zu sagen, sondern sie wurden aus Ehrerbietung stumm, umgaben ihn in Verwunderung, und gingen dann ihres Weges. Einen von den Knechten rief er zurück, und fragte ihn: »Wo ist mein Sohn Conrad?« »O fragt mich nicht«, sagte der Knecht, »denn es würde Euch doch nur Jammer und Wehklagen erregen.« »Und Dietrich?« rief der Vater. »Nennt ihre Namen nicht mehr«, sprach der alte Knecht, »denn sie sind dahin, der Zorn des Herrn war gegen sie entbrannt, er gedachte Euch in ihnen zu strafen.«

Ein heißer Zorn stieg in Eckarts Gemüt auf, und er war vor Schmerz und Wut sein selber nicht mehr mächtig. Er spornte sein Roß mit aller Gewalt und ritt in das Burgtor hinein. Alle traten ihm mit scheuer Ehrfurcht aus dem Wege, und so ritt er vor den Palast. Er schwang sich vom Rosse und ging mit wankenden Schritten die großen Stiegen hinan. »Bin ich hier in der Wohnung des Mannes«, sagte er zu sich selber, »der sonst mein Freund war?« Er wollte seine Gedanken sammeln, aber immer wildere Gestalten bewegten sich vor seinen Augen, und so trat er in das Gemach des Fürsten.

Der Herzog von Burgund war sich seiner nicht gewärtig, und erschrak heftig, als er den Eckart vor sich sah. »Bist du der Herzog von Burgund?« redete dieser ihn an. Worauf der Herzog mit Ja antwortete. »Und du hast meinen Sohn Dietrichen hinrichten lassen?« Der Herzog sagte ja. »Und auch mein jüngstes Söhnlein Conrad«, rief Eckart im Schmerz, »ist dir nicht zu gut gewesen, und du hast ihn auch umbringen lassen?« Worauf der Herzog wieder mit Ja antwortete.

Hier ward Eckart übermannt und sprach in Tränen: »O antworte mir nicht so, Burgund, denn diese Reden kann ich nicht aushalten, sprich nur, daß es dich gereut, daß du es jetzt ungeschehen wünschest, und ich will mich zu trösten suchen; aber so bist du meinem Herzen überall zuwider.«

Der Herzog sagte: »Entferne dich von meinem Angesichte, ungetreuer Verräter, denn du bist mir der ärgste Feind, den ich nur auf Erden haben kann.«

Eckart sagte: »Du hast mich wohl ehedem deinen Freund genannt, aber diese Gedanken sind dir nunmehr fremd; nie hab ich dir zuwidergehandelt, stets hab ich dich als meinen Fürsten geehrt und geliebt, und behüte mich Gott, daß ich nun, wie ich wohl könnte, die Hand an mein Schwert legen sollte, um mir Rache zu schaffen. Nein, ich will mich selbst von deinem Angesichte verbannen, und in der Einsamkeit sterben.«

Mit diesen Worten ging er fort, und der Burgund war in seinem Gemüte bewegt, doch erschienen auf seinen Ruf die Leib-

wächter mit den Lanzen, die ihn von allen Seiten umgaben, und
den Eckart mit ihren Spießen aus dem Gemache treiben wollten.

Es schwang sich auf sein Pferd
Eckart der edle Held,
Und sprach: »In aller Welt
Ist mir nun nichts mehr wert.

Die Söhn hab ich verloren,
So find ich nirgend Trost,
Der Fürst ist mir erbost,
Hat meinen Tod geschworen.«

Da reitet er zu Wald
Und klagt aus vollem Herzen
Die übergroßen Schmerzen,
Daß weit die Stimme schallt:

»Die Menschen sind mir tot,
Ich muß mir Freunde suchen
In Eichen, wilden Buchen,
Ihn'n klagen meine Not.

Kein Kind, das mich ergötzt,
Erwürgt von schlimmen Leuen
Blieb keiner von den dreien,
Der Liebste starb zuletzt.«

Wie Eckart also klagte,
Verlor er Sinn und Mut,
Er reit't in Zorneswut,
Als schon der Morgen tagte.

Das Roß, das treu geblieben,
Stürzt hin im wilden Lauf,

Er achtet nicht darauf
Und will nun nichts mehr lieben.

Er tut die Rüstung abe,
Wirft sich zu Boden hin,
Auf Sterben steht sein Sinn,
Sein Wunsch nur nach dem Grabe.

Niemand in der Gegend wußte, wohin sich der Eckart gewendet, denn er hatte sich in die wüsten Waldungen hineinverirrt,
und vor keinem Menschen ließ er sich sehen. Der Herzog fürchtete seinen Sinn, und es gereute ihn nun, daß er ihn von sich gelassen, ohne ihn zu fangen. Darum machte er sich an einem
Morgen auf, mit einem großen Zuge von Jägern und anderm Gefolge, um die Wälder zu durchstreifen und den Eckart aufzusuchen, denn er meinte, daß dessen Tod nur ihn völlig sicher
stellte. Alle waren unermüdet, und ließen sich den Eifer nicht
verdrießen, aber die Sonne war schon untergegangen, ohne daß
sie von Eckart eine Spur angetroffen hätten.

Ein Sturm brach herein, und große Wolken flogen sausend
über dem Walde hin, der Donner rollte, und Blitze fuhren in die
hohen Eichen; von einem ungestümen Schrecken wurden alle
angefaßt, und einzeln in den Gebüschen und auf den Fluren zerstreut. Das Roß des Herzogs rannte in das Dickicht hinein, sein
Knappe vermochte nicht, ihm zu folgen; das edle Roß stürzte
nieder, und der Burgund rief im Gewitter vergeblich nach seinen
Dienern, denn es war keiner, der ihn hören mochte.

Wie ein wildes Tier war Eckart umhergeirrt, ohne von sich,
von seinem Unglücke etwas zu wissen, er hatte sich selber verloren und in dumpfer Betäubung seinen Hunger mit Kräutern
und Wurzeln gesättigt; unkenntlich wäre der Held jetzt jedem
seiner Freunde gewesen, so hatten ihn die Tage seiner Verzweiflung entstellt. Wie der Sturm aufbrach, erwachte er aus seiner
Betäubung, er fand sich in seinen Schmerzen wieder und erkannte sein Unglück. Da erhub er ein lautes Jammergeschrei um

seine Kinder, er raufte seine weißen Haare und klagte im Brausen des Sturmes: »Wohin, wohin seid ihr gekommen, ihr Teile meines Herzens? Und wie ist mir denn so alle Macht genommen, daß ich euren Tod nicht mindestens rächen darf? Warum hielt ich denn meinen Arm zurück, und gab nicht dem den Tod, der meinem Herzen den tödlichsten Stich zuteilte? Ha, du verdienst es, Wahnsinniger, daß der Tyrann dich verhöhnt, weil dein unmächtiger Arm, dein blödes Herz nicht dem Mörder widerstrebt! Jetzt, jetzt sollte er so vor mir stehn! Vergeblich wünsch ich jetzt die Rache, da der Augenblick vorüber ist.«

So kam die Nacht herauf, und Eckart irrte in seinem Jammer umher. Da hörte er aus der Ferne wie eine Stimme, die um Hülfe rief. Er richtete seine Schritte nach dem Schalle, und traf endlich in der Dunkelheit auf einen Mann, der an einen Baumstamm gelehnt, ihn wehmütig bat, ihm wieder auf die rechte Straße zu helfen. Eckart erschrak vor der Stimme, denn sie schien ihm bekannt, und bald ermannte er sich und erkannte, daß der Verirrte der Herzog von Burgunden sei. Da erhub er seine Hand und wollte sein Schwert fassen, um den Mann niederzuhauen, der der Mörder seiner Kinder war; es überfiel ihn die Wut mit neuen Kräften, und er war des festen Willens, jenem den Garaus zu machen, als er plötzlich innehielt, und seines Schwures und des gegebenen Wortes gedachte. Er faßte die Hand seines Feindes, und führte ihn nach der Gegend, wo er die Straße vermutete.

Der Herzog sank darnieder
Im wilden dunkeln Hain,
Da nahm der Heide bieder
Ihn auf die Schultern sein.

Er sprach: »Gar viel Beschwerden
Mach ich dir, guter Mann«;
Der sagte: »Auf der Erden
Muß man gar viel bestahn.«

»Doch sollst du«, sprach Burgund,
»Dich freun, bei meinem Worte,
Komm ich nur erst gesund
Zu Haus und sicherm Orte.«

Der Held fühlt' Tränen heiß
Auf seinen alten Wangen,
Er sprach: »Auf keine Weis
Trag ich nach Lohn Verlangen.«

»Es mehren sich die Plagen«,
Sprach der Burgund in Not;
»Wohin willst du mich tragen?
Du bist wohl gar der Tod?« –

»Tod bin ich nicht genannt«,
Sprach Eckart noch im Weinen,
»Du stehst in Gottes Hand,
Sein Licht mag dich bescheinen.«

»Ach, wohl ist mir bewußt«,
Sprach jener drauf in Reue,
»Daß sündvoll meine Brust,
Drum zittr' ich, daß er dräue.

Ich hab dem treusten Freunde
Die Kinder umgebracht,
Drum steht er mir zum Feinde
In dieser finstern Nacht.

Er war mir recht ergeben,
Als wie der treuste Knecht,
Und war im ganzen Leben
Mir niemals ungerecht.

Die Kindlein ließ ich töten,
Das kann er nie verzeihn,
Ich fürcht, in diesen Nöten
Treff ich ihn hier im Hain:

Das sagt mir mein Gewissen,
Mein Herze innerlich,
Die Kind hab ich zerrissen,
Dafür zerreißt er mich.«

Der Eckart sprach: »Empfinden
Muß ich so schwere Last,
Weil du nicht rein von Sünden
Und schwer gefrevelt hast.

Daß du den Mann wirst schauen,
Ist auch gewißlich wahr,
Doch magst du mir vertrauen,
So krümmt er dir kein Haar.«

So gingen sie in Gesprächen fort, als ihnen im Walde eine andre
Mannsgestalt begegnete, es war Wolfram, der Knappe des Herzogs, der seinen Herrn schon seit lange gesucht hatte. Die dunkle
Nacht lag noch über ihnen, und kein Sternlein blickte zwischen
den schwarzen Wolken hervor. Der Herzog fühlte sich schwächer, und wünschte eine Herberge zu erreichen, in der er die
Nacht schlafen möchte; dabei zitterte er, auf den Eckart zu treffen, der wie ein Gespenst vor seiner Seele stand. Er glaubte nicht
den Morgen zu erleben, und schauderte von neuem zusammen,
wenn sich der Wind wieder in den hohen Bäumen regte, wenn
der Sturm von unten herauf aus den Bergschluften kam und
über ihren Häuptern hinwegging. »Besteige, Wolfram«, rief der
Herzog in seiner Angst, »diese hohe Tanne, und schaue umher,
ob du kein Lichtlein, kein Haus, oder keine Hütte erspähst, zu
der wir uns wenden mögen.«

Der Knappe kletterte mit Gefahr seines Lebens zum hohen Tannenbaum hinauf, den der Sturm von einer Seite zur andern warf, und je zuweilen fast bis zur Erde den Wipfel beugte, so daß der Knappe wie ein Eichkätzlein oben schwankte. Endlich hatte er den Gipfel erklommen und rief: »Im Tal da unten seh ich den Schein eines Lichtes, dorthin müssen wir uns wenden!« Sogleich stieg er ab und zeigte den beiden den Weg, und nach einiger Zeit sahen alle den erfreulichen Schein, worüber der Herzog anfing, sich wieder wohl zu gehaben. Eckart blieb immer stumm und in sich gekehrt, er sprach kein Wort und schaute seinen innern Gedanken zu. Als sie vor der Hütte standen, klopften sie an, und ein altes Mütterlein öffnete ihnen die Tür; sowie sie hineintraten, ließ der starke Eckart den Herzog von seinen Schultern nieder, der sich alsbald auf seine Knie warf und Gott in einem brünstigen Gebete für seine Rettung dankte. Eckart setzte sich in einen finstern Winkel nieder und traf dort den Greis schlafend, der ihm unlängst sein großes Unglück mit seinen Söhnen erzählt hatte, welche er aufzusuchen ging.

Als der Herzog sein Gebet vollendet, sprach er: »Wunderbar ist mir in dieser Nacht zu Sinne geworden, und die Güte Gottes wie seine Allmacht haben sich meinem verstockten Herzen noch niemals so nahe gezeigt; auch daß ich bald sterbe, sagt mir mein Gemüt, und ich wünsche nichts so sehr, als daß Gott mir vorher meine vielen und schweren Sünden vergeben möge. Euch beide aber, die ihr mich hiehergeführt habt, will ich vor meinem Ende noch belohnen, soviel ich kann. Dir, meinem Knappen, schenk ich die beiden Schlösser, die hier auf den nächsten Bergen liegen; doch sollst du dich künftig, zum Gedächtnis dieser grauenvollen Nacht, den Tannenhäuser nennen. Und wer bist du, Mann«, fuhr er fort, »der sich dorten im Winkel gelagert hat? Komm hervor, damit ich auch dir für deine Mühe und Liebe lohnen möge.«

Da stand der Eckart von der Erden
Und trat herfür ans helle Licht,
Er zeigt mit traurigen Gebärden
Sein hochbekümmert Angesicht.
Da fehlt dem Burgund Kraft und Mut,
Den Blick des Mannes auszuhalten,
Den Adern sein entweicht das Blut,
In Ohnmacht ist er festgehalten.

Es stürzen ihm die matten Glieder
Von neuem auf den Boden nieder.
»Allmächtger Gott!« so schreit er laut,
»Du bist es, den mein Auge schaut?
Wohin soll ich vor dir entfliehn?
Mußt du mich aus dem Walde ziehn?
Dem ich die Kinder hab erschlagen,
Der muß mich in den Armen tragen?«

So klagt Burgund und weint im Sprechen,
Und fühlt das Herz im Busen brechen,
Er sinkt dem Eckart an die Brust,
Ist sich sein selber nicht bewußt. –
Der Eckart leise zu ihm spricht:
»Der Schmach gedenk ich fürder nicht,
Damit die Welt es sehe frei,
Der Eckart war dir stets getreu.«

So verging die Nacht. Am andern Morgen kamen andre Diener,
die den kranken Herzog fanden. Sie legten ihn auf Maultiere und
führten ihn in sein Schloß zurück. Eckart durfte nicht von seiner
Seite kommen, oft aber nahm er seine Hand und drückte sie sich
gegen seine Brust, und sah ihn mit einem flehenden Blicke an.
Eckart umarmte ihn dann, und sprach einige liebevolle Worte,
mit denen sich der Fürst beruhigte. Er versammelte alle seine
Räte um sich her, und sagte ihnen, daß er den Eckart, den ge-

treuen Mann, zum Vormunde über seine Söhne setze, weil dieser sich als den Edelsten erwiesen. So starb er.

Seitdem nahm sich Eckart der Regierung mit allem Fleiße an, und jedermann im Lande mußte seinen hohen männlichen Mut bewundern. Es währte nicht lange, so verbreitete sich in allen Gegenden das wunderbare Gerücht von dem Spielmanne, der aus dem Venusberge gekommen, das ganze Land durchziehe und mit seinen Tönen die Menschen entführe, welche verschwänden, ohne daß man eine Spur von ihnen wiederfinden könne. Viele glaubten dem Gerüchte, andre nicht, und Eckart gedachte des unglücklichen Greises wieder.

»Ich habe euch zu meinen Söhnen angenommen«, sprach er zu den unmündigen Jünglingen, als er sich einst mit ihnen auf dem Berge vor dem Schlosse befand; »euer Glück ist jetzt meine Nachkommenschaft, ich will in eurer Freude nach meinem Tode fortleben.« Sie lagerten sich auf dem Abhange, von wo sie weit in das schöne Land hineinsehn konnten, und Eckart unterdrückte das Andenken an seine Kinder, denn sie schienen ihm von den Bergen herüberzuschreiten, indem er aus der Ferne einen lieblichen Klang vernahm.

> »Kommt es nicht wie Träumen
> Aus den grünen Räumen
> Zu uns wallend nieder,
> Wie Verstorbner Lieder?«

> Spricht er zu den jungen Herrn,
> Vernimmt den Zauberklang von fern.
> Wie sich die Tön herüberschwungen,
> Erwachet in den frommen Jungen
> Ein seltsam böser Geist,
> Der sie nach unbekannter Ferne reißt.

> »Wir wollen in die Berge, in die Felder,
> Uns rufen die Quellen, es locken die Wälder,

Gar heimliche Stimmen entgegensingen,
Ins irdische Paradies uns zu bringen!«

Der Spielmann kommt in fremder Tracht
Den Söhnen Burgunds ins Gesicht,
Und höher schwillt der Töne Macht,
Und heller glänzt der Sonne Licht,
Die Blumen scheinen trunken,
Ein Abendrot niedergesunken,
Und zwischen Korn und Gräsern schweifen
Sanft irrend blau und goldne Streifen.

Wie ein Schatten ist hinweggehoben
Was sonst den Sinn zur Erden zieht,
Gestillt ist alles irdsche Toben,
Die Welt zu *einer* Blum erblüht,
Die Felsen schwanken lichterloh,
Die Triften jauchzen und sind froh,
Es wirrt und irrt alles in die Klänge hinein
Und will in der Freude heimisch sein,
Des Menschen Seele reißen die Funken,
Sie ist im holden Wahnsinn ganz versunken.

Es wurde Eckart rege
Und wundert sich dabei,
Er hört der Töne Schläge
Und fragt sich, was es sei.

Ihm dünkt die Welt erneuet,
In andern Farben blühn,
Er weiß nicht, was ihn freuet,
Fühlt sich in Wonne glühn.

»Ha! bringen nicht die Töne«,
So fragt er sich entzückt,

»Mir Weib und liebe Söhne,
Und was mich sonst beglückt?«

Doch faßt ein heimlich Grauen
Den Helden plötzlich an,
Er darf nur um sich schauen
Und fühlt sich bald ein Mann.

Da sieht er schon das Wüten
Der ihm vertrauten Kind,
Die sich der Hölle bieten
Und unbezwinglich sind.

Sie werden fortgezogen
Und kennen ihn nicht mehr,
Sie toben wie die Wogen
Im wildempörten Meer.

Was soll er da beginnen?
Ihn ruft sein Wort und Pflicht,
Ihm wanken selbst die Sinnen,
Er kennt sich selber nicht.

Da kömmt die Todesstunde
Von seinem Freund zurück,
Er höret den Burgunde
Und sieht den letzten Blick.

So schirmt er sein Gemüte
Und steht gewappnet da,
Indem kommt im Gemüte
Der Spielmann selbst ihm nah.

Er will den Degen schwingen
Und schlagen jenes Haupt:

Er hört die Pfeife klingen,
Die Kraft ist ihm geraubt.

Es stürzen aus den Bergen
Gestalten wunderlich,
Ein wüstes Heer von Zwergen,
Sie nahen grauerlich.

Die Söhne sind gefangen
Und toben in dem Schwarm,
Umsonst ist sein Verlangen,
Gelähmt sein tapfrer Arm.

Es stürmt der Zug an Vesten,
An Schlössern wild vorbei,
Sie ziehn von Ost nach Westen
Mit jauchzendem Geschrei.

Eckart ist unter ihnen,
Es reißt die Macht ihn hin,
Er muß der Hölle dienen,
Bezwungen ist sein Sinn.

Da nahen sie dem Berge,
Aus dem Musik erschallt,
Und alsogleich die Zwerge
Stillstehn und machen halt.

Der Fels springt voneinander,
Ein bunt Gewimmel drein,
Man sieht Gestalten wandern
Im wunderlichen Schein.

Da faßt er seinen Degen
Und sprach: »Ich bleibe treu!«

Und haut mit Kraft verwegen
In alle Scharen frei.

Die Kinder sind errungen,
Sie fliehen durch das Tal,
Der Feind noch unbezwungen
Mehrt sich zu Eckarts Qual.

Die Zwerge sinken nieder,
Sie fassen neuen Mut,
Es kommen andre wieder,
Und jeder kämpft mit Wut.

Da sieht der Held schon ferne
Die Kind in Sicherheit,
Sprach: »Nun verlier ich gerne
Mein Leben hier im Streit.«

Sein tapfres Schwert tut blinken
Im hellen Sonnenstrahl,
Die Zwerge niedersinken
Zu Haufen dort im Tal.

Die Kinder sind entschwunden
Im allerfernsten Feld,
Da fühlt er seine Wunden,
Da stirbt der tapfre Held.

So fand er seine Stunde
Wild kämpfend wie der Leu,
Und blieb noch dem Burgunde
Im Tode selber treu.

Als nun der Held erschlagen
Regiert der ältste Sohn,

Dankbar hört man ihn sagen:
»Eckart hat meinen Thron

Erkämpft mit vielen Wunden
Und seinem besten Blut,
Und alle Lebens stunden
Verdank ich seinem Mut.«

Bald hört man Wundersagen
Im ganzen Land umgehn,
Daß, wer es wolle wagen
Der Venus' Berg zu sehn,

Der werde dorten schauen
Des treuen Eckart Geist,
Der jeden mit Vertrauen
Zurück vom Felsen weist.

Wo er nach seinem Sterben
Noch Schutz und Wache hält.
Es preisen alle Erben
Eckart den treuen Held.

Zweiter Abschnitt

Es waren mehr als vier Jahrhunderte seit dem Tode des getreuen
Eckart verflossen, als am Hofe ein edler Tannenhäuser als kai-
serlicher Rat in großem Ansehen stand. Der Sohn dieses Ritters
übertraf an Schönheit alle übrigen Edlen des Landes, weswegen
er auch von jedermann geliebt und hochgeschätzt wurde. Plötzlich aber verschwand er, nachdem sich einige wunderbare Dinge
mit ihm zugetragen hatten, und kein Mensch wußte zu sagen,
wohin er gekommen sei. Seit der Zeit des getreuen Eckart gab es
vom Venusberge eine Sage im Lande, und manche sprachen, daß
er dorthin gewandert und also auf ewig verloren sei.

Einer von seinen Freunden, Friedrich von Wolfsburg, härmte sich von allen am meisten um den jungen Tannenhäuser. Sie waren miteinander erwachsen und ihre gegenseitige Freundschaft schien jedem ein Bedürfnis seines Lebens geworden zu sein. Tannenhäusers alter Vater war gestorben, Friedrich vermählte sich nach einigen Jahren; schon umgab ihn ein Kreis von fröhlichen Kindern, und immer noch hatte er keine Nachricht von seinem Jugendfreunde vernommen, so daß er ihn auch für gestorben halten mußte.

Er stand eines Abends unter dem Tor seiner Burg, als er aus der Ferne einen Pilgrim daherkommen sah, der sich seinem Schlosse näherte. Der fremde Mann war in seltsame Tracht gekleidet, und sein Gang wie seine Gebärden erschienen dem Ritter wunderlich. Als jener näher gekommen, glaubte er ihn zu kennen, und endlich war er mit sich einig, daß der Fremde kein anderer als sein ehemaliger Freund der Tannenhäuser sein könne. Er erstaunte und ein heimlicher Schauer bemächtigte sich seiner, als er die durchaus veränderten Züge deutlich gewahr wurde.

Die beiden Freunde umarmten sich, und erschraken dann einer vor dem andern, sie staunten sich an, wie fremde Wesen. Der Fragen, der verworrenen Antworten gab es viele; Friedrich erbebte oft vor dem wilden Blicke seines Freundes, in dem ein unverständliches Feuer brannte. Nachdem sich der Tannenhäuser einige Tage erholt hatte, erfuhr Friedrich, daß er auf einer Wallfahrt nach Rom begriffen sei.

Die beiden Freunde erneuerten bald ihre ehemaligen Gespräche und erzählten sich die Geschichte ihrer Jugend, doch verschwieg der Tannenhäuser noch immer sorgfältig, wo er seitdem gewesen. Friedrich aber drang in ihn, nachdem sie sich in ihre sonstige Vertraulichkeit wieder hineingefunden hatten, jener suchte sich lange den freundschaftlichen Bitten zu entziehen, doch endlich rief er aus: »Nun, so mag dein Wille erfüllt werden, du sollst alles erfahren, mache mir aber nachher keine Vorwürfe, wenn dich die Geschichte mit Bekümmernis und Grauen erfüllt.«

Sie gingen ins Freie und wandelten durch einen grünen Lust-
wald, wo sie sich niedersetzten, worauf der Tannenhäuser sein
Haupt im grünen Grase verbarg und unter lautem Schluchzen
seinem Freunde abgewandt die rechte Hand reichte, die dieser
zärtlich drückte. Der trübselige Pilgrim richtete sich wieder auf,
und begann seine Erzählung auf folgende Weise:

»Glaube mir, mein Teurer, daß manchem von uns ein böser
Geist von seiner Geburt an mitgegeben wird, der ihn durch das
Leben dahinängstigt und ihn nicht ruhen läßt, bis er an das Ziel
seiner schwarzen Bestimmung gelangt ist. So geschahe mir, und
mein ganzer Lebenslauf ist nur ein dauerndes Geburtswehe, und
mein Erwachen wird in der Hölle sein. Darum habe ich nun
schon so viele mühselige Schritte getan, und so manche stehn
mir noch auf meiner Pilgerschaft bevor, ob ich vielleicht beim
Heiligen Vater zu Rom Vergebung erlangen möchte: vor ihm
will ich die schwere Ladung meiner Sünden ablegen, oder im
Druck erliegen und verzweifelnd sterben.«

Friedrich wollte ihn trösten, doch schien der Tannenhäuser
auf seine Reden nicht sonderlich achtzugeben, sondern fuhr
nach einer kleinen Weile mit folgenden Worten fort: »Man hat
ein altes Märchen, daß vor vielen Jahrhunderten ein Ritter mit
dem Namen des getreuen Eckart gelebt habe; man erzählt, wie
damals aus einem seltsamen Berge ein Spielmann gekommen sei,
dessen wunderbarliche Töne so tiefe Sehnsucht, so wilde Wünsche in den Herzen aller Hörenden auferweckt haben, daß sie
unwidersteblich den Klängen nachgerissen worden, um sich in
jenem Gebirge zu verlieren. Die Hölle hat damals ihre Pforten
den armen Menschen weit aufgetan, und sie mit lieblicher Musik
zu sich hereingespielt. Ich hörte als Knabe diese Erzählung oft
und wurde nicht sonderlich davon gerührt, doch währte es nicht
lange, so erinnerte mich die ganze Natur, jedweder Klang, jed-
wede Blume an die Sage von diesen herzergreifenden Tönen. Ich
kann dir nicht ausdrücken, welche Wehmut, welche unaussprechliche Sehnsucht mich plötzlich ergriff, und wie in Banden
hielt und fortführen wollte, wenn ich dem Zug der Wolken

nachsahe, die lichte herrliche Bläue erblickte, die zwischen ihnen hervordrang, welche Erinnerungen Wies und Wald in meinem tiefsten Herzen erwecken wollten. Oft ergriff mich die Lieblichkeit und Fülle der herrlichen Natur, daß ich die Arme ausstreckte und wie mit Flügeln hineinstreben wollte, um mich, wie der Geist der Natur, über Berg und Tal auszugießen, und mich in Gras und Büschen allseitig zu regen und die Fülle des Segens einzuatmen. Hatte mich am Tage die freie Landschaft entzückt, so ängstigten mich in der Nacht dunkle Traumbilder und stellten sich grauenhaft vor mich hin, als wenn sie mir den Weg zu allem Leben versperren wollten. Vor allen ließ ein Traum einen unauslöschlichen Eindruck in meinem Gemüte zurück, ob ich gleich nicht die Bilder deutlich wieder in meine Phantasie zurückrufen konnte. Mir dünkte, als wäre ein großes Gewühl in den Gassen, ich vernahm undeutliche Gespräche durcheinander, darauf ging ich, es war dunkle Nacht, in das Haus meiner Eltern, und nur mein Vater war zugegen und krank. Am nächsten Morgen fiel ich meinen Eltern um den Hals, umarmte sie inbrünstig und drückte sie an meine Brust, als wenn uns eine feindliche Gewalt voneinanderreißen wollte. ›Sollt ich dich verlieren?‹ sprach ich zum teuren Vater, ›o wie unglücklich und einsam wäre ich ohne dich in dieser Welt!‹ Sie trösteten mich, aber es gelang ihnen nicht, das dunkle Bild aus meinem Gedächtnisse zu entfernen.

Ich ward älter, indem ich mich stets von andern Knaben meines Alters entfernt hielt. Oft streifte ich einsam durch die Felder, und so geschah es an einem Morgen, daß ich meinen Weg verlor, und in einem dunkeln Walde, um Hülfe rufend, herumirrte. Nachdem ich so lange Zeit vergeblich nach einem Wege gesucht hatte, stand ich endlich plötzlich vor einem eisernen Gatterwerk, welches einen Garten umschloß. Durch dasselbe sah ich schöne dunkle Gänge vor mir, Fruchtbäume und Blumen, voran standen Rosengebüsche, die im Schein der Sonne glänzten. Ein unnennbares Sehnen zu den Rosen ergriff mich, ich konnte mich nicht zurückhalten, ich drängte mich mit Gewalt durch die eisernen Stäbe, und war nun im Garten. Alsbald fiel ich nieder, umfaßte mit meinen Armen die Gebüsche, küßte die Rosen auf ihren roten Mund, und ergoß mich in Tränen. Als ich mich eine Zeit in dieser Entzückung verloren hatte, kamen zwei Mädchen durch die Baumgänge, die eine älter, die andre von meinen Jahren. Ich erwachte aus meiner Betäubung, um mich einer höheren Trunkenheit hinzugeben. Mein Auge fiel auf die Jüngere, und mir war in diesem Augenblicke, als würde ich von allen meinen unbekannten Schmerzen geheilt. Man nahm mich im Hause auf, die Eltern der beiden Kinder erkundigten sich nach meinem Namen, und schickten meinem Vater Botschaft, der mich gegen Abend selber wieder abholte.

Von diesem Tage hatte der Ungewisse Lauf meines Lebens eine bestimmte Richtung gewonnen, meine Gedanken eilten immer wieder nach dem Schlosse und dem Mädchen zurück, denn hier schien mir die Heimat aller meiner Wünsche. Ich vergaß meiner gewohnten Freuden, ich vernachlässigte meine Gespielen, und besuchte oft den Garten, das Schloß und das Mädchen. Bald war ich dort wie ein Kind vom Hause, so daß man sich nicht mehr verwunderte, wenn ich zugegen war, und Emma ward mir mit jedem Tage lieber. So vergingen mir die Stunden, und eine Zärtlichkeit hatte mein Herz gefangengenommen, ohne daß ich es selber wußte. Meine ganze Bestimmung schien mir nun erfüllt, ich hatte keine andere Wünsche, als immer wiederzukommen, und wenn ich fortging, dieselbe Aussicht auf den künftigen Tag zu haben.

Um die Zeit ward ein junger Ritter in der Familie bekannt, der auch zugleich ein Freund meiner Eltern war, und sich bald ebenso, wie ich, an Emma schloß. Ich haßte ihn von diesem Augenblicke wie meinen Todfeind. Unbeschreiblich aber waren meine Gefühle, als ich wahrzunehmen glaubte, daß Emma seine Gesellschaft der meinigen vorziehe. Von dieser Stunde an war es, als wenn die Musik, die mich bis dahin begleitet hatte, in meinem Busen unterginge. Ich dachte nur Tod und Haß, wilde Gedanken erwachten in meiner Brust, wenn Emma nun auf der

Laute die bekannten Gesänge sang. Auch verbarg ich meinen Widerwillen nicht, und bezeigte mich gegen meine Eltern, die mir Vorwürfe machten, wild und widerspenstig.

Nun irrte ich in den Wäldern und zwischen Felsen umher, gegen mich selber wütend: den Tod meines Gegners hatte ich beschlossen. Der junge Ritter hielt nach einigen Monden bei den Eltern um meine Geliebte an, sie wurde ihm zugesagt. Was mich sonst wunderbar in der ganzen vollen Natur angezogen und gereizt hatte, hatte sich mir in Emmas Bilde vereiniget; ich wußte, kannte und wollte kein anderes Glück als sie, ja ich hatte mir willkürlich vorgesetzt, daß ihren Verlust und mein Verderben ein und derselbe Tag herbeiführen solle.

Meine Eltern grämten sich über meine Verwilderung, meine Mutter war krank geworden, aber es rührte mich nicht, ich kümmerte mich wenig um ihren Zustand, und sah sie nur selten. Der Hochzeitstag meines Feindes rückte heran, und mit ihm wuchs meine Angst, die mich durch die Wälder und über die Berge trieb. Ich verwünschte Emma und mich mit den gräßlichsten Flüchen. Um die Zeit hatte ich keinen Freund, kein Mensch wollte sich meiner annehmen, weil mich alle verloren gaben.

Die schreckliche Nacht vor dem Vermählungstage brach heran. Ich hatte mich unter Klippen verirrt und hörte unter mir die Waldströme brausen, oft erschrak ich vor mir selber. Als es Morgen war, sah ich meinen Feind von den Bergen herniedersteigen, ich fiel ihn mit beschimpfenden Reden an, er verteidigte sich, wir griffen zu den Schwertern, und bald sank er unter meinen wütenden Hieben nieder.

Ich eilte fort, ich sah mich nicht nach ihm um, aber seine Begleiter trugen den Leichnam fort. Nachts schwärmte ich um die Wohnung, die meine Emma einschloß, und nach wenigen Tagen vernahm ich im benachbarten Kloster Totengeläute und den Grabgesang der Nonnen. Ich fragte: man sagte mir, daß Fräulein Emma aus Gram über den Tod ihres Bräutigams gestorben sei.

Ich wußte nicht zu bleiben, ich zweifelte, ob ich lebe, ob alles Wahrheit sei. Ich eilte zurück zu meinen Eltern, und kam in der folgenden Nacht spät in die Stadt, in der sie wohnten. Alles war in Unruhe, Pferde und Rüstwagen erfüllten die Straßen, Lanzenknechte tummelten sich durcheinander und sprachen in verwirrten Reden: es war gerade an dem, daß der Kaiser einen Feldzug gegen seine Feinde unternehmen wollte. Ein einsames Licht brannte in der väterlichen Wohnung als ich hereintrat; eine drückende Beklemmung lag auf meiner Brust. Auf mein Anklopfen kommt mir mein Vater selbst mit leisem bedächtigen Schritte entgegen; sogleich erinnere ich mich des alten Traumes aus meinen Kinderjahren, und fühle mit innigster Bewegung, daß es dasselbe sei, was ich nun erlebe. Ich bin bestürzt, ich frage: ›Warum, Vater, seid Ihr so spät noch auf?‹ Er führt mich hinein und spricht: ›Ich muß wohl wachen, denn deine Mutter ist ja nun auch tot.‹

Die Worte fielen wie Blitze in meine Seele. Er setzte sich bedächtig nieder, ich mich an seine Seite, die Leiche lag auf einem Bette und war mit Tüchern seltsam zugehängt. Mein Herz wollte zerspringen. ›Ich halte Wache‹, sprach der Alte, ›denn meine Gattin sitzt noch immer neben mir.‹ Meine Sinne vergingen, ich heftete meine Augen in einen Winkel, und nach kurzer Weile regte es sich wie ein Dunst, es wallte und wogte, und die bekannte Bildung meiner Mutter zog sich sichtbarlich zusammen, die nach mir mit ernsten Mienen schaute. Ich wollte fort, ich konnte nicht, denn die mütterliche Gestalt winkte und mein Vater hielt mich fest in den Armen, welcher mir leise zuflüsterte: ›Sie ist aus Gram um dich gestorben.‹ Ich umfaßte ihn mit aller kindlichen Brünstigkeit, ich vergoß brennende Tränen an seiner Brust. Er küßte mich, und mir schauderte, als seine Lippen kalt wie die Lippen eines Toten mich berührten. ›Wie ist dir, Vater?‹ rief ich mit Entsetzen aus. Er zuckte schmerzhaft in sich zusammen und antwortete nicht. In wenigen Augenblicken fühlte ich ihn kälter werden, ich suchte nach seinem Herzen, es stand still, und im wehmütigen Wahnsinn hielt ich die Leiche in meiner Umarmung fest eingeklammert.

Wie ein Schein, gleich der ersten Morgenröte, flog es durch

das dunkle Gemach; da saß der Geist meines Vaters neben dem Bilde meiner Mutter, und beide sahen nach mir mitleidig hin, wie ich die teure Leiche festhielt. Seitdem war es um mein Bewußtsein geschehn, wahnsinnig und kraftlos fanden mich die Diener am Morgen in der Totenkammer.« –

Bis hieher war der Tannenhäuser mit seiner Erzählung gekommen, indem ihm sein Freund Friedrich mit dem größten Erstaunen zuhörte, als er plötzlich abbrach und mit dem Ausdruck des größten Schmerzes innehielt. Friedrich war verlegen und nachdenkend, die beiden Freunde gingen in die Burg zurück, doch blieben sie in einem Zimmer allein.

Nachdem der Tannenhäuser eine Weile geschwiegen hatte, fing er wieder an: »Immer noch erschüttert mich das Andenken dieser Stunden tief, und ich begreife nicht, wie ich sie habe überleben können. Nunmehr schien mir die Erde und das Leben völlig ausgestorben und verwüstet, ich schleppte mich ohne Gedanken und Wunsch von einem Tage zum andern hinüber. Dann geriet ich in eine Gesellschaft von wilden jungen Leuten, und in Trunk und Wollust suchte ich den pochenden bösen Geist in mir zu besänftigen. Die alte brennende Ungeduld erwachte in meiner Brust von neuem, und ich konnte mich und meine Wünsche selber nicht verstehn. Ein Wüstling, Rudolf genannt, war mein Vertrauter geworden, der aber immer meine Klagen wie meine Sehnsucht verlachte. So mochte ein Jahr verflossen sein, als meine Angst bis zur Verzweiflung stieg; es drängte mich weiter, weiter hinein in eine unbekannte Ferne, ich hätte mich von den hohen Bergen hinab in den Glanz der Wiesenfarben, in das kühle Gebrause der Ströme stürzen mögen, um den glühenden Durst der Seele, die Unersättlichkeit zu löschen; ich sehnte mich nach der Vernichtung und wieder wie goldne Morgenwolken schwebten Hoffnung und Lebenslust vor mir hin und lockten mich nach. Da kam ich auf den Gedanken, daß die Hölle nach mir lüstern sei, und mir so Schmerzen wie Freuden entgegensende, um mich zu verderben, daß ein tückischer Geist alle meine Seelenkräfte nach der dunkeln Behausung richte und mich hinunterzügle. Da gab ich mich gefangen, um der Qualen, der wechselnden Entzückungen los zu werden. In der dunkelsten Nacht bestieg ich einen hohen Berg und rief mit allen Herzenskräften den Feind Gottes und der Menschen zu mir, so daß ich fühlte, er würde mir gehorchen müssen. Meine Worte zogen ihn herbei, er stand plötzlich neben mir und ich empfand kein Grauen. Da ging im Gespräch mit ihm der Glaube an jenen wunderbaren Berg von neuem in mir auf, und er lehrte mich ein Lied, das mich von selbst auf die rechte Straße dahin führen würde. Er verschwand, und ich war zum erstenmal, seit ich lebte, mit mir allein, denn nun verstand ich meine abirrenden Gedanken, die aus dem Mittelpunkte herausstrebten, um eine neue Welt zu finden. Ich machte mich auf den Weg, und das Lied, das ich mit lauter Stimme sang, führte mich über wunderbare Einöden fort, und alles übrige in mir und außer mir hatte ich vergessen; es trug mich wie auf großen Flügeln der Sehnsucht nach meiner Heimat, ich wollte dem Schatten entfliehen, der uns auch aus dem Glanze noch dräut, den wilden Tönen, die noch in der zartesten Musik auf uns schelten. So kam ich in einer Nacht, als der Mond hinter dunkeln Wolken matt hervorschien, vor dem Berge an. Ich setzte mein Lied fort, und eine Riesengestalt stand da und winkte mich mit ihrem Stabe zurück. Ich ging näher. ›Ich bin der getreue Eckart‹, rief die übermenschliche Bildung, ›ich bin von Gottes Güte hieher zum Wächter gesetzt, um des Menschen bösen Fürwitz zurückzuhalten.‹ – Ich drang hindurch.

Wie in einem unterirdischen Bergwerke war nun mein Weg. Der Steg war so schmal, daß ich mich hindurchdrängen mußte, ich vernahm den Klang der verborgenen wandernden Gewässer, ich hörte die Geister, die die Erze und Gold und Silber bildeten, um den Menschengeist zu locken, ich fand die tiefen Klänge und Töne hier einzeln und verborgen, aus denen die irdische Musik entsteht; je tiefer ich ging, je mehr fiel es wie ein Schleier vor meinem Angesichte hinweg.

Ich ruhte aus und sah andre Menschengestalten heranwanken, mein Freund Rudolf war unter ihnen; ich begriff gar nicht, wie sie mir vorbeikommen würden, da der Weg so sehr enge war, aber sie gingen mitten durch die Steine hindurch, ohne daß sie mich gewahr wurden.

Alsbald vernahm ich Musik, aber eine ganz andre, als bis dahin zu meinem Gehör gedrungen war, meine Geister in mir arbeiteten den Tönen entgegen; ich kam ins Freie, und wunderhelle Farben glänzten mich von allen Seiten an. Das war es, was ich immer gewünscht hatte. Dicht am Herzen fühlte ich die Gegenwart der gesuchten, endlich gefundenen Herrlichkeit, und in mich spielten die Entzückungen mit allen ihren Kräften hinein. So kam mir das Gewimmel der frohen heidnischen Götter entgegen, Frau Venus an ihrer Spitze, alle begrüßten mich; sie sind dorthin gebannt von der Gewalt des Allmächtigen, und ihr Dienst ist von der Erde vertilgt; nun wirken sie von dort in ihrer Heimlichkeit.

Alle Freuden, die die Erde beut, genoß und schmeckte ich hier in ihrer vollsten Blüte, unersättlich war mein Busen und unendlich der Genuß. Die berühmten Schönheiten der alten Welt waren zugegen, was mein Gedanke wünschte, war in meinem Besitz, eine Trunkenheit folgte der andern, mit jedem Tage schien um mich her die Welt in bunteren Farben zu brennen. Ströme des köstlichsten Weines löschten den grimmen Durst, und die holdseligsten Gestalten gaukelten dann in der Luft, ein Gewimmel von nackten Mädchen umgab mich einladend, Düfte schwangen sich bezaubernd um mein Haupt, wie aus dem innersten Herzen der seligsten Natur erklang eine Musik, und kühlte mit ihren frischen Wogen der Begierde wilde Lüsternheit; ein Grauen, das so heimlich über die Blumenfelder schlich, erhöhte den entzückenden Rausch. Wie viele Jahre so verschwunden sind, weiß ich nicht zu sagen, denn hier gab es keine Zeit und keine Unterschiede, in den Blumen brannte der Mädchen und der Lüste Reiz, in den Körpern der Weiber blühte der Zauber der Blumen, die Farben führten hier eine andre Sprache, die Töne sagten neue Worte, die ganze Sinnenwelt war hier in *einer* Blüte festgebunden, und die Geister drinnen feierten ewig einen brünstigen Triumph.

Doch wie es geschah, kann ich so wenig sagen wie fassen, daß mich nun in aller Sünderherrlichkeit der Trieb nach der Ruhe, der Wunsch zur alten unschuldigen Erde mit ihren dürftigen Freuden ebenso ergriff, wie mich vormals die Sehnsucht hiehergedrängt hatte. Es zog mich an, wieder jenes Leben zu leben, das die Menschen in aller Bewußtlosigkeit führen, mit Leiden und abwechselnden Freuden; ich war von dem Glanz gesättigt und suchte gern die vorige Heimat wieder. Eine unbegreifliche Gnade des Allmächtigen verschaffte mir die Rückkehr, ich befand mich plötzlich wieder in der Welt, und denke nun meinen sündigen Busen vor den Stuhl unsers allerheiligsten Vaters in Rom auszuschütten, daß er mir vergebe und ich den übrigen Menschen wieder zugezählt werde.« –

Der Tannenhäuser schwieg still, und Friedrich betrachtete ihn lange mit einem prüfenden Blicke; dann nahm er die Hand seines Freundes und sagte: »Immer noch kann ich nicht von meinem Erstaunen zurückkommen, auch kann ich deine Erzählung nicht begreifen, denn es ist nicht anders möglich, als daß alles, was du mir vorgetragen hast, nur eine Einbildung von dir sein muß. Denn noch lebt Emma, sie ist meine Gattin, und nie haben wir gekämpft oder uns gehaßt, wie du glaubst; doch verschwandest du noch vor unsrer Hochzeit aus der Gegend, auch hast du mir damals nie mit einem einzigen Worte gesagt, daß Emma dir lieb sei.«

Er nahm hierauf den verwirrten Tannenhäuser bei der Hand und führte ihn in ein anderes Zimmer zu seiner Gattin, die eben von einem Besuch ihrer Schwester, bei der sie einige Tage verweilt, auf das Schloß zurückgekommen war. Der Tannenhäuser war stumm und nachdenkend, er beschaute still die Bildung und das Antlitz der Frau, dann schüttelte er mit dem Kopfe und sagte: »Bei Gott, das ist noch die seltsamste von allen meinen Begebenheiten!«

Friedrich erzählte ihm im Zusammenhange alles, was ihm seitdem zugestoßen war, und suchte seinem Freunde deutlich zu machen, daß ihn ein seltsamer Wahnsinn nur seit manchem Jahre beängstigt habe. »Ich weiß recht gut wie es ist«, rief der Tannenhäuser aus, »jetzt bin ich getäuscht und wahnsinnig, die Hölle will mir dies Blendwerk vorgaukeln, damit ich nicht nach Rom gehn und meiner Sünden ledig werden soll.«

Emma suchte ihn an seine Kindheit zu erinnern, aber der Tannenhäuser ließ sich nicht überreden. So reiste er schnell ab, um in kurzer Zeit in Rom vom Papste Absolution zu erhalten.

Friedrich und Emma sprachen noch oft über den seltsamen Pilgrim. Einige Monden waren verflossen, als der Tannenhäuser bleich und abgezehrt, in zerrissenen Wallfahrtskleidern und barfuß in Friedrichs Gemach trat, indem dieser noch schlief. Er küßte ihn auf den Mund und sagte dann schnell die Worte: »Der Heilige Vater will und kann mir nicht vergeben, ich muß in meinen alten Wohnsitz zurück.« Hierauf entfernte er sich eilig. Friedrich ermunterte sich, der unglückliche Pilger war schon verschwunden. Er ging nach dem Zimmer seiner Gattin, und die Weiber stürzten ihm mit Geheul entgegen; der Tannenhäuser war hier früh am Tage hereingedrungen und hatte die Worte gesagt: »Diese soll mich nicht in meinem Laufe stören!« Man fand Emma ermordet.

Noch konnte sich Friedrich nicht besinnen, als es ihn wie Entsetzen befiel; er konnte nicht ruhn, er rannte ins Freie. Man wollte ihn zurückhalten, aber er erzählte, wie ihm der Pilgrim einen Kuß auf die Lippen gegeben habe, und wie dieser Kuß ihn brenne, bis er jenen wiedergefunden. So rannte er in unbegreiflicher Eile fort, den wunderlichen Berg und den Tannenhäuser zu suchen, und man sah ihn seitdem nicht mehr. Die Leute sagten, wer einen Kuß von einem aus dem Berge bekommen, der könne der Lockung nicht widerstehn, die ihn auch mit Zaubergewalt in die unterirdischen Klüfte reiße.

Der Runenberg

1802

Ein junger Jäger saß im innersten Gebirge nachdenkend bei einem Vogelherde, indem das Rauschen der Gewässer und des Waldes in der Einsamkeit tönte. Er bedachte sein Schicksal, wie er so jung sei, und Vater und Mutter, die wohlbekannte Heimat, und alle Befreundeten seines Dorfes verlassen hatte, um eine fremde Umgebung zu suchen, um sich aus dem Kreise der wiederkehrenden Gewöhnlichkeit zu entfernen, und er blickte mit einer Art von Verwunderung auf, daß er sich nun in diesem Tale, in dieser Beschäftigung wiederfand. Große Wolken zogen durch den Himmel und verloren sich hinter den Bergen, Vögel sangen aus den Gebüschen und ein Widerschall antwortete ihnen. Er stieg langsam den Berg hinunter, und setzte sich an den Rand eines Baches nieder, der über vorragendes Gestein schäumend murmelte. Er hörte auf die wechselnde Melodie des Wassers, und es schien, als wenn ihm die Wogen in unverständlichen Worten tausend Dinge sagten, die ihm so wichtig waren, und er mußte sich innig betrüben, daß er ihre Reden nicht verstehen konnte. Wieder sah er dann umher und ihm dünkte, er sei froh und glücklich; so faßte er wieder neuen Mut und sang mit lauter Stimme einen Jägergesang.

>Froh und lustig zwischen Steinen
Geht der Jüngling auf die Jagd,
Seine Beute muß erscheinen
In den grünlebendgen Hainen,
Sucht' er auch bis in die Nacht.

Seine treuen Hunde bellen
Durch die schöne Einsamkeit,
Durch den Wald die Hörner gellen,
Daß die Herzen mutig schwellen:
O du schöne Jägerzeit!

Seine Heimat sind die Klüfte,
Alle Bäume grüßen ihn,
Rauschen strenge Herbsteslüfte
Find't er Hirsch und Reh, die Schlüfte
Muß er jauchzend dann durchziehn.

Laß dem Landmann seine Mühen
Und dem Schiffer nur sein Meer,
Keiner sieht in Morgens Frühen
So Auroras Augen glühen,
Hängt der Tau am Grase schwer,

Als wer Jagd, Wild, Wälder kennet
Und Diana lacht ihn an,
Einst das schönste Bild entbrennet,
Die er seine Liebste nennet:
O beglückter Jägersmann!«

Während dieses Gesanges war die Sonne tiefer gesunken und breite Schatten fielen durch das enge Tal. Eine kühlende Dämmerung schlich über den Boden weg, und nur noch die Wipfel der Bäume, wie die runden Bergspitzen waren vom Schein des Abends vergoldet. Christians Gemüt ward immer trübseliger, er mochte nicht nach seinem Vogelherde zurückkehren, und dennoch mochte er nicht bleiben; es dünkte ihm so einsam und er sehnte sich nach Menschen. Jetzt wünschte er sich die alten Bücher, die er sonst bei seinem Vater gesehn, und die er niemals lesen mögen, sooft ihn auch der Vater dazu angetrieben hatte; es fielen ihm die Szenen seiner Kindheit ein, die Spiele mit der Jugend des Dorfes, seine Bekanntschaften unter den Kindern, die Schule, die ihm so drückend gewesen war, und er sehnte sich in alle diese Umgebungen zurück, die er freiwillig verlassen hatte, um sein Glück in unbekannten Gegenden, in Bergen, unter fremden Menschen, in einer neuen Beschäftigung zu finden. Indem es finstrer wurde, und der Bach lauter rauschte, und das

Geflügel der Nacht seine irre Wanderung mit umschweifendem
Fluge begann, saß er noch immer mißvergnügt und in sich versunken; er hätte weinen mögen, und er war durchaus unent-
schlossen, was er tun und vornehmen solle. Gedankenlos zog er
eine hervorragende Wurzel aus der Erde, und plötzlich hörte er
erschreckend ein dumpfes Winseln im Boden, das sich unterir-
disch in klagenden Tönen fortzog, und erst in der Ferne wehmütig verscholl. Der Ton durchdrang sein innerstes Herz, er ergriff
ihn, als wenn er unvermutet die Wunde berührt habe, an der der
sterbende Leichnam der Natur in Schmerzen verscheiden wolle.
Er sprang auf und wollte entfliehen, denn er hatte wohl ehemals von der seltsamen Alrunenwurzel gehört, die beim Ausrei-
ßen so herzdurchschneidende Klagetöne von sich gebe, daß der
Mensch von ihrem Gewinsel wahnsinnig werden müsse. Indem
er fortgehen wollte, stand ein fremder Mann hinter ihm, welcher
ihn freundlich ansah und fragte, wohin er wolle. Christian hatte
sich Gesellschaft gewünscht, und doch erschrak er von neuem
vor dieser freundlichen Gegenwart. »Wohin so eilig?« fragte der
Fremde noch einmal. Der junge Jäger suchte sich zu sammeln
und erzählte, wie ihm plötzlich die Einsamkeit so schrecklich
vorgekommen sei, daß er sich habe retten wollen, der Abend sei
so dunkel, die grünen Schatten des Waldes so traurig, der Bach
spreche in lauter Klagen, die Wolken des Himmels zögen seine
Sehnsucht jenseit den Bergen hinüber. »Ihr seid noch jung«,
sagte der Fremde, »und könnt wohl die Strenge der Einsamkeit
noch nicht ertragen, ich will Euch begleiten, denn Ihr findet
doch kein Haus oder Dorf im Umkreis einer Meile, wir mögen
unterwegs etwas sprechen und uns erzählen, so verliert Ihr die
trüben Gedanken; in einer Stunde kommt der Mond hinter den
Bergen hervor, sein Licht wird dann wohl auch Eure Seele lichter machen.«

Sie gingen fort, und der Fremde dünkte dem Jünglinge bald
ein alter Bekannter zu sein. »Wie seid Ihr in dieses Gebürge gekommen«, fragte jener, »Ihr seid hier, Eurer Sprache nach, nicht
einheimisch.« – »Ach darüber«, sagte der Jüngling, »ließe sich

viel sagen, und doch ist es wieder keiner Rede, keiner Erzählung
wert; es hat mich wie mit fremder Gewalt aus dem Kreise meiner
Eltern und Verwandten hinweggenommen, mein Geist war seiner selbst nicht mächtig; wie ein Vogel, der in einem Netz gefangen ist und sich vergeblich sträubt, so verstrickt war meine Seele
in seltsamen Vorstellungen und Wünschen. Wir wohnten weit
von hier in einer Ebene, in der man rund umher keinen Berg,
kaum eine Anhöhe erblickte; wenige Bäume schmückten den
grünen Plan, aber Wiesen, fruchtbare Kornfelder und Gärten
zogen sich hin, so weit das Auge reichen konnte, ein großer Fluß
glänzte wie ein mächtiger Geist an den Wiesen und Feldern vorbei. Mein Vater war Gärtner im Schloß und hatte vor, mich ebenfalls zu seiner Beschäftigung zu erziehen; er liebte die Pflanzen
und Blumen über alles und konnte sich tagelang unermüdet mit
ihrer Wartung und Pflege abgeben. Ja er ging so weit, daß er behauptete, er könne fast mit ihnen sprechen; er lerne von ihrem
Wachstum und Gedeihen, so wie von der verschiedenen Gestalt
und Farbe ihrer Blätter. Mir war die Gartenarbeit zuwider, um
so mehr, als mein Vater mir zuredete, oder gar mit Drohungen
mich zu zwingen versuchte. Ich wollte Fischer werden, und
machte den Versuch, allein das Leben auf dem Wasser stand
mir auch nicht an; ich wurde dann zu einem Handelsmann in
die Stadt gegeben, und kam auch von ihm bald in das väterliche
Haus zurück. Auf einmal hörte ich meinen Vater von Gebirgen
erzählen, die er in seiner Jugend bereiset hatte, von den unterirdischen Bergwerken und ihren Arbeitern, von Jägern und ihrer
Beschäftigung, und plötzlich erwachte in mir der bestimmteste
Trieb, das Gefühl, daß ich nun die für mich bestimmte Lebensweise gefunden habe. Tag und Nacht sann ich und stellte mir
hohe Berge, Klüfte und Tannenwälder vor; meine Einbildung
erschuf sich ungeheure Felsen, ich hörte in Gedanken das Getöse der Jagd, die Hörner, und das Geschrei der Hunde und des
Wildes; alle meine Träume waren damit angefüllt und darüber
hatte ich nun weder Rast noch Ruhe mehr. Die Ebene, das
Schloß, der kleine beschränkte Garten meines Vaters mit den ge-

ordneten Blumenbeeten, die enge Wohnung, der weite Himmel,
der sich ringsum so traurig ausdehnte, und keine Höhe, keinen
erhabenen Berg umarmte, alles ward mir noch betrübter und
verhaßter. Es schien mir, als wenn alle Menschen um mich her in
der bejammernswürdigsten Unwissenheit lebten, und daß alle
ebenso denken und empfinden würden, wie ich, wenn ihnen dieses Gefühl ihres Elendes nur ein einziges Mal in ihrer Seele auf-
ginge. So trieb ich mich um, bis ich an einem Morgen den Entschluß faßte, das Haus meiner Eltern auf immer zu verlassen.
Ich hatte in einem Buche Nachrichten vom nächsten großen Gebirge gefunden, Abbildungen einiger Gegenden, und darnach
richtete ich meinen Weg ein. Es war im ersten Frühlinge und ich
fühlte mich durchaus froh und leicht. Ich eilte, um nur recht
bald das Ebene zu verlassen, und an einem Abende sah ich in der
Ferne die dunkeln Umrisse des Gebirges vor mir liegen. Ich
konnte in der Herberge kaum schlafen, so ungeduldig war ich,
die Gegend zu betreten, die ich für meine Heimat ansah; mit
dem frühesten war ich munter und wieder auf der Reise. Nach-
mittags befand ich mich schon unter den vielgeliebten Bergen,
und wie ein Trunkner ging ich, stand dann eine Weile, schaute
rückwärts, und berauschte mich in allen mir fremden und doch
so wohlbekannten Gegenständen. Bald verlor ich die Ebene hinter mir aus dem Gesichte, die Waldströme rauschten mir entgegen, Buchen und Eichen brausten mit bewegtem Laube von steilen Abhängen herunter; mein Weg führte mich schwindlichten
Abgründen vorüber, blaue Berge standen groß und ehrwürdig
im Hintergrunde. Eine neue Welt war mir aufgeschlossen, ich
wurde nicht müde. So kam ich nach einigen Tagen, indem ich
einen großen Teil des Gebürges durchstreift hatte, zu einem alten Förster, der mich auf mein inständiges Bitten zu sich nahm,
um mich in der Kunst der Jägerei zu unterrichten. Jetzt bin ich
seit drei Monaten in seinen Diensten. Ich nahm von der Gegend,
in der ich meinen Aufenthalt hatte, wie von einem Königreiche
Besitz; ich lernte jede Klippe, jede Schluft des Gebürges kennen,
ich war in meiner Beschäftigung, wenn wir am frühen Morgen

149

nach dem Walde zogen, wenn wir Bäume im Forste fällten, wenn ich mein Auge und meine Büchse übte, und die treuen Gefährten, die Hunde zu ihren Geschicklichkeiten abrichtete, überaus glücklich. Jetzt sitze ich seit acht Tagen hier oben auf dem Vogelherde, im einsamsten Gebürge, und am Abend wurde mir heut so traurig zu Sinne, wie noch niemals in meinem Leben; ich kam mir so verloren, so ganz unglückselig vor, und noch kann ich mich nicht von dieser trüben Stimmung erholen.«

Der fremde Mann hatte aufmerksam zugehört, indem beide durch einen dunkeln Gang des Waldes gewandert waren. Jetzt traten sie ins Freie, und das Licht des Mondes, der oben mit seinen Hörnern über der Bergspitze stand, begrüßte sie freundlich: in unkenntlichen Formen und vielen gesonderten Massen, die der bleiche Schimmer wieder rätselhaft vereinigte, lag das gespaltene Gebürge vor ihnen, im Hintergrunde ein steiler Berg, auf welchem uralte verwitterte Ruinen schauerlich im weißen Lichte sich zeigten. »Unser Weg trennt sich hier«, sagte der Fremde, »ich gehe in diese Tiefe hinunter, dort bei jenem alten Schacht ist meine Wohnung: die Erze sind meine Nachbarn, die Berggewässer erzählen mir Wunderdinge in der Nacht, dahin kannst du mir doch nicht folgen. Aber siehe dort den Runenberg mit seinem schroffen Mauerwerke, wie schön und anlockend das alte Gestein zu uns herblickt! Bist du niemals dorten gewesen?« »Niemals«, sagte der junge Christian, »ich hörte einmal meinen alten Förster wundersame Dinge von diesem Berge erzählen, die ich töricht genug wieder vergessen habe; aber ich erinnere mich, daß mir an jenem Abend grauenhaft zumute war. Ich möchte wohl einmal die Höhe besteigen, denn die Lichter sind dort am schönsten, das Gras muß dorten recht grün sein, die Welt umher recht seltsam, auch mag sich's wohl treffen, daß man noch manch Wunder aus der alten Zeit da oben fände.«

»Es kann fast nicht fehlen«, sagte jener, »wer nur zu suchen versteht, wessen Herz recht innerlich hingezogen wird, der findet uralte Freunde dort und Herrlichkeiten, alles, was er am eifrigsten wünscht.« – Mit diesen Worten stieg der Fremde schnell hinunter, ohne seinem Gefährten Lebewohl zu sagen, bald war er im Dickicht des Gebüsches verschwunden, und kurz nachher verhallte auch der Tritt seiner Füße. Der junge Jäger war nicht verwundert, er verdoppelte nur seine Schritte nach dem Runenberge zu, alles winkte ihm dorthin, die Sterne schienen dorthin zu leuchten, der Mond wies mit einer hellen Straße nach den Trümmern, lichte Wolken zogen hinauf, und aus der Tiefe redeten ihm Gewässer und rauschende Wälder zu und sprachen ihm Mut ein. Seine Schritte waren wie beflügelt, sein Herz klopfte, er fühlte eine so große Freudigkeit in seinem Innern, daß sie zu einer Angst emporwuchs. – Er kam in Gegenden, in denen er nie gewesen war, die Felsen wurden steiler, das Grün verlor sich, die kahlen Wände riefen ihn wie mit zürnenden Stimmen an, und ein einsam klagender Wind jagte ihn vor sich her. So eilte er ohne Stillstand fort, und kam spät nach Mitternacht auf einen schmalen Fußsteig, der hart an einem Abgrunde hinlief. Er achtete nicht auf die Tiefe, die unter ihm gähnte und ihn zu verschlingen drohte, so sehr spornten ihn irre Vorstellungen und unverständliche Wünsche. Jetzt zog ihn der gefährliche Weg neben eine hohe Mauer hin, die sich in den Wolken zu verlieren schien; der Steig ward mit jedem Schritte schmaler, und der Jüngling mußte sich an vorragenden Steinen festhalten, um nicht hinunterzustürzen. Endlich konnte er nicht weiter, der Pfad endigte unter einem Fenster, er mußte stillstehen und wußte jetzt nicht, ob er umkehren, ob er bleiben solle. Plötzlich sah er ein Licht, das sich hinter dem alten Gemäuer zu bewegen schien. Er sah dem Scheine nach, und entdeckte, daß er in einen alten geräumigen Saal blikken konnte, der wunderlich verziert von mancherlei Gesteinen und Kristallen in vielfältigen Schimmern funkelte, die sich geheimnisvoll von dem wandelnden Lichte durcheinanderbewegten, welches eine große weibliche Gestalt trug, die sinnend im Gemache auf und nieder ging. Sie schien nicht den Sterblichen anzugehören, so groß, so mächtig waren ihre Glieder, so streng ihr Gesicht, aber doch dünkte dem entzückten Jünglinge, daß er noch niemals solche Schönheit gesehn oder geahnet habe. Er zit-

terte und wünschte doch heimlich, daß sie zum Fenster treten
und ihn wahrnehmen möchte. Endlich stand sie still, setzte das
Licht auf einen kristallenen Tisch nieder, schaute in die Höhe
und sang mit durchdringlicher Stimme:

>»Wo die Alten weilen,
>Daß sie nicht erscheinen?
>Die Kristallen weinen,
>Von demantnen Säulen
>Fließen Tränenquellen,
>Töne klingen drein;
>In den klaren hellen
>Schön durchsichtgen Wellen
>Bildet sich der Schein,
>Der die Seelen ziehet,
>Dem das Herz erglühet.
>Kommt ihr Geister alle
>Zu der goldnen Halle,
>Hebt aus tiefen Dunkeln
>Häupter, welche funkeln!
>Macht der Herzen und der Geister,
>Die so durstig sind im Sehnen,
>Mit den leuchtend schönen Tränen
>Allgewaltig euch zum Meister!«

Als sie geendigt hatte, fing sie an sich zu entkleiden, und ihre
Gewänder in einen kostbaren Wandschrank zu legen. Erst nahm
sie einen goldenen Schleier vom Haupte, und ein langes schwarzes Haar floß in geringelter Fülle bis über die Hüften hinab;
dann löste sie das Gewand des Busens, und der Jüngling vergaß
sich und die Welt im Anschauen der überirdischen Schönheit. Er
wagte kaum zu atmen, als sie nach und nach alle Hüllen löste;
nackt schritt sie endlich im Saale auf und nieder, und ihre schweren schwebenden Locken bildeten um sie her ein dunkel wogen-
des Meer, aus dem wie Marmor die glänzenden Formen des rei-

nen Leibes abwechselnd hervorstrahlten. Nach geraumer Zeit näherte sie sich einem andern goldenen Schranke, nahm eine Tafel heraus, die von vielen eingelegten Steinen, Rubinen, Diamanten und allen Juwelen glänzte, und betrachtete sie lange prüfend. Die Tafel schien eine wunderliche unverständliche Figur mit ihren unterschiedlichen Farben und Linien zu bilden; zuweilen war, nachdem der Schimmer ihm entgegenspiegelte, der Jüngling schmerzhaft geblendet, dann wieder besänftigten grüne und blau spielende Scheine sein Auge: er aber stand, die Gegenstände mit seinen Blicken verschlingend, und zugleich tief in sich selbst versunken. In seinem Innern hatte sich ein Abgrund von Gestalten und Wohllaut, von Sehnsucht und Wollust aufgetan, Scharen von beflügelten Tönen und wehmütigen und freudigen Melodien zogen durch sein Gemüt, das bis auf den Grund bewegt war: er sah eine Welt von Schmerz und Hoffnung in sich aufgehen, mächtige Wunderfelsen von Vertrauen und trotzender Zuversicht, große Wasserströme, wie voll Wehmut fließend. Er kannte sich nicht wieder, und erschrak, als die Schöne das Fenster öffnete, ihm die magische steinerne Tafel reichte und die wenigen Worte sprach: »Nimm dieses zu meinem Angedenken!« Er faßte die Tafel und fühlte die Figur, die unsichtbar sogleich in sein Inneres überging, und das Licht und die mächtige Schönheit und der seltsame Saal waren verschwunden. Wie eine dunkele Nacht mit Wolkenvorhängen fiel es in sein Inneres hinein, er suchte nach seinen vorigen Gefühlen, nach jener Begeisterung und unbegreiflichen Liebe, er beschaute die kostbare Tafel, in welcher sich der untersinkende Mond schwach und bläulich spiegelte.

Noch hielt er die Tafel fest in seinen Händen gepreßt, als der Morgen graute und er erschöpft, schwindelnd und halb schlafend die steile Höhe hinunterstürzte. –

Die Sonne schien dem betäubten Schläfer auf sein Gesicht, der sich erwachend auf einem anmutigen Hügel wiederfand. Er sah umher, und erblickte weit hinter sich und kaum noch kennbar am äußersten Horizont die Trümmer des Runenberges: er suchte nach jener Tafel, und fand sie nirgend. Erstaunt und verwirrt wollte er sich sammeln und seine Erinnerungen anknüpfen, aber sein Gedächtnis war wie mit einem wüsten Nebel angefüllt, in welchem sich formlose Gestalten wild und unkenntlich durcheinanderbewegten. Sein ganzes voriges Leben lag wie in einer tiefen Ferne hinter ihm; das Seltsamste und das Gewöhnliche war so ineinander vermischt, daß er es unmöglich sondern konnte. Nach langem Streite mit sich selbst glaubte er endlich, ein Traum oder ein plötzlicher Wahnsinn habe ihn in dieser Nacht befallen, nur begriff er immer nicht, wie er sich so weit in eine fremde entlegene Gegend habe verirren können.

Noch fast schlaftrunken stieg er den Hügel hinab, und geriet auf einen gebahnten Weg, der ihn vom Gebirge hinunter in das flache Land führte. Alles war ihm fremd, er glaubte anfangs, er würde in seine Heimat gelangen, aber er sah eine ganz verschiedene Gegend, und vermutete endlich, daß er sich jenseit der südlichen Grenze des Gebirges befinden müsse, welches er im Frühling von Norden her betreten hatte. Gegen Mittag stand er über einem Dorfe, aus dessen Hütten ein friedlicher Rauch in die Höhe stieg, Kinder spielten auf einem grünen Platze festtäglich geputzt, und aus der kleinen Kirche erscholl der Orgelklang und das Singen der Gemeine. Alles ergriff ihn mit unbeschreiblich süßer Wehmut, alles rührte ihn so herzlich, daß er weinen mußte. Die engen Gärten, die kleinen Hütten mit ihren rauchenden Schornsteinen, die gerade abgeteilten Kornfelder erinnerten ihn an die Bedürftigkeit des armen Menschengeschlechts, an seine Abhängigkeit vom freundlichen Erdboden, dessen Milde es sich vertrauen muß; dabei erfüllte der Gesang und der Ton der Orgel sein Herz mit einer nie gefühlten Frömmigkeit. Seine Empfindungen und Wünsche der Nacht erschienen ihm ruchlos und frevelhaft, er wollte sich wieder kindlich, bedürftig und demütig an die Menschen wie an seine Brüder schließen, und sich von den gottlosen Gefühlen und Vorsätzen entfernen. Reizend und anlockend dünkte ihm die Ebene mit dem kleinen Fluß, der sich in mannigfaltigen Krümmungen um Wiesen und Gärten schmiegte; mit Furcht gedachte er an seinen Aufenthalt in dem einsamen Gebirge und zwischen den wüsten Steinen, er sehnte sich, in diesem friedlichen Dorfe wohnen zu dürfen, und trat mit diesen Empfindungen in die menschenerfüllte Kirche.

Der Gesang war eben beendigt und der Priester hatte seine Predigt begonnen, von den Wohltaten Gottes in der Ernte: wie seine Güte alles speiset und sättiget was lebt, wie wunderbar im Getreide für die Erhaltung des Menschengeschlechtes gesorgt sei, wie die Liebe Gottes sich unaufhörlich im Brote mitteile und der andächtige Christ so ein unvergängliches Abendmahl gerührt feiern könne. Die Gemeine war erbaut, des Jägers Blicke ruhten auf dem frommen Redner, und bemerkten dicht neben der Kanzel ein junges Mädchen, das vor allen andern der Andacht und Aufmerksamkeit hingegeben schien. Sie war schlank und blond, ihr blaues Auge glänzte von der durchdringendsten Sanftheit, ihr Antlitz war wie durchsichtig und in den zartesten Farben blühend. Der fremde Jüngling hatte sich und sein Herz noch niemals so empfunden, so voll Liebe und so beruhigt, so den stillsten und erquickendsten Gefühlen hingegeben. Er beugte sich weinend, als der Priester endlich den Segen sprach, er fühlte sich bei den heiligen Worten wie von einer unsichtbaren Gewalt durchdrungen, und das Schattenbild der Nacht in die tiefste Entfernung wie ein Gespenst hinabgerückt. Er verließ die Kirche, verweilte unter einer großen Linde, und dankte Gott in einem inbrünstigen Gebete, daß er ihn ohne sein Verdienst wieder aus den Netzen des bösen Geistes befreit habe.

Das Dorf feierte an diesem Tage das Erntefest und alle Menschen waren fröhlich gestimmt; die geputzten Kinder freuten sich auf die Tänze und Kuchen, die jungen Burschen richteten auf dem Platze im Dorfe, der von jungen Bäumen umgeben war, alles zu ihrer herbstlichen Festlichkeit ein, die Musikanten saßen und probierten ihre Instrumente. Christian ging noch einmal in das Feld hinaus, um sein Gemüt zu sammeln und seinen Betrachtungen nachzuhängen, dann kam er in das Dorf zurück, als sich schon alles zur Fröhlichkeit und zur Begehung des Festes vereiniget hatte. Auch die blonde Elisabeth war mit ihren Eltern zugegen, und der Fremde mischte sich in den frohen Haufen. Elisabeth tanzte, und er hatte unterdes bald mit dem Vater ein Gespräch angesponnen, der ein Pachter war und einer der reichsten Leute im Dorfe. Ihm schien die Jugend und das Gespräch des fremden Gastes zu gefallen, und so wurden sie in kurzer Zeit dahin einig, daß Christian als Gärtner bei ihm einziehen solle. Dieser konnte es unternehmen, denn er hoffte, daß ihm nun die Kenntnisse und Beschäftigungen zustatten kommen würden, die er in seiner Heimat so sehr verachtet hatte.

Jetzt begann ein neues Leben für ihn. Er zog bei dem Pachter ein und ward zu dessen Familie gerechnet; mit seinem Stande veränderte er auch seine Tracht. Er war so gut, so dienstfertig und immer freundlich, er stand seiner Arbeit so fleißig vor, daß ihm bald alle im Hause, vorzüglich aber die Tochter, gewogen wurden. Sooft er sie am Sonntage zur Kirche gehn sah, hielt er ihr einen schönen Blumenstrauß in Bereitschaft, für den sie ihm mit errötender Freundlichkeit dankte; er vermißte sie, wenn er sie an einem Tage nicht sah, dann erzählte sie ihm am Abend Märchen und lustige Geschichten. Sie wurden sich immer notwendiger, und die Alten, welche es bemerkten, schienen nichts dagegen zu haben, denn Christian war der fleißigste und schönste Bursche im Dorfe; sie selbst hatten vom ersten Augenblick einen Zug der Liebe und Freundschaft zu ihm gefühlt. Nach einem halben Jahre war Elisabeth seine Gattin. Es war wieder Frühling, die Schwalben und die Vögel des Gesanges kamen in das Land, der Garten stand in seinem schönsten Schmuck, die Hochzeit wurde mit aller Fröhlichkeit gefeiert, Braut und Bräutigam schienen trunken von ihrem Glücke. Am Abend spät, als sie in die Kammer gingen, sagte der junge Gatte zu seiner Geliebten: »Nein, nicht jenes Bild bist du, welches mich einst im Traum entzückte und das ich niemals ganz vergessen kann, aber doch bin ich glücklich in deiner Nähe und selig in deinen Armen.«

Wie vergnügt war die Familie, als sie nach einem Jahre durch eine kleine Tochter vermehrt wurde, welche man Leonora nannte.

Christian wurde zwar zuweilen etwas ernster, indem er das Kind betrachtete, aber doch kam seine jugendliche Heiterkeit immer wieder zurück. Er gedachte kaum noch seiner vorigen Lebensweise, denn er fühlte sich ganz einheimisch und befriedigt. Nach einigen Monaten fielen ihm aber seine Eltern in die Gedanken, und wie sehr sich besonders sein Vater über sein ruhiges Glück, über seinen Stand als Gärtner und Landmann freuen würde; es ängstigte ihn, daß er Vater und Mutter seit so langer Zeit ganz hatte vergessen können, sein eigenes Kind erinnerte ihn, welche Freude die Kinder den Eltern sind, und so beschloß er dann endlich, sich auf die Reise zu machen und seine Heimat wieder zu besuchen.

Ungern verließ er seine Gattin; alle wünschten ihm Glück, und er machte sich in der schönen Jahreszeit zu Fuß auf den Weg. Er fühlte schon nach wenigen Stunden, wie ihn das Scheiden peinige, zum erstenmal empfand er in seinem Leben die Schmerzen der Trennung; die fremden Gegenstände erschienen ihm fast wild, ihm war, als sei er in einer feindseligen Einsamkeit verloren. Da kam ihm der Gedanke, daß seine Jugend vorüber sei, daß er eine Heimat gefunden, der er angehöre, in die sein Herz Wurzel geschlagen habe; er wollte fast den verlornen Leichtsinn der vorigen Jahre beklagen, und es war ihm äußerst trübselig zumute, als er für die Nacht auf einem Dorfe in dem Wirtshause einkehren mußte. Er begriff nicht, warum er sich von seiner freundlichen Gattin und den erworbenen Eltern entfernt habe, und verdrießlich und murrend machte er sich am Morgen auf den Weg, um seine Reise fortzusetzen.

Seine Angst nahm zu, indem er sich dem Gebirge näherte, die fernen Ruinen wurden schon sichtbar und traten nach und nach kenntlicher hervor, viele Bergspitzen hoben sich abgeründet aus dem blauen Nebel. Sein Schritt wurde zaghaft, er blieb oft stehen und verwunderte sich über seine Furcht, über die Schauer, die ihm mit jedem Schritte gedrängter nahe kamen. »Ich kenne dich Wahnsinn wohl«, rief er aus, »und dein gefährliches Lokken, aber ich will dir männlich widerstehn! Elisabeth ist kein schnöder Traum, ich weiß, daß sie jetzt an mich denkt, daß sie auf mich wartet und liebevoll die Stunden meiner Abwesenheit zählt. Sehe ich nicht schon Wälder wie schwarze Haare vor mir? Schauen nicht aus dem Bache die blitzenden Augen nach mir her? Schreiten die großen Glieder nicht aus den Bergen auf mich zu?« – Mit diesen Worten wollte er sich um auszuruhen unter einen Baum niederwerfen, als er im Schatten desselben einen alten Mann sitzen sah, der mit der größten Aufmerksamkeit eine Blume betrachtete, sie bald gegen die Sonne hielt, bald wieder mit seiner Hand beschattete, ihre Blätter zählte, und überhaupt sich bemühte, sie seinem Gedächtnisse genau einzuprägen. Als er näher ging, erschien ihm die Gestalt bekannt, und bald blieb ihm kein Zweifel übrig, daß der Alte mit der Blume sein Vater sei. Er stürzte ihm mit dem Ausdruck der heftigsten Freude in die Arme; jener war vergnügt, aber nicht überrascht, ihn so plötzlich wiederzusehen. »Kömmst du mir schon entgegen, mein Sohn?« sagte der Alte, »ich wußte, daß ich dich bald finden würde, aber ich glaubte nicht, daß mir schon am heutigen Tage die Freude widerfahren sollte.« – »Woher wußtet Ihr, Vater, daß Ihr mich antreffen würdet?« – »An dieser Blume«, sprach der alte Gärtner; »seit ich lebe, habe ich mir gewünscht, sie einmal sehen zu können, aber niemals ist es mir so gut geworden, weil sie sehr selten ist, und nur in Gebirgen wächst: ich machte mich auf dich zu suchen, weil deine Mutter gestorben ist und mir zu Hause die Einsamkeit zu drückend und trübselig war. Ich wußte nicht, wohin ich meinen Weg richten sollte, endlich wanderte ich durch das Gebirge, so traurig mir auch die Reise vorkam; ich suchte beiher nach der Blume, konnte sie aber nirgends entdecken, und nun finde ich sie ganz unvermutet hier, wo schon die schöne Ebene sich ausstreckt; daraus wußte ich, daß ich dich bald finden mußte, und sieh, wie die liebe Blume mir geweissagt hat!« Sie umarmten sich wieder, und Christian beweinte seine Mutter; der Alte aber faßte seine Hand und sagte: »Laß uns gehen, daß wir die Schatten des Gebirges bald aus den Augen verlieren, mir ist immer noch weh ums Herz von den steilen wilden

Gestalten, von dem gräßlichen Geklüft, von den schluchzenden Wasserbächen; laß uns das gute, fromme, ebene Land besuchen.«

Sie wanderten zurück, und Christian ward wieder froher. Er erzählte seinem Vater von seinem neuen Glücke, von seinem Kinde und seiner Heimat; sein Gespräch machte ihn selbst wie trunken, und er fühlte im Reden erst recht, wie nichts mehr zu seiner Zufriedenheit ermangle. So kamen sie unter Erzählungen, traurigen und fröhlichen, in dem Dorfe an. Alle waren über die frühe Beendigung der Reise vergnügt, am meisten Elisabeth. Der alte Vater zog zu ihnen, und gab sein kleines Vermögen in ihre Wirtschaft; sie bildeten den zufriedensten und einträchtigsten Kreis von Menschen. Der Acker gedieh, der Viehstand mehrte sich, Christians Haus wurde in wenigen Jahren eins der ansehnlichsten im Orte; auch sah er sich bald als den Vater von mehreren Kindern.

Fünf Jahre waren auf diese Weise verflossen, als ein Fremder auf seiner Reise in ihrem Dorfe einkehrte, und in Christians Hause, weil es die ansehnlichste Wohnung war, seinen Aufenthalt nahm. Er war ein freundlicher, gesprächiger Mann, der vieles von seinen Reisen erzählte, der mit den Kindern spielte und ihnen Geschenke machte, und dem in kurzem alle gewogen waren. Es gefiel ihm so wohl in der Gegend, daß er sich einige Tage hier aufhalten wollte; aber aus den Tagen wurden Wochen, und endlich Monate. Keiner wunderte sich über die Verzögerung, denn alle hatten sich schon daran gewöhnt, ihn mit zur Familie zu zählen. Christian saß nur oft nachdenklich, denn es kam ihm vor, als kenne er den Reisenden schon von ehemals, und doch konnte er sich keiner Gelegenheit erinnern, bei welcher er ihn gesehen haben möchte. Nach dreien Monaten nahm der Fremde endlich Abschied und sagte: »Lieben Freunde, ein wunderbares Schicksal und seltsame Erwartungen treiben mich in das nächste Gebirge hinein, ein zaubervolles Bild, dem ich nicht widerstehen kann, lockt mich; ich verlasse euch jetzt, und ich weiß nicht, ob ich wieder zu euch zurückkommen werde; ich habe eine Summe Geldes bei mir, die in euren Händen sicherer ist als in den meinigen, und deshalb bitte ich euch, sie zu verwahren; komme ich in Jahresfrist nicht zurück, so behaltet sie, und nehmet sie als einen Dank für eure mir bewiesene Freundschaft an.«

So reiste der Fremde ab, und Christian nahm das Geld in Verwahrung. Er verschloß es sorgfältig und sah aus übertriebener Ängstlichkeit zuweilen wieder nach, zählte es über, ob nichts daran fehle, und machte sich viel damit zu tun. »Diese Summe könnte uns recht glücklich machen«, sagte er einmal zu seinem Vater, »wenn der Fremde nicht zurückkommen sollte, für uns und unsre Kinder wäre auf immer gesorgt.« – »Laß das Gold«, sagte der Alte, »darinne liegt das Glück nicht, uns hat bisher noch gottlob nichts gemangelt, und entschlage dich überhaupt dieser Gedanken.«

Oft stand Christian in der Nacht auf, um die Knechte zur Arbeit zu wecken und selbst nach allem zu sehn; der Vater war besorgt, daß er durch übertriebenen Fleiß seiner Jugend und Gesundheit schaden möchte: daher machte er sich in einer Nacht auf, um ihn zu ermahnen, seine übertriebene Tätigkeit einzuschränken, als er ihn zu seinem Erstaunen bei einer kleinen Lampe am Tische sitzend fand, indem er wieder mit der größten Emsigkeit die Goldstücke zählte. »Mein Sohn«, sagte der Alte mit Schmerzen, »soll es dahin mit dir kommen, ist dieses verfluchte Metall nur zu unserm Unglück unter dieses Dach gebracht? Besinne dich, mein Lieber, so muß dir der böse Feind Blut und Leben verzehren.« – »Ja«, sagte Christian, »ich verstehe mich selber nicht mehr, weder bei Tage noch in der Nacht läßt es mir Ruhe; seht, wie es mich jetzt wieder anblickt, daß mir der rote Glanz tief in mein Herz hineingeht! Horcht, wie es klingt, dies güldene Blut! das ruft mich, wenn ich schlafe, ich höre es, Musik tönt, wenn der Wind bläst, wenn Leute auf der Gasse sprechen; scheint die Sonne, so sehe ich nur diese gelben Augen, wie es mir zublinzelt, und mir heimlich ein Liebeswort ins Ohr sagen will: so muß ich mich wohl nächtlicherweise aufmachen, um nur seinem Liebesdrang genugzutun, und dann fühle ich es innerlich jauchzen und frohlocken, wenn ich es mit meinen Fingern berühre, es wird vor Freuden immer röter und herrlicher; schaut nur selbst die Glut der Entzückung an!« – Der Greis nahm schaudernd und weinend den Sohn in seine Arme, betete und sprach dann: »Christel, du mußt dich wieder zum Worte Gottes wenden, du mußt fleißiger und andächtiger in die Kirche gehen, sonst wirst du verschmachten und im traurigsten Elende dich verzehren.«

Das Geld wurde wieder weggeschlossen, Christian versprach sich zu ändern und in sich zu gehn, und der Alte ward beruhigt. Schon war ein Jahr und mehr vergangen, und man hatte von dem Fremden noch nichts wieder in Erfahrung bringen können; der Alte gab nun endlich den Bitten seines Sohnes nach, und das zurückgelassene Geld wurde in Ländereien und auf andere Weise angelegt. Im Dorfe wurde bald von dem Reichtum des jungen Pachters gesprochen, und Christian schien außerordentlich zufrieden und vergnügt, so daß der Vater sich glücklich pries, ihn so wohl und heiter zu sehn: alle Furcht war jetzt in seiner Seele verschwunden. Wie sehr mußte er daher erstaunen, als ihn an einem Abend Elisabeth beiseit nahm und unter Tränen erzählte, wie sie ihren Mann nicht mehr verstehe, er spreche so irre, vorzüglich des Nachts, er träume schwer, gehe oft im Schlafe lange in der Stube herum, ohne es zu wissen, und erzähle wunderbare Dinge, vor denen sie oft schaudern müsse. Am schrecklichsten sei ihr seine Lustigkeit am Tage, denn sein Lachen sei so wild und frech, sein Blick irre und fremd. Der Vater erschrak und die betrübte Gattin fuhr fort: »Immer spricht er von dem Fremden, und behauptet, daß er ihn schon sonst gekannt habe, denn dieser fremde Mann sei eigentlich ein wunderschönes Weib; auch will er gar nicht mehr auf das Feld hinausgehn oder im Garten arbeiten, denn er sagt, er höre ein unterirdisches fürchterliches Ächzen, sowie er nur eine Wurzel ausziehe; er fährt zusammen und scheint sich vor allen Pflanzen und Kräutern wie vor Gespenstern zu entsetzen.« – »Allgütiger Gott!« rief der Vater aus, »ist der fürchterliche Hunger in ihn schon so fest hineingewachsen, daß es dahin hat kommen können? So ist sein verzaubertes Herz nicht menschlich mehr, sondern von kaltem Metall; wer keine Blume mehr liebt, dem ist alle Liebe und Gottesfurcht verloren.«

Am folgenden Tage ging der Vater mit dem Sohne spazieren, und sagte ihm manches wieder, was er von Elisabeth gehört hatte; er ermahnte ihn zur Frömmigkeit, und daß er seinen Geist heiligen Betrachtungen widmen solle. Christian sagte: »Gern, Vater, auch ist mir oft ganz wohl, und es gelingt mir alles gut; ich kann auf lange Zeit, auf Jahre, die wahre Gestalt meines Innern vergessen, und gleichsam ein fremdes Leben mit Leichtigkeit führen: dann geht aber plötzlich wie ein neuer Mond das regierende Gestirn, welches ich selber bin, in meinem Herzen auf, und besiegt die fremde Macht. Ich könnte ganz froh sein, aber einmal, in einer seltsamen Nacht, ist mir durch die Hand ein geheimnisvolles Zeichen tief in mein Gemüt hineingeprägt; oft schläft und ruht die magische Figur, ich meine sie ist vergangen, aber dann quillt sie wie ein Gift plötzlich wieder hervor, und wegt sich in allen Linien. Dann kann ich sie nur denken und fühlen, und alles umher ist verwandelt, oder vielmehr von dieser Gestaltung verschlungen worden. Wie der Wahnsinnige beim Anblick des Wassers sich entsetzt, und das empfangene Gift noch giftiger in ihm wird, so geschieht es mir bei allen eckigen Figuren, bei jeder Linie, bei jedem Strahl, alles will dann die inwohnende Gestalt entbinden und zur Geburt befördern, und mein Geist und Körper fühlt die Angst; wie sie das Gemüt durch ein Gefühl von außen empfing, so will es sie dann wieder quälend und ringend zum äußern Gefühl hinausarbeiten, um ihrer los und ruhig zu werden.«

»Ein unglückliches Gestirn war es«, sprach der Alte, »das dich von uns hinwegzog; du warst für ein stilles Leben geboren, dein Sinn neigte sich zur Ruhe und zu den Pflanzen, da führte dich deine Ungeduld hinweg, in die Gesellschaft der verwilderten Steine: die Felsen, die zerrissenen Klippen mit ihren schroffen Gestalten haben dein Gemüt zerrüttet, und den verwüstenden Hunger nach dem Metall in dich gepflanzt. Immer hättest du dich vor dem Anblick des Gebirges hüten und bewahren müs-

sen, und so dachte ich dich auch zu erziehen, aber es hat nicht
sein sollen. Deine Demut, deine Ruhe, dein kindlicher Sinn ist
von Trotz, Wildheit und Übermut verschüttet.«

»Nein«, sagte der Sohn, »ich erinnere mich ganz deutlich, daß
mir eine Pflanze zuerst das Unglück der ganzen Erde bekannt
gemacht hat, seitdem verstehe ich erst die Seufzer und Klagen,
die allenthalben in der ganzen Natur vernehmbar sind, wenn
man nur darauf hören will; in den Pflanzen, Kräutern, Blumen
und Bäumen regt und bewegt sich schmerzhaft nur eine große
Wunde, sie sind der Leichnam vormaliger herrlicher Steinwel-
ten, sie bieten unserm Auge die schrecklichste Verwesung dar.
Jetzt verstehe ich es wohl, daß es dies war, was mir jene Wurzel mit ihrem tiefgeholten Ächzen sagen wollte, sie vergaß sich
in ihrem Schmerze und verriet mir alles. Darum sind alle grünen
Gewächse so erzürnt auf mich, und stehn mir nach dem Leben;
sie wollen jene geliebte Figur in meinem Herzen auslöschen,
und in jedem Frühling mit ihrer verzerrten Leichenmiene meine
Seele gewinnen. Unerlaubt und tückisch ist es, wie sie dich, alter
Mann, hintergangen haben, denn von deiner Seele haben sie
gänzlich Besitz genommen. Frage nur die Steine, du wirst erstaunen, wenn du sie reden hörst.«

Der Vater sah ihn lange an, und konnte ihm nichts mehr antworten. Sie gingen schweigend zurück nach Hause, und der Alte
mußte sich jetzt ebenfalls vor der Lustigkeit seines Sohnes entsetzen, denn sie dünkte ihm ganz fremdartig, und als wenn ein
andres Wesen aus ihm, wie aus einer Maschine, unbeholfen und
ungeschickt herausspiele. –

Das Erntefest sollte wieder gefeiert werden, die Gemeine ging
in die Kirche, und auch Elisabeth zog sich mit den Kindern
an, um dem Gottesdienste beizuwohnen; ihr Mann machte auch
Anstalten, sie zu begleiten, aber noch vor der Kirchentür kehrte
er um, und ging tiefsinnend vor das Dorf hinaus. Er setzte sich
auf die Anhöhe, und sahe wieder die rauchenden Dächer unter
sich, er hörte den Gesang und Orgelton von der Kirche her, ge-
putzte Kinder tanzten und spielten auf dem grünen Rasen. »Wie

habe ich mein Leben in einem Traume verloren!« sagte er zu sich selbst; »Jahre sind verflossen, daß ich von hier hinunterstieg, unter die Kinder hinein; die damals hier spielten, sind heute dort ernsthaft in der Kirche; ich trat auch in das Gebäude, aber heut ist Elisabeth nicht mehr ein blühendes kindliches Mädchen, ihre Jugend ist vorüber, ich kann nicht mit der Sehnsucht wie damals den Blick ihrer Augen aufsuchen: so habe ich mutwillig ein hohes ewiges Glück aus der Acht gelassen, um ein vergängliches und zeitliches zu gewinnen.«

Er ging sehnsuchtsvoll nach dem benachbarten Walde, und vertiefte sich in seine dichtesten Schatten. Eine schauerliche Stille umgab ihn, keine Luft rührte sich in den Blättern. Indem sah er einen Mann von ferne auf sich zukommen, den er für den Fremden erkannte; er erschrak, und sein erster Gedanke war, jener würde sein Geld von ihm zurückfordern. Als die Gestalt etwas näher kam, sah er, wie sehr er sich geirrt hatte, denn die Umrisse, welche er wahrzunehmen gewähnt, zerbrachen wie in sich selber; ein altes Weib von der äußersten Häßlichkeit kam auf ihn zu, sie war in schmutzige Lumpen gekleidet, ein zerrissenes Tuch hielt einige greise Haare zusammen, sie hinkte an einer Krücke. Mit fürchterlicher Stimme redete sie Christian an, und fragte nach seinem Namen und Stande; er antwortete ihr umständlich und sagte darauf: »Aber wer bist du?« – »Man nennt mich das Waldweib«, sagte jene, »und jedes Kind weiß von mir zu erzählen; hast du mich niemals gekannt?« Mit den letzten Worten wandte sie sich um, und Christian glaubte zwischen den Bäumen den goldenen Schleier, den hohen Gang, den mächtigen Bau der Glieder wiederzuerkennen. Er wollte ihr nacheilen, aber seine Augen fanden sie nicht mehr.

Indem zog etwas Glänzendes seine Blicke in das grüne Gras nieder. Er hob es auf und sahe die magische Tafel mit den farbigen Edelgesteinen, mit der seltsamen Figur wieder, die er vor so manchem Jahr verloren hatte. Die Gestalt und die bunten Lichter drückten mit der plötzlichsten Gewalt auf alle seine Sinne. Er faßte sie recht fest an, um sich zu überzeugen, daß er sie wieder in seinen Händen halte, und eilte dann damit nach dem Dorfe zurück. Der Vater begegnete ihm. »Seht«, rief er ihm zu, »das, wovon ich Euch so oft erzählt habe, was ich nur im Traum zu sehn glaubte, ist jetzt gewiß und wahrhaftig mein.« Der Alte betrachtete die Tafel lange und sagte: »Mein Sohn, mir schaudert recht im Herzen, wenn ich die Lineamente dieser Steine betrachte und ahnend den Sinn dieser Wortfügung errate; sieh her, wie kalt sie funkeln, welche grausame Blicke sie von sich geben, blutdürstig, wie das rote Auge des Tigers. Wirf diese Schrift weg, die dich kalt und grausam macht, die dein Herz versteinern muß:

> Sieh die zarten Blüten keimen,
> Wie sie aus sich selbst erwachen,
> Und wie Kinder aus den Träumen
> Dir entgegen lieblich lachen.

> Ihre Farbe ist im Spielen
> Zugekehrt der goldnen Sonne,
> Deren heißen Kuß zu fühlen,
> Das ist ihre höchste Wonne:

> An den Küssen zu verschmachten,
> Zu vergehn in Lieb und Wehmut;
> Also stehn, die eben lachten,
> Bald verwelkt in stiller Demut.

> Das ist ihre höchste Freude,
> Im Geliebten sich verzehren,
> Sich im Tode zu verklären,
> Zu vergehn in süßem Leide.

> Dann ergießen sie die Düfte,
> Ihre Geister, mit Entzücken,
> Es berauschen sich die Lüfte
> Im balsamischen Erquicken.

Liebe kommt zum Menschenherzen,
Regt die goldnen Saitenspiele,
Und die Seele spricht: ich fühle
Was das Schönste sei, wonach ich ziele,
Wehmut, Sehnsucht und der Liebe Schmerzen.«

»Wunderbare, unermeßliche Schätze«, antwortete der Sohn, »muß es noch in den Tiefen der Erde geben. Wer diese ergründen, heben und an sich reißen könnte! Wer die Erde so wie eine geliebte Braut an sich zu drücken vermöchte, daß sie ihm in Angst und Liebe gern ihr Kostbarstes gönnte! Das Waldweib hat mich gerufen, ich gehe sie zu suchen. Hier nebenan ist ein alter verfallener Schacht, schon vor Jahrhunderten von einem Bergmanne aufgegraben; vielleicht, daß ich sie dort finde!«

Er eilte fort. Vergeblich strebte der Alte, ihn zurückzuhalten, jener war seinen Blicken bald entschwunden. Nach einigen Stunden, nach vieler Anstrengung gelangte der Vater an den alten Schacht; er sah die Fußstapfen im Sande am Eingange eingedrückt, und kehrte weinend um, in der Überzeugung, daß sein Sohn im Wahnsinn hineingegangen, und in alte gesammelte Wässer und Untiefen versunken sei.

Seitdem war er unaufhörlich betrübt und in Tränen. Das ganze Dorf trauerte um den jungen Pachter, Elisabeth war untröstlich, die Kinder jammerten laut. Nach einem halben Jahre war der alte Vater gestorben, Elisabeths Eltern folgten ihm bald nach, und sie mußte die große Wirtschaft allein verwalten. Die angehäuften Geschäfte entfernten sie etwas von ihrem Kummer, die Erziehung der Kinder, die Bewirtschaftung des Gutes ließen ihr für Sorge und Gram keine Zeit übrig. So entschloß sie sich nach zwei Jahren zu einer neuen Heirat, sie gab ihre Hand einem jungen heitern Manne, der sie von Jugend auf geliebt hatte. Aber bald gewann alles im Hause eine andre Gestalt. Das Vieh starb, Knechte und Mägde waren untreu, Scheuren mit Früchten wurden vom Feuer verzehrt, Leute in der Stadt, bei welchen Summen standen, entwichen mit dem Gelde. Bald sah sich der Wirt

genötigt, einige Äcker und Wiesen zu verkaufen; aber ein Mißwachs und teures Jahr brachten ihn nur in neue Verlegenheit. Es
schien nicht anders, als wenn das so wunderbar erworbene Geld
auf allen Wegen eine schleunige Flucht suchte; indessen mehrten
sich die Kinder, und Elisabeth sowohl als ihr Mann wurden in
der Verzweiflung unachtsam und saumselig; er suchte sich zu
zerstreuen, und trank häufigen und starken Wein, der ihn verdrießlich und jähzornig machte, so daß oft Elisabeth mit heißen
Zähren ihr Elend beweinte. So wie ihr Glück wich, zogen sich
auch die Freunde im Dorfe von ihnen zurück, so daß sie sich
nach einigen Jahren ganz verlassen sahn, und sich nur mit Mühe
von einer Woche zur andern hinüberfristeten.

Es waren ihnen nur wenige Schafe und eine Kuh übriggeblie-
ben, welche Elisabeth oft selber mit den Kindern hütete. So saß sie
einst mit ihrer Arbeit auf dem Anger, Leonore zu ihrer Seite und
ein säugendes Kind an der Brust, als sie von ferne herauf eine wunderbare Gestalt kommen sahen. Es war ein Mann in einem ganz
zerrissenen Rocke, barfüßig, sein Gesicht schwarzbraun von der
Sonne verbrannt, von einem langen struppigen Bart noch mehr
entstellt; er trug keine Bedeckung auf dem Kopf, hatte aber von
grünem Laube einen Kranz durch sein Haar geflochten, welcher
sein wildes Ansehn noch seltsamer und unbegreiflicher machte.
Auf dem Rücken trug er in einem festgeschnürten Sack eine
schwere Ladung, im Gehen stützte er sich auf eine junge Fichte.

Als er näher kam, setzte er seine Last nieder, und holte schwer
Atem. Er bot der Frau guten Tag, die sich vor seinem Anblicke
entsetzte, das Mädchen schmiegte sich an ihre Mutter. Als er ein
wenig geruht hatte, sagte er: »Nun komme ich von einer sehr be-
schwerlichen Wanderschaft aus dem rauhesten Gebirge auf Erden, aber ich habe dafür auch endlich die kostbarsten Schätze
mitgebracht, die die Einbildung nur denken oder das Herz sich
wünschen kann. Seht hier, und erstaunt!« – Er öffnete hierauf
seinen Sack und schüttete ihn aus; dieser war voller Kiesel, unter
denen große Stücke Quarz, nebst andern Steinen lagen. »Es ist
nur«, fuhr er fort, »daß diese Juwelen noch nicht poliert und ge-

167

schliffen sind, darum fehlt es ihnen noch an Auge und Blick; das äußerliche Feuer mit seinem Glanze ist noch zu sehr in ihren inwendigen Herzen begraben, aber man muß es nur herausschlagen, daß sie sich fürchten, daß keine Verstellung ihnen mehr nützt, so sieht man wohl, wes Geistes Kind sie sind.« – Er nahm mit diesen Worten einen harten Stein und schlug ihn heftig gegen einen andern, so daß die roten Funken heraussprangen. »Habt ihr den Glanz gesehen?« rief er aus; »so sind sie ganz Feuer und Licht, sie erhellen das Dunkel mit ihrem Lachen, aber noch tun sie es nicht freiwillig.« – Er packte hierauf alles wieder sorgfältig in seinen Sack, welchen er fest zusammenschnürte. »Ich kenne dich recht gut«, sagte er dann wehmütig, »du bist Elisabeth.« – Die Frau erschrak. »Wie ist dir doch mein Name bekannt«, fragte sie mit ahnendem Zittern. – »Ach, lieber Gott!« sagte der Unglückselige, »ich bin ja der Christian, der einst als Jäger zu euch kam, kennst du mich denn nicht mehr?«

Sie wußte nicht, was sie im Erschrecken und tiefsten Mitleiden sagen sollte. Er fiel ihr um den Hals, und küßte sie. Elisabeth rief aus: »O Gott! mein Mann kommt!«

»Sei ruhig«, sagte er, »ich bin dir so gut wie gestorben; dort im Walde wartet schon meine Schöne, die Gewaltige, auf mich, die mit dem goldenen Schleier geschmückt ist. Dieses ist mein liebstes Kind, Leonore. Komm her, mein teures, liebes Herz, und gib mir auch einen Kuß, nur einen einzigen, daß ich einmal wieder deinen Mund auf meinen Lippen fühle, dann will ich euch verlassen.«

Leonore weinte; sie schmiegte sich an ihre Mutter, die in Schluchzen und Tränen sie halb zum Wandrer lenkte, halb zog sie dieser zu sich, nahm sie in die Arme, und drückte sie an seine Brust. – Dann ging er still fort, und im Walde sahen sie ihn mit dem entsetzlichen Waldweibe sprechen.

»Was ist euch?« fragte der Mann, als er Mutter und Tochter blaß und in Tränen aufgelöst fand. Keine wollte ihm Antwort geben.

Der Unglückliche ward aber seitdem nicht wieder gesehen.

Liebeszauber

1811

Tief denkend saß Emil an seinem Tische und erwartete seinen Freund Roderich. Das Licht brannte vor ihm, der Winterabend war kalt, und er wünschte heut seinen Reisegefährten herbei, so gern er wohl sonst dessen Gesellschaft vermied; denn an diesem Abend wollte er ihm ein Geheimnis entdecken und sich Rat von ihm erbitten. Der menschenscheue Emil fand bei allen Geschäften und Vorfällen des Lebens so viele Schwierigkeiten, so unübersteigliche Hindernisse, daß ihm das Schicksal fast in einer ironischen Laune diesen Roderich zugeführt zu haben schien, der in allen Dingen das Gegenteil seines Freundes zu nennen war. Unstet, flatterhaft, von jedem ersten Eindruck bestimmt und begeistert, unternahm er alles, wußte für alles Rat, war ihm keine Unternehmung zu schwierig, konnte ihn kein Hindernis abschrecken: aber im Verlaufe eines Geschäftes ermüdete und erlahmte er ebenso schnell, als er anfangs elastisch und begeistert gewesen war, alles was ihn dann hinderte, war für ihn kein Sporn, seinen Eifer zu vermehren, sondern es veranlaßte ihn nur, das zu verachten, was er so hitzig unternommen hatte, so daß Roderich alle seine Plane ebenso ohne Ursach liegenließ und saumselig vergaß, als er sie unbesonnen unternommen hatte. Daher verging kein Tag, daß beide Freunde nicht in Krieg gerieten, der ihrer Freundschaft den Tod zu drohen schien, doch war vielleicht dasjenige, was sie dem Anscheine nach trennte, nur das, was sie am innigsten verband; beide liebten sich herzlich, aber beide fanden eine große Genugtuung darin, daß einer über den andern die gegründetsten Klagen führen konnte.

Emil, ein reicher junger Mann von reizbarem und melancholischem Temperament, war nach dem Tode seiner Eltern Herr seines Vermögens; er hatte eine Reise angetreten, um sich auszubilden, befand sich aber nun schon seit einigen Monaten in einer ansehnlichen Stadt, die Freuden des Karnevals zu genießen, um welche er sich niemals bemühte, um bedeutende Verabredungen über sein Vermögen mit Verwandten zu treffen, die er kaum noch besucht hatte. Unterwegs war er auf den unsteten allzubeweglichen Roderich gestoßen, der mit seinen Vormündern in Unfrieden lebte, und um sich ganz von diesen und ihren lästigen Vermahnungen loszumachen, begierig die Gelegenheit ergriff, welche ihm sein neuer Freund anbot, ihn als Gefährten auf seiner Reise mitzunehmen. Auf dem Wege hatten sie sich schon oft wieder trennen wollen, aber beide hatten in jeder Streitigkeit nur um so deutlicher gefühlt, wie unentbehrlich sie sich wären. Kaum waren sie in einer Stadt aus dem Wagen gestiegen, so hatte Roderich schon alle Merkwürdigkeiten des Orts gesehen, um sie am folgenden Tage zu vergessen, während Emil sich eine Woche aus Büchern gründlich vorbereitete, um nichts aus der Acht zu lassen, wovon er doch nachher aus Trägheit vieles seiner Aufmerksamkeit nicht würdigte; Roderich hatte gleich tausend Bekanntschaften gemacht und alle öffentlichen Örter besucht, führte auch nicht selten seine neu erworbenen Freunde auf Emils einsames Zimmer, wo er diesen dann mit ihnen allein ließ, wenn sie anfingen ihm Langeweile zu machen. Ebensooft brachte er den bescheidenen Emil in Verlegenheit, wenn er dessen Verdienste und Kenntnisse gegen Gelehrte und einsichtsvolle Männer über die Gebühr erhob, und diesen zu verstehn gab, wie vieles sie in Sprachen, Altertümern, oder Kunstkenntnissen von seinem Freunde lernen könnten, ob er gleich selbst niemals die Zeit finden konnte, über diese Gegenstände seinen Gefährten anzuhören, wenn sich das Gespräch dahin lenkte. War nun Emil einmal zur Tätigkeit aufgelegt, so konnte er fast darauf rechnen, daß sein schwärmender Freund sich in der Nacht auf einem Balle, oder einer Schlittenfahrt erkältet habe, und das Bett hüten müsse, so daß Emil in Gesellschaft des lebendigsten, unruhigsten und mitteilsamsten aller Menschen in der größten Einsamkeit lebte.

Heute erwartete ihn Emil gewiß, weil er ihm das feierliche Versprechen hatte geben müssen, den Abend mit ihm zuzubringen, um zu erfahren, was schon seit Wochen seinen tiefsinnigen

Freund gedrückt und beängstigt habe. Emil schrieb indes folgende Verse nieder.

Wie lieb und hold ist Frühlingsleben,
Wenn alle Nachtigallen singen,
Und wie die Tön in Bäumen klingen,
In Wonne Laub und Blüten beben.

Wie schön im goldnen Mondenscheine
Das Spiel der lauen Abendlüfte,
Die, auf den Flügeln Lindendüfte,
Sich jagen durch die stillen Haine.

Wie herrlich glänzt die Rosenpracht,
Wenn Liebreiz rings die Felder schmücket,
Die Lieb aus tausend Rosen blicket,
Aus Sternen ihrer Wonnenacht.

Doch schöner dünkt mir, holder, lieber,
Des kleinen Lichtleins blaß Geflimmer,
Wenn sie sich zeigt im engen Zimmer,
Späh ich in Nacht zu ihr hinüber.

Wie sie die Flechten löst und bindet,
Wie sie im Schwung der weißen Hand
Anschmiegt dem Leibe hell Gewand,
Und Kränz in braune Locken windet.

Wie sie die Laute läßt erklingen,
Und Töne, aufgejagt, erwachen,
Berührt von zarten Fingern lachen,
Und scherzend durch die Saiten springen;

Sie einzufangen schickt sie Klänge
Gesanges fort, da flieht mit Scherzen

Der Ton, sucht Schirm in meinem Herzen,
Dahin verfolgen die Gesänge.

O laßt mich doch, ihr Bösen, frei!
Sie riegeln sich dort ein und sprechen:
Nicht weichen wir, bis dies wird brechen,
Damit du weißt, was Lieben sei.

Emil stand ungeduldig auf. Es ward finsterer und Roderich kam
nicht, dem er seine Liebe zu einer Unbekannten, die ihm gegenüber wohnte und ihn tagelang zu Hause, und Nächte hindurch
wachend erhielt, bekennen wollte. Jetzt schallten Fußtritte die
Treppe herauf, die Tür, ohne daß man anklopfte, eröffnete sich,
und herein traten zwei bunte Masken mit widrigen Angesichtern,
der eine ein Türke, in roter und blauer Seide gekleidet, der andere
ein Spanier, blaßgelb und rötlich, mit vielen schwankenden Federn auf dem Hute. Als Emil ungeduldig werden wollte, nahm
Roderich die Maske ab, zeigte sein wohlbekanntes lachendes Gesicht und sagte:»Ei, mein Liebster, welche grämliche Miene! Sieht
man so aus zur Karnevalszeit? Ich und unser lieber junger Offizier kommen dich abzuholen, heut ist großer Ball auf dem Mas-
kensaale, und da ich weiß, daß du es verschworen hast, anders, als
in deinen schwarzen Kleidern zu gehn, die du täglich trägst, so
komm nur so mit, wie du da bist, denn es ist schon ziemlich spät.«
Emil war erzürnt und sagte:»Du hast, wie es scheint, deiner
Gewohnheit nach ganz unsre Abrede vergessen: sehr leid tut es
mir, (indem er sich zum Fremden wandte) daß ich Sie unmöglich
begleiten kann, mein Freund ist zu voreilig gewesen, es in meinem Namen zu versprechen; ich kann überhaupt nicht ausgehn,
da ich etwas Wichtiges mit ihm abzureden habe.«
Der Fremde, welcher bescheiden war und Emils Absicht verstand, entfernte sich; Roderich aber nahm höchst gleichgültig die
Maske wieder vor, stellte sich vor den Spiegel und sagte:»Nicht
wahr, man sieht eigentlich ganz scheußlich aus? Es ist im Grunde
eine geschmacklose widerwärtige Erfindung.«

»Das ist gar keine Frage«, erwiderte Emil im höchsten Unwillen. »Dich zur Karikatur machen, und dich betäuben, gehört eben zu den Vergnügungen, denen du am liebsten nachjagst.«

»Weil du nicht tanzen magst«, sagte jener, »und den Tanz für eine verderbliche Erfindung hältst, so soll auch niemand anders lustig sein. Wie verdrüßlich, wenn ein Mensch aus lauter Eigenheiten zusammengesetzt ist.«

»Gewiß«, erwiderte der erzürnte Freund, »und ich habe Gelegenheit genug, dies an dir zu beobachten; ich glaubte, daß du mir nach unsrer Abrede diesen Abend schenken würdest, aber –«

»Aber es ist ja Karneval«, fuhr jener fort, »und alle meine Bekannten und einige Damen erwarten mich auf dem heutigen großen Balle. Bedenke nur, mein Lieber, daß es wahre Krankheit in dir ist, daß dir dergleichen Anstalten so unbillig zuwider sind.«

Emil sagte: »Wer von uns beiden krank zu nennen ist, will ich nicht untersuchen; dein unbegreiflicher Leichtsinn, deine Sucht, dich zu zerstreuen, dein Jagen nach Vergnügungen, die dein Herz leer lassen, scheint mir wenigstens keine Seelengesundheit; auch in gewissen Dingen könntest du wohl meiner Schwachheit, wenn es denn einmal dergleichen sein soll, nachgeben, und es gibt nichts auf der Welt, was mich so durch und durch verstimmt, als ein Ball mit seiner fürchterlichen Musik. Man hat sonst wohl gesagt, die Tanzenden müßten einem Tauben, welcher die Musik nicht vernimmt, als Rasende erscheinen; ich aber meine, daß diese schreckliche Musik selbst, dies Umherwirbeln weniger Töne in widerlicher Schnelligkeit, in jenen vermaledeiten Melodien, die sich unserm Gedächtnisse, ja ich möchte sagen unserm Blut unmittelbar mitteilen, und die man nachher auf lange nicht wieder loswerden kann, daß dies die Tollheit und Raserei selbst sei; denn wenn mir das Tanzen noch irgend erträglich sein sollte, so müßte es ohne Musik geschehn.«

»Nun sieh, wie paradox!« antwortete der Maskierte; »du kömmst so weit, daß du das Natürlichste, Unschuldigste und Heiterste von der Welt unnatürlich, ja gräßlich finden willst.«

175

»Ich kann nicht für mein Gefühl«, sagte der Ernste, »daß mich diese Töne von Kindheit auf unglücklich gemacht, und oft bis zur Verzweiflung getrieben haben: in der Tonwelt sind sie für mich die Gespenster, Larven und Furien, und so flattern sie mir auch ums Haupt, und grinsen mich mit entsetzlichem Lachen an.«

»Nervenschwäche«, sagte jener, »so wie dein übertriebener Abscheu gegen Spinnen und manch anderes unschuldiges Gewürm.«

»Unschuldig nennst du sie«, sagte der Verstimmte, »weil sie dir nicht zuwider sind. Für denjenigen aber, dem die Empfindung des Ekels und des Abscheus, dasselbe unnennbare Grauen, wie mir, bei ihrem Anblick in der Seele aufgeht und durch sein ganzes Wesen zuckt, sind diese gräßlichen Untiere, wie Kröten und Spinnen, oder gar die widerwärtigste aller Kreaturen, die Fledermaus, nicht gleichgültig und unbedeutend, sondern ihr Dasein ist dem seinigen auf das feindlichste entgegengesetzt. Wahrlich, man möchte über die Ungläubigen lächeln, mit deren Imagination sich Gespenster und grauenhafte Larven, samt jenen Geburten der Nacht nicht vereinigen lassen, die wir in Krankheiten sehn, oder die uns Dantes Gemälde zeigen, da die gewöhnlichste Wirklichkeit um uns her die fürchterlichen verzerrten Musterbilder dieser Schrecken uns vorhält. Sollten wir in der Tat das Schöne lieben können, ohne uns vor diesen Fratzen zu entsetzen?«

»Warum entsetzen?« fragte Roderich, »warum soll uns das große Reich der Gewässer und der Meere gerade diese Furchtbarkeit vorhalten, an die sich deine Vorstellung gewöhnt hat, und nicht vielmehr seltsame, unterhaltende und possierliche Verkleidungen, so daß das ganze Gebiet nicht anders, als etwa wie ein komischer Ballsaal anzusehn wäre? Deine Eigenheiten aber gehn noch weiter, denn so wie du die Rose mit einer gewissen Abgötterei liebst, so sind dir andre Blumen ebenso lebhaft verhaßt; was hat dir nur die gute liebe Feuerlilie getan, wie so manch andres Kind des Sommers? So sind dir manche Farben zuwider, manche Düfte und viele Gedanken, und du tust nichts dazu, dich gegen diese Stimmungen zu verhärten, sondern du gibst ihnen weichlich nach, und am Ende wird eine Sammlung von dergleichen Seltsamkeiten die Stelle einnehmen, die dein Ich besitzen sollte.«

Emil war im tiefsten Herzen erzürnt und antwortete nicht. Er hatte es nun schon aufgegeben, sich jenem mitzuteilen, auch schien der leichtsinnige Freund gar keine Begier zu haben, das Geheimnis zu erfahren, welches ihm sein melancholischer Gefährte mit so wichtiger Miene angekündigt hatte; er saß gleichgültig im Lehnsessel, mit seiner Maske spielend, als er plötzlich ausrief: »Sei doch so gut, Emil, und leih mir deinen großen Mantel.«

»Wozu?« fragte jener.

»Ich höre drüben in der Kirche Musik«, antwortete Roderich, »und habe schon alle Abend diese Stunde versäumt; heut kömmt sie mir recht gelegen, unter deinem Mantel kann ich diese Kleidung verbergen, auch Maske und Turban darunter verstecken, und wenn sie geendigt ist, mich sogleich nach dem Balle begeben.«

Murrend suchte Emil den Mantel aus dem Schranke, gab ihn dem Aufgestandenen, und zwang sich zu einem ironischen Lächeln. »Da hast du meinen türkischen Dolch, den ich gestern gekauft habe«, sagte Roderich, indem er sich einhüllte, »heb ihn auf; es taugt nicht, dergleichen ernsthaftes Zeug als Spielerei bei sich zu haben; man kann denn doch nicht wissen, wozu es gemißbraucht würde, wenn Zank oder anderer Unfug die Gelegenheit herbeiführte; morgen sehn wir uns wieder, lebe wohl und bleibe vergnügt.« Er wartete auf keine Erwiderung, sondern eilte die Treppe hinunter.

Als Emil allein war, suchte er seinen Zorn zu vergessen und das Betragen seines Freundes von der lächerlichen Seite zu nehmen. Er betrachtete den blanken schön gearbeiteten Dolch, und sagte: »Wie muß es doch dem Menschen sein, der solch scharfes Eisen in die Brust des Gegners stößt, oder gar einen geliebten Gegenstand damit verletzt?« er schloß ihn ein, lehnte dann behutsam die Läden seines Fensters zurück und sah über die enge Gasse. Aber kein Licht regte sich, es war finster im Hause gegenüber; die teure Gestalt, die dort wohnte, und sich um diese Zeit bei häuslicher Beschäftigung zu zeigen pflegte, schien entfernt. Vielleicht gar auf dem Balle, dachte Emil, so wenig es auch ihrer eingezogenen Lebensart ziemte. Plötzlich aber zeigte sich ein Licht, und die Kleine, welche seine unbekannte Geliebte um sich hatte, und mit der sie sich am Tage wie am Abend vielfältig abgab, trug ein Licht durch das Zimmer und lehnte die Fensterläden an. Eine Spalte blieb hell, groß genug, um von Emils Standpunkt einen Teil des kleinen Zimmers zu überschauen, und dort stand oft der Glückliche bis nach Mitternacht wie bezaubert, und beobachtete jede Bewegung der Hand, jede Miene seiner Geliebten: er freute sich, wenn sie dem kleinen Kinde lesen lehrte, oder es im Nähen und Stricken unterrichtete. Auf seine Erkundigung hatte er erfahren, daß die Kleine eine arme Waise sei, die das schöne Mädchen mitleidig zu sich genommen hatte, um sie zu erziehn. Emils Freunde begriffen nicht, warum er in dieser engen Gasse wohne in einem unbequemen Hause, weshalb man ihn so wenig in Gesellschaften sehe, und womit er sich beschäftige. Unbeschäftigt, in der Einsamkeit, war er glücklich, nur unzufrieden mit sich und seinem menschenscheuen Charakter, daß er es nicht wage die nähere Bekanntschaft dieses schönen Wesens zu suchen, so freundlich sie auch einigemal am Tage gegrüßt und gedankt hatte. Er wußte nicht, daß sie ebenso trunken zu ihm hinüberspähte, und ahnete nicht, welche Wünsche sich in ihrem Herzen bildeten, welcher Anstrengung, welcher Opfer sie sich fähig fühlte, um nur zum Besitz seiner Liebe zu gelangen.

Nachdem er einigemal auf und nieder gegangen war, und das Licht sich mit dem Kinde wieder entfernt hatte, faßte er plötzlich den Entschluß, seiner Neigung und Natur zuwider auf den Ball zu gehen, weil es ihm einfiel, daß seine Unbekannte eine Ausnahme von ihrer eingezogenen Lebensweise könne gemacht haben, um auch einmal die Welt und ihre Zerstreuungen zu genießen. Die Gassen waren hell erleuchtet, der Schnee knisterte unter seinen Füßen, Wagen rollten ihm vorüber und Masken in den verschiedensten Trachten pfiffen und zwitscherten an ihm vorbei. Aus vielen Häusern ertönte ihm die so verhaßte Tanzmusik, und er konnte es nicht über sich gewinnen, auf dem kürzesten Wege nach dem Saale zu gehn, zu welchem aus allen Richtungen die Menschen strömten und drängten. Er ging um die alte Kirche, beschaute den hohen Turm, der sich ernst in den nächtlichen Himmel erhub, und freute sich der Stille und Einsamkeit des abgelegenen Platzes. In der Vertiefung einer großen Kirchentür, deren mannigfaltiges Bildwerk er immer mit Lust beschaut, und sich dabei der alten Kunst und vergangener Zeiten erinnert hatte, nahm er auch jetzo Platz, um sich auf wenige Augenblicke seinen Betrachtungen zu überlassen. Er stand nicht lange, als eine Figur seine Aufmerksamkeit an sich zog, die unruhig auf und nieder ging, und jemand zu erwarten schien. Beim Schein einer Laterne, die vor einem Marienbilde brannte, unterschied er genau das Gesicht, so wie die wunderliche Kleidung. Es war ein altes Weib von der äußersten Häßlichkeit, die um so mehr in die Augen fiel, weil sie gegen ein scharlachrotes Leibchen, das mit Gold besetzt war, höchst abenteuerlich abstach; der Rock, den sie trug, war dunkel, und die Haube ihres Kopfes glänzte ebenfalls von Gold. Emil glaubte anfangs eine geschmacklose Maske zu sehn, die sich hieher verirrt habe, aber bald war er beim hellen Scheine überzeugt, daß das alte braune und runzlichte Gesicht ein wirkliches und kein nachgeahmtes sei. Es währte nicht lange, so erschienen zwei Männer in Mänteln gehüllt, die sich dem Orte mit behutsamen Schritten zu nähern schienen, indem sie öfter von den Seiten schauten, ob ihnen niemand folge. Die Alte ging auf sie zu. »Habt ihr die Lichter?« fragte sie hastig und mit einer rauhen Stimme. »Hier sind sie«, sagte der eine, »der Preis ist Euch bekannt, macht die Sache gleich richtig.« Die Alte schien Geld zu geben, welches der Mann unter seinem Mantel nachzählte. »Ich verlasse mich darauf«, fing die Alte wieder an, »daß sie ganz nach der Vorschrift und Kunst gegossen sind, damit die Wirkung nicht ausbleibt.« – »Seid ohne Sorgen«, sagte jener, und entfernte sich schnell.

Der andre, welcher zurückgeblieben, war ein junger Mann; er nahm die Alte bei der Hand und sagte: »Ist es möglich, Alexia, daß dergleichen Zeremonien und Formeln, diese seltsamen alten Sagen, an welche ich nie habe glauben können, den freien Willen des Menschen fesseln, und Liebe und Haß erregen könnten?« »So ist es«, sprach das rote Weib, »aber eins muß zum andern kommen, nicht bloß diese Lichter, in der Mitternacht des Neu-monden gegossen, mit Menschenblut getränkt, nicht die Zauber-formeln und Anrufungen allein können es ausrichten, sondern noch manches andre gehört dazu, das der Kunstverständige wohl kennt.« – »So verlaß ich mich auf dich«, sagte der Fremde. »Mor-gen nach Mitternacht bin ich Euch zu Diensten«, antwortete die Alte; »Ihr werdet ja nicht der erste sein, der mit meiner Kund-schaft unzufrieden ist; heute, wie Ihr gehört habt, bin ich für je-mand anders bestellt, auf dessen Sinn und Verstand unsere Kunst gewiß nachdrücklich wirken soll.« Die letzten Worte sagte sie mit halbem Lachen, und beide gingen auseinander und entfern-ten sich nach verschiedenen Richtungen. Emil trat schaudernd aus der dunkeln Nische hervor und erhob seine Blicke zum Bilde der Jungfrau mit dem Kinde; »vor deinen Augen, du Holdse-lige«, sagte er halblaut, »erfrechen sich die Greuel ihre Abrede zu treffen, um ihren abscheulichen Betrug zu verhandeln, doch so, wie du dein Kind in Liebe umfängst, so hält uns alle die unsicht-bare Liebe in fühlbaren Armen, und unser armes Herz klopft in Freude wie in Angst einem größeren entgegen, das uns niemals verlassen wird.« Wolken zogen über die Spitze des Turms und das schroffe Dach der Kirche hinweg, die ewigen Sterne schauten funkelnd und mit freundlichem Ernst hernieder, und Emil wandte sich entschlossen von diesen nächtlichen Schauern und gedachte der Schönheit seiner Unbekannten. Er betrat wieder die belebten Gassen, und lenkte nach dem hellerleuchteten Ballhause ein, von welchem ihm Stimmen, Wagengerassel, und in einzelnen Pausen die lärmende Musik entgegenschallten.

Im Saale verlor er sich sogleich im flutenden Getümmel, Tänzer umsprangen ihn, Masken schossen an ihm hin und her, Pauken und Trompeten betäubten sein Ohr, und ihm war, als sei das menschliche Leben selber nur ein Traum. Er ging durch die Reihen, und nur sein Auge blieb wach, um jene geliebten Augen und jenes schöne Haupt mit den braunen Locken aufzusuchen, nach dessen Anblick er sich heut inniger sehnte als sonst, und dem angebeteten Wesen doch innerlich Vorwürfe machte, daß es sich in diesem stürmenden Meer der Verwirrung und Torheit untertauchen und verlieren könne. »Nein«, sprach er zu sich selbst, »kein Herz, welches liebt, wird sich diesem wüsten Brausen öffnen wollen, in welchem Sehnsucht und Tränen verhöhnt und mit dem schmetternden Gelächter wilder Trompeten verspottet werden. Das Säuseln der Bäume, das Rieseln der Quellen, Lautenschlag und edler Gesang, welcher voll aus dem bewegten Busen strömt, sind die Töne, in welchen Liebe wohnt. So aber donnert und jubelt die Hölle in der Raserei ihrer Verzweiflung.«

Er fand nicht, was er suchte, denn zu dem Glauben, daß sein geliebtes Angesicht sich vielleicht unter eine widrige Maske verborgen habe, konnte er sich unmöglich bequemen. Schon war er dreimal den Saal auf und ab gewandert und hatte alle sitzenden und unmaskierten Damen vergeblich gemustert, als sich der Spanier zu ihm gesellte und sagte: »Schön, daß Sie doch noch gekommen sind; Sie suchen vielleicht Ihren Freund?«

Emil hatte ihn ganz vergessen; er sagte aber beschämt: »In der Tat, ich wundre mich, ihn hier nicht zu treffen, denn seine Maske ist kenntlich genug.«

»Wissen Sie, was der wunderliche Mensch treibt?« antwortete der junge Offizier; »er hat weder getanzt, noch sich lange im Saale aufgehalten, denn er fand sogleich seinen Freund Anderson, der vom Lande hereingekommen ist; ihr Gespräch fiel auf die Literatur, und da dieser das neulich herausgekommene Gedicht noch nicht kannte, so hat Roderich nicht eher geruht, bis man ihm eins der hintern Zimmer aufgeschlossen hat, dort sitzt er mit seinem Gefährten bei einer einsamen Kerze und liest ihm das ganze Werk vor.«

»Das sieht ihm ähnlich«, sagte Emil, »denn er besteht ganz aus Laune. Ich habe alles angewandt, und selbst freundschaftliche Zwistigkeiten nicht gescheut, um es ihm abzugewöhnen, immer *ex tempore* zu leben und sein ganzes Dasein in Impromptus auszuspielen: allein diese Torheiten sind ihm so ans Herz gewachsen, daß er sich eher vom liebsten Freunde, als von ihnen trennen würde. Das nämliche Werk, welches er so liebt, daß er es immer bei sich trägt, hat er mir neulich vorlesen wollen, und ich hatte ihn sogar dringend darum gebeten; wir waren aber kaum über den Anfang, indes ich ganz den Schönheiten hingegeben war, als er plötzlich aufsprang, mit der Küchenschürze umgetan zurückkehrte, mit vielen Umständen Feuer anschüren ließ, um mir Beefsteaks zu rösten, zu welchen ich kein Verlangen trug, und die er sich am besten in Europa zu machen einbildet, ob sie ihm gleich die meisten Male verunglücken.«

Der Spanier lachte. »Ist er nie verliebt gewesen?« fragte er.

»Auf seine Weise«, erwiderte Emil sehr ernst; »so, als wollte er über sich und die Liebe spotten, in viele zugleich, und nach seinen Worten bis zur Verzweiflung, die er aber insgesamt in acht Tagen wieder vergessen hatte.«

Sie trennten sich im Getümmel, und Emil begab sich nach dem abgelegenen Zimmer, aus welchem er seinen Freund schon von fern laut deklamieren hörte. »Ah, da bist du ja auch«, rief ihm dieser entgegen; »das trifft sich gut, ich bin nur eben über die Stelle hinüber, bei der wir neulich unterbrochen wurden; setze dich, so kannst du mit zuhören.«

»Ich bin jetzt nicht in der Stimmung«, sagte Emil, »auch scheint mir diese Stunde und dieser Ort wenig geschickt zu einer solchen Unterhaltung.«

»Warum nicht?« antwortete Roderich; »es muß sich alles nach unserm Willen bequemen, jede Zeit ist gut dazu, sich auf eine edle Weise zu beschäftigen. Oder willst du lieber tanzen? Es fehlt an Tänzern, und du kannst dich heut mit einigen Stunden

Herumspringens und einem Paar ermüdender Beine bei vielen dankbaren Damen ziemlich beliebt machen.«

»Lebe wohl«, rief jener schon in der Tür, »ich gehe nach Hause.«

»Noch ein Wort!« rief ihm Roderich nach: »ich verreise morgen in aller Frühe mit diesem Herrn auf einige Tage über Land; ich spreche aber noch bei dir vor, um Abschied zu nehmen. Schläfst du, wie es wahrscheinlich ist, so bemühe dich nur nicht, aufzuwachen, denn in drei Tagen bin ich wieder bei dir. – Der wunderlichste aller Menschen«, fuhr er fort, gegen seinen neuen Freund gewandt, »so schwerfällig, mißlaunig, ernsthaft, daß er sich jede Freude verdirbt, oder vielmehr, daß es für ihn keine Freude gibt. Alles soll edel, groß, erhaben sein, sein Herz soll an allem Anteil nehmen, und wenn er selbst vor einem Puppenspiele stände; wenn sich dergleichen nun nicht zu seinen Prätensionen verstehen will, die wahrlich ganz unsinnig sind, so wird er tragisch gestimmt, und findet die ganze Welt roh und barbarisch; da draußen verlangt er ohne Zweifel, daß unter den Masken einem Pantalon und Policinell das Herz voll Sehnsucht und überirdischer Triebe glühe, und daß der Arlechin über die Nichtigkeit der Welt tiefsinnig philosophieren soll, und wenn diese Erwartungen nicht eintreffen, so treten ihm gewiß die Tränen in die Augen, und er wendet dem bunten Schauspiel zerknirscht und verachtend den Rücken.«

»Er ist also melancholisch?« fragte der Zuhörer.

»Das eigentlich nicht«, antwortete Roderich, »sondern nur von zu zärtlichen Eltern und sich selbst verzogen. Er hatte sich angewöhnt, regelmäßig wie Ebbe und Flut sein Herz bewegen zu lassen, und bleibt diese Rührung einmal aus, so schreit er Mirakel und möchte Prämien aussetzen, um Physiker aufzumuntern, diese Naturerscheinung genügend zu erklären. Er ist der beste Mensch unter der Sonne, aber alle meine Mühe, ihm diese Verkehrtheit abzugewöhnen, ist ganz umsonst und verloren, und wenn ich nicht für meine gute Meinung Undank davontragen will, muß ich ihn gewähren lassen.«

»Er sollte vielleicht den Arzt gebrauchen«, bemerkte jener.

»Es gehört mit zu seinen Eigenheiten«, antwortete Roderich, »die Medizin durch und durch zu verachten, denn er meint, jede Krankheit sei in jeglichem Menschen ein Individuum, und könne nicht nach ältern Wahrnehmungen, oder gar nach sogenannten Theorien geheilt werden; er würde eher alte Weiber und sympathetische Kuren gebrauchen. Ebenso verachtet er auch in andrer Hinsicht alle Vorsicht und alles was man Ordnung und Mäßigkeit nennt. Von Kindheit auf ist ein edler Mann sein Ideal gewesen, und sein höchstes Bestreben, das aus sich zu bilden, was er so nennt, das heißt hauptsächlich eine Person, die die Verachtung der Dinge mit der des Geldes anfängt; denn um nur nicht in den Verdacht zu geraten, daß er haushälterisch sei, ungern ausgebe, oder irgend Rücksicht auf Geld nehme, so wirft er es höchst töricht weg, ist bei seiner reichlichen Einnahme immer arm und in Verlegenheit, und wird der Tor von jedwedem, der nicht ganz in dem Sinne edel ist, in welchem er es sich zu sein vorgesetzt hat. Sein Freund zu sein, ist aber die Aufgabe aller Aufgaben, denn er ist so reizbar, daß man nur husten, nicht edel genug essen, oder gar die Zähne stochern darf, um ihn tödlich zu beleidigen.«

»War er nie verliebt?« fragte der Freund vom Lande.

»Wen sollte er lieben?« antwortete Roderich, »er verachtete alle Töchter der Erde, und er dürfte nur bemerken, daß sein Ideal sich gern putzte, oder gar tanzte, so würde sein Herz brechen; noch schrecklicher, wenn sie das Unglück hätte, den Schnupfen zu bekommen.«

Emil stand indessen wieder im Getümmel; aber plötzlich überfiel ihn jene Angst, der Schreck, der so oft schon in solcher erregten Menschenmenge sein Herz ergriffen hatte, und jagte ihn aus dem Saale und Hause, über die öden Gassen hinweg, und erst auf seinem einsamen Zimmer fand er sich und seine ruhige Besinnung wieder. Das Nachtlicht war schon angezündet, er hieß dem Bedienten sich niederlegen; drüben war alles still und finster, und er setzte sich, um in einem Gedichte seine Empfindungen über den Ball auszuströmen. –

184

Im Herzen war es stille,
Der Wahnsinn lag an Ketten;
Da regt sich böser Wille,
Vom Kerker ihn zu retten,
Den Tollen loszumachen:
Da hört man Pauken klingen,
Da bricht hervor mit Lachen
Trommetenklang und Krachen,
Dazwischen Flöten singen,
Und Pfeifentöne springen
Mit gellendem Geschrei
Zwischen dröhnenden tönenden Geigen
In rasender Wut herbei,
Das wilde Gemüt zu zeigen,
Und grimmig zu morden das stille kindliche Schweigen. –

Wohin dreht sich der Reigen?
Was sucht die springende Menge
Im windenden Gedränge? –
Vorüber! Es glänzen die Lichter,
Wir tummeln uns näher und dichter,
Es jauchzt in uns das blöde Herz;
Lauter tönet,
Grimmer dröhnet
Ihr Zimbeln, ihr Pfeifen! betäubet den Schmerz,
Er werde zum Scherz! –

Du winkst mir, holdes Angesicht?
Es lacht der Mund, der Augen Licht;
Herbei, daß ich dich fasse,
Im Schweben wieder lasse;
Ich weiß, die Schönheit bald zerbricht,
Der Mund verstummt, der lieblich spricht,
Dich faßt des Todes Arm.
Was winkst du, Schädel, freundlich mir?

Kein Kummer mir, nicht Angst und Harm,
Daß du so bald erbleichest hier,
Wohl heut, wohl morgen.
Was sollen die Sorgen?
Ich lebe und schwebe im Reigen vorüber vor dir. –

Heut lieb ich dich,
Jetzt meinst du mich;
Ach, Not und Angst sie lauern
Schon hinter diesen Mauern,
Und Seufzer schwer und tränend Leid
Stehn schon bereit,
Dich zu umstricken;
Froh laß uns blicken
Vernichtung an und grausen Tod;
Was will die Angst, was will uns Not?
Wir drücken
Im Taumel die Hand;
Mich rührt dein Gewand,
Du schwebest dahin, ich taumle zurück –
Auch Verzweiflung ist Glück.

Aus diesem Entzücken,
Und was wir heut lachten,
Entsprießt wohl Verachten
Und giftiger Neid;
O herrliche Zeit!
Wenn ich dich verhöhne,
Winkt dort mir die Schöne,
Und wird meine Braut;
Die andere schaut
Noch kühner darein;
Soll dies' es denn sein? –

So taumeln wir alle
Im Schwindel die Halle
Des Lebens hinab,
Kein Lieben, kein Leben,
Kein Sein uns gegeben,
Nur Träumen und Grab:
Da unten bedecken
Wohl Blumen und Klee
Noch grimmere Schrecken,
Noch wilderes Weh;
Drum lauter ihr Zimbeln, du Paukenklang,
Noch schreiender gellender Hörnergesang!
Ermutiget schwingt, dringt, springt ohne Ruh,
Weil Lieb uns nicht Leben
Kein Herz hat gegeben,
Mit Jauchzen dem greulichen Abgrunde zu! –

Er hatte geendigt und stand am Fenster. Da kam sie gegenüber
herein, so schön, wie er sie noch nie gesehn hatte, das braune
Haar aufgelöst wogte und spielte in mutwilligen Locken um den
weißesten Nacken; sie war nur leicht bekleidet und schien noch
vor Schlafengehn zu später Nachtzeit einige häusliche Arbeiten
verrichten zu wollen, denn sie stellte zwei Lichter in zwei Ecken
des Zimmers, ordnete den Teppich auf dem Tische, und entfernte sich wieder. Noch war Emil in seinen süßen Träumereien
versunken, und wiederholte sich in seiner Phantasie das Bild seiner Geliebten, als zu seinem Entsetzen die fürchterliche, die rote
Alte durch das Zimmer schritt; gräßlich leuchtete von ihrem
Haupt und Busen das Gold im Widerschein der Lichter. Sie war
wieder verschwunden. Sollte er seinen Augen trauen? War es
kein Blendwerk der Nacht, welches ihm seine eigne Einbildung
gespenstisch vorübergeführt hatte?
    Aber nein, sie kehrte zurück, noch gräßlicher als zuvor, denn
ein langes greises und schwarzes Haar flog wild und ungeordnet
um Brust und Rücken; das schöne Mädchen folgte ihr, blaß, ent-

stellt, die schönsten Brüste ohne Hülle, aber das ganze Bild einer Statue von Marmor ähnlich. Sie hatten zwischen sich das kleine liebliche Kind, welches weinte und sich an die Schöne bittend schmiegte, die nicht zu ihm herniedersah. Das Kindlein hielt flehend die Händchen empor, streichelte Hals und Wange der blassen Schönen. Sie aber hielt es fest am Haar und mit der andern Hand ein silbernes Becken; die Alte zuckte murmelnd das Messer und durchschnitt den weißen Hals der Kleinen. Da wand sich hinter ihnen etwas hervor, das beide nicht zu sehen schienen, sonst hätten sie sich wohl ebenso inniglich wie Emil entsetzt. Ein scheußlicher Drachenhals wälzte sich schuppig länger und länger aus der Dunkelheit, neigte sich über das Kind hin, das mit aufgelösten Gliedern der Alten in den Armen hing, die schwarze Zunge leckte vom sprudelnden roten Blut, und ein grün funkelndes Auge traf durch die Spalte hinüber in Emils Blick und Gehirn und Herz, daß er im selben Augenblick zu Boden stürzte.

Leblos traf ihn Roderich nach einigen Stunden.

Am heitersten Sommermorgen saß in grüner Laube eine Gesellschaft von Freunden um ein schmackhaftes Frühstück versammelt. Man lachte und scherzte, alle stießen freudig oft mit den Gläsern auf die Gesundheit des jungen Brautpaares an, und wünschten ihm Heil und Glück. Bräutigam und Braut waren nicht zugegen, denn die Schöne war noch mit ihrem Schmucke beschäftiget, und der junge Ehemann lustwandelte, seinem Glücke nachsinnend, einsam in einem entfernten Baumgange. »Schade«, sagte Anderson, »daß wir keine Musik haben sollen; alle unsere Damen sind unzufrieden und haben noch nie so sehr zu tanzen gewünscht, als gerade heut, da es nicht geschehn kann; aber es ist ihm zu sehr zuwider.«

»Ich kann es euch wohl verraten«, sagte ein junger Offizier, »daß wir dennoch einen Ball haben werden, und zwar einen recht tollen und geräuschigen; alles ist schon eingerichtet und die Musikanten sind schon heimlich angekommen und unsicht-

bar einquartiert. Roderich hat alle diese Einrichtungen getrof-
fen, denn er sagt, man müsse ihm nicht zu viel nachgeben, und
am wenigsten heut seine wunderlichen Launen anerkennen.«

»Er ist auch schon viel menschlicher und umgänglicher als
ehemals«, sagte ein anderer junger Mann, »und darum glaube
ich, wird ihm diese Abänderung nicht einmal unangenehm auf-
fallen. Ist doch diese ganze Heirat so plötzlich gegen unser aller
Erwarten eingetreten.«

»Sein ganzes Leben«, fuhr Anderson fort, »ist so sonderbar,
wie sein Charakter. Ihr wißt ja alle, wie er im vorigen Herbst auf
einer Reise, die er machen wollte, in unsrer Stadt ankam, sich
den Winter hier aufhielt, wie ein Melancholischer fast nur in seinem Zimmer lebte, und sich weder um unser Theater noch andre
Vergnügungen kümmerte. Er war beinah mit Roderich, seinem
vertrautesten Freunde, zerfallen, weil dieser ihn zu zerstreuen
suchte, und nicht jeder seiner finstern Launen nachgeben wollte.
Im Grunde war seine übertriebene Reizbarkeit und Verstimmung wohl Krankheit, die sich in seinem Körper zubereitete;
denn, wie euch nicht unbekannt ist, wurde er vor vier Monaten
vom heftigsten Nervenfieber befallen, so, daß wir ihn alle schon
aufgeben mußten. Nachdem seine Phantasien ausgeraset hatten,
und er wieder zu sich kam, hatte er sein Gedächtnis fast ganz
eingebüßt, nur seine früheren Kinder- und Jugendjahre waren
ihm gegenwärtig, und er konnte sich durchaus nicht erinnern,
was während seiner Reise oder vor seiner Krankheit sich mit
ihm zugetragen habe. Er mußte alle seine Freunde, selbst den
Roderich, von neuem kennenlernen; nur nach und nach ward es
lichter in seinem Innern, und die Vergangenheit und was ihm
widerfahren, trat wieder, jedoch immer nur schwach beleuchtet,
in sein Gedächtnis zurück. Sein Oheim hatte ihn zu sich in das
Haus genommen, um ihn besser zu verpflegen, und er war wie
ein Kind, und ließ alles mit sich machen. Als er zum erstenmal
ausfuhr, und bei der Frühlingswärme den Park besuchte, sah er
abseits vom Wege ein Mädchen in tiefen Gedanken sitzen. Sie
sah auf, ihr Blick traf den seinigen, und wie von einer unbegreif-

lichen Begeisterung ergriffen, ließ er anhalten, stieg aus, setzte sich zu ihr, faßte ihre Hände, und ergoß sich in einen Strom von Tränen. Man war von neuem für seinen Verstand besorgt; aber er wurde ruhig, heiter und gesprächig, ließ sich bei den Eltern des Mädchens vorstellen, und hielt sogleich beim ersten Besuch um ihre Hand an, die sie ihm auch zusagte, da die Eltern ihre Einwilligung nicht verweigerten. Er war glücklich und ein neues Leben ging in ihm auf; mit jedem Tage ward er gesunder und zufriedener. So besuchte er mich vor acht Tagen auf meinem Landgute hier; es gefiel ihm über die Maßen, und zwar so, daß er nicht ruhte, bis ich es ihm verkaufen mußte. Es lag nur an mir, seine Leidenschaftlichkeit zu meinem Vorteil und seinem Schaden zu benutzen, denn was er will, will er heftig und plötzlich vollendet. Sogleich machte er seine Einrichtungen, ließ Geräte herschaffen, um hier noch die Sommermonate zu wohnen, und so sind wir denn alle heut zu seiner Hochzeit in meinem ehemaligen Wohnsitze versammelt.«

Das Haus war groß und lag in der schönsten Gegend. Die eine Seite sah nach einem Flusse und angenehmen Hügeln hinüber, rundum von mannigfaltigen Gebüschen und Bäumen umgeben, unmittelbar davor lag ein Garten mit duftenden Blumen. Hier waren die Orangen- und Zitronenbäume in einem großen offenen Saale aufgestellt, und kleine Türen führten zu Vorratskammern, Kellern und Speisegewölben. Von der andern Seite breitete sich ein grünender Wiesenplan aus, an welchen ohne andre Verbindung ein Park grenzte; hier bildeten die beiden langen Flügel des Hauses einen geräumigen Hof, und auf dreien übereinanderstehenden Säulenreihen verbanden breite offene Gänge alle Zimmer und Säle des Gebäudes, wodurch der Wohnsitz von dieser Seite einen reizenden, ja wunderbaren Charakter erhielt, indem sich beständig Figuren in mannigfaltigen Geschäften in diesen geräumigeren Hallen bewegten; zwischen den Säulen und aus jedem Zimmer traten neue Gestalten hervor, und erschienen oben oder unten wieder, um sich in andern Türen zu verlieren; auch versammelte sich Gesellschaft dort zum Tee oder Spiel,

190

und dadurch gewann von unten das Ganze das Ansehn eines Theaters, vor welchem jedermann mit Lust verweilte, und in Gedanken die seltsamsten und anziehendsten Begebenheiten oben erwartete.

Die Gesellschaft der jungen Leute wollte eben aufstehn, als die geschmückte Braut durch den Garten ging und zu ihnen trat. Sie war in violettem Sammet gekleidet, ein funkelnder Halsschmuck wiegte sich auf dem glänzenden Nacken, kostbare Spitzen ließen den weißen schwellenden Busen durchschimmern, das braune Haar ward durch den Myrten- und Blumenkranz reizender gefärbt. Sie grüßte alle freundlich, und die Jünglinge waren von der hohen Schönheit überrascht. Sie hatte Blumen im Garten gepflückt, und wandte sich jetzt nach dem innern Hause, um nach der Ordnung des Mahles zu sehen. Man hatte in dem untern offnen Gange die Tafeln hingestellt: blendend schimmerten die Tische mit den weißen Gedecken und Kristallen, eine Fülle mannigfarbiger Blumen glänzte aus zierlichen Gefäßen herunter, duftende grüne und bunte Kränze schlangen sich um die Säulen, und reizend war der Anblick, als die Braut sich jetzt mit holdseliger Bewegung zwischen dem Schimmer der Blumen neben den Tischen und Säulen wandelnd bewegte, das Ganze prüfend überschaute, und dann verschwand, und höher hinauf noch einmal wiedererschien, um ihr Zimmer zu öffnen. »Sie ist das reizendste und schönste Mädchen, das ich je gekannt habe!« rief Anderson aus: »unser Freund ist glücklich!«

»Selbst ihre Blässe«, nahm der Offizier das Wort, »erhöht ihre Schönheit: die braunen Augen blitzen über den bleichen Wangen und unter den dunkeln Haaren so mächtiger hervor; und diese wunderbare fast brennende Röte der Lippen macht ihr Angesicht zu einem wahrhaft zauberischen Bilde.«

»Der Schein stiller Melancholie«, sagte Anderson, »welcher sie umgibt, umfließt sie wie mit hoher Majestät.«

Der Bräutigam trat zu ihnen, und fragte nach Roderich; sie hatten ihn alle schon längst vermißt und konnten nicht begreifen, wo er sich aufhalten möchte. Alle gingen, um ihn zu suchen.

»Er ist unten im Saal«, sagte endlich ein junger Mensch, den sie ebenfalls fragten, »zwischen allen Bedienten und Kutschern, denen er Kartenkünste macht, die sie nicht genug bewundern können.« Sie traten hinein und unterbrachen die schallende Verwunderung der Dienerschaft, indes sich Roderich nicht stören ließ, sondern frei in seinen magischen Kunststücken fortfuhr. Als er geendigt hatte, ging er mit den übrigen in den Garten und sagte: »Ich tue es nur, um diese Menschen im Glauben zu stärken, denn diese Künste bringen ihrer Kutscher-Freigeisterei auf lange einen Stoß bei, und helfen zu ihrer Bekehrung.«

»Ich sehe«, sagte der Bräutigam, »daß mein Freund unter seinen übrigen Talenten auch das eines Scharlatans nicht zu geringe achtet, um es auszubilden.«

»Wir leben in einer wunderlichen Zeit«, antwortete jener: »man soll heutzutage nichts verachten, denn man weiß nicht, wozu es zu gebrauchen ist.«

Als die beiden Freunde sich allein befanden, wandte sich Emil wieder in den dunkeln Baumgang und sagte: »Warum bin ich an diesem Tage, welcher der glücklichste meines Lebens ist, so trübe gestimmt? Aber ich versichere dich, sowenig du es auch glauben willst, es paßt nicht für mich, mich in dieser Menge von Menschen zu bewegen, für jeden Aufmerksamkeit zu haben, keinen dieser Verwandten von ihrer und meiner Seite zu vernachlässigen, den Eltern Ehrfurcht zu beweisen, die Damen bekomplimentieren, die Ankommenden empfangen, und die Dienstboten und Pferde gehörig zu versorgen.«

»Das macht sich ja alles von selbst«, sagte Roderich; »sieh, dein Haus ist recht auf dergleichen eingerichtet, und dein Haushofmeister, der alle Hände voll zu tun und alle Beine voll zu laufen hat, ist recht wie dazu geschaffen, alles ordentlich zu betreiben, um die allergrößte Gesellschaft aus Verwirrung zu erretten und mit Anstand zu bewirten. Überlaß das ihm und deiner schönen Braut.«

»Heute morgen, noch vor Sonnenaufgang«, sagte Emil, »wandelte ich durch das Gehölz; mir war feierlich zumute, ich fühlte recht im Innern, wie mein Leben nun bestimmt sei und ernst werde, wie diese Liebe mir Heimat und Beruf erschaffen hat. Ich kam dort der Laube vorüber; ich hörte Stimmen: es war meine Geliebte in einem traulichen Gespräch. ›Ist es nun‹, sagte eine fremde Stimme, ›nicht so gekommen, wie ich gesagt hatte? Gerade so, wie ich wußte, daß es geschehen würde? Ihr habt Euren Wunsch, darum seid nun auch froh.‹ Ich mochte nicht zu ihnen treten; nachher ging ich der Laube näher, doch hatten sich beide schon entfernt. Aber ich sinne und sinne: was wollen diese Worte bedeuten?«

Roderich sagte: »Sie mag dich vielleicht schon längst geliebt haben, ohne daß du es wußtest; du bist desto glücklicher.«

Eine späte Nachtigall erhub jetzt ihren Gesang und schien dem Liebenden Heil und Wonne zuzurufen. Emil wurde tiefsinniger. »Komm mit mir, um dich aufzuheitern«, sagte Roderich, »in das Dorf hinunter, da sollst du ein zweites Brautpaar sehn, denn du mußt dir nicht einbilden, daß du heut allein Hochzeit feierst. Ein junger Knecht ist in Langeweile und Einsamkeit mit einer ältern garstigen Magd zu vertraut geworden, und der Pinsel hält sich nun für verpflichtet, sie zu seiner Frau zu machen. Jetzt müssen sie beide schon geputzt sein; diesen Anblick wollen wir nicht versäumen, denn er ist ohne Zweifel interessant.«

Der Trauernde ließ sich von dem schwatzenden heitern Freunde fortziehn, und sie kamen bald zu der Hütte. Eben trat der Zug heraus, um sich nach der Kirche zu begeben. Der junge Knecht war in seinem gewöhnlichen leinenen Kittel, und prangte nur mit einem Paar ledernen Beinkleidern, die er so hell als möglich angestrichen hatte; er war von einfältiger Miene und schien verlegen. Die Braut war von der Sonne verbrannt, nur wenige letzte Spuren der Jugend waren an ihr sichtbar; sie war grob und arm aber reinlich gekleidet, einige rote und blaue seidne Bänder, schon etwas entfärbt, flatterten von ihrem Mieder, am meisten aber war sie dadurch entstellt, daß man ihr die Haare steif mit Fett, Mehl und Nadeln aus der Stirn gestrichen und oben zusammengeheftet hatte, auf dieser Spitze des aufgetürmten Haars stand der Kranz. Sie lächelte und schien fröhlich, doch war sie verschämt und blöde. Die alten Eltern folgten; der Vater war auch nur Knecht auf dem Hofe, und die Hütte, der Hausrat sowie die Kleidung, alles verriet die äußerste Armut. Ein schielender schmutziger Musikant folgte dem Zuge, der greinend auf einer Geige strich und dazu schrie, diese war halb aus Pappe und Holz zusammengeleimt, und statt der Saiten mit drei Bindfäden bezogen. Der Zug machte halt, als der neue gnädige Herr zu den Leuten trat. Einige mutwillige Dienstboten, junge Bursche und Mägde schäkerten und lachten, und verspotteten das Brautpaar, vorzüglich die Kammerjungfern, die sich schöner dünkten und sich unendlich besser gekleidet sahen. Ein Schauer erfaßte Emil, er blickte nach Roderich um, dieser war aber schon wieder entlaufen. Ein naseweiser Bursche mit einem Tituskopf, der Bedienter eines Fremden, drängte sich, um witzig zu erscheinen, an Emil und rief: »Nun gnädiger Herr, was sagen Sie zu dem glänzenden Brautpaar? Beide wissen noch nicht, wo sie morgen Brot hernehmen sollen, und heut nachmittag werden sie doch einen Ball geben, der Virtuos dort ist schon bestellt.« – »Kein Brot?« sagte Emil; »gibt es so etwas?« – »Ihr ganzes Elend ist dem Volke bekannt«, fuhr jener schwatzend fort, »aber der Kerl sagt, er bleibe dem Wesen dennoch gut, wenn sie auch nichts zubrächte! O ja freilich, die Liebe ist allgewaltig! das Lumpenpack hat nicht einmal Betten, sie müssen sogar diese Nacht auf der Streu schlafen; das Dünnbier haben sie sich zusammengebettelt, worin sie sich besaufen wollen.« Alle umher lachten laut, und die beiden verspotteten Unglücklichen schlugen die Augen nieder. Emil stieß zornig den Schwätzer von sich; »nehmt!« rief er aus, und warf in die Hand des erstarrten Bräutigams hundert Dukaten, welche er am Morgen eingenommen hatte. Die Alten und die Brautleute weinten laut, warfen sich ungeschickt auf die Knie und küßten ihm Hände und Kleider, er wollte sich losmachen. »Haltet euch damit das Elend vom Leibe, solange ihr könnt!« rief er betäubt. »O auf zeitlebens, mein gnädigster Herr, sind wir glücklich!« schrien alle.

Er wußte nicht, wie er fortgekommen war; er fand sich allein, und eilte mit wankenden Schritten in den Wald. Die dichteste einsamste Stelle suchte er auf, und warf sich auf einen Rasenhügel nieder, indem er den ausbrechenden Strom seiner Tränen nicht mehr zurückhielt. »Mir ekelt das Leben!« schluchzte er in tiefer Bewegung; »ich kann nicht froh und glücklich sein, ich will es nicht! Empfange mich bald, du freundlicher Boden, verbirg mich in deinen kühlen Armen vor den wilden Tieren, die sich Menschen nennen! O Gott im Himmel, wie verdien ich es, daß ich auf Daunen ruhe und Seide trage, daß mir die Traube ihr kostbarstes Blut spendet, und alles mir Ehre und Liebe dringend anbietet und darbringt? Dieser Arme ist besser und edler als ich, und das Elend ist seine Amme, und Hohn und giftiger Spott sein Glückwunsch. Sündlich dünkt mir jeder Leckerbissen, den ich genieße, jeder Trunk aus geschliffenem Glase, mein Ruhen auf weichen Betten, das Tragen von Gold und Geschmeide, da die Welt viel tausendmal tausend Unglückliche umherjagt, die nach dem weggeworfenen vertrockneten Brode hungern, die nicht wissen, was Labsal ist. O jetzt versteh ich euch, ihr frommen Heiligen, ihr Verschmähten, ihr Verhöhnten, die ihr alles, bis auf euer Gewand, der Armut ausstreutet, einen Sack um eure Lenden gürtetet, und selbst als Bettler die Schmähungen und Fußstöße erdulden wolltet, mit denen roher Übermut und reiche Schwelgerei das Elend von ihren Tafeln weisen, selbst elend wurdet ihr, um nur diese Sünde des Überflusses von euch zu werfen.«

Alle Gebilde der Welt schwankten wie ein Nebel vor seinen Augen! er nahm sich vor, die Verstoßenen als seine Brüder anzusehn, und sich von den Glücklichen zu entfernen. Lange hatte man schon im Saale seiner zur Trauung gewartet, die Braut war in Sorge, die Eltern suchten ihn im Garten und Park: endlich kam er ausgeweint und leichter zurück, und die feierliche Handlung ward vollzogen.

Man begab sich aus dem untern Saal nach der offnen Halle, um sich zu Tische zu setzen. Braut und Bräutigam gingen voran, und die übrigen folgten im Zuge; Roderich bot seinen Arm einem jungen Mädchen, die munter und geschwätzig war. »Warum nur die Bräute immer weinen und bei der Trauung so ernsthaft aussehn«, sagte diese, indem sie zur Galerie hinaufstiegen. »Weil sie in diesem Augenblick am lebhaftesten von der Wichtigkeit und dem Geheimnisvollen des Lebens durchdrungen werden«, antwortete Roderich.

»Aber unsre Braut«, fuhr jene fort, »übertrifft noch an Feierlichkeit alle, die ich jemals gesehn habe; sie ist überhaupt immer schwermütig, man sieht sie nie recht heiter lachen.«

»Dies macht ihrem Herzen um so mehr Ehre«, antwortete Roderich, gegen seine Gewohnheit verstimmt. »Sie wissen vielleicht nicht, mein Fräulein, daß die Braut vor einigen Jahren ein allerliebstes verwaistes Kind, ein Mädchen, zu sich genommen hatte, um es zu erziehn. Dieser Kleinen widmete sie alle ihre Zeit, und die Liebe des zarten Geschöpfes war ihr süßester Lohn. Dieses Mädchen war sieben Jahr alt geworden, als sie sich auf einem Spaziergange in der Stadt verlor, und aller angewandten Mühe ungeachtet, noch nicht wieder hat aufgefunden werden können. Diesen Unfall hat sich das edle Wesen so zu Gemüt gezogen, daß sie seitdem an einer stillen Melancholie leidet, und durch nichts von dieser Sehnsucht nach ihrer kleinen Gespielin kann abgezogen werden.«

»Wahrhaftig, recht interessant!« sagte das Fräulein; »das kann sich in der Zukunft recht romantisch entwickeln, und zum angenehmsten Gedichte Gelegenheit geben.«

Man ordnete sich an der Tafel; Braut und Bräutigam nahmen die Mitte ein, und sahen in die heitere Landschaft hinaus. Man schwatzte und trank Gesundheiten, die munterste Laune herrschte; die Eltern der Braut waren ganz glücklich, nur der Bräutigam war still und in sich gekehrt, genoß nur wenig, und nahm an den Gesprächen keinen Anteil. Er erschrak, als sich musikalische Töne durch die Luft von oben herniederwarfen; doch beruhigte er sich wieder, da es sanfte Hörnertöne blieben, die angenehm über die Gebüsche hinwegrauschten, sich durch den Park zogen, und am fernen Berge verhallten. Roderich hatte sie auf die Galerie über die Speisenden gestellt, und Emil war mit dieser Einrichtung zufrieden. Gegen das Ende der Mahlzeit ließ er seinen Haushofmeister kommen, und sagte zur Braut gewendet: »Liebe Freundin, laß auch die Armut an unserm Überflusse teilnehmen.« Er befahl hierauf, eine Anzahl Flaschen Wein, Gebackenes, und verschiedene Gerichte in reichlichen Portionen dem armen Brautpaar hinüberzusenden, damit ihnen dieser Tag auch ein Freudentag sein könne, dessen sie sich nachher gern erinnern möchten. »Sieh, Freund«, rief Roderich aus, »wie schön alles in der Welt zusammenhängt! Mein unnützes Umtreiben und Schwatzen, das du so oft an mir tadelst, hat doch nun diese gute Handlung veranlaßt.« Viele wollten dem Wirte über sein Mitleid und gutes Herz etwas Artiges sagen, und das Fräulein sprach von schöner Gesinnung und Edelmut. »O schweigen wir!« rief Emil zornig: »es ist keine gute Handlung, ja überhaupt keine Handlung, es ist nichts! Wenn Schwalben und Hänflinge sich von den weggeworfenen Brosamen dieses Überflusses nähren, und sie zu ihren Jungen in die Nester tragen, sollte ich nicht eines armen Mitbruders gedenken, der mein bedarf? Wenn ich meinem Herzen folgen dürfte, so würdet ihr mich ebensogut wie manchen andern verlachen und verspotten, der in die Wüste zog, um nichts mehr von der Welt und ihrem Edelmut zu erfahren.«

Man schwieg, und Roderich erkannte in den glühenden Augen seines Freundes den heftigsten Unwillen; er besorgte, daß er sich in seiner Verstimmung noch mehr vergessen möchte, und suchte schnell das Gespräch auf andere Gegenstände zu lenken. Doch Emil war unruhig und zerstreut geworden; hauptsächlich wendeten sich seine Blicke oft nach der obersten Galerie, auf welcher die Bedienten, die das letzte Stockwerk bewohnten, vielerlei zu schaffen hatten. »Wer ist die widerliche Alte, die dort so geschäftig ist, und so oft in ihrem grauen Mantel wiederkommt?« fragte er endlich. »Sie gehört zu meiner Bedienung«, sagte die Braut; »sie soll die Aufsicht über die Kammerjungfern und jüngern Mägde führen.« »Wie kannst du solche Häßlichkeit in deiner Nähe dulden?« erwiderte Emil. »Laß sie«, antwortete die junge Frau, »wollen die Häßlichen doch auch leben, und da sie gut und redlich ist, kann sie uns von großem Nutzen sein.«

Man erhob sich von der Tafel, und alles umgab den neuen Gatten, wünschte nochmals Glück, und drängte dann mit Bitten um die Erlaubnis zum Ball. Die Braut umarmte ihn äußerst freundlich und sagte: »Meine erste Bitte, Geliebter, wirst du mir nicht abschlagen, denn wir haben uns alle darauf gefreut: Ich habe so lange nicht getanzt, und du selbst hast mich noch niemals tanzen sehn. Bist du denn gar nicht neugierig darauf, wie ich mich in dieser Bewegung ausnehme?«

»So heiter«, sagte Emil, »habe ich dich noch niemals gesehn. Ich will kein Störer eurer Freude sein, macht, was ihr wollt; nur verlange keiner von mir, daß ich mich selbst mit linkischen Sprüngen lächerlich machen soll.«

»Wenn du ein schlechter Tänzer bist«, sagte sie lachend, »so kannst du sicher sein, daß dich jedermann gern in Ruhe lassen wird.« Die Braut entfernte sich hierauf, um sich umzuziehn und ihr Ballkleid anzulegen.

»Sie weiß es nicht«, sagte Emil zu Roderich, mit dem er sich entfernte, »daß ich aus einem andern Zimmer in das ihrige durch eine verborgene Tür kommen kann, ich werde sie beim Umkleiden überraschen.«

Als Emil fortgegangen war, und viele der Damen sich auch entfernt hatten, um die zum Tanz nötigen Veränderungen des Putzes zu treffen, nahm Roderich die jüngeren Leute beiseit und führte sie auf sein Zimmer. »Es wird schon Abend«, sagte er hier, »bald ist es finster; jetzt geschwind jeder in seine Verkleidung, um diese Nacht recht bunt und toll zu verschwärmen. Was ihr nur ersinnen könnt; geniert euch nicht, je ärger, je besser! Je scheußlicher die Fratzen sind, die ihr aus euch hervorbringt, je mehr will ich euch loben. Da muß es keinen so widerlichen Höcker, keinen so ungestalten Bauch, keine so widersinnige Kleidung geben, die nicht heute paradiert. Eine Hochzeit ist eine so wundersame Begebenheit, ein ganz neuer ungewohnter Zustand wird den Verheirateten so plötzlich wie ein Märchen über den Hals geworfen, daß man dieses Fest nicht verwirrt und unklug genug anfangen kann, um nur irgend für die Eheleute die plötzliche Veränderung zu motivieren, so daß sie wie in einem phantastischen Traum in die neue Lage hinüberschwimmen, und darum laßt uns nur recht in diese Nacht hineinwüten, und nehmt keine Einrede von denen an, die sich verständig stellen möchten.«

»Sei ohne Sorge«, sagte Anderson, »wir haben einen großen Koffer voll Masken und toller bunter Kleidungsstücke aus der Stadt mitgebracht, du wirst dich selbst darüber verwundern.«

»Aber seht her«, sagte Roderich, »was ich von meinem Schneider eingekauft habe, der diesen kostbaren Schatz schon in Läppchen verschneiden wollte! Er hat diese Tracht von einer alten Gevatterin erhandelt, die damit gewiß bei Luzifer auf dem Blocksberge Gala gemacht hat. Seht dieses scharlachrote Mieder, mit diesen goldenen Tressen und Franzen, und diese goldglänzende Haube, die mir unendlich ehrwürdig stehen muß, dazu nehm ich diesen grünseidnen Rock mit safrangelbem Besatz und diese scheußliche Maske, und führe nachher als altes Weib den ganzen Chor der Karikaturen in das Schlafzimmer. Macht, daß ihr fertig werdet! wir wollen dann feierlich die junge Frau abholen.«

Die Hörner musizierten noch, die Gesellschaft wandelte im Garten, oder saß vor dem Hause. Die Sonne war hinter trüben Wolken untergegangen, und die Gegend lag im grauen Dämmer, als plötzlich unter der Wolkendecke der scheidende Strahl noch einmal hervorbrach, und rings die Gegend, vorzüglich aber das Gebäude mit seinen Gängen, Säulen und Blumengewinden, wie mit rotem Blute besprengte. Da sahen die Eltern der Braut, und die übrigen Zuschauer den abenteuerlichsten Zug nach dem obern Corredor schweben: Roderich als die rote Alte voran, und ihr nachfolgend Bucklichte, dickbauchige Fratzen, ungeheure Perucken, Tartaglias, Policinells und gespenstische Pierrots, weibliche Figuren in ausgespannten Reifröcken und ellenhohen Frisuren, die widerwärtigsten Gestalten, alle wie aus einem ängstlichen Traum. Sie zogen gaukelnd und sich drehend und wakkelnd, trippelnd und sich brüstend über den Gang, und verschwanden dann in eine der Türen. Nur wenige der Zuschauer waren zum Lachen gekommen, so hatte sie der seltsamste Anblick überrascht. Plötzlich brach ein gellender Schrei aus den innern Zimmern, und hervor stürzte in das blutige Abendrot die bleiche Braut, im weißen kurzen Kleide, um welches Blumenranken flatterten; der schöne Busen ganz frei, die Fülle der Lokken in Lüften schwebend. Wie wahnsinnig, die Augen rollend, das Gesicht entstellt, stürzte sie über die Galerie, und fand in ihrer Angst verbündet keine Tür und Treppe, und gleich darauf, ihr nachrennend, Emil, den blanken türkischen Dolch in hoch erhobener Faust. Jetzt war sie am Ende des Ganges, sie konnte nicht weiter, er erreichte sie. Die maskierten Freunde und die graue Alte waren ihm nachgestürzt. Aber schon hatte er wütend ihre Brust durchbohrt, und den weißen Hals durchschnitten, ihr Blut strömte im Glanz des Abends. Die Alte hatte sich mit ihm umfaßt, ihn zurückzureißen; kämpfend schleuderte er sich mit ihr über das Geländer, und beide fielen zerschmettert zu den Füßen der Verwandten nieder, die mit stummem Entsetzen der blutigen Szene zugeschaut hatten. Oben und im Hofe, oder von den Galerien und Treppen heruntereilend, standen und rannten die scheußlichen Larven in mannigfaltigen Gruppen, höllischen Dämonen ähnlich.

Roderich nahm den Sterbenden in seine Arme. Mit dem Dolche spielend hatte er ihn im Zimmer seiner Gattin gefunden. Sie war fast angekleidet bei seinem Eintreten; beim Anblick des roten widrigen Kleides hatte sich seine Erinnerung belebt, das Schreckbild jener Nacht war vor seine Sinne getreten; knirschend war er auf die zitternde, fliehende Braut zugesprungen, um den Mord und ihr teuflisches Kunststück zu bestrafen. Die Alte bestätigte sterbend den verübten Frevel, und das ganze Haus war plötzlich in Leid, Trauer und Entsetzen verwandelt worden.

Liebesgeschichte

der

schönen Magelone

und des

Grafen Peter
von Provence

1796

I

Vorbericht

Ist es dir wohl schon je, vielgeliebter Leser, so recht traurig in die Seele gefallen, wie betrübt es sei, daß das rauschende Rad der Zeit sich immer weiter dreht, und daß bald das zuunterst gekehrt wird, was ehemals hoch oben war? So fährt Ruhm, Glanz, Pracht und weltberühmte Schönheit hin, wie goldene Abendwolken, die hinter fernen Bergen niedersinken, und nur auf kurze Zeit noch schwachen gelblichen Schimmer hinter sich lassen: die Nacht tritt ernst und feierlich herauf, die schwarzen Heere von Wolken ziehn unter Sternenglanz auf und ab, und der letzte Schein erlöscht furchtsam; Wind fährt durch den Eichenforst und kein Hüttenbewohner denkt an die Röte des Abends zurück. Im Winkel sitzt wohl ein Knabe in sich versunken und sieht im dämmernden Widerschein der Lampe ein Bild der fröhlichen Morgenröte; ihm dünkt, er höre schon die muntern Hähne krähen, und wie ein kühler Wind durch die Blätter rauscht und alle Blumen der Wiese aus ihrem stillen Schlafe weckt; er vergißt sich selbst und nickt nach und nach ein, indem das Feuer ausbrennt. Dann kommen Träume über ihn, dann sieht er alles im Glanze der Sonne vor sich: die wohlbekannte Heimat, über die wunderbare fremde Gestalten schreiten, Bäume wachsen hervor, die er nie gesehn, sie scheinen zu reden und menschlichen Sinn, Liebe und Vertrauen zu ihm ausdrücken zu wollen. Wie fühlt er sich der Welt befreundet, wie schaut ihn alles mit zärtlichem Wohlgefallen an! die Büsche flüstern ihm liebe Worte ins Ohr, indem er vorübergeht, fromme Lämmer drängen sich um ihn, die Quelle scheint mit lockendem Murmeln ihn mit sich nehmen zu wollen, das Gras unter seinen Füßen quillt frischer und grüner hervor.

Unter diesem Bilde mag dir, geliebter Leser, der Dichter erscheinen, und er bittet, daß du ihm vergönnen mögest, dir seinen

Traum vorzuführen. Jene alte Geschichte, die manchen sonst ergötzte, die vergessen ward, und die er gern mit neuem Lichte bekleiden möchte.

Der Dichter sieht bemooste Leichensteine,
Die keiner seiner Freunde kennt,
Dann fühlt er, daß beim Mondenscheine
Im Busen fromme Ahndung brennt:
Er steht und sinnt, es rauschen alle Haine,
Es flieht, was ihn von den Gestorbnen trennt,
Freudigen Schrecks er sie als alte Freunde nennt.

Gern wandl' ich in der stillen Ferne,
In unsrer Väter frommen Zeit,
Ich seh, wie jeder sich so gerne
Der alten guten Märchen freut,
Oft wiederholt ergötzen sie noch immer,
Sie kehren wieder wie dasselbe Mal,
Der Hörer fühlt des Lebens Lust und Qual,
Der Liebe holden Frühlings Schimmer.

Ob ihr die alten Töne gerne hört?
Das Lied aus längst verfloßnen Tagen?
Verzeiht dem Sänger, den es so betört,
Daß er beginnt das Märchen anzusagen.

2

*Wie ein fremder Sänger an den Hof
des Grafen von Provence kam*

In der Provence herrschte vor langer Zeit ein Graf, der einen überaus schönen und herrlichen Sohn hatte, welcher als die Freude des Vaters und der Mutter erwuchs. Er war groß und stark, und glänzende blonde Haare flossen um seinen Nacken und beschatteten sein zartes jugendliches Gesicht; dabei war er in aller Waffenübung wohlerfahren, keiner führte im Lande und auch außerhalb die Lanze und das Schwert so wie er, so daß ihn Jung und Alt, Groß und Klein, Adel und Unadel bewunderte.

Er war oft gern in sich gekehrt, als wenn er irgendeinem geheimen Wunsche nachginge, und viele erfahrene Leute glaubten und schlossen daher, er sei in Liebe; es wollte ihn darum keiner aus seinen Träumen aufwecken, weil sie wohl wußten, daß die Liebe ein süßer Ton ist, der im Ohre schläft und wie aus einem Traume seine phantasiereiche Melodie fortredet, so daß ihn der Beherberger selbst nur wie ein dunkles Rätsel versteht, geschweige denn ein Fremder, und daß er oft nur allzuschnell entflieht, und seine Wohnung in dem Äther und goldenen Morgenwolken wieder sucht.

Aber der junge Graf Peter kannte seine eigenen Wünsche nicht; es war ihm, als wenn ferne Stimmen unvernehmlich durch einen Wald riefen, er wollte folgen, und Furcht hielt ihn zurück, doch Ahndung drängte ihn vor.

Sein Vater gab ein großes Turnier, zu welchem viele Ritter geladen wurden. Es war ein Wunder anzusehn, wie der zarte Jüngling die Erfahrensten aus dem Sattel hob, so daß es auch allen Zuschauern unbegreiflich schien. Er ward von allen gerühmt und für den Besten und Stärksten geachtet; aber kein Lob machte ihn stolz, sondern er schämte sich manchmal selber, daß er so alte und würdige Rittersmänner sollte überwunden haben.

Unter andern war auch ein Sänger mit herbeigekommen, der viele fremde Länder gesehen hatte; er war kein Ritter, aber an Einsicht und Erfahrung übertraf er manchen Edlen. Dieser gesellte sich zu Graf Peter und lobte ihn ungemein, schloß aber seine Rede mit diesen Worten: »Ritter, wenn ich Euch raten sollte, so müßt Ihr nicht hier bleiben, sondern fremde Gegenden und Menschen sehn und wohl betrachten, auf daß sich Eure Einsichten, die in der Heimat nur immer einheimisch bleiben, verbessern, und Ihr am Ende das Fremde mit dem Bekannten verbinden könnt.«

Er nahm seine Laute und sang:

»Keinen hat es noch gereut,
Der das Roß bestiegen,
Um in frischer Jugendzeit
Durch die Welt zu fliegen.

Berge und Auen,
Einsamer Wald,
Mädchen und Frauen
Prächtig im Kleide,
Golden Geschmeide,
Alles erfreut ihn mit schöner Gestalt.

Wunderlich fliehen
Gestalten dahin,
Schwärmerisch glühen
Wünsche in jugendlich trunkenem Sinn.

Ruhm streut ihm Rosen,
Schnell in die Bahn,
Lieben und Kosen,
Lorbeer und Rosen
Führen ihn höher und höher hinan.

Rund um ihn Freuden,
Feinde beneiden,
Erliegend, den Held –
Dann wählt er bescheiden
Das Fräulein, das ihm nur vor allen gefällt.

Und Berge und Felder
Und einsame Wälder
Mißt er zurück.
Die Eltern in Tränen,

Ach alle ihr Sehnen –
Sie alle vereinigt das lieblichste Glück.

Sind Jahre verschwunden,
Erzählt er dem Sohn
In traulichen Stunden,
Und zeigt seine Wunden,
Der Tapferkeit Lohn.
So bleibt das Alter selbst noch jung,
Ein Lichtstrahl in der Dämmerung.«

Der Jüngling hörte still dem Gesange zu; als er geendigt war,
blieb er eine Weile in sich gekehrt, dann sagte er: »Ja, nunmehr
weiß ich, was mir fehlt, ich kenne nun alle meine Wünsche, in
der Ferne wohnt mein Sinn, und mancherlei wechselnde bunt-
farbige Bilder ziehn durch mein Gemüt. Keine größere Wollust
für den jungen Rittersmann, als durch Tal und über Feld da-
hinziehn: hier liegt eine hoch erhabene Burg im Glanz der Mor-
gensonne, dort tönt über die Wiese durch den dichten Wald des
Schäfers Schalmei, ein edles Fräulein fliegt auf einem weißen
Zelter vorüber, Ritter und Knappen begegnen mir in blanker
Rüstung und Abenteuer drängen sich; ungekannt zieh ich durch
die berühmten Städte, der wunderbarste Wechsel, ein ewig neues
Leben umgibt mich, und ich begreife mich selber kaum, wenn
ich an die Heimat und den stets wiederkehrenden Kreis der hiesigen Begebenheiten zurückdenke. O ich möchte schon auf meinem guten Rosse sitzen, ich möchte sogleich dem väterlichen
Hause Lebewohl sagen.«

Er war von diesen neuen Vorstellungen erhitzt, und ging sogleich in das Gemach seiner Mutter, wo er auch den Grafen,
seinen Vater, traf. Peter ließ sich alsbald demütig auf ein Knie
nieder und trug seine Bitte vor, daß seine Eltern ihm erlauben
möchten zu reisen und Abenteuer aufzusuchen; »denn«, so
schloß er seine Rede: »wer immer nur in der Heimat bleibt, behält auch für seine Lebenszeit nur einen einheimischen Sinn,

aber in der Fremde lernt man das Niegesehene mit dem Wohlbekannten verbinden, darum versagt mir eure Erlaubnis nicht.«

Der alte Graf erschrak über den Antrag seines Sohnes, noch
mehr aber die Mutter, denn sie hatten sich dessen am wenigsten
versehn. Der Graf sagte: »Mein Sohn, deine Bitte kömmt mir
ungelegen, denn du bist mein einziger Erbe; wenn ich nun während deiner Abwesenheit mit Tode abginge, was sollte da aus
meinem Lande werden?« Aber Peter blieb bei seinem Gesuch,
worüber die Mutter anfing zu weinen und zu ihm sagte: »Lieber,
einziger Sohn, du hast noch kein Ungemach des Lebens gekostet
und siehst nur deine schönen Hoffnungen vor dir; allein bedenke, daß es gar wohl sein kann, daß, wenn du abreisest, tausend Mühseligkeiten schon bereit stehn, um dir in den Weg zu
treten; du hast dann vielleicht mit Elend zu kämpfen, und wünschest dich zu uns zurück.«

Peter lag noch immer demütig auf den Knien und antwortete:
»Vielgeliebte Eltern, ich kann nicht dafür, aber es ist jetzt mein
einziger Wunsch, in die weite fremde Welt zu reisen, um Freud
und Mühseligkeit zu erleben, und dann als ein bekannter und
geehrter Mann in die Heimat zurückzukehren. Dazu seid Ihr
ja auch, mein Vater, in Eurer Jugend in der Fremde gewesen,
und habt Euch weit und breit einen Namen gemacht; aus einem
fremden Lande habt Ihr Euch meine Mutter zum Gemahl geholt, die damals für die größte Schönheit geachtet wurde; laßt
mich ein gleiches Glück versuchen, seht, mit Tränen bitte ich
Euch darum.«

Er nahm eine Laute, die er sehr schön zu spielen verstand, und
sang das Lied, das er vom Harfenspieler gelernt hatte, und am
Schlusse weinte er heftig. Die Eltern waren auch gerührt, besonders aber die Mutter; sie sagte: »Nun, so will ich dir meinerseits
meinen Segen geben, geliebter Sohn, denn es ist freilich alles
wahr, was du da gesagt hast.« Der Vater stand gleichfalls auf und
segnete ihn, und Peter war im Herzen vergnügt, daß er so die
Einwilligung seiner Eltern erhalten hatte.

Es ward nun Befehl gegeben, alles zu seinem Zuge zu rüsten,

und die Mutter ließ Petern heimlich zu sich kommen. Sie gab ihm drei kostbare Ringe und sagte: »Siehe, mein Sohn, diese drei kostbaren Ringe habe ich von meiner Jugend an sorgfältig bewahrt; nimm sie mit dir und halte sie in Ehren, und so du ein Fräulein findest, das du liebst und das dir wieder gewogen ist, so darfst du sie ihr schenken.« Er küßte dankbar ihre Hand, und es kam der Morgen, an welchem er von dannen schied.

3

Wie der Ritter Peter von seinen Eltern zog

Als Peter sein Pferd besteigen wollte, segnete ihn sein Vater noch einmal, und sagte zu ihm: »Mein Sohn, immer möge dich das Glück begleiten, so daß wir dich gesund und wohlbehalten wiedersehn; denke stets meiner Lehren, die ich deiner zarten Jugend einprägte: suche die gute und meide die böse Gesellschaft; halte immer die Gesetze des Ritterstandes in Ehren, und vergiß sie in keinem Augenblicke, denn sie sind das Edelste, was die edelsten Männer in ihren besten Stunden erdacht haben; sei immer redlich, wenn du auch betrogen wirst, denn das ist der Probierstein des Wackern, daß er selten auf rechtliche Menschen trifft, und doch sich selber gleichbleibt. – Lebe wohl!« –

Peter ritt fort, allein und ohne Knappen, denn er wollte allenthalben, wie es oft die jungen Ritter zu tun pflegten, unbekannt bleiben. Die Sonne war herrlich aufgegangen, und der frische Tau glänzte auf den Wiesen. Peter war frohen Mutes und spornte sein gutes Roß, daß es oft mutig aufsprang. Es lag ihm ein altes Lied im Sinne und er sang es laut:

> »Traun! Bogen und Pfeil
> Sind gut für den Feind,
> Hülflos alleweil
> Der Elende weint;
> Dem Edlen blüht Heil

Wo Sonne nur scheint,
Die Felsen sind steil,
Doch Glück ist sein Freund.«

Er kam nach vielen Tagereisen in die edle und vornehme Stadt
Neapolis. Schon unterwegs hatte er viel vom Könige und seiner
überaus schönen Tochter Magelone reden hören, so daß er sehr
begierig war, sie von Angesicht zu Angesicht zu sehn. Er stieg
in einer Herberge ab, und erkundigte sich nach Neuigkeiten;
da hörte er vom Wirte, daß ein vornehmer Ritter, Herr Heinrich
von Carpone, angekommen sei, und daß ihm zu Ehren ein schönes Turnier gehalten werden solle. Er erfuhr zugleich, daß auch
den Fremden der Zutritt erlaubt sei, wenn sie nach den Turnier-
gesetzen geharnischt erschienen. Da nahm sich Peter sogleich
vor, auch dabeizusein, und seine Geschicklichkeit und Stärke zu
versuchen.

4

Peter sieht die schöne Magelone

Als der Tag des Turniers erschienen war, legte Peter seine Waffenrüstung an, und begab sich in die Schranken. Er hatte sich auf
seinen Helm zwei schöne silberne Schlüssel setzen lassen, von
ungemein feiner Arbeit, so war auch sein Schild mit Schlüsseln
geziert, auch die Decke seines Pferdes. Dies hatte er seinem Namen zu Gefallen getan und zu Ehren des Apostels Petrus, den er
sehr liebte. Von Jugend auf hatte er sich ihm zum Schirm und
Schutz empfohlen, und deswegen wählte er sich auch jetzt dieses
Wahrzeichen, da er unbekannt bleiben wollte.

Unter Trompetenschall trat ein Herold auf, der das Turnier
ausrief, das zu Ehren der schönen Magelone eröffnet wurde. Sie
selbst saß auf einem erhabenen Söller und sah auf die Versammlung der Ritter hinab. Peter schaute hinauf, er konnte sie aber
nicht genau betrachten, weil sie zu entfernt war.

Herr Heinrich von Carpone trat zuerst in die Schranken und gegen ihn stellte sich ein Ritter des Königes. Sie trafen aufeinander und der Königsche wurde bügellos, aber er traf zufälligerweise mit seiner Lanze das Pferd des Herrn Heinrich vorn an den Schienbeinen, so daß das Roß mit seinem Reiter zu Boden stürzte. Darüber wurde dem Diener des Königes der Sieg zugesprochen, als einem, der den Herrn Heinrich umgerennt hätte. Das verdroß Petern gar sehr, denn Herr Heinrich war ein namhafter Renner; dazu so berühmte sich der Diener laut und öffentlich seines Sieges, den er doch nur dem Zufall zu danken hatte. Peter stellte sich also gegen ihn in die Schranken und rannte ihn vom Pferde hinunter, daß sich alle über seine Kraft verwundern mußten; er tat aber zu aller Erstaunen noch mehr, denn er machte auch bald die übrigen Sättel ledig, so daß sich in kurzer Zeit kein Gegner vor ihm mehr finden ließ. Darüber waren alle begierig, den Namen des fremden Ritters zu wissen, und der König von Neapel schickte selbst seinen Herold an ihn ab, um ihn zu erfahren; aber Peter bat in Demut um die Erlaubnis, daß man ihm noch ferner erlauben möchte, unbekannt zu bleiben, denn sein Name sei dunkel und von keinen Taten verherrlicht; dazu so sei er ein armer geringer Edelmann aus Frankreich, er wolle seinen Namen daher so lange verschweigen, bis er es durch Taten wert geworden sei, sich nennen zu dürfen. Den König freute diese Antwort, weil sie ein Beweis von der Bescheidenheit des Ritters war.

Es währte nicht lange, so wurde ein zweites Turnier gehalten, und die schöne Magelone wünschte heimlich im Herzen, daß sie des Ritters mit den silbernen Schlüsseln wieder ansichtig werden möchte; denn sie war ihm zugetan, hatte es aber noch niemand anvertraut, ja sich selber kaum, denn die erste Liebe ist zaghaft, und hält sich selbst für einen Verräter. Sie ward rot, als Peter wieder mit seiner kenntlichen Waffenrüstung in die Schranken trat, und nun die Trommeten schmetterten, und bald darauf die Spieße an den Schilden krachten. Unverwandt blickte sie auf Peter, und er blieb in jedem Kampfe Sieger; sie verwunderte sich endlich darüber nicht mehr, weil ihr war, als könne es nicht anders sein. Die Feierlichkeit war geendigt, und Peter hatte von neuem großes Lob und große Ehre eingesammelt.

Der König ließ ihn an seine Tafel laden, wo Peter der Prinzessin gegenübersaß und über ihre Schönheit erstaunte, denn er sah sie jetzt zum erstenmal in der Nähe. Sie blickte immer freundlich auf ihn hin, und dadurch kam er in große Verwirrung; sein Sprechen belustigte den König, und sein edler und kräftiger Anstand setzte das Hofgesinde in Erstaunen. Im Saale kam er nachher mit der Prinzessin allein zu sprechen, und sie lud ihn ein, öfter wiederzukommen, worauf er Abschied nahm, und sie ihn noch zuletzt mit einem sehr freundlichen Blicke entließ.

Peter ging wie berauscht durch die Straßen; er eilte in einen schönen Garten, und wandelte mit verschränkten Armen auf und nieder, bald langsam, bald schnell, und die Zeit verfloß, ohne daß er begreifen konnte, wie die Stunden vorüber waren. Er hörte nichts um sich her, denn eine innerliche Musik übertönte das Flüstern der Bäume und das rieselnde Plätschern der Wasserkünste. Tausendmal sagte er sich in Gedanken den Namen Magelone vor, und erschrak dann plötzlich, weil er glaubte, er habe ihn laut durch den Garten ausgerufen. Gegen Abend erscholl in der Gegend eine süße Musik, und nun setzte er sich in das frische Gras hinter einem Busche und weinte und schluchzte; es war ihm, als wenn sich der Himmel umgewendet und nun seine Schönheit und paradiesische Seite zum erstenmal herausgekehrt hätte; und doch machte ihn diese Empfindung so unglücklich, unter allen Freuden fühlte er sich so gänzlich verlassen. Die Musik floß wie ein murmelnder Bach durch den stillen Garten, und er sah die Anmut der Fürstin auf den silbernen Wellen hoch einherschwimmen, wie die Wogen der Musik den Saum ihres Gewandes küßten, und wetteiferten, ihr nachzufolgen; gleich einer Morgenröte schien sie in die dämmernde Nacht hinein, und die Sterne standen in ihrem Laufe still, die Bäume hielten sich ruhig und die Winde schwiegen; die Musik war jetzt die einzige Bewegung, das einzige Leben in der Natur, und alle Töne schlüpften so süß über die Grasspitzen und durch die Baumwipfel hin, als wenn sie die schlafende Liebe suchten und sie nicht wecken wollten, als wenn sie, so wie der weinende Jüngling, zitterten, bemerkt zu werden.

Jetzt erklangen die letzten Akzente, und wie ein blauer Lichtstrom versank der Ton, und die Bäume rauschten wieder, und Peter erwachte aus sich selber und fühlte, daß seine Wange von Tränen naß sei. Die Springbrunnen plätscherten stärker und führten von den entferntesten Gegenden des Gartens her laute Gespräche. Peter sang leise folgendes Lied:

>>Sind es Schmerzen, sind es Freuden,
Die durch meinen Busen ziehn?
Alle alten Wünsche scheiden,
Tausend neue Blumen blühn.

Durch die Dämmerung der Tränen
Seh ich ferne Sonnen stehn –
Welches Schmachten! welches Sehnen!
Wag ich's? soll ich näher gehn?

Ach, und fällt die Träne nieder,
Ist es dunkel um mich her;
Dennoch kömmt kein Wunsch mir wieder,
Zukunft ist von Hoffnung leer.

So schlage denn, strebendes Herz,
So fließet denn, Tränen, herab,
Ach Lust ist nur tieferer Schmerz,
Leben ist dunkeles Grab. –
    Ohne Verschulden
    Soll ich erdulden?
Wie ist's, daß mir im Traum
    Alle Gedanken
    Auf und nieder schwanken!
Ich kenne mich noch kaum.

O hört mich, ihr gütigen Sterne,
O höre mich, grünende Flur,
Du, Liebe, den heiligen Schwur:
        Bleib ich ihr ferne,
        Sterb ich gerne.
Ach! nur im Licht von ihrem Blick
Wohnt Leben und Hoffnung und Glück!«

Er hatte sich selber etwas getröstet, und schwur sich, Magelonens Liebe zu erwerben, oder unterzugehn. Spät in der Nacht ging er nach Hause und setzte sich in seinem Zimmer nieder, und sprach sich jedes Wort wieder vor, das sie ihm gesagt hatte; bald glaubte er Ursach zu finden, sich zu freuen, dann wurde er wieder betrübt, und war von neuem im Zweifel. Er wollte seinem Vater schreiben und richtete in Gedanken die Worte an Magelonen, und trauerte dann über seine Zerstreuung, daß er es wage, ihr zu schreiben, die er nicht kenne. Nun erschrak er vor dem Gedanken, daß ihm das Wesen fremd sei, welches er vor allen übrigen in der Welt so unaussprechlich teuer liebe.

Ein süßer Schlummer überraschte ihn endlich und durchstrich seine Zweifel und Schmerzen, und wunderbare Träume von Liebe und Entführungen, einsamen Wäldern und Stürmen auf dem Meere tanzten in seinem Gemach auf und nieder, und bedeckten wie schöne bunte Tapeten die leeren Wände.

5

Wie der Ritter der schönen Magelone Botschaft sandte

In derselben Nacht war Magelone ebenso bewegt als ihr Ritter. Es däuchte ihr, als könne sie sich auf ihrem einsamen Zimmer nicht lassen; sie ging oft an das Fenster und sah nachdenklich in den Garten hinab, und alles war ihr trübe und schwermütig; sie behorchte die Bäume, die gegeneinanderrauschten, dann sah sie nach den Sternen, die sich im Meere spiegelten; sie warf es dem

Unbekannten vor, daß er nicht im Garten unter ihrem Fenster stehe, dann weinte sie, weil sie gedachte, daß es ihm unmöglich sei. Sie warf sich auf ihr Bett, aber sie konnte nur wenig schlafen, und wenn sie die Augen schloß, sah sie das Turnier und den geliebten Unbekannten, welcher Sieger ward und mit sehnsüchtiger Hoffnung zu ihrem Altan hinaufblickte. Bald weidete sie sich an diesen Phantasieen, bald schalt sie auf sich selber; erst gegen Morgen fiel sie in einen leichten Schlummer.

Sie beschloß, ihre Zuneigung ihrer geliebten Amme zu entdecken, vor der sie kein Geheimnis hatte. In einer traulichen Abendstunde sagte sie daher zu ihr: »Liebe Amme, ich habe schon seit lange etwas auf dem Herzen, welches mir fast das Herz zerdrückt; ich muß es dir nur endlich sagen und du mußt mir mit deinem mütterlichen Rate beistehn, denn ich weiß mir selber nicht mehr zu raten.« Die Amme antwortete: »Vertraue dich mir, geliebtes Kind, denn eben darum bin ich älter und liebe dich wie eine Mutter, daß ich dir guten Anschlag geben möge, denn freilich weiß sich die Jugend nie selber zu helfen.«

Da die Prinzessin diese freundlichen Worte von ihrer Amme hörte, ward sie noch dreister und zutraulicher, und fuhr daher also fort: »O Gertraud, hast du wohl den unbekannten Ritter mit den silbernen Schlüsseln bemerkt? Gewiß hast du ihn gesehn, denn er ist der einzige, der bemerkenswert war, alle übrigen dienten nur, ihn zu verherrlichen, allen Sonnenschein des Ruhms auf ihn zu häufen, und selbst in dunkler einsamer Nacht zu wohnen. Er ist der einzige Mann, der schönste Jüngling, der tapferste Held. Seit ich ihn gesehn habe, sind meine Augen unnütz, denn ich sehe nur meine Gedanken, in denen er wohnt, wie er in aller seiner Herrlichkeit vor mir steht. Wüßte ich nur noch, daß er aus einem hohen Geschlechte sei, so wollte ich alle meine Hoffnung auf ihn setzen. Aber er kann aus keinem unedlen Hause stammen, denn wer wäre alsdann edel zu nennen? O antworte mir, tröste mich, liebe Amme, und gib mir nun Rat.«

Die Amme erschrak sehr, als sie diese Rede verstanden hatte; sie antwortete: »Liebes Kind, schon seit lange waren meine Er-

215

wartungen so wie meine Neugier darauf gerichtet, daß du mir gestehn solltest, welchen von den Edlen des Königreichs, oder welchen Auswärtigen du liebtest, denn selbst die Höchsten und sogar Könige begehren dein. Aber warum hast du nun deine Neigung auf einen Unbekannten geworfen, von dem niemand weiß, woher er gekommen? Ich zittre, wenn der König, dein Vater, deine Liebe bemerkt.«

»Nun und warum zitterst du?« fiel ihr Magelone mit heftigem Weinen in die Rede. »Wenn er sie bemerkt, so wird er zürnen, der fremde Ritter wird den Hof und das Land verlassen, und ich werde in treuer hoffnungsloser Liebe sterben; und sterben muß ich, wenn der Unbekannte mich nicht wiederliebt, wenn ich auf ihn nicht die Hoffnung der ganzen Zukunft setzen darf. Alsdann bin ich zur Ruhe, und weder mein Vater noch du, keiner wird mich je mehr verfolgen.«

Da die Amme diese Worte hörte, ward sie sehr betrübt und weinte ebenfalls. »Höre auf mit deinen Tränen, liebes Kind«, so rief sie schluchzend aus: »alles will ich ertragen, nur kann ich dich unmöglich weinen sehn; es ist mir, als müßte ich das größte Elend der Erden erdulden, wenn dein liebes Gesicht nicht freundlich ist.«

»Nicht wahr, man muß ihn lieben?« sagte Magelone, und umarmte ihre Amme. »Ich hätte nie einen Mann geliebt, wenn mein Auge *ihn* nicht gesehn hätte; wär es also nicht Sünde, ihn nicht zu lieben, da ich so glücklich gewesen bin, ihn zu finden? Gib nur acht auf ihn, wie alle Vortrefflichkeiten, die sonst schon einzeln andre Ritter edel machen, in ihm vereinigt glänzen; wie einnehmend sein fremder Anstand ist, daß er die hiesige italienische Sitte nicht in seiner Gewalt hat, wie seine stille Bescheidenheit weit mehr wahre Höflichkeit ist, als die studierte und gewandte Galanterie der hiesigen Ritter. Er ist immer in Verlegenheit, daß er niemand Besseres ist, als er, und doch sollte er stolz darauf sein, daß er niemand anders ist, denn so wie er ist, ist er das Schönste, was die Natur nur je hervorgebracht hat. O such ihn auf, Gertraud, und frage ihn nach seinem Stand und

Namen, damit ich weiß, ob ich leben oder sterben muß; wenn ich ihn fragen lasse, wird er kein Geheimnis daraus machen, denn ich möchte vor ihm kein Geheimnis haben.«

Als der Morgen kam, ging die Amme in die Kirche und betete; sie sah den Ritter, der auch in einem andächtigen Gebete auf den Knien lag. Als er geendet hatte, näherte er sich der Amme und grüßte sie höflich, denn er kannte sie und hatte sie am Hofe gesehn. Die Amme richtete den Auftrag des Fräuleins aus, daß sie ihn um seinen Stand und Namen ersuche, weil es einem so edlen Manne nicht gezieme, sich verborgen zu halten.

Peter bekam eine große Freude und das Herz schlug ihm, denn er sah aus diesen Worten, daß ihn Magelone liebe; worauf er sagte: »Man erlaube mir, meinen Namen noch zu verschweigen, aber das könnt Ihr der Prinzessin sagen, daß ich aus einem hohen adelichen Geschlechte bin, und daß der Name meiner Ahnherrn in den Geschichtsbüchern rühmlich bekannt ist. Nehmt indes dies zum Angedenken meiner, und laßt es einen kleinen Lohn sein für die fröhliche Botschaft, so Ihr mir wider alles Verhoffen gebracht habt.«

Er gab hierauf der Amme einen von den dreien köstlichen Ringen, und Gertraud eilte sogleich zur Prinzessin, ihr die erhaltene Kundschaft anzusagen, auch zeigte sie ihr den köstlichen Ring, der allein schon bewies, daß der Ritter aus einem vornehmen Hause stammen müsse. Er hatte der Amme zugleich ein Pergamentblatt mitgegeben, in Hoffnung, daß Magelone die Worte lesen würde, die er im Gefühl seiner Liebe niedergeschrieben hatte.

Liebe kam aus fernen Landen
Und kein Wesen folgte ihr,
Und die Göttin winkte mir,
Schlang mich ein mit süßen Banden.

Da begonn ich Schmerz zu fühlen,
Tränen dämmerten den Blick:

»Ach! was ist der Liebe Glück«,
Klagt ich, »wozu dieses Spielen?«

»Keinen hab ich weit gefunden«,
Sagte lieblich die Gestalt,
»Fühle du nun die Gewalt,
Die die Herzen sonst gebunden.«

Alle meine Wünsche flogen
In der Lüfte blauen Raum,
Ruhm schien mir ein Morgentraum,
Nur ein Klang der Meereswogen.

Ach! wer löst nun meine Ketten?
Denn gefesselt ist der Arm,
Mich umfleucht der Sorgen Schwarm;
Keiner, keiner will mich retten?

Darf ich in den Spiegel schauen,
Den die Hoffnung vor mir hält?
Ach, wie trügend ist die Welt!
Nein, ich kann ihr nicht vertrauen.

O und dennoch laß nicht wanken
Was dir nur noch Stärke gibt,
Wenn die Einzge dich nicht liebt,
Bleibt nur bittrer Tod dem Kranken.

Dieses Lied rührte Magelonen; sie las es und las es von neuem, es
war ganz ihre eigene Empfindung, wie von einem Echo nach-
gesprochen. Sie betrachtete den köstlichen Ring, und bat die
Amme flehentlich, ihr denselben gegen ein andres Kleinod aus-
zutauschen; die Amme wurde betrübt, da sie sahe, daß das Herz
der Prinzessin so ganz von Liebe eingenommen sei, sie sagte
daher: »Mein Kind, es schmerzt mich innig, daß du dich einem

Fremden gleich so willig und ganz hingeben willst.« Magelone wurde sehr zornig, als sie diese Worte hörte. »Fremd?« rief sie aus; »o wer ist dann meinem Herzen nahe, wenn er mir fremd ist? Wehe müsse dir deine Zunge auf lange tun, für diese Rede, denn sie hat mein Herz gespalten. Wie kann er mir denn fremd sein, wenn ich selbst mein eigen bin, da er nichts ist, als was ich bin, da ich nur das sein kann, was er mir zu sein vergönnt? Die Luft, den Atem, das Leben, alles, alles darf ich ihm nur danken, mein Herz gehört mir selbst nicht mehr, seit ich ihn kenne; oh, liebe Gertraud, was wär ich in der Welt, und was wäre die ganze unermeßliche Welt mir, wenn er mir fremd sein müßte?«

Gertraud tröstete sie, und die Prinzessin legte sich schlafen, vorher aber hing sie an einer feinen Perlenschnur den Ring um den Nacken, daß er ihr auf der Brust zu liegen kam. Im Schlafe sah sie sich in einem schönen und lustigen Garten, der hellste Sonnenschein flimmerte auf allen grünen Blättern, und wie von Harfensaiten tönte das Lied ihres Geliebten aus dem blauen Himmel herunter, und goldbeschwingte Vögel staunten zum Himmel hinauf und merkten auf die Noten; lichte Wolken zogen unter der Melodie hinweg und wurden rosenrot gefärbt und tönten wider. Dann kam der Unbekannte in aller Lieblichkeit aus einem dunkeln Gange, er umarmte Magelonen und steckte ihr einen noch köstlichern Ring an den Finger, und die Töne vom Himmel herunter schlangen sich um beide wie ein goldenes Netz, und die Lichtwolken umkleideten sie, und sie waren von der Welt getrennt nur bei sich selber und in ihrer Liebe wohnend, und wie ein fernes Klaggetön hörten sie Nachtigallen singen und Büsche flüstern, daß sie von der Wonne des Himmels ausgeschlossen waren.

Als Magelone von ihrem schönen Traume erwachte, erzählte sie alles der Amme, und diese sah jetzt ein, daß sie ihren ganzen Sinn auf den Unbekannten gesetzt hätte, und daß er ihr Glück oder Unglück sein müsse, worüber sie sehr nachdenklich wurde.

6

Wie der Ritter Mageionen einen Ring übersandte

Die Amme wandte vielen Fleiß an, den Ritter wieder anzutreffen, und es geschah, daß sie sich in derselben Kirche wiederfanden. Peter war froh, als er die Amme ansichtig wurde, und ging sogleich auf sie zu und erkundigte sich nach dem Fräulein. Sie erzählte ihm alles, wie sie für großer Liebe den Ring für sich behalten, und die geschriebenen Worte gelesen, und wie sie in der Nacht von ihm geträumt. Peter ward rot vor Freuden, als er diese Umstände erzählen hörte und sagte: »Ach, liebe Amme, sagt ihr doch die Empfindungen meines Herzens, und daß ich vor Sehnsucht verschmachten muß, wenn ich sie nicht bald sprechen kann; spreche ich sie aber mündlich, so will ich ihr, wie ich sonst niemand tue, meinen Stand und Namen entdecken; aber ich liebe sie mit einer Liebe, wie kein andres Herz es fähig ist, und alle meine Gebete zum Himmel sind nur der Wunsch, daß ich sie zum ehelichen Gemahl überkommen möchte, und daß ihre Gedanken nur etlichermaßen so nach mir gerichtet wären, wie die meinigen zu ihr. Gebt ihr auch diesen Ring, und bittet sie, ihn als ein geringes Andenken von mir zu tragen.«

Die Amme eilte schnell zu Magelonen zurück, die vor übergroßer Liebe krank war und auf ihrem Ruhebette lag. Sie sprang auf, als sie ihre Kundschafterin erblickte, umarmte sie und fragte nach Neuigkeiten. Die Amme erzählte ihr alles und gab ihr auch den kostbaren Ring. »Sieh!« rief die Prinzessin aus, »das ist eben der Ring, von dem ich geträumt habe; oh! so muß auch das übrige in Erfüllung gehn.« Ein Blatt enthielt dieses Lied:

> Willst du des Armen
> Dich gnädig erbarmen?
> So ist es kein Traum?
> Wie rieseln die Quellen,
> Wie tönen die Wellen,
> Wie rauschet der Baum!

Tief lag ich in bangen
Gemäuern gefangen,
 Nun grüßt mich das Licht;
Wie spielen die Strahlen!
Sie blenden und malen
 Mein schüchtern Gesicht.

Und soll ich es glauben?
Wird keiner mir rauben
 Den köstlichen Wahn?
Doch Träume entschweben,
Nur lieben heißt leben:
 Willkommene Bahn!

Wie frei und wie heiter!
Nicht eile nun weiter,
 Den Pilgerstab fort!
Du hast überwunden,
Du hast ihn gefunden,
 Den seligsten Ort!

Magelone sang das Lied, dann küßte sie den Ring, und dann
auch den ersten, um ihn nicht zu kränken; dann las sie die Worte
von neuem, und sprach sie laut, und so trieb sie es in der Einsamkeit bis spät in die Nacht.

7

*Wie der edle Ritter wieder eine Botschaft empfing
von der schönen Magelone*

Der Ritter befand sich am folgenden Morgen wieder in der Kirche, weil er hoffte, von der Geliebten seiner Seele dort eine Nachricht zu überkommen. Die Amme fand ihn, und es traf sich, daß
sie beide in der Kirche allein waren. Er erkundigte sich nach Ma-

gelonen und die Amme Gertraud erzählte ihm alles, worauf sie sagte: »Wenn Ihr mir versichert, Herr Ritter, daß Ihr mein Fräulein in aller Zucht und Tugend lieben wollt, so will ich Euch auch nunmehr sagen, wo Ihr sie sprechen könnt.« Peter ließ sich auf ein Knie nieder und hob seine Finger in die Höhe. »Ich schwöre«, sagte er, »daß meine reinsten Gedanken stets um Magelone sind; ich liebe sie in aller Zucht und Anständigkeit, wie es dem ehrbaren Ritter ziemt, und so dies nicht wahr ist, so verlasse mich Gott in meiner allergrößten Not. Amen!« Die Amme war mit diesem Schwure wohl zufrieden, sie vertraute ihm nun gänzlich und sagte: »Ich sehe, daß Ihr nicht nur der tapferste, sondern auch der edelste Ritter seid auf Gottes weiter Erde; Ihr sollt Euch daher auch alles Beistandes von mir gewärtiget sein. Ihr seid glücklich in Magelonen und sie ist glücklich in Euch; macht Euch daher morgen nachmittag fertig, durch die heimliche Pforte des Gartens zu gehn, und sie dann auf meiner Kammer zu sprechen. Ich will euch allein lassen, damit ihr ganz unverhohlen eure Herzensmeinungen ausreden könnt.«

Sie nannte ihm die Stunde, und verließ ihn. Der Ritter stand noch lange und sah ihr im trunkenen Staunen nach, denn er vertraute dem nicht, was er gehört hatte. Das Glück, das er so sehnlichst erharrt, rückte ihm nun so unerwartet näher, daß er es im frohen Entsetzen nicht zu genießen wagte. Der Mensch erschrickt über den Zufall, selbst wenn er ihn glücklich macht; wenn unser Schicksal sich plötzlich zur Wonne umändert, so zweifeln wir in diesem Augenblicke gar zu leicht an der Wirklichkeit des Lebens. Dies dachte auch Peter bei sich, als er alle seine Sinne in trüber Verwirrung bemerkte. »Wie bin ich so vom Glücke überschüttet«, rief er aus, »daß ich gar nicht zu mir selber kommen kann! Wie wohl würde mir jetzt ein Besinnen auf meinen Zustand tun, aber es ist unmöglich! Wenn wir unsre kühnen Hoffnungen in der Ferne sehn, so freuen wir uns an ihrem edlen Gange, an ihren goldnen Schwingen, aber jetzt flattern sie mir plötzlich so nahe ums Haupt, daß ich weder sie noch die übrige Welt wahrzunehmen vermag.«

Er ging nach Hause, und glaubte in manchen Augenblicken, die Zeit stehe seit der Stunde still, in der er die treue Amme gesprochen hatte, denn es wollte nicht Abend werden; als es Abend war, saß er ohne Licht in seiner Kammer und betrachtete die Wolken und Sterne, und sein Herz schlug ihm ungestüm, wenn er dann plötzlich an sich und Magelonen dachte. Er glaubte nicht, daß es wieder Tag werden könne, und daß es die bezeichnete Stunde wagen werde, heraufzukommen. Eingedämmert von Erwartungen, banger Sehnsucht und ängstlicher Hoffnung, schlief er auf seinem Ruhebette ein, und erwachte, als muntre Sonnenstrahlen in seine Kammer hereinspielten, und hell und fröhlich an den Wänden zuckten.

Er raffte sich auf, und dachte, was er ihr sagen wolle; er erschrak jetzt vor dem Gedanken, daß er sie sprechen müsse; dennoch war es sein herzinniglichster Wunsch, er konnte sich nicht besänftigen, darum nahm er die Laute und sang:

> »Wie soll ich die Freude,
> Die Wonne denn tragen?
> Daß unter dem Schlagen
> Des Herzens die Seele nicht scheide?
>
> Und wenn nun die Stunden
> Der Liebe verschwunden,
> Wozu das Gelüste,
> In trauriger Wüste
> Noch weiter ein lustleeres Leben zu ziehn,
> Wenn nirgend dem Ufer mehr Blumen entblühn?
>
> Wie geht mit bleibehangnen Füßen
> Die Zeit bedächtig Schritt vor Schritt!
> Und wenn ich werde scheiden müssen,
> Wie federleicht fliegt dann ihr Tritt!

Schlage, sehnsüchtige Gewalt,
In tiefer treuer Brust!
Wie Lautenton vorüberhallt,
Entflieht des Lebens schönste Lust.
Ach, wie bald
Bin ich der Wonne mir kaum noch bewußt.

Rausche, rausche weiter fort,
Tiefer Strom der Zeit,
Wandelst bald aus Morgen Heut,
Gehst von Ort zu Ort;
Hast du mich bisher getragen,
Lustig bald, dann still,
Will es nun auch weiter wagen,
Wie es werden will.

Darf mich doch nicht elend achten,
Da die Einzge winkt,
Liebe läßt mich nicht verschmachten,
Bis dies Leben sinkt;
Nein, der Strom wird immer breiter,
Himmel bleibt mir immer heiter,
Fröhlichen Ruderschlags fahr ich hinab,
Bring Liebe und Leben zugleich an das Grab.«

8

Wie Peter die schöne Magelone besuchte

Jetzt war die Zeit da, und die Stunde gekommen, in welcher der
Ritter seine geliebte Magelone besuchen sollte. Er ging heim-
licherweise durch die Pforte des Gartens und auf die Kammer
der Amme, wo er die Prinzessin fand. Magelone saß auf einem
Ruhebett und wollte aufstehn, als sie den Ritter eintreten sah,
und ihm um den Hals fallen, und ihn mit Tränen und Küssen in

die Wette bedecken. Doch mäßigte sie sich und blieb sitzen, aber eine scharlachene Röte überzog ihr ganzes Gesicht, so daß sie aussah wie eine Rose, die sich noch nicht entfaltet hat, und die jetzt der warme Sonnenschein badet, und ihre Blätter auseinanderlockt. Ebenso war auch der Ritter, der mit verschämtem Gesicht vor ihr stand, auf welchem holdselige Freude und Verwirrung sich wechselsweise ablösten.

Die Amme verließ das Gemach, und Peter warf sich ohne zu sprechen auf ein Knie nieder; Magelone reichte ihm die schöne Hand, hieß ihn aufstehn und sich neben sie niedersetzen. Peter tat es, und zitterte an ihrer Seite; seine Augen waren wie zwei glänzende Sterne, so trunken war er vor Entzückung, daß er nun die Geliebteste seiner Seele so dicht vor seinen Augen sah. Lange wollte kein Gespräch in den Gang kommen; ihre zärtlichen Blicke, die sich verstohlen begegneten, störten die Worte; aber endlich entdeckte sich ihr der Jüngling, und sagte, daß er sich ihr ganz zu eigen ergeben habe, seit er sie zuerst gesehn, daß ihr sein ganzes Leben gewidmet sei, und daß er sich durch ihre Liebe wie von Engelshänden berührt, aus einem tiefen Schlafe erwacht fühle.

Er schenkte ihr den dritten Ring, welcher der kostbarste von allen war, wobei er ihre lilienweiße Hand küßte. Sie war über seine Treue innig bewegt, stand auf und holte eine köstliche güldene Kette, die sie ihm um den Hals legte und sagte: »Hiemit erkenne ich Euch für mein und mich für die Eurige, nehmt dieses Andenken, und tragt es immer, so lieb Ihr mich habt.« Dann nahm sie den erschrockenen Ritter in die Arme und küßte ihn herzlich auf den Mund, und er erwiderte den Kuß und drückte sie gegen sein Herz.

Sie mußten scheiden, und Peter eilte sogleich nach seinem Zimmer, als wenn er seinen Waffenstücken und seiner Laute sein Glück erzählen müsse; er war so froh, als er noch nie gewesen war. Er ging mit großen Schritten auf und ab und griff in die Saiten, küßte das Instrument und weinte heftig. Dann sang er mit großer Inbrunst:

»War es dir, dem diese Lippen bebten,
Dir der dargebotne süße Kuß?
Gibt ein irdisch Leben so Genuß?
Ha! wie Licht und Glanz vor meinen Augen schwebten,
Alle Sinne nach den Lippen strebten!

In den klaren Augen blinkte
Sehnsucht, die mir zärtlich winkte,
Alles klang im Herzen wider,
Meine Blicke sanken nieder,
Und die Lüfte tönten Liebeslieder!

Wie ein Sternenpaar
Glänzten die Augen, die Wangen
Wiegten das goldene Haar,
Blick und Lächeln schwangen
Flügel, und die süßen Worte gar
Weckten das tiefste Verlangen:
O Kuß! wie war dein Mund so brennend rot!
Da starb ich, fand ein Leben erst im schönsten Tod.«

9

Turnier zu Ehren der schönen Magelone

Der König Magelon von Neapel wünschte jetzt, daß seine
schöne Tochter in kurzer Zeit mit Herrn Heinrich von Carpone
vermählt würde, der sich in dieser Absicht schon seit lange am
Hofe aufhielt. Es ward daher wieder ein glänzendes Turnier aus-
geschrieben, welches alle vorhergehenden an Pracht übertreffen
sollte, und viele berühmte Ritter aus Italien und Frankreich versammelten sich. Ein Oheim Peters kam auch aus der Provence,
um dem Turniere beizuwohnen: es war derselbe, der den jungen
Grafen zum Ritter geschlagen hatte.

Das Kampfspiel nahm seinen Anfang, und alle die großen

Ritter zogen auf den Plan, und hielten sich männlich. Peter war ungeduldig und einer der ersten, welche aufzogen. Er hielt sich so wacker, daß er viele Ritter von ihren Rossen stach, unter andern auch den Herrn Heinrich. Magelone stand oben auf dem Altane, und wurde vor Furcht und herzinnigen Wünschen bald rot und bald blaß. Gegen Peter stellte sich endlich sein Oheim, der ihn nicht kannte; aber Peter kannte ihn gar wohl, er rief deshalb den Herold zu sich, und schickte ihn mit diesen Worten an seinen Vetter: er habe ihm einst in der Ritterschaft einen großen Dienst erwiesen, deshalb möchte er nicht gegen ihn rennen, sondern er erkenne ihn ohnedies für den besseren Ritter. Aber der alte Rittersmann ward über den Antrag zornig, und sagte: »Habe ich ihm je einen Dienst erwiesen, so sollte er um so lieber eine Lanze mit mir brechen, um auch mir zu Gefallen zu leben; meint er denn, daß ich seiner nicht wert sei. Denn er wird hier für einen überaus tapfern Ritter geachtet, wie auch seine Taten genugsam an den Tag legen, daß dem wirklich so sei.« Blieb also mit seinem Rosse auf der Bahn stehn, und dem jungen Ritter ward vom Herolde die zornige Antwort überbracht. Sie rannten gegeneinander, aber Peter trug seine Lanze in der Quere, um seinen Verwandten nicht zu verletzen. Jener, Herr Jakob genannt, rannte den Peter so an, daß die Lanze zersplitterte, und er selber fast bügellos wurde. Alle verwunderten sich und die beiden Gegner maßen noch einmal die Bahn zurück, dann ritten sie wieder gegeneinander, und Peter trug seine Lanze wie das erstemal; alle waren in Erstaunen, nur Magelone sah die Ursach ein, und wußte wohl, warum es geschah. Herr Jakob rannte wieder mit heftiger Gewalt auf seinen Gegner, seine Lanze traf auf Peters Brustharnisch, aber der junge Ritter blieb unbeweglich im Sattel sitzen, und der Stoß war so gewaltig, daß Herr Jakob dadurch von sich selber vom Pferde abfiel. Da das Jakob merkte, zog er sich zurück, und hatte keine Lust mehr mit dem jungen Ritter zu stechen. Peter besiegte auch die übrigen Ritter, so daß ihm der Preis mußte zuerkannt werden; der König und alle vom Hofe waren in Erstaunen, und die übrigen Herren zogen ergrimmt nach ihrer Heimat zurück, da sie den Namen des unbekannten Siegers durchaus nicht erfahren konnten. –

Peter hatte seine Geliebte indessen schon zum öftern heimlich besucht, und so nahm er sich einmal vor, ihre Liebe auf die Probe zu stellen. Als er sie daher wieder sah, tat er sehr betrübt, und sagte mit kläglicher Stimme, daß er bald scheiden müsse, denn seine Eltern würden seinetwegen in der größten Betrübnis leben, da sie ihn so lange nicht gesehn, auch keine Nachricht von ihm bekommen hätten. Als Magelone diese Worte hörte, ward sie blaß, dann fing sie heftig an zu weinen, und sank in den Sessel zurück. »Ja, reiset nur ab«, sagte sie, »und alle meine traurigen Ahndungen sind dann in Erfüllung gegangen, ich sehe Euch nicht wieder und mein Tod ist gewiß. Was kümmert er Euch? Nun also, was kümmert er mich? – O verzeiht, mein Geliebter, nein, es ist wahr, Ihr müßt Eure Eltern wiedersehn, Ihr habt Euch meinetwegen schon zu lange hier aufgehalten; wie werden sie um Euch trauern, wie sehr nach Eurer Anwesenheit seufzen. Ja, lebt dann wohl, auf ewig wohl!«

Peter sagte: »Nein, meine teuerste Magelone, ich bleibe; wie könnte ich fortziehn, und dich nicht mehr sehn, nicht mehr diese teuren Augen erblicken und Hoffnung und Stärke in ihnen finden, diese liebe Stimme nicht mehr hören, die wie ein Gesang aus dem Paradiese in mein Ohr dringt? Nein, ich bleibe; kein Gedanke nach meiner Heimat und meinen Eltern, denn alle meine Gedanken wohnen hier.«

Magelone wurde wieder fröhlicher, dann besann sie sich eine Weile. »Wenn Ihr mich liebt«, fing sie wieder an, »so sollt Ihr dennoch reisen. Eure Worte haben einen Gedanken in mir erweckt, der schon seit lange in meiner Seele schlummert, denn ich muß Euch sagen, es ist jetzt an dem, daß mich mein Vater mit dem Herrn Heinrich von Carpone vermählen will. Darum flieht von hier, und nehmt mich mit Euch, denn ich traue Eurem Edelmute; haltet morgen in der Nacht mit zwei starken Pferden vor der Gartenpforte, aber laßt es Pferde sein, die eine weite und schnelle Reise wohl vertragen können, denn so man uns einholte, wären wir alle elend.«

Der Jüngling hörte mit frohem Erstaunen diese Worte. »Ja«, rief er aus, »wir fliehen schnell zu meinem Vater, und das schönste Band soll uns dann auf ewig verbinden.«

Er eilte sogleich fort, um die nötigen Anstalten schnell und heimlich zu treffen. Magelone besorgte ihrerseits auch das Nötige, sagte aber ihrer Amme kein Wort von ihrem Entschlusse, aus Furcht, daß sie alles verraten möchte.

Peter nahm Abschied von seiner Kammer, von den Gegenden der Stadt, durch die er so oft in seliger Trunkenheit gewandelt war, und die er alle als Zeugen seiner Liebe betrachtete. Es war ihm rührend, als er die getreue Laute auf seinem Tische liegen sah, die so oft von seinen Fingern gerührt die Gefühle seines Herzens ausgesprochen hatte, die eine Mitwisserin des süßen Geheimnisses war. Er nahm sie noch einmal und sang:

>»Wir müssen uns trennen,
> Geliebtes Saitenspiel,
> Zeit ist es, zu rennen
> Nach dem fernen erwünschten Ziel.
>
> Ich ziehe zum Streite,
> Zum Raube hinaus,
> Und hab ich die Beute,
> Dann flieg ich nach Haus.
>
> Im rötlichen Glanze
> Entflieh ich mit ihr,
> Es schützt uns die Lanze,
> Der Stahlharnisch hier.
>
> Kommt, liebe Waffenstücke,
> Zum Scherz oft angetan,
> Beschirmet jetzt mein Glücke
> Auf dieser neuen Bahn.

Ich werfe mich rasch in die Wogen,
Ich grüße den herrlichen Lauf,
Schon mancher ward niedergezogen,
Der tapfere Schwimmer bleibt oben auf.

Ha! Lust zu vergeuden
Das edele Blut!
Zu schützen die Freuden,
Mein köstliches Gut!

Nicht Hohn zu erleiden,
Wem fehlt es an Mut?

Senke die Zügel,
Glückliche Nacht!
Spanne die Flügel,
Daß über ferne Hügel
Uns schon der Morgen lacht!«

10

Wie Magelone mit ihrem Ritter entfloh

Die Nacht war gekommen. Magelone schlich mit einigen Kostbarkeiten durch den Garten; der Himmel war mit Wolken bedeckt, und ein sparsames Mondlicht drang durch die Finsternis. Sie ging mit wehmütigen Empfindungen ihren lieben Blumen vorüber, die sie nun auf immer verlassen wollte. Ein feuchter Wind wehte durch den Garten und ihr war, als wenn die Gesträuche winselten und klagten, und ihr ein zärtliches Lebewohl nachriefen.

Vor der Pforte hielt Peter mit drei Pferden, darunter war ein Zelter von einem leichten und bequemen Gange für das Fräulein; auf einem andern Pferde waren Lebensmittel, damit sie auf der Flucht nicht nötig hätten in Herbergen einzukehren. Peter

hob das Fräulein auf den Zelter, und so flohen sie heimlicher-
weise und unter dem Schutze der Nacht davon.

Die Amme vermißte am Morgen die Prinzessin, und so fand
sich auch bald, daß der Ritter in der Nacht abgereiset sei; der
König merkte daraus, daß er seine Tochter entführt habe. Er
schickte daher viele Leute aus, um sie aufzusuchen; diese forsch-
ten fleißig nach, aber alle kamen nach verschiedenen Tagen un-
verrichteter Sache zurück.

Peter hatte die Vorsicht gebraucht, daß er nach den Wäldern
zugeritten war, die in der Nähe des Meeres lagen; dort waren die
Wege am einsamsten und fast gar nicht besucht, hier floh er mit
seiner Geliebten sicher unter dem dichten Schutze der Nacht
hinweg. Der Tritt von den Pferden hallte im Forste weit hinab,
die Wipfel der Bäume rauschten furchtbar in der Dunkelheit, aber
Magelonens Herz war frei und fröhlich, denn sie hatte immer ihren Geliebten neben sich. Sie weidete sich an seinem Antlitze,
wenn sie über einen freien Platz trabten; sie fragte ihn mancherlei von seinen Eltern und seiner Heimat, und so verging ihnen
unter banger Erwartung, Gespräch und schönen Hoffnungen
die langwierige Nacht.

Beim Anbruch des Morgens zogen dichte weiße Nebel durch
den Wald, wie Gottes Segen, der seine Reise antrat und durch
unwegsame Büsche den Saatfeldern zueilte, wo er als Tau nie-
derregnete. Sie zogen durch den Flug des Nebels weiter, und
durch den Morgenwind, der die ganze Natur aus ihrem tiefen
Schlafe wachschüttelte. Magelone klagte über keine Beschwer,
denn sie empfand keine.

Jetzt brach die liebliche Sonne hervor, und äugelte mit glühen-
dem Funkeln durch den dichten Wald; das grüne Gras schien am
Boden zu brennen, und der wankende Tau erbebte mit tausend
blendenden Strahlen. Die Rosse wieherten, die Vögel erwachten
und sprangen mit ihren Liedern von Zweig zu Zweig, gelb-
beschwingte badeten sich im Tau der Wiesen und flatterten im
Glanz des jungen Lichtes dicht über dem Boden hinweg; durch
den blauen Himmel zogen goldene Streifen herauf und bahnten

der aufgegangenen Sonne den Weg; Gesänge ertönten aus allen Büschen, die muntern Lerchen flogen empor und sangen von oben in die rotdämmernde Welt hinein.

Auch Peter stimmte ein fröhliches Lied an, und der schönen Magelone ging darüber das Herz vor Freuden auf. Seine Stimme zitterte durch alle Bäume hinab, und ein ferner Widerhall sang ihm nach. Die beiden Reisenden sahen in der Glut des Himmels, im Glanz des frischen Waldes nur einen Widerschein ihrer Liebe; jeder Ton rief ihr Herz an, und erfüllte es mit wehmütiger Freude.

Die Sonne stieg höher hinauf, und gegen Mittag fühlte Magelone eine große Müdigkeit; beide stiegen daher an einer schönen kühlen Stelle des Waldes von ihren Pferden. Weiches Gras und Moos war auf einer kleinen Anhöhe zart emporgeschossen; hier setzte sich Peter nieder und breitete seinen Mantel aus, auf diesen lagerte sich Magelone und ihr Haupt ruhte in dem Schoße des Ritters. Sie blickten sich beide mit zärtlichen Augen an, und Magelone sagte: »Wie wohl ist mir hier, mein Geliebter, wie sicher ruht sich's hier unter dem Schirmdach dieses grünen Baums, der mit allen seinen Blättern, wie mit ebenso vielen Zungen, ein liebliches Geschwätze macht, dem ich gerne zuhöre; aus dem dichten Walde schallt Vogelgesang herauf, und vermischt sich mit den rieselnden Quellen; es ist hier so einsam und tönt so wunderbar aus den Tälern unter uns, als wenn sich mancherlei Geister durch die Einsamkeit zuriefen und Antwort gäben; wenn ich dir ins Auge sehe, ergreift mich ein freudiges Erschrekken, daß wir nun hier sind; von den Menschen fern und einer dem andern ganz eigen. Laß noch deine süße Stimme durch dieses harmonische Gewirr ertönen, damit die schöne Musik vollständig sei, ich will versuchen ein wenig zu schlafen; aber wecke mich ja zur rechten Zeit, damit wir bald bei deinen lieben Eltern anlangen können.«

Peter lächelte, er sah wie ihr die schönen Augen zufielen, und die langen schwarzen Wimpern einen lieblichen Schatten auf dem holden Angesichte bildeten; er sang:

»Ruhe, Süßliebchen im Schatten
  Der grünen dämmernden Nacht,
Es säuselt das Gras auf den Matten,
Es fächelt und kühlt dich der Schatten,
  Und treue Liebe wacht.
    Schlafe, schlaf ein,
Leiser rauschet der Hain –
Ewig bin ich dein.

Schweigt, ihr versteckten Gesänge,
  Und stört nicht die süßeste Ruh!
Es lauscht der Vögel Gedränge,
Es ruhen die lauten Gesänge,
  Schließ, Liebchen, dein Auge zu.
    Schlafe, schlaf ein,
Im dämmernden Schein –
Ich will dein Wächter sein.

Murmelt fort ihr Melodieen,
  Rausche nur, du stiller Bach,
Schöne Liebesphantasieen
Sprechen in den Melodieen,
  Zarte Träume schwimmen nach,
  Durch den flüsternden Hain
Schwärmen goldene Bienelein,
Und summen zum Schlummer dich ein.«

11

Wie Peter die schöne Magelone verließ

Peter war durch seinen Gesang beinahe auch eingeschläfert, aber
er ermunterte sich wieder, und betrachtete das holdselige Angesicht der schönen Magelone, die im Schlafe süß lächelte. Dann
sah er über sich und bemerkte, wie eine Menge schöner und zar-

ter Vögel oben in den Zweigen sich versammelten, die nicht scheu taten, sondern hin und her hüpften, auch jezuweilen auf den kleinen Grasplatz zu ihm herunterkamen. Es ergötzte ihn, daß diese unvernünftigen Kreaturen an der schönen Magelone ein Wohlgefallen zu bezeigen schienen. Da sah er aber in dem Baume einen schwarzen Raben sitzen, und dachte bei sich: »Wie kommt doch dieser häßliche Vogel in die Gesellschaft dieser bunten Tierchen, es dünkt mir nicht anders, als wenn sich ein grober ungeschliffener Knecht unter edle Ritter eindrängen wollte.«

Ihm däuchte, als wenn Magelone mit Bangigkeit Atem holte, er schnürte sie daher etwas auf, und ihr weißer schöner Busen trat aus den verhüllenden Gewändern hervor. Peter war über die unaussprechliche Schönheit entzückt, er glaubte im Himmel zu sein, und alle seine Sinne wandten sich um; er konnte nicht aufhören seine Augen zu weiden und sich an dem Glanze zu berauschen. Mit jedem Atemzuge hob sich die zarte Brust und sank wieder. Der Ritter fühlte, daß er Magelonen noch nie so geliebt habe, daß er noch niemals so glücklich gewesen sei. Zwischen den Brüsten versteckt, bemerkte er einen roten Zindel; er war neugierig zu erfahren, was es sein möchte; er nahm ihn und wickelte ihn auseinander. Da fand er die drei kostbaren Ringe, die er seiner Geliebten geschenkt hatte, und er war innig gerührt, daß sie sie so liebevoll und sorgfältig bewahrte. Er wickelte sie wieder ein, und legte sie neben sich in das Gras; aber plötzlich flog der Rabe vom Baume hernieder und führte den Zindel hinweg, den er für ein Stück Fleisch ansehn mochte. Peter erschrak sehr und besorgte, daß Magelone unwillig werden möchte, wenn ihr beim Erwachen die Ringe fehlten. Er legte ihr also sorgfältig seinen Mantel unter das Haupt zusammen, und stand leise auf, um zu sehn, wo der Vogel mit den Ringen bleiben würde. Der Rabe flog vor ihm her, und Peter warf nach ihm mit Steinen, in der Meinung, ihn zu töten, oder ihn wenigstens zu zwingen, seinen Raub wieder fallen zu lassen. Aber der Vogel flog immer weiter und Peter verfolgte ihn unermüdet, doch keiner von den Steinwürfen wollte den Raben treffen. So war ihm Peter schon eine ziemliche Weile gefolgt, und kam jetzt an das Meerufer. Nicht weit vom Ufer stand im Meere eine spitzige Klippe, auf diese setzte sich der Rabe, und Peter warf von neuem nach ihm mit Steinen; der Vogel ließ endlich den Zindel fallen, und flog mit großem Geschrei davon. Peter sah im Meere nicht weit vom Ufer rot den Zindel schwimmen; er ging am Lande hin und her, um etwas zu finden, worauf er die wenigen Schritte in das Wasser hineinfahren könne. Er fand auch endlich einen kleinen, alten, verwitterten Kahn, den die Fischer hier hatten stehenlassen, weil er ihnen nichts mehr nützte. Peter stieg rasch hinein, nahm einen Zweig, und ruderte damit, so gut er nur konnte, nach dem Zindel hin.

Aber plötzlich erhob sich vom Lande her ein starker Wind, die Wellen jagten sich übereinander und ergriffen den kleinen Kahn, in welchem Peter stand. Peter setzte sich mit allen Kräften dagegen, aber das Schiff ward dennoch der Klippe vorüber, ins Meer hinein getrieben, und weiter und immer weiter. Peter sah zurück, und kaum bemerkte er noch den roten Flecken, den der Zindel im Meere machte, und jetzt verschwand er völlig, auch das Land lag schon ziemlich entfernt. Nun gedachte Peter an seine Magelone zurück, die er im wüsten Holze schlafend verlassen hatte; das Schiff trug ihn wider Willen immer weiter in die See hinein, und er kam in Angst und Verzweiflung. Er war im Begriff, sich in das Meer zu stürzen, er schrie und klagte, und alle seine Töne gab ein Echo zurück, und die Wellen plätscherten laut dazwischen.

Das Land lag nun schon weit zurück in einer unkenntlichen Ferne, die Dämmerung des Abends brach herein. »Ach teuerste Magelone!« rief Peter in der höchsten Betrübnis seiner Seelen heftig aus: »wie wunderlich werden wir voneinander geschieden! Eine schwarze Hand treibt mich von deiner Seite in das wüste Meer hinaus, und du bist allein und ohne Hülfe. Was willst du Unglückselige im wüsten Walde beginnen? Ach! ich bin schuld an deinem Tode! Mußte ich dich darum, dich Königstochter von deinen Eltern entführen, um dich der härtesten Not preiszugeben? Bist du darum so zart und edel erzogen, daß du nun vielleicht eine Beute der wilden Tiere werden mußt? Was wird sie nun machen, wenn sie erwacht, und den vermißt, den sie für den Getreuesten auf der ganzen Erde hielt? Warum mußte mein Vorwitz nur die Ringe hervorsuchen, konnte ich sie nicht an ihrem schönsten Platze lassen, wo sie so sicher waren? O weh mir, nun ist alles verloren und ich muß mich in mein Verderben finden!«

Solche Klagen trieb er, und gebärdete sich auf dem wüsten Meere äußerst trübselig. Er verlor alle Hoffnung, und gab sein Leben auf. Der Mond schien vom Himmel herab und erfüllte die Welt mit goldener Dämmerung; alles war still, nur die Wellen seufzten und plätscherten, und Vögel flatterten zuzeiten mit seltsamen Tönen über ihn dahin. Die Sterne standen ernst am Himmel und die Wölbung spiegelte sich in der wogenden Flut. Peter warf sich nieder, und sang mit lauter Stimme:

>»So tönet dann, schäumende Wellen,
>Und windet euch rund um mich her!
>Mag Unglück doch laut um mich bellen,
>Erbost sein das grausame Meer!

>Ich lache den stürmenden Wettern,
>Verachte den Zorngrimm der Flut;
>O mögen mich Felsen zerschmettern!
>Denn nimmer wird es gut.

>Nicht klag ich, und mag ich nun scheitern,
>In wäßrigen Tiefen vergehn!
>Mein Blick wird sich nie mehr erheitern,
>Den Stern meiner Liebe zu sehn.

>So wälzt euch bergab mit Gewittern,
>Und raset, ihr Stürme, mich an,
>Daß Felsen an Felsen zersplittern!
>Ich bin ein verlorener Mann.«

Er lag im Kahne ausgestreckt, und eine dumpfe Betäubung ergriff ihn; er wußte vor Übermaß des Schmerzes nicht mehr, wo er war, und ließ sich gleichgültig von Wind und Wellen weitertreiben; endlich verfiel er in einen Zustand, der fast einem Schlafe glich.

12

Die Klagen der schönen Magelone

Magelone erwachte, nachdem sie sich durch einen süßen Schlaf erquickt hatte, und meinte, daß ihr Geliebter noch bei ihr säße. Sie erschrak, als sie sich aufrichtete und ihn nicht mehr fand; sie wartete erst eine Weile, ob er nicht wiederkommen möchte, dann ging sie hin und her, und rief seinen Namen mit lauter Stimme aus. Da sie keine Antwort vernahm, fing sie an zu weinen und zu schluchzen, wandte sich dann im Holze nach allen Orten hin, und rief so lange, bis sie heiser war, aber sie erhielt keine Antwort. Da wurde sie so betrübt, daß sie einen heftigen Schmerz im Haupte empfand, sie sank auf den Boden nieder, und lag eine Weile in einer schmerzlichen Ohnmacht. Als sie wieder zu sich erwachte, däuchte ihr, daß es ein leichtes sein müsse, jetzt gar zu sterben; nun sah sie nicht mehr auf die Vögel, die scherzend um sie hüpften, denn wenn sie die Augen aufschlug, war es ihr zu Sinne, daß jede Kreatur, die sich regte und bewegte, glücklicher sei, als sie.

Mit vieler Mühe stieg sie auf einen Baum, um sich in der Gegend umzusehn, ob sie nichts entdecken könne, aber sie sah nichts als Wälder auf der einen Seite, keine Wohnung, kein Dorf, so weit ihr Auge reichte, auf der andern Seite das wüste unabsehliche Meer. Trostlos stieg sie wieder herab, und weinte und klagte von neuem: »O ungetreuer Ritter«, rief sie aus, »warum hast du deine unschuldige Geliebte verlassen? Hast du mich darum meinen Eltern geraubt, damit ich hier in der Wüstenei verschmachten soll? Was hab ich dir getan? Hab ich dich zu sehr geliebt? Bist du mein überdrüssig, weil ich dir mein schwaches Herz zu früh zu erkennen gab? Oh, so bist du der Elendeste unter den Menschen!«

Sie ging wie wahnsinnig im Walde hin und her; da traf sie die Rosse, die noch so angebunden standen, wie Peter sie festgemacht hatte. »O vergib mir, mein Geliebter!« rief sie aus, »jetzt werde ich wohl gewahr, daß du unschuldig bist und daß du mich nicht vorsätzlicherweise verlassen hast. Welches Abenteuer hat uns denn voneinander getrennt?«

Die Finsternis brach mit der Nacht herein, und der Mond warf gebrochne Strahlen durch den Wald; seltsame fremde Stimmen ließen sich in der Ferne hören, und Magelone fürchtete, daß es das Geschrei wilder Tiere sei. Mühsam stieg sie wieder auf einen Baum. Die Wolken wechselten am Himmel wunderlich vom Monde beglänzt, und jagten sich durcheinander; bald sah sie in diesen Lufterscheinungen ihren Ritter, der mit Ungeheuern kämpfte und sie besiegte; dann verwandelte sich im Zuge das Wolkengebilde in ein andres; ihr dämmerndes Auge glaubte dann am Himmel Städte mit hohen Türmen zu erblicken, oder Berge, auf denen feurige Kastelle brannten, Reiter, die in Geschwadern auszogen, und dem Feinde im Tale begegneten. Wie Blitze flatterte es dann durch die Landschaft, und die hellgrüne Himmelsebene lag prächtig zwischen den getrennten Wolkenbildern; dann fühlte sie, daß sie nur geschwärmt habe, und mit bangem Grauen warf sie den Blick auf die Wälder unter sich, die schwarz in ernsten unbeweglichen Gestalten ruhten; sie sah nach der See hinab, die in unermeßlicher Fläche vor ihren Augen bebte und dämmerte. In der stillen Nacht kam das Plätschern der Wellen zu ihrem Ohre, das bald wie Gewinsel, bald wie zürnende Scheltworte klang; dann glaubte sie die Stimme ihres Vaters und ihrer Mutter zu hören, und so trieb sich ihr Gemüt unter Phantasieen auf und ab, bis der Morgen emporkam. Wie verschieden war diese Morgenröte von der gestrigen! Wie weit stand jetzt die Hoffnung weg, die gestern noch mit leichten Flügeln wie ein blauer Schmetterling vor ihr hintanzte, die ihr den

Weg nach einer lieben Heimat wies, und alle Blumen am Wege aufsuchte und auf sie hindeutete.

Das Waldgeflügel ließ seine Gesänge wieder klingen, das frühe Rot arbeitete sich durch den dichten Wald, schlich gebückt und wundersam durch die niedrigen Gesträuche, und weckte Gras und Blumen auf; der Wald brannte in dunkelroten Flammen und der Nebel wand sich in goldenen Säulen um die Baumstämme. Magelone hatte in der Nacht beschlossen, nicht zu ihrem Vater zurückzukehren, denn sie fürchtete seinen Zorn, sie wollte irgendeine stille Wohnung aufsuchen, von den Menschen abgesondert, dort immer an ihren Geliebten denken und so in Frömmigkeit und Treue hinsterben. Sie stieg daher vom Baum herunter und ging wieder zu den treuen Pferden, die noch angebunden standen, und den Kopf betrübt zur Erde senkten. Sie löste ihre Zügel, so daß sie gehn konnten, wohin sie wollten, indem sie sagte: »So wandert nun auch hin durch die weite traurige Welt, und suchet euren Herrn wieder, so wie ich ihn suchen will.« Die Rosse gingen betrübt fort, jedes einen andern Weg.

Magelone wanderte durch die dichten Wälder, sie hatte einige Nahrung mit sich genommen. Um sich unkenntlich zu machen, verbarg sie ihre langen goldenen Haare und zog einen Schleier über ihr Gesicht; sie suchte auch ihre Kleidung zu verändern. So kam sie durch manche Dörfer und Städte und blieb immer betrübt.

Nach einer Wanderung von vielen Tagen stand sie gegen Abend auf einer freundlichen stillen Wiese, gegenüber lag eine kleine Hütte, und Vieh weidete auf den nahen Hügeln, das mit seinen Glocken ein angenehmes Getöne durch die Ruhe des Abends machte: auf der andern Seite lag ein Wald, und Magelonens Seele wurde hier zum ersten Male nach langer Zeit ruhig und heiter. Sie faßte daher den Wunsch, in dieser friedlichen Gegend zu wohnen. Sie ging auf die Hütte zu, aus der ihr ein alter Schäfer entgegentrat, der hier mit seiner Frau sich angesiedelt hatte, und fern von der Welt und den Menschen fromme Lämmer großzog, und einen kleinen Acker baute. Sie redete ihn an, und flehte als eine Unglückliche um Schutz und Hülfe. Er nahm sie gerne auf, und sie unterzog sich den Diensten willig, die sie leisten konnte, dabei aber verschwieg sie ihrem Wirte ihre Geschichte. Es geschah manchmal, daß sie einem Unglücklichen beistehn konnten, wenn ihn der Schiffbruch an die nahgelegene Küste trieb, und dann zeigte sich besonders Magelone hülfreich und tätig. Wenn die Alten ausgingen, bewachte sie das Haus, und sang dann manchmal in der Einsamkeit mit der Spindel vor der Türe sitzend:

»Wie schnell verschwindet
So Licht als Glanz,
Der Morgen findet
Verwelkt den Kranz,

Der gestern glühte
In aller Pracht,
Denn er verblühte
In dunkler Nacht.

Es schwimmt die Welle
Des Lebens hin,
Und färbt sich helle,
Hat's nicht Gewinn;

Die Sonne neiget,
Die Röte flieht,
Der Schatten steiget
Und Dunkel zieht:

So schwimmt die Liebe
Zu Wüsten ab,
Ach! daß sie bliebe
Bis an das Grab!

Doch wir erwachen
Zu tiefer Qual:
Es bricht der Nachen,
Es löscht der Strahl,

Vom schönen Lande
Weit weggebracht
Zum öden Strande,
Wo um uns Nacht.«

13

Peter unter den Heiden

Peter erholte sich aus seiner Betäubung, als die Sonne eben in aller Majestät über die große Meeresflut heraufstieg. Ein furchtbarer Glanz schwang sich durch den Himmel und löschte Mond und Sterne mit glühenden Strahlen aus; die Wasser erklangen und verwandelten sich in Purpur, Wolkenzüge trieben vor der Sonne her und segelten, wie von der Majestät geschreckt, über das Meer hinweg, und ein sprühender Regen von Funken verbreitete sich weit umher, und ergoß sich in Bogen über die Flut. Peter fühlte wieder männlichen Mut in seiner Brust, die Qualen des Lebens so wie seine Freuden zu erdulden.

Ein großes Schiff segelte auf ihn zu, das von Mohren und Heiden besetzt war; sie nahmen ihn ein und freuten sich über diese Beute, denn Peter war gar schön und herrlich von Gestalt, dazu gab ihm seine Jugend ein zartes und einnehmendes Wesen, so daß niemand sein Feind sein konnte. Der Anführer des Schiffes beschloß, ihn dem Sultan als ein Geschenk mitzubringen.

Man landete, und Peter ward sogleich dem Sultan vorgestellt, der einen großen Gefallen an ihm fand, und ihn bei der Tafel aufwarten ließ, ihm auch die Aufsicht über einen schönen Garten anvertraute. Peter war allgemein beliebt, weil er vom Sultan so gnädig angesehen wurde. Oft ging er einsam zwischen den Blumen des Gartens, und dachte an seine geliebte Magelone, oft nahm er auch in der Abendstunde eine Zither und sang:

>Muß es eine Trennung geben,
Die das treue Herz zerbricht?
Nein dies nenne ich nicht leben,
Sterben ist so bitter nicht.

Hör ich eines Schäfers Flöte,
Härme ich mich inniglich,
Seh ich in die Abendröte,
Denk ich brünstiglich an dich.

Gibt es denn kein wahres Lieben?
Muß denn Schmerz und Trauer sein?
Wär ich ungeliebt geblieben,
Hätt ich doch noch Hoffnungsschein.

Aber so muß ich nun klagen:
Wo ist Hoffnung, als das Grab?
Fern muß ich mein Elend tragen,
Heimlich stirbt das Herz mir ab.«

14

Die Heidin Sulima liebt den Ritter

Peter mochte hier vergnügt leben, wenn die Liebe nicht seine Jugend verzehrt hätte. Er war nun schon seit lange am Hofe des Sultans und von ihm und den übrigen geschätzt; er hatte viele Freiheit und ward von manchem Hofdiener beneidet; aber er verdiente diesen Neid nicht, denn er ward von seiner Unruhe hin und her getrieben, er seufzte und klagte laut, wenn er sich im Garten allein befand.

So verstrich eine Woche nach der andern und er war nun beinahe zwei Jahr unter den Heiden, ohne daß er Hoffnung hatte, jemals in sein geliebtes Vaterland zurückzukehren, denn der Sultan liebte ihn so sehr, daß er ihn durchaus nicht von sich entfernen wollte. Dies zog sich Peter auch zu Sinne und ward darüber mit jedem Tage betrübter, denn er dachte unaufhörlich an seine Eltern und seine Geliebte. Nichts machte ihm Freude, und da der Frühling wiederkam, weinte er bei seiner Ankunft, und trauerte tief, indem die ganze Natur ihr holdseligstes Fest beging.

Der Sultan hatte eine Tochter, die im ganzen Lande ihrer Schönheit wegen berühmt war, mit Namen Sulima. Sie fand oft Gelegenheit, den Fremden zu sehn, und ohne daß sie es anfangs wußte, hatte sich eine heftige Liebe zu ihm in ihr Herz geschlichen. Die Traurigkeit des Ritters zog sie vorzüglich an, sie wünschte ihn trösten zu können, ihm näherzukommen, und mit ihm zu reden. Die Gelegenheit dazu fand sich bald. Eine vertraute Sklavin führte den Jüngling heimlich in einen Saal des Gartens zu ihr. Peter war erstaunt und in Verlegenheit; er verwunderte sich über die Schönheit der Sulima, aber sein Herz hing an Magelonen fest.

Doch der süße Trieb, sein Vaterland wiederzusehn, bemeisterte sich bald aller seiner Sinnen so sehr, daß er einem kühnen Anschlage nachdachte. Er sah das Heidenmädchen öfter, und sie sagte ihm, daß sie aus Liebe zu ihm mit ihm entfliehen wolle, erst zu einem Verwandten, der ein Schiff segelfertig liegen habe, das auf ihren Wink sogleich die Anker lichten würde; sie wolle ihm in der bestimmten Nacht durch eine Laute und ein kleines Lied ein Zeichen geben, wann er kommen und sie abholen solle. Peter überlegte diesen Vorschlag und willigte endlich ein, denn er überzeugte sich, daß Magelone gewiß gestorben sei, und er komme doch so in die Christenheit und zu seinen Eltern zurück.

Der Garten des Sultans lag am Ufer des Meeres, und die bestimmte Nacht war jetzt herbeigekommen. Gegen Abend hatte Peter ein wenig unter den kühlen Bäumen geschlummert, und Magelone war ihm in aller Herrlichkeit, aber mit einer drohenden Gebärde, im Traum erschienen. Die ganze Vergangenheit zog mit den lebhaftesten Bildern durch seinen Busen, jede Stunde seiner glücklichen Liebe kam mit allen seligen Empfindungen zurück, und als er nun erwachte, erschrak er vor sich selber und seinem Vorsatze. Er hätte sich selber entfliehen mögen, und das Andenken an sich und sein Bewußtsein aus seinem Busen vertilgen.

Die Nacht brach indes herein, und alle Sterne glänzten schon am Himmel; der Mond ging auf und warf sein goldenes Netz über das Meer hin, als Peter nachdenklich am Ufer auf und nieder ging. Ein frischer Wind blies vom Lande her durch den Garten, und die Bäume rauschten munter und fröhlich, aber Peter ward dadurch nur desto betrübter.

»O ich Treuloser! ich Undankbarer!« rief er aus, »will ich so ihre Liebe belohnen, will ich als ein Meineidiger in mein Vaterland zurückkehren? Das wäre mir ein schlechter Ruhm unter meinen Verwandten und der ganzen Ritterschaft; und wie sollte ich gegen Magelonen die Augen aufschlagen dürfen, wenn sie noch lebt? Und warum sollte sie nicht leben, da ich so wunderbar erhalten bin? O ich bin ein feiger Sklave, daß ich für mich selber noch nichts gewagt habe! Warum überlaß ich mich nicht dem gütigen Schicksal, und fahre in einem dieser Nachen in das Meer hinein? Überließ ich mich nicht auf einem zerbrochenen Brette der empörten Flut, und kam an dies Gestade? Soll ich nicht auf Gott vertraun, wenn von Vaterland, wenn von meiner Liebe die Rede ist?«

Er stieg beherzt in ein kleines Boot, das er vom Lande ablöste, dann nahm er ein Ruder und arbeitete sich in die See hinein. Es war die schönste Sommernacht; alle Gestirne sahen freundlich in die mondbeglänzte Welt hinein, das Meer war eine stille ebene Fläche, und warme Lüfte spielten über dem ruhigen Spiegel hin. Peters Herz ward groß von Sehnsucht, er überließ sich dem Zufall und den Sternen, und ruderte mutig weiter; da hörte er das verabredete Zeichen, eine Zither erklang aus dem Garten her, und eine liebliche Stimme sang dazu:

»Geliebter, wo zaudert
Dein irrender Fuß?
Die Nachtigall plaudert
Von Sehnsucht und Kuß.

Es flüstern die Bäume
Im goldenen Schein,
Es schlüpfen mir Träume
Zum Fenster herein.

Ach! kennst du das
Schmachten
Der klopfenden Brust?
Dies Sinnen und Trachten
Voll Qual und voll Lust?

Beflügle die Eile
Und rette mich dir,
Bei nächtlicher Weile
Entfliehn wir von hier.

Die Segel sie schwellen,
Die Furcht ist nur Tand:
Dort, jenseit den Wellen,
Ist väterlich Land.

Die Heimat entfliehet; –
So fahre sie hin!
Die Liebe sie ziehet
Gewaltig den Sinn.

Horch! wollüstig klingen
Die Wellen im Meer,
Sie hüpfen und springen
Mutwillig einher,

Und sollten sie klagen?
Sie rufen nach dir!
Sie wissen, sie tragen
Die Liebe von hier.«

Peter erschrak im Herzen, als er diesen Gesang vernahm; das Lied rief ihm seine Untreue und seinen Wankelmut nach. Er ruderte stärker, um sich vom Lande zu entfernen und dem Kreise zu entfliehen, den die lieblich lockenden Töne in der stillen Abendluft bildeten. Der Geist der Liebe schwang sich durch den goldenen Himmel; Liebe wollte ihn rückwärts ziehn, Liebe trieb ihn vorwärts, die Wellen murmelten melodisch dazwischen, und klangen wie ein Lied in fremder Sprache, dessen Sinn man aber dennoch errät.

Der Gesang vom Ufer her ward immer schwächer. Schon sah Peter die Bäume am Gestade nicht mehr; es war, als wenn sich ihm die Musik über das Meer nacharbeitete, und endlich matt und kraftlos nicht weiterzuschwimmen wagte, sondern zum einheimischen Ufer zurückschlich; denn jetzt hörte er den Gesang nur noch wie ein leises Wehen des Windes, und jetzt erlosch auch die letzte Spur, und die Wellen rieselten nur, und der Ruderschlag ertönte durch die einsame Stille.

15

Wie Peter wieder zu Christen kam

Wie der Gesang verschollen war, faßte Peter wieder frischen Mut; er ließ das Schifflein vom Winde hintreiben, setzte sich nieder und sang:

»Wie froh und frisch mein Sinn sich hebt,
Zurück bleibt alles Bangen,
Die Brust mit neuem Mute strebt,
Erwacht ein neu Verlangen.

Die Sterne spiegeln sich im Meer,
Und golden glänzt die Flut. –
Ich rannte taumelnd hin und her,
Und war nicht schlimm, nicht gut.

Doch niedergezogen
Sind Zweifel und wankender Sinn,
O tragt mich, ihr schaukelnden Wogen,
Zur längst ersehnten Heimat hin.

In lieber dämmernder Ferne,
Dort rufen einheimische Lieder,
Aus jeglichem Sterne
Blickt sie mit sanftem Auge nieder.

Ebne dich, du treue Welle,
Führe mich auf fernen Wegen
Zu der vielgeliebten Schwelle,
Endlich meinem Glück entgegen!«

Als das Morgenrot aufging, sah er das Land nur noch wie eine
unkenntliche blaue Wolke weit hinunter liegen, und er erschrak
beinah, als ihn das allmächtige Meer und der gewölbte Himmel
so unermeßlich umgab. In der Ferne segelte ein Schiff auf ihn zu,
und er hätte beinah geglaubt, daß er sein ehemaliges Unglück
nur von neuem träume; aber als es näher gekommen, sah er, daß
die Schiffer Christen waren, die ihn sogleich willig aufnahmen.
Er freute sich, als er hörte, daß sie nach Frankreich segelten.

Der Ritter auf der Reise

Um die Zeit war der Graf von der Provence nebst seiner Gemahlin sehr betrübt, weil sie noch gar keine Nachrichten von ihrem geliebten Sohne bekommen hatten. Besonders aber war die Mutter in Angst, denn sie hatte eine große Sehnsucht, ihren einzigen Sohn nach so langer Zeit wiederzusehn. Sie sprach oft mit dem Grafen von ihrem Kummer, und daß ihr schöner Sohn wahrscheinlich umgekommen sei. Da sollte ein Fest gegeben werden, und ein Fischer brachte einen großen Fisch in die gräfliche Küche; als ihn der Koch aufschnitt, fand er drei Ringe in dessen Bauche, die er der Gräfin überbrachte. Die Gräfin verwunderte sich über die Maßen, denn sie erkannte sie für eben diejenigen, die sie ihrem Sohne gegeben hatte. Sie sagte daher zu ihrem Gemahl: »Jetzt bin ich getröstet, denn da ich so unvermutet und auf so wunderbare Weise Kundschaft von meinem Sohn bekommen habe, so bin ich auch überzeugt, daß Gott ihn nicht verlassen hat, sondern daß er ihn nach vielen überstandenen Mühseligkeiten in unsre Arme zurückführen wird.« –

Peter stand im Schiffe und sah immer nach der Gegend hin, wo die erwünschte Heimat lag. Die Fahrt war glücklich, und man landete an einer kleinen unbewohnten Insel, um süßes Wasser einzunehmen. Alles Schiffsvolk stieg an das Land, und auch Peter. Er ging durch ein anmutiges Tal und verlor sich hinter einigen Hügeln in das Land hinein; da setzte er sich nieder und sah viele schöne Blumen um sich stehn. Alle blickten ihn wie mit freundlichen, lieblichen Augen an, und er dachte innig an Magelonen, und wie sie ihn geliebt hatte. »Wie kann der Liebende«, rief er aus, »sich nur jemals einsam fühlen? Erinnern mich nicht diese blauen Kelche an ihre holdseligen Augen, dieses goldene Blatt an ihr Haar, die Pracht dieser Lilie und Rose nebeneinander, an ihre zarten Wangen? Ist es doch, als wenn der Wind in den Blumen sich bewegt, und es, wie auf Saiten versuchen will, ihren süßen Namen auszusprechen; Quellen und Bäume nennen ihn, für die übrigen Menschen unverständlich, aber mir laut und vernehmlich.«

Er erinnerte sich eines Gesanges, den er vor langer Zeit gedichtet hatte, und wiederholte ihn jetzt:

»Süß ist's, mit Gedanken gehn,
Die uns zur Geliebten leiten,
Wo von blumbewachsnen Höhn
Sonnenstrahlen sich verbreiten.

Lilien sagen: ›Unser Licht
Ist es, was die Wange schmücket‹;
›Unsern Schein die Liebste blicket‹:
So das blaue Veilchen spricht.

Und mit sanfter Röte lächeln
Rosen ob dem Übermut,
Kühle Abendwinde fächeln
Durch die liebevolle Glut.

All ihr süßen Blümelein,
Sei es Farbe, sei's Gestalt,
Malt mit liebender Gewalt
Meiner Liebsten hellen Schein,
Zankt nicht, zarte Blümelein.

Rosen, duftende Narzissen,
Alle Blumen schöner prangen,
Wenn sie ihren Busen küssen

Oder in den Locken hangen,
Blaue Veilchen, bunte Nelken,
Wenn sie sie zur Zierde pflückt,
Müssen gern als Putz verwelken,
Durch den süßen Tod beglückt.

Lehrer sind mir diese Blüten,
Und ich tue wie sie tun,
Folge ihnen, wie sie rieten,
Ach! ich will gern alles bieten,
Kann ich ihr am Busen ruhn.

Nicht auf Jahre sie erwerben,
Nein, nur kurze, kleine Zeit,
Dann in ihren Armen sterben,
Sterben ohne Wunsch und Neid.

Ach! wie manche Blume klaget
Einsam hier im stillen Tal,
Sie verwelket eh es taget,
Stirbt beim ersten Sonnenstrahl:
Ach, so bitter herzlich naget
Auch an mir die scharfe Qual,
Daß ich sie und all mein Glücke,
Nimmer, nimmermehr erblicke.«

Er weinte heftig, indem er die letzten Worte sang, denn er glaubte sein Herz zu verstehn, das ihm ein Unglück vorhersagte. Er betrachtete mit tränenden Blicken das Blumenlabyrinth um sich her, und es war ihm ein Ergötzen, die Blumen in seiner Einbildung so zu ordnen, daß sie den Namenszug Magelonens ausdrückten. Dann horchte er auf das lispelnde Gras, das ihm etwas zu sagen schien, auf die Blüten, die sich oft zärtlich zueinander neigten, als wenn sie ein herzliches Gespräch von Liebe führen wollten. In der ganzen Natur sah er liebevolle Eintracht, und jedes Geräusch klang seinem Ohre wie ein melodischer Gesang. Darüber verlor er sich immer mehr in Träumen; von den Tränen ermüdet schlief er endlich unter den Blumen ein, und es war ihm im Traum, als wenn er laut den Namen Magelone ausrufen hörte; darüber ging ihm sein Herz wie eine zugeschlossene Knospe auf, und er fühlte eine übergroße Freude.

Peter wird von Fischern aufgefunden

Aber der Wind blies indes lustig in die Segel, und das Schiffsvolk eilte wieder in das Schiff, um abzufahren, nur Peter blieb aus; man rief ihn, aber da er nicht kam, fuhren die übrigen fort.

Als sie schon weit vom Ufer entfernt waren, erwachte Peter aus seinem erquickenden Schlafe; er erschrak, als er gewahr ward, daß er geschlafen hatte. Er eilte an das Ufer, aber niemand war da, und das Schiff nirgend zu sehn. Da senkte sich eine große Traurigkeit in sein Herz, alle seine Hoffnungen waren wieder verschwunden: er stürzte nieder und lag am Ufer des Meeres ohne Besinnung und in tiefer Ohnmacht, so daß es finstre Nacht wurde und er es nicht bemerkte.

Als es nach Mitternacht kam, ging der Mond auf, und einige Fischer fuhren mit einem Kahne an die Insel, um ihre Arbeit hier vorzunehmen; sie fanden den Jüngling, der für tot auf der Erde ausgestreckt lag. Das feste Land war nicht weit von dieser Insel, sie luden ihn daher in ihr kleines Schiff, und fuhren wieder ab, um ihn ins Leben zurückzubringen. Schon unterwegs erwachte Peter; es dünkte ihm seltsam, als ihm der Mond ins Angesicht schien und er die Ruder seufzen hörte, und wie er vernahm, daß zwei fremde Männer miteinander verabredeten, wie sie ihn zu einem alten Schäfer bringen wollten, der sein pflegen würde. Oft kam es ihm vor wie ein Traum, oft wieder wie Wahrheit, und er zweifelte so lange, bis sie endlich mit dem Aufgang der Sonne landeten.

Als Peter eine Weile in den erquickenden Sonnenstrahlen gelegen hatte, ward er wieder munter und richtete sich auf; er dankte in einem Gebete Gott, daß er ihm wieder von der menschenleeren Insel geholfen habe, dann gab er den guten Fischern eine Menge Goldes, und ließ sich den Weg nach der Hütte des Schäfers beschreiben.

Er ging durch einen dichten, angenehmen Wald, durch dessen dunkle Schatten der Morgen noch dämmerte. Er folgte einem geschlängelten Fußpfade, und überdachte schwermütig sein Schicksal; alles Ungemach, das er erlitten, kam frisch in seine Seele, und er ward darüber so unmutig, daß er von Herzen wünschte, endlich zu sterben.

Mit diesen Gedanken trat er aus dem Walde und stand vor einer schönen grünen Wiese, die im Morgenlicht glänzte; gegenüber lag eine kleine einsame Hütte, und Schafe wurden von einem alten Manne einen Hügel hinangetrieben. Alles schimmerte rot und freundlich, und die stille Ruhe umher brachte auch in Peters Seele Ruhe zurück. Er merkte, daß dies die Hütte sei, die ihm die Fischer bezeichnet hatten, und er wünschte, hier einige Tage zu rasten und sich zu erquicken. Er ging daher über die Wiese, auf der viele wilde Blumen rot und gelb und himmelblau blühten, der kleinen Hütte näher. Vor der Türe saß ein schlankes schönes Mägdlein, zu deren Füßen ein Lamm im Grase spielte; diese sang, indem er über die Wiese schritt:

>>Beglückt, wer vom Getümmel
Der Welt sein Leben schließt,
Das dorten im Gewimmel
Verworren abwärts fließt.

Hier sind wir all befreundet,
Mensch, Tier und Blumenreich,
Von keinem angefeindet
Macht uns die Liebe gleich.

Die zarten Lämmer springen
Vergnügt um meinen Fuß,
Die Turteltauben singen
Und girren Morgengruß.

Der Rosenstrauch mit Grüßen
Beut seine Kinder dar,
Im Tale dort der süßen
Violen blaue Schar.

Und wenn ich Kränze winde,
Ertönt und rauscht der Hain,
Es duftet mir die Linde
Im goldnen Mondenschein.

Die Zwietracht bleibt dahinten,
Und Stolz, Verfolgung, Neid,
Kann nicht die Wege finden
Hieher zur goldnen Zeit.

Vor mir stehn holde Scherze
Und trübe Sorge weicht;
Allein mein innres Herze
Wird darum doch nicht leicht.

Weil ich die Liebe kannte
Und Blick und Kuß verstand,
So bin ich nun Verbannte
Weitab im fernen Land.

Die Freude macht mich trübe,
Dunkelt den stillen Sinn,
Denn meine zarte Liebe
Ist nun auf ewig hin. –

Erinnre und erquicke
Dich an vergangner Lust,
Am schwermutsvollen Glücke,
Denn sonst zerspringt die Brust.

Die Morgenröte lächelt
Mir zwar noch ofte zu,
Und matte Hoffnung fächelt
Mich dann in schönre Ruh:

Daß ich ihn wiederfinde,
Den ich wohl sonst gekannt,
Und daß sich um uns winde
Ein glückgewirktes Band.

Wer weiß, durch welche Schatten
Sein Fuß schon heute geht,
Dann kömmt er über Matten
Und alles ist verweht,

Die Seufzer und die Tränen,
Sie löscht das neue Glück,
Und Hoffen, Fürchten, Sehnen
Verschmilzt in *einen* Blick.«

18

Beschluß

Peter fühlte sich von dem Gesange wie von einer lieblichen Gewalt nach der Hütte hingezogen. Die Schäferin, welche vor der
Tür saß, nahm ihn freundlich auf, und ließ ihn in der Hütte aus-
ruhn und sich erquicken. Die beiden Alten kamen auch bald zurück, und hießen ihren edlen Gast von Herzen willkommen.

Magelone ging indessen im Felde nachdenklich auf und ab,
denn sie hatte auf den ersten Blick den Ritter erkannt; alle ihre
Sorgen waren nun wie Schnee vor der Frühlingssonne hinweg-
geschmolzen, und ihr Lebenslauf lag grün und erfrischt vor ihr,
so weit nur ihr Auge reichte. Sie ging in die Hütte zurück, und
gab sich noch nicht zu erkennen.

Nach zweien Tagen war Peter wieder ganz zu Kräften gekommen. Er saß mit Magelonen, ohne daß er sie kannte, vor der Tür
der Hütte. Bienen und Schmetterlinge schwärmten um sie, und
Peter faßte ein Zutrauen zu seiner Verpflegerin, so daß er ihr
seine Geschichte und sein ganzes Unglück erzählte. Magelone

stand plötzlich auf und ging in ihre Kammer, da löste sie ihre goldenen Locken auf, und machte sie von den Banden frei, die sie bisher gehalten hatten, dann zog sie ihre köstliche Kleidung an, die sie eingeschlossen hielt, und so kam sie plötzlich wieder vor die Augen Peters. Er war vor Erstaunen außer sich, er umarmte die wiedergefundene Geliebte, dann erzählten sie sich ihre Geschichte wieder, und weinten und küßten sich, so daß man hätte ungewiß sein sollen, ob sie vor Jammer oder übergroßer Freude so herzbrechend schluchzten. So verging ihnen der Tag.

Dann reiste Peter mit Magelonen zu seinen Eltern, sie wurden vermählt, und alles war in der größten Freude; auch der König von Neapel versöhnte sich mit seinem neuen Sohne, und war mit der Heirat wohl zufrieden.

Auf dem Orte, wo Peter seine Magelone wiedergefunden hatte, ließ er einen prächtigen Sommerpalast bauen, und setzte den Schäfer zum Aufseher hinein, den er mit vielem Lohne überhäufte. Vor dem Palast pflanzte er mit seiner jungen Gattin einen Baum; dann sangen sie folgendes Lied, welches sie nachher auf derselben Stelle in jedem Frühjahre wiederholten;

>»Treue Liebe dauert lange,
Überlebet manche Stund,
Und kein Zweifel macht sie bange,
Immer bleibt ihr Mut gesund.

Dräuen gleich in dichten Scharen,
Fodern gleich zum Wankelmut
Sturm und Tod, setzt den Gefahren
Lieb entgegen treues Blut.

Und wie Nebel stürzt zurücke
Was den Sinn gefangenhält,
Und dem heitern Frühlingsblicke
Öffnet sich die weite Welt.

Errungen
Bezwungen
Von Lieb ist das Glück,
Verschwunden
Die Stunden
Sie fliehen zurück;
Und selige Lust
Sie stillet
Erfüllet
Die trunkene wonneklopfende Brust,
Sie scheide
Von Leide
Auf immer,
Und nimmer
Entschwinde die liebliche, selige, himmlische Lust!«

Die Elfen

1811

»Wo ist denn die Marie, unser Kind?« fragte der Vater.

»Sie spielt draußen auf dem grünen Platze«, antwortete die Mutter, »mit dem Sohne unsers Nachbars.«

»Daß sie sich nicht verlaufen«, sagte der Vater besorgt; »sie sind unbesonnen.«

Die Mutter sah nach den Kleinen und brachte ihnen ihr Vesperbrot. »Es ist heiß!« sagte der Bursche, und das kleine Mädchen langte begierig nach den roten Kirschen. »Seid nur vorsichtig, Kinder«, sprach die Mutter, »lauft nicht zu weit vom Hause, oder in den Wald hinein, ich und der Vater gehn aufs Feld hinaus.« Der junge Andres antwortete: »O sei ohne Sorge, denn vor dem Walde fürchten wir uns, wir bleiben hier beim Hause sitzen, wo Menschen in der Nähe sind.«

Die Mutter ging und kam bald mit dem Vater wieder heraus. Sie verschlossen ihre Wohnung und wandten sich nach dem Felde, um nach den Knechten und zugleich auf der Wiese nach der Heuernte zu sehn. Ihr Haus lag auf einer kleinen grünen Anhöhe, von einem zierlichen Stakete umgeben, welches auch ihren Frucht- und Blumengarten umschloß; das Dorf zog sich etwas tiefer hinunter, und jenseit erhob sich das gräfliche Schloß. Martin hatte von der Herrschaft das große Gut gepachtet, und lebte mit seiner Frau und seinem einzigen Kinde vergnügt, denn er legte jährlich zurück, und hatte die Aussicht, durch Tätigkeit ein vermögender Mann zu werden, da der Boden ergiebig war und der Graf ihn nicht drückte.

Indem er mit seiner Frau nach seinen Feldern ging, schaute er fröhlich um sich, und sagte: »Wie ist doch die Gegend hier so ganz anders, Brigitte, als diejenige, in der wir sonst wohnten. Hier ist es so grün, das ganze Dorf prangt von dichtgedrängten Obstbäumen, der Boden ist voll schöner Kräuter und Blumen, alle Häuser sind munter und reinlich, die Einwohner wohlhabend, ja mir dünkt, die Wälder hier sind schöner und der Himmel blauer, und so weit nur das Auge reicht, sieht man seine Lust und Freude an der freigebigen Natur.«

»Sowie man nur«, sagte Brigitte, »dort jenseit des Flusses ist, so befindet man sich wie auf einer andern Erde, alles so traurig und dürr; jeder Reisende behauptet aber auch, daß unser Dorf weit und breit in der Runde das schönste sei.«

»Bis auf jenen Tannengrund«, erwiderte der Mann; »schau einmal dorthin zurück, wie schwarz und traurig der abgelegene Fleck in der ganzen heitern Umgebung liegt; hinter den dunkeln Tannenbäumen die rauchige Hütte, die verfallenen Ställe, der schwermütig vorüberfließende Bach.«

»Es ist wahr«, sagte die Frau, indem beide stillstanden, »sooft man sich jenem Platze nur nähert, wird man traurig und beängstigt, man weiß selbst nicht warum. Wer nur die Menschen eigentlich sein mögen, die dort wohnen, und warum sie sich doch nur so von allen in der Gemeinde entfernt halten, als wenn sie kein gutes Gewissen hätten.«

»Armes Gesindel«, erwiderte der junge Pachter, »dem Anschein nach Zigeunervolk, die in der Ferne rauben und betrügen, und hier vielleicht ihren Schlupfwinkel haben. Mich wundert nur, daß die gnädige Herrschaft sie duldet.«

»Es können auch wohl«, sagte die Frau weichmütig, »arme Leute sein, die sich ihrer Armut schämen, denn man kann ihnen doch eben nichts Böses nachsagen; nur ist es bedenklich, daß sie sich nicht zur Kirche halten, und man auch eigentlich nicht weiß, wovon sie leben, denn der kleine Garten, der noch dazu ganz wüst zu liegen scheint, kann sie unmöglich ernähren, und Felder haben sie nicht.«

»Weiß der liebe Gott«, fuhr Martin fort, indem sie weitergingen, »was sie treiben mögen; kommt doch auch kein Mensch zu ihnen, denn der Ort, wo sie wohnen, ist ja wie verbannt und verhext, so daß sich auch die vorwitzigsten Bursche nicht hingetrauen.«

Dieses Gespräch setzten sie fort, indem sie sich in das Feld wandten. Jene finstre Gegend, von welcher sie sprachen, lag abseits vom Dorfe. In einer Vertiefung, welche Tannen umgaben, zeigte sich eine Hütte und verschiedene fast zertrümmerte Wirtschaftsgebäude, nur selten sah man Rauch dort aufsteigen, noch seltner wurde man Menschen gewahr; jezuweilen hatten Neugierige, die sich etwas näher gewagt, auf der Bank vor der Hütte einige abscheuliche Weiber in zerlumptem Anzuge wahrgenommen, auf deren Schoß ebenso häßliche und schmutzige Kinder sich wälzten; schwarze Hunde liefen vor dem Reviere, in Abendstunden ging wohl ein ungeheurer Mann, den niemand kannte, über den Steg des Baches und verlor sich in die Hütte hinein; dann sah man in der Finsternis sich verschiedene Gestalten, wie Schatten um ein ländliches Feuer bewegen. Dieser Grund, die Tannen und die verfallene Hütte machten wirklich in der heitern grünen Landschaft, gegen die weißen Häuser des Dorfes und gegen das prächtige neue Schloß, den sonderbarsten Abstich.

Die beiden Kinder hatten jetzt die Früchte verzehrt; sie verfielen darauf, in die Wette zu laufen, und die kleine behende Marie gewann dem langsameren Andres immer den Vorsprung ab. »So ist es keine Kunst!« rief endlich dieser aus, »aber laß es uns einmal in die Weite versuchen, dann wollen wir sehen, wer gewinnt!« – »Wie du willst«, sagte die Kleine, »nur nach dem Strome dürfen wir nicht laufen.« – »Nein«, erwiderte Andres, »aber dort auf jenem Hügel steht der große Birnbaum, eine Viertelstunde von hier, ich laufe hier links um den Tannengrund vorbei, du kannst rechts in das Feld hineinrennen, daß wir nicht eher als oben wieder zusammenkommen, so sehen wir dann, wer der Beste ist.«

»Gut«, sagte Marie, und fing schon an zu laufen, »so hindern wir uns auch nicht auf demselben Wege, und der Vater sagt ja, es sei zum Hügel hinauf gleich weit, ob man diesseits, ob man jenseits der Zigeunerwohnung geht.«

Andres war schon vorangesprungen und Marie, die sich rechts wandte, sah ihn nicht mehr. »Er ist eigentlich dumm«, sagte sie zu sich selbst, »denn ich dürfte nur den Mut fassen, über den Steg, bei der Hütte vorbei, und drüben wieder über den Hof hinaus zu laufen, so käme ich gewiß viel früher an.« Schon stand sie vor dem Bache und dem Tannenhügel. »Soll ich? Nein, es ist doch zu schrecklich«, sagte sie. Ein kleines weißes Hündchen stand jenseit und bellte aus Leibeskräften. Im Erschrecken kam das Tier ihr wie ein Ungeheuer vor, und sie sprang zurück. »O weh!« sagte sie, »nun ist der Bengel weit voraus, weil ich hier steh und überlege.« Das Hündchen bellte immerfort, und da sie es genauer betrachtete, kam es ihr nicht mehr fürchterlich, sondern im Gegenteil ganz allerliebst vor: es hatte ein rotes Halsband um, mit einer glänzenden Schelle, und sowie es den Kopf hob und sich im Bellen schüttelte, erklang die Schelle äußerst lieblich. »Ei! es will nur gewagt sein!« rief die kleine Marie, »ich renne was ich kann, und bin schnell, schnell jenseit wieder hinaus, sie können mich doch eben nicht gleich von der Erde weg auffressen!« Somit sprang das muntere mutige Kind auf den Steg, rasch an den kleinen Hund vorüber, der still ward und sich an ihr schmeichelte, und nun stand sie im Grunde, und rundumher verdeckten die schwarzen Tannen die Aussicht nach ihrem elterlichen Hause und der übrigen Landschaft.

Aber wie war sie verwundert. Der bunteste, fröhlichste Blumengarten umgab sie, in welchem Tulpen, Rosen und Lilien mit den herrlichsten Farben leuchteten, blaue und goldrote Schmetterlinge wiegten sich in den Blüten, in Käfigen aus glänzendem Draht hingen an den Spalieren vielfarbige Vögel, die herrliche Lieder sangen, und Kinder in weißen kurzen Röckchen, mit gelockten gelben Haaren und hellen Augen, sprangen umher, einige spielten mit kleinen Lämmern, andere fütterten die Vögel, oder sammelten Blumen und schenkten sie einander, andere wieder aßen Kirschen, Weintrauben und rötliche Aprikosen. Keine Hütte war zu sehn, aber wohl stand ein großes schönes Haus mit eherner Tür und erhabenem Bildwerk leuchtend in der Mitte des Raumes. Marie war vor Erstaunen außer sich und wußte sich nicht zu finden; da sie aber nicht blöde war, ging sie gleich zum ersten Kinde, reichte ihm die Hand und bot ihm guten Tag. »Kommst du uns auch einmal zu besuchen?« sagte das glänzende Kind; »ich habe dich draußen rennen und springen sehn, aber vor unserm Hündchen hast du dich gefürchtet.« – »So seid ihr wohl keine Zigeuner und Spitzbuben«, sagte Marie, »wie Andres immer spricht? O freilich ist der nur dumm, und redet viel in den Tag hinein.« – »Bleib nur bei uns«, sagte die wunderbare Kleine, »es soll dir schon gefallen.« – »Aber wir laufen ja in die Wette.« – »Zu ihm kommst du noch früh genug zurück. Da nimm, und iß!« – Marie aß, und fand die Früchte so süß, wie sie noch keine geschmeckt hatte, und Andres, der Wettlauf, und das Verbot ihrer Eltern waren gänzlich vergessen.

Eine große Frau in glänzendem Kleide trat herzu, und fragte nach dem fremden Kinde. »Schönste Dame«, sagte Marie, »von ohngefähr bin ich hereingelaufen, und da wollen sie mich hierbehalten.« – »Du weißt, Zerina«, sagte die Schöne, »daß es ihr nur kurze Zeit erlaubt ist, auch hättest du mich erst fragen sollen.« »Ich dachte«, sagte das glänzende Kind, »weil sie doch schon über die Brücke gelassen war, könnt ich es tun; auch haben wir sie ja oft im Felde laufen sehn, und du hast dich selber über ihr muntres Wesen gefreut; wird sie uns doch früh genug verlassen müssen.«

»Nein, ich will hierbleiben«, sagte die Fremde, »denn hier ist es schön, auch finde ich hier das beste Spielzeug und dazu Erdbeeren und Kirschen, draußen ist es nicht so herrlich.«

Die goldbekleidete Frau entfernte sich lächelnd, und viele von den Kindern sprangen jetzt um die fröhliche Marie mit Lachen her, neckten sie und ermunterten sie zu Tänzen, andre brachten ihr Lämmer oder wunderbares Spielgerät, andre machten auf Instrumenten Musik und sangen dazu. Am liebsten aber hielt sie sich zu der Gespielin, die ihr zuerst entgegengegangen war, denn sie war die freundlichste und holdseligste von allen. Die kleine Marie rief ein Mal über das andre: »Ich will immer bei euch bleiben und ihr sollt meine Schwestern sein«, worüber alle Kinder lachten und sie umarmten. »Jetzt wollen wir ein schönes Spiel machen«, sagte Zerina. Sie lief eilig in den Palast und kam mit einem goldenen Schächtelchen zurück, in welchem sich glänzender Samenstaub befand. Sie faßte mit den kleinen Fingern, und streute einige Körner auf den grünen Boden. Alsbald sah man das Gras wie in Wogen rauschen, und nach wenigen Augenblicken schlugen glänzende Rosengebüsche aus der Erde, wuchsen schnell empor und entfalteten sich plötzlich, indem der süßeste Wohlgeruch den Raum erfüllte. Auch Maria faßte von dem Staube, und als sie ihn ausgestreut hatte, tauchten weiße Lilien und die buntesten Nelken hervor. Auf einen Wink Zerinas verschwanden die Blumen wieder und andre erschienen an ihrer Stelle. »Jetzt«, sagte Zerina, »mache dich auf etwas Größeres gefaßt.« Sie legte zwei Pinienkörner in den Boden und stampfte sie heftig mit dem Fuße ein. Zwei grüne Sträucher standen vor ihnen. »Fasse dich fest mit mir«, sagte sie, und Maria schlang die Arme um den zarten Leib. Da fühlte sie sich emporgehoben, denn die Bäume wuchsen unter ihnen mit der größten Schnelligkeit; die hohen Pinien bewegten sich und die beiden Kinder hielten sich hin und wider schwebend in den roten Abendwolken umarmt und küßten sich; die andern Kleinen kletterten mit behender Geschicklichkeit an den Stämmen der Bäume auf und nieder, und stießen und neckten sich, wenn sie sich begegneten, unter lautem Gelächter. Stürzte eins der Kinder im Gedränge hinunter, so flog es durch die Luft und senkte sich langsam und sicher zur Erde hinab. Endlich fürchtete sich Marie; die andre Kleine sang einige laute Töne, und die Bäume versenkten sich wieder ebenso allgemach in den Boden, und setzten sie nieder, als sie sich erst in die Wolken gehoben hatten.

Sie gingen durch die erzene Tür des Palastes. Da saßen viele schöne Frauen umher, ältere und junge, im runden Saal, sie genossen die lieblichsten Früchte, und eine herrliche unsichtbare Musik erklang. In der Wölbung der Decke waren Palmen, Blumen und Laubwerk gemalt, zwischen denen Kinderfiguren in den anmutigsten Stellungen kletterten und schaukelten; nach den Tönen der Musik verwandelten sich die Bildnisse und glühten in den brennendsten Farben; bald war das Grüne und Blaue wie helles Licht funkelnd, dann sank die Farbe erblassend zurück, der Purpur flammte auf und das Gold entzündete sich; dann schienen die nackten Kinder in den Blumengewinden zu leben, und mit den rubinroten Lippen den Atem einzuziehn und auszuhauchen, so daß man wechselnd den Glanz der weißen Zähnchen wahrnahm, so wie das Aufleuchten der himmelblauen Augen.

Aus dem Saale führten eherne Stufen in ein großes unterirdisches Gemach. Hier lag viel Gold und Silber, und Edelsteine von allen Farben funkelten dazwischen. Wundersame Gefäße standen an den Wänden umher, alle schienen mit Kostbarkeiten angefüllt. Das Gold war in mannigfaltigen Gestalten gearbeitet und schimmerte mit der freundlichsten Röte. Viele kleine Zwerge waren beschäftigt, die Stücke auseinanderzusuchen und sie in die Gefäße zu legen; andre, höckricht und krummbeinicht, mit langen roten Nasen, trugen schwer und vornübergebückt Säcke herein, so wie die Müller Getreide, und schütteten die Goldkörner keuchend auf dem Boden aus. Dann sprangen sie ungeschickt rechts und links, und griffen die rollenden Kugeln, die sich verlaufen wollten, und es geschah nicht selten, daß einer den andern im Eifer umstieß, so daß sie schwer und tölpisch zur Erde fielen. Sie machten verdrüßliche Gesichter und sahen scheel, als Marie über ihre Gebärden und Häßlichkeit lachte. Hinten saß ein alter eingeschrumpfter kleiner Mann, welchen Zerina ehrerbietig grüßte, und der nur mit ernstem Kopfnicken dankte. Er hielt ein Zepter in der Hand und trug eine Krone auf dem Haupte, alle übrigen Zwerge schienen ihn für ihren Herren anzuerkennen und seinen Winken zu gehorchen. »Was gibt's wieder?« fragte er mürrisch, als die Kinder ihm etwas näher kamen. Marie schwieg furchtsam, aber ihre Gespielin antwortete, daß sie nur gekommen seien, sich in den Kammern umzuschauen. »Immer die alten Kindereien!« sagte der Alte; »wird der Müßiggang nie aufhören?« Darauf wandte er sich wieder an sein Geschäft und ließ die Goldstücke wägen und aussuchen; andre Zwerge schickte er fort, manchen schalt er zornig. »Wer ist der

Herr?« fragte Marie; »unser Metallfürst«, sagte die Kleine, indem sie weitergingen.

Sie schienen sich wieder im Freien zu befinden, denn sie standen an einem großen Teiche, aber doch schien keine Sonne, und sie sahen keinen Himmel über sich. Ein kleiner Nachen empfing sie, und Zerina ruderte sehr emsig. Die Fahrt ging schnell. Als sie in die Mitte des Teiches gekommen waren, sah Marie, daß tausend Röhren, Kanäle und Bäche sich aus dem kleinen See nach allen Richtungen verbreiteten. »Diese Wasser rechts«, sagte das glänzende Kind, »fließen unter euren Garten hinab, davon blüht dort alles so frisch; von hier kömmt man in den großen Strom hinunter.« Plötzlich kamen aus allen Kanälen und aus dem See unendlich viele Kinder auftauchend angeschwommen, viele trugen Kränze von Schilf und Wasserlilien, andre hielten rote Korallenzacken, und wieder andre bliesen auf krummen Muscheln; ein verworrenes Getöse schallte lustig von den dunkeln Ufern wider; zwischen den Kleinen bewegten sich schwimmend die schönsten Frauen, und oft sprangen viele Kinder zu der einen oder der andern, und hingen ihnen mit Küssen um Hals und Nacken. Alle begrüßten die Fremde; zwischen diesem Getümmel hindurch fuhren sie aus dem See in einen kleinen Fluß hinein, der immer enger und enger ward. Endlich stand der Nachen. Man nahm Abschied und Zerina klopfte an den Felsen. Wie eine Tür tat sich dieser voneinander, und eine ganz rote weibliche Gestalt half ihnen aussteigen. »Geht es recht lustig zu?« fragte Zerina. »Sie sind eben in Tätigkeit«, antwortete jene, »und so freudig, wie man sie nur sehn kann, aber die Wärme ist auch äußerst angenehm.«

Sie stiegen eine Wendeltreppe hinauf, und plötzlich sah sich Marie in dem glänzendsten Saal, so daß beim Eintreten ihre Augen vom hellen Lichte geblendet waren. Feuerrote Tapeten bedeckten mit Purpurglut die Wände, und als sich das Auge etwas gewöhnt hatte, sah sie zu ihrem Erstaunen, wie im Teppich sich Figuren tanzend auf und nieder in der größten Freude bewegten, die so lieblich gebaut und von so schönen Verhältnissen waren, daß man nichts Anmutigeres sehn konnte; ihr Körper war wie von rötlichem Kristall, so daß es schien, als flösse und spielte in ihnen sichtbar das bewegte Blut. Sie lachten das fremde Kind an, und begrüßten es mit verschiedenen Beugungen; aber als Marie näher gehen wollte, hielt sie Zerina plötzlich mit Gewalt zurück, und rief: »Du verbrennst dich, Mariechen, denn alles ist Feuer!«

Marie fühlte die Hitze. »Warum kommen nur«, sagte sie, »die allerliebsten Kreaturen nicht zu uns heraus, und spielen mit uns?« – »Wie du in der Luft lebst«, sagte jene, »so müssen sie immer im Feuer bleiben, und würden hier draußen verschmachten. Sieh nur, wie ihnen wohl ist, wie sie lachen und kreischen; jene dort unten verbreiten die Feuerflüsse von allen Seiten unter der Erde hin, davon wachsen nun die Blumen, die Früchte und der Wein; die roten Ströme gehn neben den Wasserbächen, und so sind die flammigen Wesen immer tätig und freudig. Aber dir ist es hier zu heiß, wir wollen wieder hinaus in den Garten gehn.«

Hier hatte sich die Szene verwandelt. Der Mondschein lag auf allen Blumen, die Vögel waren still und die Kinder schliefen in mannigfaltigen Gruppen in den grünen Lauben. Marie und ihre Freundin fühlten aber keine Müdigkeit, sondern lustwandelten in der warmen Sommernacht unter vielerlei Gesprächen bis zum Morgen.

Als der Tag anbrach, erquickten sie sich an Früchten und Milch, und Marie sagte: »Laß uns doch zur Abwechselung einmal nach den Tannen hinausgehn, wie es dort aussehen mag.« »Gern«, sagte Zerina, »so kannst du auch zugleich dorten unsre Schildwachen besuchen, die dir gewiß gefallen werden, sie stehn oben auf dem Walle zwischen den Bäumen.« Sie gingen durch die Blumengärten, durch anmutige Haine voller Nachtigallen, dann stiegen sie über Rebenhügel, und kamen endlich, nachdem sie lange den Windungen eines klaren Baches nachgefolgt waren, zu den Tannen und der Erhöhung, welche das Gebiet begrenzte. »Wie kommt es nur«, fragte Marie, »daß wir hier innerhalb so weit zu gehn haben, da doch draußen der Umkreis nur so klein ist?« – »Ich weiß nicht«, antwortete die Freundin, »wie es zugeht, aber es ist so.« Sie stiegen zu den finstern Tannen hinauf, und ein kalter Wind wehte ihnen von draußen entgegen; ein Nebel schien weit umher auf der Landschaft zu liegen. Oben standen wunderliche Gestalten, mit mehligen bestäubten Angesichtern, den widerlichen Häuptern der weißen Eulen nicht unähnlich; sie waren in faltigen Mänteln von zottiger Wolle gekleidet, und hielten Regenschirme von seltsamen Häuten ausgespannt über sich; mit Fledermausflügeln, die abenteuerlich neben dem Rokkelor hervorstarrten, wehten und fächelten sie unablässig. »Ich möchte lachen und mir graut«, sagte Marie. »Diese sind unsre guten fleißigen Wächter«, sagte die kleine Gespielin, »sie stehen hier und wehen, damit jeden kalte Angst und wundersames Fürchten befällt, der sich uns nähern will; sie sind aber so bedeckt, weil es jetzt draußen regnet und friert, was sie nicht vertragen können. Hier unten kommt niemals Schnee und Wind, noch kalte Luft her, hier ist ein ewiger Sommer und Frühling, doch wenn die da oben nicht oft abgelöst würden, so vergingen sie gar.«

»Aber wer seid ihr denn«, fragte Marie, indem sie wieder in die Blumendüfte hinunterstiegen, »oder habt ihr keinen Namen, woran man euch erkennt?«

»Wir heißen Elfen«, sagte das freundliche Kind, »man spricht auch wohl in der Welt von uns, wie ich gehört habe.«

Sie hörten auf der Wiese ein großes Getümmel. »Der schöne Vogel ist angekommen!« riefen ihnen die Kinder entgegen; alles eilte in den Saal. Sie sahen indem schon, wie jung und alt sich über die Schwelle drängte, alle jauchzten und von innen scholl eine jubilierende Musik heraus. Als sie hineingetreten waren, sahen sie die große Rundung von den mannigfaltigsten Gestalten angefüllt, und alle schauten nach einem großen Vogel hinauf, der in der Kuppel mit glänzendem Gefieder langsam fliegend vielfache Kreise beschrieb. Die Musik klang fröhlicher als sonst, die Farben und Lichter wechselten schneller. Endlich schwieg die Musik, und der Vogel schwang sich rauschend auf eine glänzende Krone, die unter dem hohen Fenster schwebte, welches von oben die Wölbung erleuchtete. Sein Gefieder war purpurn und grün, durch welches sich die glänzendsten goldenen Streifen zogen, auf seinem Haupte bewegte sich ein Diadem von so hellleuchtenden kleinen Federn, daß sie wie Edelgesteine blitzten. Der Schnabel war rot und die Beine glänzend blau. Wie er sich regte, schimmerten alle Farben durcheinander, und das Auge war entzückt. Seine Größe war die eines Adlers. Aber jetzt eröffnete er den leuchtenden Schnabel, und so süße Melodie quoll aus seiner bewegten Brust, in schönern Tönen, als die der liebesbrünstigen Nachtigall; mächtiger zog der Gesang und goß sich wie Lichtstrahlen aus, so daß alle, bis auf die kleinsten Kinder selbst, vor Freuden und Entzückungen weinen mußten. Als er geendigt hatte, neigten sich alle vor ihm, er umflog wieder in Kreisen die Wölbung, schoß dann durch die Tür und schwang sich in den lichten Himmel, wo er oben bald nur noch wie ein roter Punkt erglänzte und sich den Augen dann schnell verlor.

»Warum seid ihr alle so in Freude?« fragte Marie und neigte sich zum schönen Kinde, das ihr kleiner als gestern vorkam. »Der König kommt!« sagte die Kleine, »den haben viele von uns noch gar nicht gesehn, und wo er sich hinwendet ist Glück und Fröhlichkeit; wir haben schon lange auf ihn gehofft, sehnlicher, als ihr nach langem Winter auf den Frühling wartet, und nun hat er durch diesen schönen Botschafter seine Ankunft melden lassen. Dieser herrliche und verständige Vogel, der im Dienst des Königes gesandt wird, heißt Phönix, er wohnt fern in Arabien auf einem Baum, der nur einmal in der Welt ist, so wie es auch keinen zweiten Phönix gibt. Wenn er sich alt fühlt, trägt er aus Balsam und Weihrauch ein Nest zusammen, zündet es an und verbrennt sich selbst, so stirbt er singend, und aus der duftenden Asche schwingt sich dann der verjüngte Phönix mit neuer Schönheit wieder auf. Selten nur nimmt er seinen Flug so, daß ihn die Menschen sehn, und geschieht es einmal in Jahrhunderten, so zeichnen sie es in ihre Denkbücher auf, und erwarten wundervolle Begebenheiten. Aber nun, meine Freundin, wirst du auch scheiden müssen, denn der Anblick des Königes ist dir nicht vergönnt.«

Da wandelte die goldbekleidete schöne Frau durch das Gedränge, winkte Marien zu sich und ging mit ihr unter einen einsamen Laubengang; »du mußt uns verlassen, mein geliebtes Kind«, sagte sie; »der König will auf zwanzig Jahr, und vielleicht auf länger, sein Hoflager hier halten, nun wird sich Fruchtbarkeit und Segen weit in die Landschaft verbreiten, am meisten hier in der Nähe; alle Brunnen und Bäche werden ergiebiger, alle Äcker und Gärten reicher, der Wein edler, die Wiese fetter und der Wald frischer und grüner; mildere Luft weht, kein Hagel schadet, keine Überschwemmung droht. Nimm diesen Ring und gedenke unser, doch hüte dich, irgendwem von uns zu erzählen, sonst müssen wir diese Gegend fliehen, und alle umher, so wie du selbst, entbehren dann das Glück und die Segnung unsrer Nähe: noch einmal küsse deine Gespielin und lebe wohl.« Sie traten heraus, Zerina weinte, Marie bückte sich, sie zu umarmen, sie trennten sich. Schon stand sie auf der schmalen Brücke, die kalte Luft wehte hinter ihr aus den Tannen, das Hündchen bellte auf das herzhafteste und ließ sein Glöckchen ertönen; sie sah zurück und eilte in das Freie, weil die Dunkelheit der Tannen, die Schwärze der verfallenen Hütten, die dämmernden Schatten sie mit ängstlicher Furcht befielen.

»Wie werden sich meine Eltern meinethalb in dieser Nacht geängstigt haben!« sagte sie zu sich selbst, als sie auf dem Felde stand, »und ich darf ihnen doch nicht erzählen, wo ich gewesen bin und was ich gesehn habe, auch würden sie mir nimmermehr glauben.« Zwei Männer gingen an ihr vorüber, die sie grüßten, und sie hörte hinter sich sagen: »Das ist ein schönes Mädchen! Wo mag sie nur her sein?« Mit eiligeren Schritten näherte sie sich dem elterlichen Hause, aber die Bäume, die gestern voller Früchte hingen, standen heute dürr und ohne Laub, das Haus war anders angestrichen, und eine neue Scheune daneben erbaut. Marie war in Verwunderung, und dachte, sie sei im Traum; in dieser Verwirrung öffnete sie die Tür des Hauses, und hinter dem Tische saß ihr Vater zwischen einer unbekannten Frau und einem fremden Jüngling. »Mein Gott, Vater!« rief sie aus, »wo ist denn die Mutter?« – »Die Mutter?« sprach die Frau ahndend, und stürzte hervor; »ei, du bist doch wohl nicht – ja freilich, freilich bist du die verlorene, die totgeglaubte, die liebe einzige Marie!« Sie hatte sie gleich an einem kleinen braunen Male unter dem Kinn, an den Augen und der Gestalt erkannt. Alle umarmten sie, alle waren freudig bewegt, und die Eltern vergossen Tränen. Marie verwunderte sich, daß sie fast zum Vater hinaufreichte, sie begriff nicht, wie die Mutter so verändert und geältert sein konnte, sie fragte nach dem Namen des jungen Menschen. »Es ist ja unsers Nachbars Andres«, sagte Martin, »wie kommst du nur nach sieben langen Jahren so unvermutet wieder? wo bist du gewesen? Warum hast du denn gar nichts von dir hören lassen?« – »Sieben Jahr?« sagte Marie, und konnte sich in ihren Vorstellungen und Erinnerungen nicht wieder zurechtfinden; »sieben ganzer Jahre?« »Ja, ja«, sagte Andres lachend, und schüttelte ihr treuherzig die Hand; »ich habe gewonnen, Mariechen, ich bin schon vor sieben Jahren an dem Birnbaum und wieder hieher zurück gewesen, und du Langsame, kommst nun heut erst an!«

Man fragte von neuem, man drang in sie, doch sie, des Verbotes eingedenk, konnte keine Antwort geben. Man legte ihr fast die Erzählung in den Mund, daß sie sich verirrt habe, auf einen vorbeifahrenden Wagen genommen, und an einen fremden Ort geführt sei, wo sie den Leuten den Wohnsitz ihrer Eltern nicht habe bezeichnen können; wie man sie nachher nach einer weit entlegenen Stadt gebracht habe, wo gute Menschen sie erzogen und geliebt; wie diese nun gestorben, und sie sich endlich wieder auf ihre Geburtsgegend besonnen, eine Gelegenheit zur Reise ergriffen habe und so zurückgekehrt sei. »Laßt alles gut sein«, rief die Mutter; »genug, daß wir dich nur wiederhaben, mein Töchterchen, du meine Einzige, mein Alles!«

Andres blieb zum Abendbrot, und Marie konnte sich noch in nichts finden. Das Haus dünkte ihr klein und finster, sie verwunderte sich über ihre Tracht, die reinlich und einfach, aber ganz fremd erschien; sie betrachtete den Ring am Finger, dessen Gold wundersam glänzte und einen rot brennenden Stein künstlich einfaßte. Auf die Frage des Vaters antwortete sie, daß der Ring ebenfalls ein Geschenk ihrer Wohltäter sei.

Sie freute sich auf die Schlafenszeit, und eilte zur Ruhe. Am andern Morgen fühlte sie sich besonnener, sie hatte ihre Vorstellungen mehr geordnet, und konnte den Leuten aus dem Dorfe, die alle sie zu begrüßen kamen, besser Red und Antwort geben. Andres war schon mit dem frühesten wieder da, und zeigte sich äußerst geschäftig, erfreut und dienstfertig. Das funfzehnjährige aufgeblühte Mädchen hatte ihm einen tiefen Eindruck gemacht, und die Nacht war ihm ohne Schlaf vergangen. Die Herrschaft ließ Marien auf das Schloß fordern, sie mußte hier wieder ihre Geschichte erzählen, die ihr nun schon geläufig geworden war; der alte Herr und die gnädige Frau bewunderten ihre gute Erziehung, denn sie war bescheiden, ohne verlegen zu sein, sie antwortete höflich und in guten Redensarten auf alle vorgelegten Fragen; die Furcht vor den vornehmen Menschen und ihrer Umgebung hatte sich bei ihr verloren, denn wenn sie diese Säle und Gestalten mit den Wundern und der hohen Schönheit maß, die sie bei den Elfen im heimlichen Aufenthalt gesehen hatte, so erschien ihr dieser irdische Glanz nur dunkel, die Gegenwart der Menschen fast geringe. Die jungen Herren waren vorzüglich über ihre Schönheit entzückt.

Es war im Februar. Die Bäume belaubten sich früher als je, so zeitig hatte sich die Nachtigall noch niemals eingestellt, der Frühling kam schöner in das Land, als ihn sich die ältesten Greise erinnern konnten. Allerorten taten sich Bächlein hervor und tränkten die Wiesen und Auen; die Hügel schienen zu wachsen, die Rebengeländer erhuben sich höher, die Obstbäume blühten wie niemals, und ein schwellender duftender Segen hing schwer in Blütenwolken über der Landschaft. Alles gedieh über Erwarten, kein rauher Tag, kein Sturm beschädigte die Frucht; der Wein quoll errötend in Ungeheuern Trauben, und die Einwohner des Ortes staunten sich an, und waren wie in einem süßen Traum befangen. Das folgende Jahr war ebenso, aber man war schon an das Wundersame mehr gewöhnt. Im Herbst gab Marie den dringenden Bitten des Andres und ihrer Eltern nach: sie ward seine Braut und im Winter mit ihm verheiratet.

Oft dachte sie mit inniger Sehnsucht an ihren Aufenthalt hinter den Tannenbäumen zurück; sie blieb still und ernst. So schön auch alles war, was sie umgab, so kannte sie doch etwas noch Schöneres, wodurch eine leise Trauer ihr Wesen zu einer sanften Schwermut stimmte. Schmerzhaft traf es sie, wenn der Vater oder ihr Mann von den Zigeunern und Schelmen sprachen, die im finstern Grunde wohnten; oft wollte sie sie verteidigen, die sie als Wohltäter der Gegend kannte, vorzüglich gegen Andres, der eine Lust im eifrigen Schelten zu finden schien, aber sie zwang das Wort jedesmal in ihre Brust zurück. So verlebte sie das Jahr, und im folgenden ward sie durch eine junge Tochter erfreut, welche sie Elfriede nannte, indem sie dabei an den Namen der Elfen dachte.

Die jungen Leute wohnten mit Martin und Brigitte in demselben Hause, welches geräumig genug war, und halfen den Eltern die ausgebreitete Wirtschaft führen. Die kleine Elfriede zeigte bald besondere Fähigkeiten und Anlagen, denn sie lief sehr früh, und konnte alles sprechen, als sie noch kein Jahr alt war; nach einigen Jahren aber war sie so klug und sinnig, und von so wunderbarer Schönheit, daß alle Menschen sie mit Erstaunen betrachteten, und ihre Mutter sich nicht der Meinung erwehren konnte, sie sehe jenen glänzenden Kindern im Tannengrunde ähnlich. Elfriede hielt sich nicht gern zu andern Kindern, sondern vermied bis zur Ängstlichkeit ihre geräuschvollen Spiele, und war am liebsten allein. Dann zog sie sich in eine Ecke des Gartens zurück, und las oder arbeitete eifrig am kleinen Nähzeuge; oft sah man sie auch wie tief in sich versunken sitzen, oder daß sie in Gängen heftig auf und nieder ging und mit sich selber sprach. Die beiden Eltern ließen sie gern gewähren, weil sie gesund war und gedieh, nur machten sie die seltsamen verständigen Antworten und Bemerkungen oft besorgt. »So kluge

Kinder«, sagte die Großmutter Brigitte vielmals, »werden nicht alt, sie sind zu gut für diese Welt, auch ist das Kind über die Natur schön, und wird sich auf Erden nicht zurechtfinden können.«

Die Kleine hatte die Eigenheit, daß sie sich höchst ungern bedienen ließ, alles wollte sie selber machen. Sie war fast die früheste auf im Hause, und wusch sich sorgfältig und kleidete sich selber an; ebenso sorgsam war sie am Abend, sie achtete sehr darauf, Kleider und Wäsche selbst einzupacken, und durchaus niemand, auch die Mutter nicht, über ihre Sachen kommen zu lassen. Die Mutter sah ihr in diesem Eigensinne nach, weil sie sich nichts weiter dabei dachte, aber wie erstaunte sie, als sie sie an einem Feiertage, zu einem Besuch auf dem Schlosse, mit Gewalt umkleidete, sosehr sich auch die Kleine mit Geschrei und Tränen dagegen wehrte, und auf ihrer Brust an einem Faden hängend, ein Goldstück von seltsamer Form antraf, welches sie sogleich für eines von jenen erkannte, deren sie so viele in dem unterirdischen Gewölbe gesehn hatte. Die Kleine war sehr erschrocken, und gestand endlich, sie habe es im Garten gefunden, und da es ihr sehr wohlgefallen, habe sie es so emsig aufbewahrt; sie bat auch so dringend und herzlich, es ihr zu lassen, daß Marie es wieder auf derselben Stelle befestigte und voller Gedanken mit ihr stillschweigend zum Schlosse hinaufging.

Seitwärts vom Hause der Pachterfamilie lagen einige Wirtschaftsgebäude zur Aufbewahrung der Früchte und des Feldgerätes, und hinter diesen befand sich ein Grasplatz mit einer alten Laube, die aber kein Mensch jetzt besuchte, weil sie nach der neuen Einrichtung der Gebäude zu entfernt vom Garten war. In dieser Einsamkeit hielt sich Elfriede am liebsten auf, und es fiel niemanden ein, sie hier zu stören, so daß die Eltern oft in halben Tagen ihrer nicht ansichtig wurden. An einem Nachmittage befand sich die Mutter in den Gebäuden, um aufzuräumen und eine verlorene Sache wiederzufinden, als sie wahrnahm, daß durch eine Ritze der Mauer ein Lichtstrahl in das Gemach falle. Es kam ihr der Gedanke, hindurchzusehn, um ihr Kind zu beobachten, und es fand sich, daß ein locker gewordener Stein sich von der Seite schieben ließ, wodurch sie den Blick gerade hinein in die Laube gewann. Elfriede saß drinnen auf einem Bänkchen, und neben ihr die wohlbekannte Zerina, und beide Kinder spielten und ergötzten sich in holdseliger Eintracht. Die Elfe umarmte das schöne Kind und sagte traurig: »Ach, du liebes Wesen, so wie mit dir habe ich schon mit deiner Mutter gespielt, als sie klein war und uns besuchte, aber ihr Menschen wachst zu bald auf und werdet so schnell groß und vernünftig; das ist recht betrübt: bliebest du doch so lange ein Kind, wie ich!«

»Gern tät ich dir den Gefallen«, sagte Elfriede, »aber sie meinen ja alle, ich würde bald zu Verstande kommen, und gar nicht mehr spielen, denn ich hätte rechte Anlagen, altklug zu werden. Ach! und dann seh ich dich auch nicht wieder, du liebes Zerinchen! Ja, es geht wie mit den Baumblüten: wie herrlich der blühende Apfelbaum mit seinen rötlichen aufgequollenen Knospen! der Baum tut so groß und breit, und jedermann, der drunterweg geht, meint auch, es müsse recht was Besonderes werden; dann kommt die Sonne, die Blüte geht so leutselig auf, und da steckt schon der böse Kern drunter, der nachher den bunten Putz verdrängt und hinunterwirft; nun kann er sich geängstigt und aufwachsend nicht mehr helfen, er muß im Herbst zur Frucht werden. Wohl ist ein Apfel auch lieb und erfreulich, aber doch nichts gegen die Frühlingsblüte: so geht es mit uns Menschen auch; ich kann mich nicht darauf freuen, ein großes Mädchen zu werden. Ach, könnt ich euch doch nur einmal besuchen!«

»Seit der König bei uns wohnt«, sagte Zerina, »ist es ganz unmöglich, aber ich komme ja so oft zu dir, Liebchen, und keiner sieht mich, keiner weiß es, weder hier noch dort; ungesehn geh ich durch die Luft, oder fliege als Vogel herüber; o wir wollen noch recht viel beisammen sein, solange du klein bist. Was kann ich dir nur zu Gefallen tun?«

»Recht lieb sollst du mich haben«, sagte Elfriede, »so lieb, wie ich dich in meinem Herzen trage; doch laß uns auch einmal wieder eine Rose machen.«

Zerina nahm das bekannte Schächtelchen aus dem Busen,

warf zwei Körner hin, und plötzlich stand ein grünender Busch mit zweien hochroten Rosen vor ihnen, welche sich zueinanderneigten, und sich zu küssen schienen. Die Kinder brachen die Rosen lächelnd ab, und das Gebüsch war wieder verschwunden. »O müßte es nur nicht wieder so schnell sterben«, sagte Elfriede, »das rote Kind, das Wunder der Erde.« »Gib!« sagte die kleine Elfe, hauchte dreimal die aufknospende Rose an, und küßte sie dreimal; »nun«, sprach sie, indem sie die Blume zurückgab, »bleibt sie frisch und blühend bis zum Winter.« – »Ich will sie wie ein Bild von dir aufheben«, sagte Elfriede, »sie in meinem Kämmerchen wohl bewahren, und sie morgens und abends küssen, als wenn du es wärst.« – »Die Sonne geht schon unter«, sagte jene, »ich muß jetzt nach Hause.« Sie umarmten sich noch einmal, dann war Zerina verschwunden.

Am Abend nahm Marie ihr Kind mit einem Gefühl von Beängstigung und Ehrfurcht in die Arme; sie ließ dem holden Mädchen nun noch mehr Freiheit als sonst, und beruhigte oft ihren Gatten, wenn er, um das Kind aufzusuchen, kam, was er seit einiger Zeit wohl tat, weil ihm ihre Zurückgezogenheit nicht gefiel, und er fürchtete, sie könne darüber einfältig, oder gar unklug werden. Die Mutter schlich öfter nach der Spalte der Mauer, und fast immer fand sie die kleine glänzende Elfe neben ihrem Kinde sitzen, mit Spielen beschäftigt, oder in ernsthaften Gesprächen. »Möchtest du fliegen können?« fragte Zerina einmal ihre Freundin. »Wie gerne!« rief Elfriede aus. Sogleich umfaßte die Fee die Sterbliche, und schwebte mit ihr vom Boden empor, so daß sie zur Höhe der Laube stiegen. Die besorgte Mutter vergaß ihre Vorsicht, und lehnte sich erschreckend mit dem Kopfe hinaus, um ihnen nachzusehn; da erhob aus der Luft Zerina den Finger und drohte lächelnd, ließ sich mit dem Kinde wieder nieder, herzte sie, und war verschwunden. Es geschah nachher noch öfter, daß Marie von dem wunderbaren Kinde gesehen wurde, welches jedesmal mit dem Kopfe schüttelte oder drohte, aber mit freundlicher Gebärde.

Oftmals schon hatte bei vorgefallenem Streite Marie im Eifer zu ihrem Manne gesagt: »Du tust den armen Leuten in der Hütte Unrecht!« Wenn Andres dann in sie drang, ihm zu erklären, warum sie der Meinung aller Leute im Dorfe, ja der Herrschaft selber entgegen sei und es besser wissen wolle, brach sie ab, und schwieg verlegen. Heftiger als je ward Andres eines Tages nach Tische und behauptete, das Gesindel müsse als landesverderblich durchaus fortgeschafft werden; da rief sie im Unwillen aus: »Schweig, denn sie sind deine und unser aller Wohltäter!« »Wohltäter?« fragte Andres erstaunt; »die Landstreicher?« In ihrem Zorne ließ sie sich verleiten, ihm unter dem Versprechen der tiefsten Verschwiegenheit die Geschichte ihrer Jugend zu erzählen, und da er bei jedem ihrer Worte ungläubiger wurde und verhöhnend den Kopf schüttelte, nahm sie ihn bei der Hand und führte ihn in das Gemach, von wo er zu seinem Erstaunen die leuchtende Elfe mit seinem Kinde in der Laube spielen, und es liebkosen sah. Er wußte kein Wort zu sagen; ein Ausruf der Verwunderung entfuhr ihm, und Zerina erhob den Blick. Sie wurde plötzlich bleich und zitterte heftig, nicht freundlich, sondern mit zorniger Miene machte sie die drohende Gebärde, und sagte dann zu Elfrieden: »Du kannst nichts dafür, geliebtes Herz, aber sie werden niemals klug, so verständig sie sich auch dünken.« Sie umarmte die Kleine mit stürmender Eil, und flog dann als Rabe mit heiserem Geschrei über den Garten hinweg, den Tannenbäumen zu.

Am Abend war die Kleine sehr still und küßte weinend die Rose, Marien war ängstlich zu Sinne, Andres sprach wenig. Es wurde Nacht. Plötzlich rauschten die Bäume, Vögel flogen mit ängstlichem Geschrei umher, man hörte den Donner rollen, die Erde zitterte und Klagetöne winselten in der Luft. Marie und Andres hatten nicht den Mut aufzustehn; sie hüllten sich in die Decken und erwarteten mit Furcht und Zittern den Tag. Gegen Morgen ward es ruhiger, und alles war still, als die Sonne mit ihrem Lichte über den Wald hervordrang.

Andres kleidete sich an, und Marie bemerkte, daß der Stein des Ringes an ihrem Finger verblaßt war. Als sie die Tür öffneten, schien ihnen die Sonne klar entgegen, aber die Landschaft umher kannten sie kaum wieder. Die Frische des Waldes war verschwunden, die Hügel hatten sich gesenkt, die Bäche flossen matt mit wenigem Wasser, der Himmel schien grau, und als man den Blick nach den Tannen hinüberwandte, standen sie nicht finstrer oder trauriger da, als die übrigen Bäume; die Hütten hinter ihnen hatten nichts Abschreckendes, und mehrere Einwohner des Dorfes kamen und erzählten von der seltsamen Nacht, und daß sie über den Hof gegangen seien, wo die Zigeuner gewohnt, die wohl fortgegangen sein müßten, weil die Hütten leer ständen, und im Innern ganz gewöhnlich wie die Wohnungen andrer armen Leute aussähen; einiges vom Hausrat wäre zurückgeblieben. Elfriede sagte zu ihrer Mutter heimlich: »Als ich in der Nacht nicht schlafen konnte, und in der Angst bei dem Getümmel von Herzen betete, da öffnete sich plötzlich meine Tür, und herein trat meine Gespielin, um Abschied von mir zu nehmen. Sie hatte eine Reisetasche um, einen Hut auf ihren Kopf, und einen großen Wanderstab in der Hand. Sie war sehr böse auf dich, weil sie deinetwegen nun die größten und schmerzhaftesten Strafen aushalten müsse, da sie dich doch immer so geliebt habe; denn alle, so wie sie sagte, verließen nur sehr ungern diese Gegend.«

Marie verbot ihr, davon zu sprechen, und indem kam auch der Fährmann vom Strome herüber, welcher Wunderdinge erzählte. Mit einbrechender Nacht war ein großer fremder Mann zu ihm gekommen, welcher ihm bis zu Sonnenaufgang die Fähre abgemietet habe, doch mit dem Bedingnis, daß er sich still zu Hause halten und schlafen, wenigstens nicht aus der Tür treten solle. »Ich fürchtete mich«, fuhr der Alte fort, »aber der seltsame Handel ließ mich nicht schlafen. Sacht schlich ich mich ans Fenster und schaute nach dem Strome. Große Wolken trieben unruhig durch den Himmel und die fernen Wälder rauschten bange; es war als wenn meine Hütte bebte und Klagen und Winseln um das Haus schlich. Da sah ich plötzlich ein weißströmendes Licht, das breiter und immer breiter wurde, wie viele tausend niedergefallene Sterne, funkelnd und wogend bewegte es sich von dem finstern Tannengrunde her, zog über das Feld, und verbreitete sich nach dem Flusse hin. Da hörte ich ein Trappeln, ein Klirren, ein Flüstern und Säuseln näher und näher; es ging nach meiner Fähre hin, hinein stiegen alle, große und kleine leuchtende Gestalten, Männer und Frauen, wie es schien, und Kinder, und der große fremde Mann fuhr sie alle hinüber; im Strome schwammen neben dem Fahrzeuge viel tausend helle Gebilde, in der Luft flatterten Lichter und weiße Nebel, und alles klagte und jammerte, daß sie so weit, weit reisen müßten, aus der geliebten angewöhnten Gegend fort. Der Ruderschlag und das Wasser rauschten dazwischen, und dann war wieder plötzlich eine Stille. Oft stieß die Fähre an, und kam zurück und ward von neuem beladen, auch viele schwere Gefäße nahmen sie mit, die gräßliche kleine Gesellen trugen und rollten; waren es Teufel, waren es Kobolde, ich weiß es nicht. Dann kam im wogenden Glanz ein stattlicher Zug. Ein Greis schien es, auf einem weißen kleinen Rosse, um den sich alles drängte; ich sah aber nur den Kopf des Pferdes, denn es war über und über mit kostbaren glänzenden Decken verhangen; auf dem Haupt trug der Alte eine Krone, so daß ich dachte, als er hinübergefahren, die Sonne wolle von dorten aufgehn, und das Morgenrot funkle mir entgegen. So währte es die ganze Nacht; ich schlief endlich in dem Gewirre ein, zum Teil in Freude, zum Teil in Schauder. Am Morgen war alles ruhig, aber der Fluß ist wie weggelaufen, so daß ich Not haben werde mein Fahrzeug zu regieren.«

Noch in demselben Jahre war ein Mißwachs, die Wälder starben ab, die Quellen vertrockneten, und dieselbe Gegend, die sonst die Freude jedes Durchreisenden gewesen war, stand im Herbst verödet, nackt und kahl, und zeigte kaum hie und da noch im Meere von Sand ein Plätzchen, wo Gras mit fahlem Grün emporwuchs. Die Obstbäume gingen alle aus, die Weinberge verdarben, und der Anblick der Landschaft war so traurig, daß der Graf im folgenden Jahre mit seiner Familie das Schloß verließ, welches nachher verfiel und zur Ruine wurde.

Elfriede betrachtete Tag und Nacht mit der größten Sehnsucht ihre Rose und gedachte ihrer Gespielin, und so wie die Blume sich neigte und welkte, so senkte sie auch das Köpfchen, und war schon vor dem Frühlinge verschmachtet. Marie stand oft auf dem Platze vor der Hütte und beweinte das entschwundene Glück. Sie verzehrte sich, wie ihr Kind, und folgte ihm in einigen Jahren. Der alte Martin zog mit seinem Schwiegersohne nach der Gegend, in der er vormals gelebt hatte.

Der Pokal

1811

Vom großen Dom erscholl das vormittägige Geläute. Über den weiten Platz wandelten in verschiedenen Richtungen Männer und Weiber, Wagen fuhren vorüber und Priester gingen nach ihren Kirchen. Ferdinand stand auf der breiten Treppe, den Wandelnden nachsehend und diejenigen betrachtend, welche heraufstiegen, um dem Hochamte beizuwohnen. Der Sonnenschein glänzte auf den weißen Steinen, alles suchte den Schatten gegen die Hitze; nur er stand schon seit lange sinnend an einen Pfeiler gelehnt, in den brennenden Strahlen, ohne sie zu fühlen, denn er verlor sich in den Erinnerungen, die in seinem Gedächtnisse aufstiegen. Er dachte seinem Leben nach, und begeisterte sich an dem Gefühl, welches sein Leben durchdrungen und alle andern Wünsche in ihm ausgelöscht hatte. In derselben Stunde stand er hier im vorigen Jahre, um Frauen und Mädchen zur Messe kommen zu sehn; mit gleichgültigem Herzen und lächelndem Auge hatte er die mannigfaltigen Gestalten betrachtet, mancher holde Blick war ihm schalkhaft begegnet und manche jungfräuliche Wange war errötet; sein spähendes Auge sah den niedlichen Füßchen nach, wie sie die Stufen heraufschritten, und wie sich das schwebende Gewand mehr oder weniger verschob, um die feinen Knöchel zu enthüllen. Da kam über den Markt eine jugendliche Gestalt, in Schwarz, schlank und edel, die Augen sittsam vor sich hingeheftet, unbefangen schwebte sie die Erhöhung hinauf mit lieblicher Anmut, das seidene Gewand legte sich um den schönsten Körper und wiegte sich wie in Musik um die bewegten Glieder; jetzt wollte sie den letzten Schritt tun, und von ohngefähr erhob sie das Auge und traf mit dem blauesten Strahle in seinen Blick. Er ward wie von einem Blitz durchdrungen. Sie strauchelte, und so schnell er auch hinzusprang, konnte er doch nicht verhindern, daß sie nicht kurze Zeit in der reizendsten Stellung kniend vor seinen Füßen lag. Er hob sie auf, sie sah ihn nicht an, sondern war ganz Röte, antwortete auch nicht auf seine

Frage, ob sie sich beschädiget habe. Er folgte ihr in die Kirche und sah nur das Bildnis, wie sie vor ihm gekniet, und der schönste Busen ihm entgegengewogt. Am folgenden Tage besuchte er die Schwelle des Tempels wieder; die Stätte war ihm geweiht. Er hatte abreisen wollen, seine Freunde erwarteten ihn ungeduldig in seiner Heimat; aber von nun an war hier sein Vaterland, sein Herz war umgewendet. Er sah sie öfter, sie vermied ihn nicht, doch waren es nur einzelne und gestohlene Augenblicke; denn ihre reiche Familie bewachte sie genau, noch mehr ein angesehener eifersüchtiger Bräutigam. Sie gestanden sich ihre Liebe, wußten aber keinen Rat in ihrer Lage; denn er war fremd und konnte seiner Geliebten kein so großes Glück anbieten, als sie zu erwarten berechtigt war. Da fühlte er seine Armut; doch wenn er an seine vorige Lebensweise dachte, dünkte er sich überschwenglich reich, denn sein Dasein war geheiligt, sein Herz schwebte immerdar in der schönsten Rührung; jetzt war ihm die Natur befreundet und ihre Schönheit seinen Sinnen offenbar, er fühlte sich der Andacht und Religion nicht mehr fremd, und betrat dieselbe Schwelle, das geheimnisvolle Dunkel des Tempels jetzt mit ganz andern Gefühlen, als in jenen Tagen des Leichtsinns. Er zog sich von seinen Bekanntschaften zurück und lebte nur der Liebe. Wenn er durch ihre Straße ging und sie nur am Fenster sah, war er für diesen Tag glücklich; er hatte sie in der Dämmerung des Abends oftmals gesprochen, ihr Garten stieß an den eines Freundes, der aber sein Geheimnis nicht wußte. So war ein Jahr vorübergegangen.

Alle diese Szenen seines neuen Lebens zogen wieder durch sein Gedächtnis. Er erhob seinen Blick, da schwebte die edle Gestalt schon über den Platz, sie leuchtete ihm wie eine Sonne aus der verworrenen Menge hervor. Ein lieblicher Gesang ertönte in seinem sehnsüchtigen Herzen, und er trat, wie sie sich annäherte, in die Kirche zurück. Er hielt ihr das geweihte Wasser entgegen, ihre weißen Finger zitterten, als sie die seinigen berührte, sie neigte sich holdselig. Er folgte ihr nach, und kniete in ihrer Nähe. Sein ganzes Herz zerschmolz in Wehmut und Liebe, es dünkte ihm, als wenn aus den Wunden der Sehnsucht sein Wesen in andächtigen Gebeten dahinblutete; jedes Wort des Priesters durchschauerte ihn, jeder Ton der Musik goß Andacht in seinen Busen; seine Lippen bebten, als die Schöne das Kruzifix ihres Rosenkranzes an den brünstigen roten Mund drückte. Wie hatte er ehemals diesen Glauben und diese Liebe so gar nicht begreifen können. Da erhob der Priester die Hostie und die Glocke schallte, sie neigte sich demütiger und bekreuzte ihre Brust; und wie ein Blitz schlug es durch alle seine Kräfte und Gefühle, und das Altarbild dünkte ihm lebendig und die farbige Dämmerung der Fenster wie ein Licht des Paradieses; Tränen strömten reichlich aus seinen Augen und linderten die verzehrende Inbrunst seines Herzens.

Der Gottesdienst war geendigt. Er bot ihr wieder den Weihbrunnen, sie sprachen einige Worte und sie entfernte sich. Er blieb zurück, um keine Aufmerksamkeit zu erregen; er sah ihr nach, bis der Saum ihres Kleides um die Ecke verschwand. Da war ihm wie dem müden verirrten Wanderer, dem im dichten Walde der letzte Schein der untergehenden Sonne erlischt. Er erwachte aus seiner Träumerei, als ihm eine alte dürre Hand auf die Schulter schlug, und ihn jemand bei Namen nannte.

Er fuhr zurück, und erkannte seinen Freund, den mürrischen Albert, der von allen Menschen sich zurückzog, und dessen einsames Haus nur dem jungen Ferdinand geöffnet war. »Seid Ihr unsrer Abrede noch eingedenk?« fragte die heisere Stimme. »O ja«, antwortete Ferdinand, »und werdet Ihr Euer Versprechen heut noch halten?« – »Noch in dieser Stunde«, antwortete jener, »wenn Ihr mir folgen wollt.«

Sie gingen durch die Stadt und in einer abgelegenen Straße in ein großes Gebäude. »Heute«, sagte der Alte, »müßt Ihr Euch schon mit mir in das Hinterhaus bemühn, in mein einsamstes Zimmer, damit wir nicht etwa gestört werden.« Sie gingen durch viele Gemächer, dann über einige Treppen; Gänge empfingen sie, und Ferdinand, der das Haus zu kennen glaubte, mußte sich über die Menge der Zimmer, so wie über die seltsame Einrich-

tung des weitläufigen Gebäudes verwundern, noch mehr aber
darüber, daß der Alte, welcher unverheiratet war, der auch keine
Familie hatte, es allein mit einem einzigen Bedienten bewohne,
und niemals an Fremde von dem überflüssigen Raume hatte ver-
mieten wollen. Albert schloß endlich auf und sagte: »Nun sind
wir zur Stelle.« Ein großes hohes Zimmer empfing sie, das mit
rotem Damast ausgeschlagen war, den goldene Leisten einfaß-
ten, die Sessel waren von dem nämlichen Zeuge, und durch rote
schwerseidne Vorhänge, welche niedergelassen waren, schimmerte ein purpurnes Licht. »Verweilt einen Augenblick«, sagte
der Alte, indem er in ein anderes Gemach ging. Ferdinand betrachtete indes einige Bücher, in welchen er fremde unverständliche Charaktere, Kreise und Linien, nebst vielen wunderlichen
Zeichnungen fand, und nach dem wenigen, was er lesen konnte,
schienen es alchemistische Schriften; er wußte auch, daß der Alte
im Rufe eines Goldmachers stand. Eine Laute lag auf dem Tische, welche seltsam mit Perlmutter und farbigen Hölzern aus-
gelegt war und in glänzenden Gestalten Vögel und Blumen dar-
stellte, der Stern in der Mitte war ein großes Stück Perlmutter,
auf das kunstreichste in vielen durchbrochenen Zirkelfiguren,
fast wie die Fensterrose einer gotischen Kirche, ausgearbeitet.
»Ihr betrachtet da mein Instrument«, sagte Albert, welcher zurückkehrte, »es ist schon zweihundert Jahr alt, und ich habe es
als Andenken meiner Reise aus Spanien mitgebracht. Doch laßt
das alles, und setzt Euch jetzt.«

Sie setzten sich an den Tisch, der ebenfalls mit einem roten
Teppiche bedeckt war, und der Alte stellte etwas Verhülltes auf
die Tafel. »Aus Mitleid gegen Eure Jugend«, fing er an, »habe ich
Euch neulich versprochen, Euch zu wahrsagen, ob Ihr glücklich
werden könnt oder nicht, und dieses Versprechen will ich in ge-
genwärtiger Stunde lösen, ob Ihr gleich die Sache neulich nur für
einen Scherz halten wolltet. Ihr dürft Euch nicht entsetzen,
denn, was ich vorhabe, kann ohne Gefahr geschehn, und weder
furchtbare Zitationen sollen von mir vorgenommen werden,
noch soll Euch eine gräßliche Erscheinung erschrecken. Die Sa-

che, die ich versuchen will, kann in zweien Fällen mißlingen: wenn Ihr nämlich nicht so wahrhaft liebt, als Ihr mich habt wollen glauben machen, denn alsdann ist meine Bemühung umsonst und es zeigt sich gar nichts; oder daß Ihr das Orakel stört und durch eine unnütze Frage oder ein hastiges Auffahren vernichtet, indem Ihr Euren Sitz verlaßt und das Bild zertrümmert; Ihr müßt mir also versprechen, Euch ganz ruhig zu verhalten.«

Ferdinand gab das Wort, und der Alte wickelte aus den Tüchern das, was er mitgebracht hatte. Es war ein goldener Pokal von sehr künstlicher und schöner Arbeit. Um den breiten Fuß lief ein Blumenkranz mit Myrten und verschiedenem Laube und Früchten gemischt, erhaben ausgeführt mit mattem oder klarem Golde. Ein ähnliches Band, aber reicher, mit kleinen Figuren und fliehenden wilden Tierchen, die sich vor den Kindern fürchteten oder mit ihnen spielten, zog sich um die Mitte des Bechers. Der Kelch war schön gewunden, er bog sich oben zurück, den Lippen entgegen, und inwendig funkelte das Gold mit roter Glut. Der Alte stellte den Becher zwischen sich und den Jüngling, und winkte ihn näher. »Fühlt Ihr nicht etwas«, sprach er, »wenn Euer Auge sich in diesem Glanz verliert?« »Ja«, sagte Ferdinand, »dieser Schein spiegelt in mein Innres hinein, ich möchte sagen, ich fühle ihn wie einen Kuß in meinem sehnsüchtigen Busen.« – »So ist es recht!« sagte der Alte; »nun laßt Eure Augen nicht mehr herumschweifen, sondern haltet sie fest auf den Glanz dieses Goldes, und denkt so lebhaft wie möglich an Eure Geliebte.«

Beide saßen eine Weile ruhig, und schauten vertieft den leuchtenden Becher an. Bald aber fuhr der Alte mit stummer Gebärde, erst langsam, dann schneller, endlich in eilender Bewegung mit streichendem Finger um die Glut des Pokals in ebenmäßigen Kreisen hin. Dann hielt er wieder inne und legte die Kreise von der andern Seite. Als er eine Weile dies Beginnen fortgesetzt hatte, glaubte Ferdinand Musik zu hören, aber es klang wie draußen, in einer fernen Gasse; doch bald kamen die Töne näher, sie schlugen lauter und lauter an, sie zitterten bestimmter durch die

Luft, und es blieb ihm endlich kein Zweifel, daß sie aus dem Innern des Bechers hervorquollen. Immer stärker ward die Musik, und von so durchdringender Kraft, daß des Jünglings Herz erzitterte und ihm die Tränen in die Augen stiegen. Eifrig fuhr die Hand des Alten in verschiedenen Richtungen über die Mündung des Bechers, und es schien, als wenn Funken aus seinen Fingern fuhren und zuckend gegen das Gold leuchtend und klingend zersprangen. Bald mehrten sich die glänzenden Punkte und folgten, wie auf einen Faden gereiht, der Bewegung seines Fingers hin und wider; sie glänzten von verschiedenen Farben, und drängten sich allgemach dichter und dichter aneinander, bis sie in Linien zusammenschossen. Nun schien es, als wenn der Alte in der roten Dämmerung ein wundersames Netz über das leuchtende Gold legte, denn er zog nach Willkür die Strahlen hin und wider, und verwebte mit ihnen die Öffnung des Pokales; sie gehorchten ihm und blieben, einer Bedeckung ähnlich, liegen, indem sie hin und wider webten und in sich selber schwankten. Als sie so gefesselt waren, beschrieb er wieder die Kreise um den Rand, die Musik sank wieder zurück und wurde leiser und leiser, bis sie nicht mehr zu vernehmen war, das leuchtende Netz zitterte wie beängstiget. Es brach im zunehmenden Schwanken, und die Strahlen regneten tropfend in den Kelch, doch aus den niedertropfenden erhob sich wie eine rötliche Wolke, die sich in sich selbst in vielfachen Kreisen bewegte, und wie Schaum über der Mündung schwebte. Ein hellerer Punkt schwang sich mit der größten Schnelligkeit durch die wolkigen Kreise. Da stand das Gebild, und wie ein Auge schaute es plötzlich aus dem Duft, wie goldene Locken floß und ringelte es oben, und alsbald ging ein sanftes Erröten in dem wankenden Schatten auf und ab, und Ferdinand erkannte das lächelnde Angesicht seiner Geliebten, die blauen Augen, die zarten Wangen, den lieblich roten Mund. Das Haupt schwankte hin und her, hob sich deutlicher und sichtbarer auf dem schlanken weißen Halse hervor und neigte sich zu dem entzückten Jünglinge hin. Der Alte beschrieb immer noch die Kreise um den Becher, und heraus traten die glänzenden Schultern, und so wie sich die liebliche Bildung aus dem goldenen Bett mehr hervordrängte und holdselig hin und wider wiegte, so erschienen nun die beiden zarten, gewölbten und getrennten Brüste, auf deren Spitze die feinste Rosenknospe mit süß verhüllter Röte schimmerte. Ferdinand glaubte den Atem zu fühlen, indem das geliebte Bild wogend zu ihm neigte, und ihn fast mit den brennenden Lippen berührte; er konnte sich im Taumel nicht mehr bewältigen, sondern drängte sich mit einem Kusse an den Mund, und wähnte, die schönen Arme zu fassen, um die nackte Gestalt ganz aus dem goldenen Gefängnis zu heben. Alsbald durchfuhr ein starkes Zittern das liebliche Bild, wie in tausend Linien brach das Haupt und der Leib zusammen, und eine Rose lag am Fuß des Pokales, aus deren Röte noch das süße Lächeln schien. Sehnsüchtig ergriff sie Ferdinand, drückte sie an seinen Mund, und an seinem brennenden Verlangen verwelkte sie, und war in Luft zerflossen.

»Du hast schlecht dein Wort gehalten«, sagte der Alte verdrüßlich, »du kannst dir nur selber die Schuld beimessen.« Er verhüllte seinen Pokal wieder, zog die Vorhänge auf und eröffnete ein Fenster; das helle Tageslicht brach herein, und Ferdinand verließ wehmütig und mit vielen Entschuldigungen den murrenden Alten.

Er eilte bewegt durch die Straßen der Stadt. Vor dem Tore setzte er sich unter den Bäumen nieder. Sie hatte ihm am Morgen gesagt, daß sie mit einigen Verwandten abends über Land fahren müsse. Bald saß, bald wanderte er liebetrunken im Walde; immer sah er das holdselige Bild, wie es mehr und mehr aus dem glühenden Golde quoll; jetzt erwartete er, sie herausschreiten zu sehn im Glanze ihrer Schönheit, und dann zerbrach die schönste Form vor seinen Augen, und er zürnte mit sich, daß er durch seine rastlose Liebe und die Verwirrung seiner Sinne das Bildnis und vielleicht sein Glück zerstört habe.

Als nach der Mittagsstunde der Spaziergang sich allgemach mit Menschen füllte, zog er sich tiefer in das Gebüsch zurück; spähend behielt er aber die ferne Landstraße im Auge, und jeder

Wagen, der durch das Tor kam, wurde aufmerksam von ihm geprüft.

Es näherte sich dem Abende. Rote Schimmer warf die untergehende Sonne, da flog aus dem Tor der reiche vergoldete Wagen, der feurig im Abendglanze leuchtete. Er eilte hinzu. Ihr Auge hatte das seinige schon gesucht. Freundlich und lächelnd lehnte sie den glänzenden Busen aus dem Schlage, er fing ihren liebevollen Gruß und Wink auf; jetzt stand er neben dem Wagen, ihr voller Blick fiel auf ihn, und indem sie sich weiterfahrend wieder zurückzog, flog die Rose, welche ihren Busen zierte, heraus, und lag zu seinen Füßen. Er hob sie auf und küßte sie, und ihm war, als weissage sie ihm, daß er seine Geliebte nicht wiedersehn würde, daß nun sein Glück auf immer zerbrochen sei.

Auf und ab lief man die Treppen, das ganze Haus war in Bewegung, alles machte Geschrei und Lärmen zum morgenden großen Feste. Die Mutter war am tätigsten so wie am freudigsten; die Braut ließ alles geschehn, und zog sich, ihrem Schicksal nachsinnend, in ihr Zimmer zurück. Man erwartete noch den Sohn, den Hauptmann mit seiner Frau und zwei ältere Töchter mit ihren Männern; Leopold, ein jüngerer Sohn, war mutwillig beschäftigt, die Unordnung zu vermehren, den Lärmen zu vergrößern, und alles zu verwirren, indem er alles zu betreiben schien. Agathe, seine noch unverheiratete Schwester, wollte ihn zur Vernunft bringen und dahin bewegen, daß er sich um nichts kümmere, und nur die andern in Ruhe lasse; aber die Mutter sagte: »Störe ihn nicht in seiner Torheit, denn heute kommt es auf etwas mehr oder weniger nicht an; nur darum bitte ich euch alle, da ich schon auf so viel zu denken habe, daß ihr mich nicht mit irgend etwas behelligt, was ich nicht höchst nötig erfahren muß; ob sie Porzellan zerbrechen, ob einige silberne Löffel fehlen, ob das Gesinde der Fremden Scheiben entzweischlägt, mit solchen Possen ärgert mich nicht, daß ihr sie mir wiedererzählt. Sind diese Tage der Unruhe vorüber, dann wollen wir Rechnung halten.«

»Recht so, Mutter!« sagte Leopold, »das sind Gesinnungen eines Regenten würdig! Wenn auch einige Mägde den Hals brechen, der Koch sich betrinkt und den Schornstein anzündet, der Kellermeister vor Freude den Malvasier auslaufen oder aussaufen läßt, Sie sollen von dergleichen Kindereien nichts erfahren. Es müßte denn sein, daß ein Erdbeben das Haus umwürfe; Liebste, das ließe sich unmöglich verhehlen.«

»Wann wird er doch einmal klüger werden!« sagte die Mutter; »was werden nur deine Geschwister denken, wenn sie dich ebenso unklug wiederfinden, als sie dich vor zwei Jahren verlassen haben.«

»Sie müssen meinem Charakter Gerechtigkeit widerfahren lassen«, antwortete der lebhafte Jüngling, »daß ich nicht so wandelbar bin wie sie oder ihre Männer, die sich in wenigen Jahren so sehr, und zwar nicht zu ihrem Vorteile verändert haben.«

Jetzt trat der Bräutigam zu ihnen, und fragte nach der Braut. Die Kammerjungfer ward geschickt, sie zu rufen. »Hat Leopold Ihnen, liebe Mutter, meine Bitte vorgetragen?« fragte der Verlobte.

»Daß ich nicht wüßte«, sagte diese; »in der Unordnung hier im Hause kann man keinen vernünftigen Gedanken fassen.«

Die Braut trat herzu, und die jungen Leute begrüßten sich mit Freuden. »Die Bitte, deren ich erwähnte«, fuhr dann der Bräutigam fort, »ist, daß Sie es nicht übel deuten mögen, wenn ich Ihnen noch einen Gast in Ihr Haus führe, das für diese Tage nur schon zu sehr besetzt ist.«

»Sie wissen es selbst«, sagte die Mutter, »daß, so geräumig es auch ist, sich schwerlich noch Zimmer einrichten lassen.«

»Doch«, rief Leopold, »ich habe schon zum Teil dafür gesorgt, ich habe die große Stube im Hinterhause aufräumen lassen.«

»Ei, die ist nicht anständig genug«, sagte die Mutter, »seit Jahren ist sie ja fast nur zur Polterkammer gebraucht.«

»Prächtig ist sie hergestellt«, sagte Leopold, »und der Freund, für den sie bestimmt ist, sieht auch auf dergleichen nicht, dem ist es nur um unsre Liebe zu tun; auch hat er keine Frau und befindet sich gern in der Einsamkeit, so daß sie ihm gerade recht sein wird. Wir haben Mühe genug gehabt, ihm zuzureden und ihn wieder unter Menschen zu bringen.«

»Doch wohl nicht euer trauriger Goldmacher und Geisterbanner?« fragte Agathe.

»Kein andrer als der«, erwiderte der Bräutigam, »wenn Sie ihn einmal so nennen wollen.«

»Dann erlauben Sie es nur nicht, liebe Mutter«, fuhr die Schwester fort; »was soll ein solcher Mann in unserm Hause? Ich habe ihn einigemal mit Leopold über die Straße gehen sehn, und mir ist vor seinem Gesicht bange geworden; auch besucht der alte Sünder fast niemals die Kirche, er liebt weder Gott noch Menschen, und es bringt keinen Segen, dergleichen Ungläubige bei so feierlicher Gelegenheit unter das Dach einzuführen. Wer weiß, was daraus entstehn kann!«

»Wie du nun sprichst!« sagte Leopold erzürnt, »weil du ihn nicht kennst, so verurteilst du ihn, und weil dir seine Nase nicht gefällt, und er auch nicht mehr jung und reizend ist, so muß er, deinem Sinne nach, ein Geisterbanner und verruchter Mensch sein.«

»Gewähren Sie, teure Mutter«, sagte der Bräutigam, »unserm alten Freunde ein Plätzchen in Ihrem Hause, und lassen Sie ihn an unserer allgemeinen Freude teilnehmen. Er scheint, liebe Schwester Agathe, viel Unglück erlebt zu haben, welches ihn mißtrauisch und menschenfeindlich gemacht hat, er vermeidet alle Gesellschaft, und macht nur eine Ausnahme mit mir und Leopold; ich habe ihm viel zu danken, er hat zuerst meinem Geiste eine bessere Richtung gegeben, ja ich kann sagen, er allein hat mich vielleicht der Liebe meiner Julie würdig gemacht.«

»Mir borgt er alle Bücher«, fuhr Leopold fort, »und, was mehr sagen will, alte Manuskripte, und, was noch mehr sagen will, Geld, auf mein bloßes Wort; er hat die christlichste Gesinnung, Schwesterchen, und wer weiß, wenn du ihn näher kennenlernst, ob du nicht deine Sprödigkeit fahrenlässest, und dich in ihn verliebst, so häßlich er dir auch jetzt vorkommt.«

»Nun so bringen Sie ihn uns«, sagte die Mutter, »ich habe schon sonst so viel aus Leopolds Munde von ihm hören müssen, daß ich neugierig bin, seine Bekanntschaft zu machen. Nur müssen Sie es verantworten, daß wir ihm keine bessere Wohnung geben können.«

Indem kamen Reisende an. Es waren die Mitglieder der Familie; die verheirateten Töchter, so wie der Offizier, brachten ihre Kinder mit. Die gute Alte freute sich, ihre Enkel zu sehn; alles war Bewillkommnung und frohes Gespräch, und als der Bräutigam und Leopold auch ihre Grüße empfangen und abgelegt hatten, entfernten sie sich, um ihren alten mürrischen Freund aufzusuchen.

Dieser wohnte die meiste Zeit des Jahres auf dem Lande, eine Meile von der Stadt, aber eine kleine Wohnung behielt er sich auch in einem Garten vor dem Tore. Hier hatten ihn zufälligerweise die beiden jungen Leute kennengelernt. Sie trafen ihn jetzt auf einem Kaffeehause, wohin sie sich bestellt hatten. Da es schon Abend geworden war, begaben sie sich nach einigen Gesprächen in das Haus zurück.

Die Mutter nahm den Fremden sehr freundschaftlich auf; die Töchter hielten sich etwas entfernt, besonders war Agathe schüchtern und vermied seine Blicke sorgfältig. Nach den ersten allgemeinen Gesprächen war das Auge des Alten aber unverwandt auf die Braut gerichtet, welche später zur Gesellschaft getreten war; er schien entzückt und man bemerkte, daß er eine Träne heimlich abzutrocknen suchte. Der Bräutigam freute sich an seiner Freude, und als sie nach einiger Zeit abseits am Fenster standen, nahm er die Hand des Alten und fragte ihn: »Was sagen Sie von meiner geliebten Julie? Ist sie nicht ein Engel?« – »O mein Freund«, erwiderte der Alte gerührt, »eine solche Schönheit und Anmut habe ich noch niemals gesehn; oder ich sollte vielmehr sagen, (denn dieser Ausdruck ist unrichtig) sie ist so schön, so bezaubernd, so himmlisch, daß mir ist, als hätte ich sie längst gekannt, als wäre sie, so fremd sie mir ist, das vertrauteste Bild meiner Imagination, das meinem Herzen stets einheimisch gewesen.«

»Ich verstehe Sie«, sagte der Jüngling; »ja das wahrhaft Schöne, Große und Erhabene, so wie es uns in Erstaunen und Verwunderung setzt, überrascht uns doch nicht als etwas Fremdes, Unerhörtes und Niegesehenes, sondern unser eigenstes Wesen wird uns in solchen Augenblicken klar, unsre tiefsten Erinnerungen werden erweckt, und unsre nächsten Empfindungen lebendig gemacht.«

Beim Abendessen nahm der Fremde an den Gesprächen nur wenigen Anteil; sein Blick war unverwandt auf die Braut geheftet, so daß diese endlich verlegen und ängstlich wurde. Der Offizier erzählte von einem Feldzuge, dem er beigewohnt hatte, der reiche Kaufmann sprach von seinen Geschäften und der schlechten Zeit, und der Gutsbesitzer von den Verbesserungen, welche er in seiner Landwirtschaft angefangen hatte.

Nach Tische empfahl sich der Bräutigam, um zum letztenmal in seine einsame Wohnung zurückzukehren; denn künftig sollte er mit seiner jungen Frau im Hause der Mutter wohnen, ihre Zimmer waren schon eingerichtet. Die Gesellschaft zerstreute sich, und Leopold führte den Fremden nach seinem Gemach. »Ihr entschuldigt es wohl«, fing er auf dem Gange an, »daß Ihr etwas entfernt hausen müßt, und nicht so bequem, als die Mutter wünscht; aber Ihr seht selbst, wie zahlreich unsre Familie ist, und morgen kommen noch andre Verwandte. Wenigstens werdet Ihr uns nicht entlaufen können, denn Ihr findet Euch gewiß nicht aus dem weitläufigen Gebäude heraus.«

Sie gingen noch durch einige Gänge; endlich entfernte sich Leopold und wünschte gute Nacht. Der Bediente stellte zwei Wachskerzen hin, fragte, ob er den Fremden entkleiden solle, und da dieser jede Bedienung verbat, zog sich jener zurück, und er befand sich allein. »Wie muß es mir denn begegnen«, sagte er, indem er auf und nieder ging, »daß jenes Bildnis so lebhaft heut aus meinem Herzen quillt? Ich vergaß die ganze Vergangenheit und glaubte sie selbst zu sehn. Ich war wieder jung und ihr Ton erklang wie damals; mir dünkte, ich sei aus einem schweren Traum erwacht; aber nein, jetzt bin ich erwacht, und die holde Täuschung war nur ein süßer Traum.«

294

Er war zu unruhig, um zu schlafen, er betrachtete einige Zeichnungen an den Wänden und dann das Zimmer. »Heute ist mir alles so bekannt«, rief er aus, »könnt ich mich doch fast so täuschen, daß ich mir einbildete, dieses Haus und dieses Gemach seien mir nicht fremd.« Er suchte seine Erinnerungen anzuknüpfen, und hob einige große Bücher auf, welche in der Ecke standen. Als er sie durchblättert hatte, schüttelte er mit dem Kopfe. Ein Lautenfutteral lehnte an der Mauer; er eröffnete es und nahm ein altes seltsames Instrument heraus, das beschädigt war und dem die Saiten fehlten. »Nein, ich irre mich nicht«, rief er bestürzt: »diese Laute ist zu kenntlich, es ist die spanische meines längst verstorbenen Freundes Albert; dort stehn seine magischen Bücher, dies ist das Zimmer, in welchem er mir jenes holdselige Orakel erwecken wollte; verblichen ist die Röte des Teppichs, die goldene Einfassung ermattet, aber wundersam lebhaft ist alles, alles aus jenen Stunden in meinem Gemüt; darum schauerte mir, als ich hieherging, auf jenen langen verwickelten Gängen, welche mich Leopold führte; o Himmel, hier auf diesem Tische stieg das Bildnis quellend hervor, und wuchs auf wie von der Röte des Goldes getränkt und erfrischt; dasselbe Bild lachte hier mich an, welches mich heut abend dorten im Saale fast wahnsinnig gemacht hat, in jenem Saale, in welchem ich so oft mit Albert in vertrauten Gesprächen auf und nieder wandelte.«

Er entkleidete sich, schlief aber nur wenig. Am Morgen stand er früh wieder auf, und betrachtete das Zimmer von neuem; er eröffnete das Fenster, und sah dieselben Gärten und Gebäude vor sich, wie damals, nur waren indes viele neue Häuser hinzugebaut worden. »Vierzig Jahre sind seitdem verschwunden«, seufzte er, »und jeder Tag von damals enthielt längeres Leben als der ganze übrige Zeitraum.«

Er ward wieder zur Gesellschaft gerufen. Der Morgen verging unter mannigfaltigen Gesprächen, endlich trat die Braut in ihrem Schmucke herein. Sowie der Alte ihrer ansichtig ward, geriet er wie außer sich, so daß keinem in der Gesellschaft seine

295

Bewegung entging. Man begab sich zur Kirche und die Trauung ward vollzogen. Als sich alle wieder im Hause befanden, fragte Leopold seine Mutter: »Nun, wie gefällt Ihnen unser Freund, der gute mürrische Alte?«

»Ich habe ihn mir«, antwortete diese, »nach euren Beschreibungen viel abschreckender gedacht, er ist ja mild und teilnehmend, man könnte ein rechtes Zutrauen zu ihm gewinnen.«

»Zutrauen?« rief Agathe aus, »zu diesen fürchterlich brennenden Augen, diesen tausendfachen Runzeln, dem blassen eingekniffenen Mund, und diesem seltsamen Lachen, das so höhnisch klingt und aussieht? Nein, Gott bewahr mich vor solchem Freunde! Wenn böse Geister sich in Menschen verkleiden wollen, müssen sie eine solche Gestalt annehmen.«

»Wahrscheinlich doch eine jüngere und reizendere«, antwortete die Mutter; »aber ich kenne auch diesen guten Alten in deiner Beschreibung nicht wieder. Man sieht, daß er von heftigem Temperament ist, und sich gewöhnt hat alle seine Empfindungen in sich zu verschließen; er mag, wie Leopold sagt, viel Unglück erlebt haben, daher ist er mißtrauisch geworden, und hat jene einfache Offenheit verloren, die hauptsächlich nur den Glücklichen eigen ist.«

Ihr Gespräch wurde unterbrochen, weil die übrige Gesellschaft hinzutrat. Man ging zur Tafel, und der Fremde saß neben Agathe und dem reichen Kaufmanne. Als man anfing die Gesundheiten zu trinken, rief Leopold: »Haltet noch inne, meine werten Freunde, dazu müssen wir unsern Festpokal hier haben, der dann rundum gehn soll!« Er wollte aufstehen, aber die Mutter winkte ihm, sitzen zu bleiben; »du findest ihn doch nicht«, sagte sie, »denn ich habe alles Silberzeug anders gepackt.« Sie ging schnell hinaus, um ihn selber zu suchen. »Was unsre Alte heut geschäftig und munter ist«, sagte der Kaufmann, »so dick und breit sie ist, so behende kann sie sich doch noch bewegen, obgleich sie schon sechzig zählt; ihr Gesicht sieht immer heiter und freudig aus, und heut ist sie besonders glücklich, weil sie sich in der Schönheit ihrer Tochter wieder verjüngt.« Der Fremde gab ihm Beifall, und die Mutter kam mit dem Pokal zurück. Man schenkte ihn voll Weins, und oben vom Tisch fing er an herumzugehn, indem jeder die Gesundheit dessen ausbrachte, was ihm das Liebste und Erwünschteste war. Die Braut trank das Wohlsein ihres Gatten, dieser die Liebe seiner schönen Julie, und so tat jeder nach der Reihe. Die Mutter zögerte, als der Becher zu ihr kam. »Nur dreist!« sagte der Offizier etwas rauh und voreilig, »wir wissen ja doch, daß Sie alle Männer für ungetreu und keinen einzigen der Liebe einer Frau würdig halten; was ist Ihnen also das Liebste?« Die Mutter sah ihn an, indem sich über die Milde ihres Antlitzes plötzlich ein zürnender Ernst verbreitete. »Da mein Sohn«, sagte sie, »mich so genau kennt, und so strenge meine Gemütsart tadelt, so sei es mir auch erlaubt, nicht auszusprechen, was ich jetzt eben dachte, und suche er nur dasjenige, was er als meine Überzeugung kennen will, durch seine ungefälschte Liebe unwahr zu machen.« Sie gab den Becher, ohne zu trinken, weiter, und die Gesellschaft war auf einige Zeit verstimmt.

»Man erzählt sich«, sagte der Kaufmann leise, indem er sich zum Fremden neigte, »daß sie ihren Mann nicht geliebt habe, sondern einen andern, der ihr aber ungetreu geworden ist; damals soll sie das schönste Mädchen in der Stadt gewesen sein.«

Als der Becher zu Ferdinand kam, betrachtete ihn dieser mit Erstaunen, denn es war derselbe, aus welchem ihm Albert ehemals das schöne Bildnis hervorgerufen hatte. Er schaute in das Gold hinein und in die Welle des Weines, seine Hand zitterte; es würde ihn nicht verwundert haben, wenn aus dem leuchtenden Zaubergefäße jetzt wieder jene Gestalt hervorgeblüht wäre und mit ihr seine entschwundene Jugend. »Nein«, sagte er nach einiger Zeit halblaut, »es ist Wein, was hier glüht!« – »Was soll es anders sein?« sagte der Kaufmann lachend, »trinken Sie getrost!« Ein Zucken des Schrecks durchfuhr den Alten, er sprach den Namen Franziska heftig aus, und setzte den Pokal an die brünstigen Lippen. Die Mutter warf einen fragenden und verwundernden Blick hinüber. »Woher dieser schöne Becher?« sagte

Ferdinand, der sich seiner Zerstreuung schämte. »Vor vielen Jahren schon«, antwortete Leopold, »noch ehe ich geboren war, hat ihn mein Vater zugleich mit diesem Hause und allen Mobilien von einem alten einsamen Hagestolz gekauft, einem stillen Menschen, den die Nachbarschaft umher für einen Zauberer hielt.« Ferdinand mochte nicht sagen, daß er jenen gekannt hatte, denn sein Dasein war ihm zu sehr zum seltsamen Traum verwirrt, um auch nur aus der Ferne die übrigen in sein Gemüt schauen zu lassen.

Nach aufgehobener Tafel war er mit der Mutter allein, weil die jungen Leute sich zurückgezogen hatten, um Anstalten zum Balle zu treffen. »Setzen Sie sich neben mich«, sagte die Mutter, »wir wollen ausruhen, denn wir sind über die Jahre des Tanzes hinweg, und wenn es nicht unbescheiden ist zu fragen, so sagen Sie mir doch, ob Sie unsern Pokal schon sonstwo gesehn haben, oder was es war, was Sie so innerlichst bewegte.«

»O gnädige Frau«, sagte der Alte, »verzeihen Sie meiner törichten Heftigkeit und Rührung; aber seit ich in Ihrem Hause bin, ist es, als gehöre ich mir nicht mehr an, denn in jedem Augenblicke vergesse ich es, daß mein Haar grau ist, daß meine Geliebten gestorben sind. Ihre schöne Tochter, die heute den frohesten Tag ihres Lebens feiert, ist einem Mädchen, das ich in meiner Jugend kannte und anbetete, so ähnlich, daß ich es für ein Wunder halten muß; nicht ähnlich, nein, der Ausdruck sagt zu wenig, sie ist es selbst! Auch hier im Hause bin ich viel gewesen, und einmal mit diesem Pokal auf die seltsamste Weise bekannt geworden.« Er erzählte ihr hierauf sein Abenteuer. »An dem Abend dieses Tages«, so beschloß er, »sah ich draußen im Park meine Geliebte zum letztenmal, indem sie über Land fuhr. Eine Rose entfiel ihr, diese habe ich aufbewahrt; sie selbst ging mir verloren, denn sie ward mir ungetreu und bald darauf vermählt.«

»Gott im Himmel!« rief die Alte und sprang heftig bewegt auf, »du bist doch nicht Ferdinand?«

»So ist mein Name«, sagte jener.

»Ich bin Franziska«, antwortete die Mutter.

Sie wollten sich umarmen, und fuhren schnell zurück. Beide betrachteten sich mit prüfenden Blicken, beide suchten aus dem Ruin der Zeit jene Lineamente wieder zu entwickeln, die sie ehemals aneinander gekannt und geliebt hatten, und wie in dunkeln Gewitternächten unter dem Fluge schwarzer Wolken einzeln in flüchtigen Momenten die Sterne rätselhaft schimmern, um schnell wieder zu erlöschen, so schien ihnen aus den Augen, von Stirn und Mund jezuweilen der wohlbekannte Zug vorüberblitzend, und es war, als wenn ihre Jugend in der Ferne lächelnd weinte. Er bog sich nieder und küßte ihre Hand, indem zwei große Tränen herabstürzten, dann umarmten sie sich herzlich.

»Ist deine Frau gestorben?« fragte die Mutter.

»Ich war nie verheiratet«, schluchzte Ferdinand.

»Himmel!« sagte die Alte, die Hände ringend, »so bin ich die Ungetreue gewesen! Doch nein, nicht ungetreu. Als ich vom Lande zurückkam, wo ich zwei Monden gewesen war, hörte ich von allen Menschen, auch von deinen Freunden, nicht bloß den meinigen, du seist längst abgereist und in deinem Vaterlande verheiratet, man zeigte mir die glaubwürdigsten Briefe, man drang heftig in mich, man benutzte meine Trostlosigkeit, meinen Zorn, und so geschah es, daß ich meine Hand dem verdienstvollen Manne gab; mein Herz, meine Gedanken blieben dir immer gewidmet.«

»Ich habe mich nicht von hier entfernt«, sagte Ferdinand, »aber nach einiger Zeit vernahm ich deine Vermählung. Man wollte uns trennen, und es ist ihnen gelungen. Du bist glückliche Mutter, ich lebe in der Vergangenheit, und alle deine Kinder will ich wie die meinigen lieben. Aber wie wunderbar, daß wir uns seitdem nie wiedergesehen haben.«

»Ich ging wenig aus«, sagte die Mutter, »und mein Mann, der bald darauf einer Erbschaft wegen einen andern Namen annahm, hat dir auch jeden Verdacht dadurch entfernt, daß wir in derselben Stadt wohnen könnten.«

»Ich vermied die Menschen«, sagte Ferdinand, »und lebte nur der Einsamkeit; Leopold ist beinah der einzige, der mich wieder anzog und unter Menschen führte. O geliebte Freundin, es ist wie eine schauerliche Geistergeschichte, wie wir uns verloren und wiedergefunden haben.«

Die jungen Leute fanden die Alten in Tränen aufgelöst und in tiefster Bewegung. Keines sagte, was vorgefallen war, das Geheimnis schien ihnen zu heilig. Aber seitdem war der Greis der Freund des Hauses, und der Tod nur schied die beiden Wesen, die sich so sonderbar wiedergefunden hatten, um sie kurze Zeit nachher wieder zu vereinigen.

ANHANG

Editorische Notiz

Dem vorliegenden Band liegt folgende Ausgabe zugrunde:

Ludwig Tieck: Die Märchen aus dem Phantasus/Dramen. Hrsg. v. Marianne Thalmann. München 1978 (= Werke in 4 Bänden. Nach dem Text der Schriften von 1828–1854, unter Berücksichtigung der Erstdrucke, hrsg. sowie mit Nachworten u. Anmerkungen versehen von Marianne Thalmann. Band II).

Daten zu Leben und Werk

1773–1792

Am 31. Mai 1773 wird Johann Ludwig Tieck – von Friedrich Hebbel später zum »König der Romantik« erklärt – als erstes Kind des Seilermeisters Johann Ludwig Tieck und seiner Frau Anna Sophie (geb. Berukin) in Berlin geboren, wo er zusammen mit seinen jüngeren Geschwistern Christian Friedrich und Sophie aufwächst. 1782–1792: Besuch des von der Aufklärung geprägten Friedrichswerderschen Gymnasiums. Sein schriftstellerisches Talent wird durch einige seiner Lehrer früh erkannt und durch die Beteiligung an der Produktion trivialliterarischer Romane gefördert. Eigenständige Arbeiten aus dieser Zeit bleiben überwiegend unveröffentlicht. Freundschaft mit den Mitschülern Wilhelm Heinrich Wackenroder und Wilhelm von Burgsdorff. 1788: Bekanntschaft mit Amalie Alberti, Pastorentocher und Schwägerin des von Tieck häufig aufgesuchten Berliner Komponisten Johann Friedrich Reichardt.

1792–1794

1792: Beginn eines Theologiestudiums in Halle, das durch die Gewährung eines Stipendiums ermöglicht wird. Tiecks Hauptinteresse gilt jedoch den Fächern Literatur und Philosophie. Reise in den Harz. Studienortwechsel nach dem ersten Semester. Bis zum Sommer 1793 hört Tieck Vorlesungen in Göttingen, u. a. bei Gottfried August Bürger und Georg Christoph Lichtenberg. 1793: Verlegung des Studienorts nach Erlangen. Von dort aus unternimmt er mit seinem Freund Wackenroder Exkursionen zu den mittelalterlichen Städten Frankens. Insbesondere die Eindrücke in Nürnberg werden für beide zum Ausgangspunkt einer romantischen Kunstauffassung. Entstehung der Erzählung *Abdallah* (erschienen 1795) und der Tragödie *Der Abschied* (erschienen 1798). 1794: Abbruch des Studiums und Entscheidung, den Lebensunterhalt als freier Schriftsteller zu verdienen. Treffen mit Klopstock in Hamburg.

1794–1799

1794: Rückkehr nach Berlin. Zusammenarbeit mit dem Verleger und Schriftsteller Friedrich Nicolai. Besuch der literarischen Salons von Dorothea Veit, Rahel Levin und Henriette Herz. Bekanntschaft mit Schleiermacher und Wilhelm von Humboldt. 1795/96 erscheinen *Peter Lebrecht, eine Geschichte ohne Abenteuerlichkeiten* und der Roman *Geschichte des Herrn William Lovell*. 1796: Verlobung mit Amalie Alberti. 1797: Bekanntschaft mit August Wilhelm und Friedrich Schlegel. Erscheinen der gemeinsam mit Wackenroder verfassten *Herzensergießungen eines kunstliebenden Klosterbruders*, der Erzählung *Liebesgeschichte der schönen Magelone und des Grafen Peter von Provence* sowie der *Volksmährchen* (darin enthalten u. a. *Ritter Blaubart*, *Der gestiefelte Kater* und *Der blonde Eckbert*). 1798: Tod Wackenroders. Heirat mit Amalie Alberti. Erscheinen des Künstlerromans *Franz Sternbalds Wanderungen*. 1799: Geburt der Tochter Dorothea. Reise nach Weimar. Begegnung mit Novalis und Schelling.

1799–1818

1799–1800: Verlegung des Wohnsitzes nach Jena. Freundschaftlicher Umgang mit den Brüdern Schlegel, Novalis, Brentano sowie Schelling und Fichte (»Geburtsstunde der Frühromantik«). Bekanntschaft mit Schiller, Herder, Goethe und Jean Paul. Erscheinen der Sammlung *Romantische Dichtungen* (1799/1800). Veröffentlichung der Cervantes-Übersetzung *Leben und Taten des scharfsinnigen Edlen Don Quixote von La Mancha* (1799–1801). 1801: Tod der Eltern. Nach vorübergehenden Aufenthalten in Hamburg und Berlin Verlegung des Wohnsitzes nach Dresden und ab 1802 nach Ziebingen, das bei Frankfurt an der Oder gelegene Landgut des Freundes Wilhelm von Burgsdorff, das bis 1819 den Lebensmittelpunkt der Familie Tiecks bildet. Gemeinsam mit Friedrich Schlegel Herausgabe der von Novalis hinterlassenen Schriften. Unterstützung durch Graf Friedrich Ludwig Karl Finck von Finckenstein. Liebe zur Tochter des Grafen Henriette von Finckenstein. Beginn einer dauerhaften »ménage à trois«. Ab 1804 zunehmende gesundheitliche Probleme, die Tieck in den folgenden Jahren zu wiederholten Kuraufenthalten zwingen. 1805/1806: Romreise. Begegnung mit Maler Müller, Wilhelm von Humboldt und Samuel Taylor Coleridge. 1808–1810: Aufenthalt in München. Umgang mit Friedrich Wilhelm Schelling, Friedrich Karl von Savigny, Friedrich Heinrich Jacobi. 1812: Beginn der Herausgabe des *Phantasus* (1812–1816). 1813: Aufenthalt in Prag. 1814: Begegnung mit E.T.A. Hoffmann in Berlin. 1816: Ernennung zum Ehrendoktor durch die Universität Breslau. 1817: Englandreise. Auf der Rückreise u.a. Treffen mit Alexander von Humboldt, Jean Paul, Friedrich Schlegel und Goethe. 1818: Tod des Grafen von Finckenstein.

1819–1841

1819: Nach vergeblichen Bemühungen um eine Professur in Berlin Übersiedlung nach Dresden. 1823: Herausgabe der *Novellen* (1823–1828). 1825: Tätigkeit als Dramaturg am Hoftheater Dresden. Ernennung zum Hofrat. Theaterreise durch Deutschland, Österreich und die Schweiz. Zusammen mit August Wilhelm Schlegel Herausgabe der Dramen Shakespeares in deutscher Sprache (1825–1833). Unter den Übersetzern befindet sich u.a. auch Tiecks Tochter Dorothea. 1821: Erscheinen der *Gedichte* (1821–1823). 1826: Herausgabe der *Gesammelten Schriften* Heinrich von Kleists sowie der *Dramaturgischen Blätter* (2 Bde., Bd. 3 erschien 1852). 1829: Freundschaft mit Karl Immermann. 1833: Tod der Schwester Sophie. 1835: Herausgabe der *Gesammelten Novellen* (1835–1842). 1836: Auf der Fahrt zum Kurort Baden-Baden erleidet Tieck einen schweren Reiseunfall, der eine bleibende gesundheitliche Beeinträchtigung nach sich zieht. 1837: Tod Amalie Tiecks. 1840: Erscheinen des historischen Romans *Vittoria Accorombona*. 1841: Tod der Tochter Dorothea.

1841–1853

1841: Tieck wird Vorleser König Friedrich Wilhelm IV. und Berater der »Königlichen Schauspiele« in Berlin. Inszenierung der *Antigone* des Sophokles. 1842: Übersiedlung nach Berlin. Auf der Reise an die neue Wirkungsstätte erleidet Tieck einen schweren Schlaganfall. 1843–1845: Inszenierung verschiedener Bühnenstücke (*Medea* von Euripides, Shakespeares *Sommernachtstraum*, *Der gestiefelte Kater*, *Ritter Blaubart* und *Ödipus auf Kolonos* von Sophokles). 1845: Tieck erleidet einen weiteren Schlaganfall. 1847: Tod Henriette von Finckensteins. 1848: Herausgabe der *Kritischen Schriften* (1848–1852). 1851: Tod des Bruders Friedrich. Der ab diesem Jahr bettlägrige Tieck erliegt am 28. April 1853 fast 80-jährig den Folgen seiner schweren Krankheit. Seine Beerdigung findet auf dem Berliner Dreifaltigkeitskirchhof an der Bergmannstraße statt.

Aus Kindlers Literatur Lexikon:
Ludwig Tieck, ›Phantasus‹

Die in den Jahren 1812 bis 1816 in drei Bänden erschienene Sammlung *Phantasus* beinhaltet sieben Kunstmärchen und Märchennovellen im ersten, sechs Schauspiele mit teils märchenhaften Stoffen im zweiten und das ›dramatische Märchen‹ *Fortunat* im dritten Band. Der Entstehungskontext der Einzelwerke ist heterogen. 1797 veröffentlichte Tieck unter dem Pseudonym Peter Leberecht die vor allem im Jenaer Kreis der Frühromantiker viel beachteten *Volksmährchen*, die bereits viele der in den *Phantasus* mit allerdings teils erheblichen Überarbeitungen aufgenommenen Texte beinhalten. Dazu gehören *Der blonde Eckbert*, *Ritter Blaubart*, *Der gestiefelte Kater* und die »Wundersame Liebesgeschichte der schönen Magelone und des Grafen Peter aus der Provence«. Darüber hinaus enthalten die drei Bände der *Volksmährchen* die Umarbeitung des *Karl von Berneck*, *Die Geschichte von den Heymons Kindern* und *Die denkwürdige Geschichtschronik der Schildbürger*, die in der nie erschienenen Fortsetzung der drei Bände des *Phantasus* vertreten sein sollte.

Sowohl in den *Volksmährchen* als auch im *Phantasus* stellt Tieck Übernahmen aus den Volksbüchern (z. B. der Magelone-Stoff oder der *Fortunat*) und Umarbeitungen der Märchen Charles Perraults (z. B. der *Ritter Blaubart*) neben eigene Schöpfungen (*Der blonde Eckbert*, »Der Runenberg«). So sind die Texte des *Phantasus* in hohem Grade intertextuell motiviert und setzen sich in meist ironischer Brechung mit ihren Vorgängern auseinander. Die einleitenden Worte »Anstatt einer Vorrede« adressiert Tieck an A.W. Schlegel und signalisiert damit einen der maßgeblichen Einflüsse für die Entstehung des Werks und für die Komposition der Rahmenhandlung. Der Jenaer Freundeskreis um die Brüder Schlegel, Fichte, Schelling, auch Novalis, Brentano und Schleiermacher regten Tieck zur Konzeption der dialogisch strukturierten Rahmennovelle nach dem Vorbild des *Decamerone* an.

Vier Damen und sieben Herren treffen sich in dieser idealisierten ästhetischen Gemeinschaft, um in angeregten Gesprächen die romantische Ästhetik, die Literatur, die Gartenbaukunst und das Theater genauso wie Fragen der Freundschaft und der Erziehung zu diskutieren. Tieck zeigt sich in der Konfrontation der Meinungen als genauer und kritischer Kenner der Debatten seiner Zeit; besonders mit Bezug auf Themen wie Literatur oder Theater kommt es zu zahlreichen poetologischen Aussagen. Die Verbindung von Gesellschaft und Poesie stellt eine Art Realisierung der Schlegel'schen »Sympoesie« dar. Im Kontext dieser Gespräche tragen die sieben Herren die Einzelwerke des *Phantasus* (sieben Märchen in der ersten Abteilung, fünf Dramen und der zweigeteilte *Fortunat* in der zweiten Abteilung) vor; im Anschluss an diese Vorträge kommt es zu intensiven Gesprächen über Gattungsfragen oder die Wirkung einzelner Texte. In programmatischer Absicht werden Grundzüge romantischer Ästhetik formuliert.

So führt in dem die erste Abteilung einleitenden Gedicht »Phantasus« der Knabe Phantasus das lyrische Ich in ein Märchenland, in dem es dem Schreck, der Albernheit, dem Scherz, der Liebe und zuletzt Pan, »von allem der Erhalter«, in personifizierter und allegorischer Gestalt begegnet. Über die Märchen der ersten Abteilung heißt es: »In diesen Natur-Märchen mischt sich das Liebliche mit dem Schrecklichen, das Seltsame mit dem Kindischen, und verwirrt unsre Phantasie bis zum poetischen Wahnsinn, um diesen selbst nur in unserm Innern zu lösen und frei zu machen.« Dieser Definition folgen die Märchen der ersten Abteilung, die mit *Der blonde Eckbert* eröffnet wird.

Der Ritter Eckbert ist mit Bertha verheiratet; beide leben zurückgezogen und kinderlos. Bertha erzählt dem Freund Eckberts, Philipp Walther, wie sie als Kind von zu Hause wegläuft und die »Waldeinsamkeit« findet, ein romantisches Märchenland, in dem eine Alte mit einem Hund und einem sprechenden

Vogel lebt. Der Vogel singt in leitmotivischer Art immer wieder das Lied von der »Waldeinsamkeit«. Bertha bleibt bei der Alten, die sie an Kindes statt annimmt. Mit 14 Jahren wird das Lesen ihre einzige Verbindung zur Außenwelt und weckt ihre Sehnsüchte. Als die Alte wieder einmal abwesend ist, bindet Bertha den Hund an, nimmt den Vogel und die Edelsteine der Alten an sich und flieht. Sie erfährt vom Tod ihrer Eltern. Auf ihrer Wanderung erwürgt sie den Vogel, der sie mit dem Lied von der »Waldeinsamkeit« ängstigt. Walther erwähnt im Anschluss an Berthas Erzählung den Namen des Hundes Strohmian, den Bertha vergessen hatte; daraufhin erkrankt Bertha und stirbt im Fieber. Eckbert tötet den in seinen Augen schuldigen Walther, der Berthas Erkrankung ausgelöst hat, und schließt Freundschaft mit dem jungen Ritter Hugo. Langsam verfällt Eckbert in einen Traum und Wahnsinn ähnelnden Zustand; er sieht in Hugo den ermordeten Walther. Er flieht im Wahn und gelangt in verwunschene Gegenden. Noch einmal erkennt er Walther in einem Bauern, den er nach dem Weg fragt. Dann, als es schon »um die Sinne Eckberts geschehn« ist, trifft er die Alte mit ihrem Vogel, die ihm eröffnet, sie sei Walther gewesen und Bertha Eckberts Schwester. Im Wahnsinn stirbt Eckbert.

Der häufig als ›Märchennovelle‹ etikettierte *Blonde Eckbert* belässt das erzählte Geschehen in der unauflösbaren Schwebe zwischen Traum, Wahnsinn und Realität. Die drei Erzählebenen der Gegenwart, der Vergangenheit Berthas und des traumähnlichen Erlebens Eckberts am Ende des Textes sind in fließenden Übergängen so verflochten, dass sie sich durchdringen und dass besonders das Märchenhafte und Schreckliche seine Geltung für die Gegenwart der Erzählung behauptet. Die Verrätselung des Textes, die sich beispielsweise am Spiel mit den Namen (Bertha – Eckbert) oder dem Anagramm »Strohmian« (»romantisch«) zeigt, intensiviert den Charakter des Märchenhaften und multipliziert die Deutungsmöglichkeiten. Im nie eindeutigen Oszillieren zwischen der Idylle und der Dämonie der Natur, das zu Krankheit und Wahnsinn Berthas und Eckberts angesichts der furchtbaren Wahrheit des Inzests führt, liegt das formal und ästhetisch Besondere des *Blonden Eckbert.*

Die jüngere Forschung akzentuiert die exakte Komposition des Textes und vor allem die Selbstbezüglichkeit, die nicht nur durch die kommentierende Rahmenhandlung, sondern auch durch zahlreiche Anspielungen auf das Literarische und das Erzählen im Text selbst offenbar wird. So lösen das Lesen und das Erzählen Berthas die bestimmenden Handlungen aus; im Zentrum des Textes steht das Anagramm »Strohmian«, dessen Erwähnung Berthas Tod sowie Eckberts Mord und Wahnsinn verursacht. Der singende Vogel kann auch in Anlehnung an die Theorie des dichterischen Sprechens in den *Herzensergießungen eines kunstliebenden Klosterbruders* als Allegorie des romantischen Sängers verstanden werden. *Der blonde Eckbert* gilt als exemplarisch für die Gattung des romantischen Kunstmärchens und wurde meist aus dem Kontext des *Phantasus* herausgelöst rezipiert. Auch in der kommentierenden Rahmenhandlung zum *Blonden Eckbert* wird dementsprechend betont, dass man »auf die ursprüngliche Erfindung einer Dichtung sehr viel halte«.

Die Wertschätzung der Originalität bezieht sich auch auf die beiden folgenden Märchen, *Der getreue Eckart und der Tannenhäuser* sowie *Der Runenberg*. Mit dem Wahnsinn und dem Schrecklichen, das verstörend in die reale Welt einbricht, behandeln die ersten drei Kunstmärchen ähnliche Motive. So hält Eckart dem Herzog die Treue, auch als dieser Eckarts Söhne töten lässt. Eckart beschützt die Söhne des Herzogs, als diese von den teuflischen Mächten des Venusbergs gefangen werden; er stirbt im Kampf gegen die Fabelwesen, die aus dem Berg drängen. 400 Jahre später hält sich die Sage vom getreuen Eckart noch immer, der den Wanderer am Eingang des Berges vor der Verlockung warnt. Der Tannenhäuser jedoch ignoriert auf seinem Abstieg in die Urgründe auch der eigenen Seele die Warnung des gespenstischen Eckart und genießt im Venusberg alle irdischen Freuden im andauernden Rausch der Lüste. Auch nach seiner zwischenzeitlichen Rückkehr aus dem Berg kann er den Lockungen nicht widerstehen: Nach einem Mord kehrt er zurück in den Berg. Wahnsinn, Grauen und Schrecken sind im Doppelmärchen *Der getreue Eckart* mehr als im *Blonden Eckbert* an das Subjekt gebunden und klarer als Gegenwelt des Triebhaften und der fleischlichen Sünde gekennzeichnet.

Das Motiv der Gegenwelt, in der wie in der Waldeinsamkeit und im Venusberg die Gesetzmäßigkeiten der Realität außer Kraft gesetzt sind, kehrt auch im 1804 erstmals veröffentlichten *Runenberg* wieder. Der Jüngling Christian befindet sich nach der Trennung vom Elternhaus auf Wanderschaft in einem Gebirge und findet eine Alraune. Dieser Fund setzt ein magischmärchenhaftes Geschehen in Gang, denn plötzlich steht ein Fremder vor ihm, der vom sagenhaften Runenberg erzählt. Christian erwartet auf diesem Berg seine ungestillte Sehnsucht befriedigen zu können; ihn spornen »irre Vorstellungen und unverständliche Wünsche« an, sodass ihn auch die dämonische und abweisende Landschaft nicht aufhält. Er wird schließlich der unbekleideten Bergkönigin ansichtig und verfällt ihrer überirdischen Schönheit. Sie überreicht ihm eine kostbare Tafel voll unverständlicher Zeichen, bevor Christian im Wahn den Berg hinabstürzt. Als er am nächsten Morgen erwacht, ist die Tafel verschwunden und das nächtliche Geschehen in die Ferne traumähnlicher Verwirrung entrückt.

Im zweiten Teil der Erzählung wird geschildert, wie der Protagonist mit der blonden Elisabeth in einem fernen Dorf ein neues Leben beginnt. Seine Ehe ist glücklich, seine Geschäfte sind erfolgreich, dennoch ist die Bergkönigin in seinen Träumen nach wie vor präsent. Der Wunsch, seine Eltern zu besuchen, führt ihn bald wieder in das bedrohliche Gebirge. Die Natur erscheint nun ebenso anthropomorphisiert wie sexualisiert, sie wird zum Spiegel seiner Triebe. Das plötzliche Erscheinen seines Vaters verhindert jedoch noch einmal, dass Christian den Lockungen nachgibt. Nach vielen Jahren erscheint ein Fremder im Dorf, der ihm Geld zur Verwahrung überlässt. Nun wird die Versuchung stärker, denn in dem Fremden erkennt Christian die Bergkönigin; auch hört er wieder die Alraune stöhnen. Er nimmt das Geld an sich, und als er dann das alte Waldweib trifft, in dem er den Fremden und die Bergkönigin zu erkennen glaubt, und auch die Tafel wiederfindet, geht er zurück in die Berge, um Schätze zu heben und die Bergkönigin zu suchen. Über sein Haus und seine Familie kommt das Elend. Eines Tages kehrt Christian alt und zerrissen zurück; offensichtlich dem Wahnsinn verfallen, bezeichnet er einen Sack voller Steine als wertvollen Schatz und das Waldweib als die Bergkönigin. Danach verschwindet er für immer. Für die Komposition und den Stil des *Runenberg* gilt Ähnliches wie für den *Blonden Eckbert*. Auch in diesem Fall hat man es mit einer bildlich komplexen und kunstvoll verwobenen Handlung zu tun, die die Vermengung von Wahnsinn, Grauen und Alltäglichkeit zum Thema hat. Wie der *Blonde Eckbert* gilt auch *Der Runenberg* als exemplarisch für die Gattung des Kunstmärchens.

In der folgenden Erzählung »Liebeszauber« nimmt die Schilderung des Grauens zu und gipfelt in blutigen Szenen voller albtraumhafter Schrecknisse. Eine groteske Alte, die Jungfrauen die Kehle durchschneidet und einen scheußlichen Drachen mit dem Blut tränkt, stellt das personifizierte Grauen dar. Ein höllisches Maskenfest endet schließlich in einer Blutorgie. Die kommentierende Rahmenhandlung bezieht sich kritisch auf das in den ersten Erzählungen geschilderte Grauen; die Damen und Herren diskutieren an diesen Beispielen das Recht der Kunst auf die Freiheit und Möglichkeit der Darstellung. Das Verstörende der ersten Märchen liegt vor allem auch in der Tatsache, dass es weniger um die Verurteilung des amoralischen Handelns geht als vielmehr um die eindrucksvolle Darstellung des Numinosen und des magischen Grauens, das ohne Veranlassung nur auf das unbegreifliche Streben und Wollen der Protagonisten hin seine Macht auszuüben beginnt. Anders als im Volksmärchen erscheint das Grauen somit als Teil des Innersten des Menschen.

Die die erste Abteilung abschließende Gruppe beinhaltet drei Texte: die »Liebesgeschichte der schönen Magelone«, eine bereits in den *Volksmährchen* 1797 veröffentlichte romantisierte Adaption des Volksbuchstoffs, »Die Elfen« und »Der Pokal«, eine Liebesgeschichte um ein verwunschenes Gefäß und eine Verfehlung des Liebhabers im Reich des Magischen, die dieser zeitlebens büßt, um seine Geliebte erst am Ende seines Lebens wiederzusehen. In den »Elfen« geht es um das Mädchen Marie, das sich in die gefährliche Nähe des verwunschenen Tannengrunds begibt. Im Spiel versunken, betritt sie ein romantisches Märchenland und begegnet »glänzenden Kindern« und der Elfe Zerina, die sie mit dem magischen Palast und dem Leben der Elfen, Zwerge und des sagenhaften Vogel Phönix vertraut macht. Als Marie das Zauberland verlässt und zum Elternhaus zurückkehrt, sind sieben Jahre vergangen. Sie heiratet und bringt die mit besonderen Fähigkeiten ausgestattete Elfriede zur Welt. Das Kind nimmt bald Kontakt zur Elfe Zerina auf. Marie und ihr Mann jedoch beobachten das Spiel der Kinder heimlich und vergehen sich so am Magischen. Die Elfen verlassen den Tannengrund, das Land wird von Dürre und Elend heimgesucht und Marie und Elfriede sterben bald. Anders als in den einleitenden Kunstmärchen geht es am Ende der ersten Abteilung um die magisch-versöhnliche Dimension der märchenhaften Gegenwelt, die tabuisiert wird und den Kindern vorbehalten ist; das Grauen findet hier keinen Platz. Im abschließenden Gespräch der Rahmenhandlung werden »Der blonde Eckbert« als beste Erzählung hervorgehoben, »Die Elfen«, die »Magelone« und »Der Pokal« gelobt, »Der Runenberg« und »Liebeszauber« aus den genannten Gründen herabgewürdigt.

Die Dramen der zweiten Abteilung modifizieren bestehende Stoffe in satirischer Absicht. Volksmärchenstoffe (*Leben und Tod des kleinen Rotkäppchens*, Erstveröffentlichung 1800; »Leben und Taten des kleinen Thomas, genannt Däumchen«), Adaptionen der Märchen Charles Perraults (*Der Blaubart*, 1797; *Der gestiefelte Kater*, 1797) und der Volksbuchstoffe *(Fortunat)* geraten in anti-illusionistischer und teils grotesker Manier zur Abrechnung mit dem Literatur- und Theaterbetrieb. Im *Rot-*

käppchen kommt es zur Travestie des Märchens, indem der Wolf als Sieger aus dem Drama hervorgeht. Er frisst das als Allegorie romantischer Poesie konzeptualisierte Rotkäppchen, um sich an der Menschheit zu rächen, die statt seiner den Hund domestiziert und den Wolf trotz seiner lauteren Absichten immer nur gedemütigt hat. Der als Revolutionär und Freigeist beschriebene Wolf wird dann vom Jäger als Vertreter der bürgerlichen Gesellschaft erschossen.

Im *Blaubart* verbindet Tieck eine ironisierende Parodie des Ritterstücks mit zeitkritischen Anspielungen vor dem Hintergrund eines düsteren Geschehens. Der Ritter Hugo hält Agnes gefangen, die gleich ihren sechs Vorgängerinnen in der verborgenen Kammer des Schlosses geschlachtet und ausgestellt werden soll. Sie wird jedoch von ihren Geschwistern gerettet; Hugo fällt im Kampf. Die kommentierende Rahmenhandlung wird zu einer Apologie des Fünfakters, bevor sich dort eine ausgedehnte Parallelhandlung mit Reflexionen und Erzählungen um die »theatralische Liebhaberei« herum entspinnt.

Der gestiefelte Kater stellt ein Stück im Stück dar: Eine Theatergruppe bemüht sich, den Märchenstoff auf die Bühne zu bringen, scheitert dabei aber in grotesken Verkehrungen und satirisch dargestellten Auseinandersetzungen mit dem Publikum. Bereits der Prolog zeigt das Publikum, das vorurteilsbehaftet das Stück als »Kinderposse« auf dem »National-Theater« verunglimpft und die beginnende Aufführung stört. Der Dichter erscheint und das Publikum begehrt ein Stück über »Sittlichkeit und deutsche Gesinnung« und »religiös erhebende, wohltuende geheime Gesellschaften«. Die nun einsetzende, bekannte Märchenhandlung wird laufend vom ignoranten Publikum durch Kommentare gestört, die sich auf äußere Erscheinungsbilder wie Kostüm, Maske und Bühnenbild beziehen. Nur die »schöne menschliche Gesinnung«, wie »die Alten« sie darstellten, wird goutiert. Die Schauspieler fallen aus den Rollen, und der Dichter erscheint wieder, um das Publikum mit einer bunten Zirkusdarbietung zu besänftigen. Auch soll der Theater-Maschinist bei weiteren Unmutsbekundungen alle Maschinen des Theaters zur Attraktion betätigen.

Das Spiel mit den Ebenen wird extrem, als innerhalb des aufgeführten Märchens selbstreflexiv auf das in diesem Augenblick dargebotene Stück Bezug genommen wird; so prüft der Hanswurst eine Disputation zum Thema, ob *Der gestiefelte Kater* ein gutes Stück sei. Das Publikum reagiert mit Verwirrung. Am Ende applaudiert man der Dekoration der *Zauberflöte* und der Dichter schließt mit den Worten: »O du undankbares Jahrhundert!« Tieck nutzt in besonderer Weise das Spiel auf mehreren Ebenen und weitet die Möglichkeiten des Stücks im Stück in satirischer Absicht aus. Angesichts dieser Innovationen war die Wirkung des *Gestiefelten Katers* beispielsweise bei E.T.A. Hoffmann oder Grabbe groß; die maximalisierte Dimension der Selbstreflexivität ließ das Werk auch im 20. Jh. zu einem geschätzten Stück werden.

Tieck radikalisiert die im *Gestiefelten Kater* begonnenen Experimente mit dem Mehrebenenspiel und der Selbstbezüglichkeit vor allem in dem 1800 erschienenen »historischen Schauspiel« *Die verkehrte Welt.* Bereits der Beginn des Stücks signalisiert diese Ausrichtung: Die Musik selbst kommentiert das Stück, dann tritt der »Epilogus« auf (der Prolog wird am Schluss gesprochen), der das Stück mit einem ironischen Angriff auf das Publikum für beendet erklärt: »Ihr müßt Euch übrigens darüber nicht verwundern, daß Ihr das Stück noch gar nicht gesehn habt, denn hoffentlich seid Ihr doch in so weit gebildet, daß das bei Euch nichts zur Sache tut, um darüber zu urteilen.« Die Bühne stellt ein Theater dar, auf dem Skaramuz und der Dichter über die Rolle des Skaramuz streiten, der statt eines komischen einen edlen Charakter, nämlich den Apoll darstellen möchte. Es kommt zur Vertauschung der Rollen, wobei der Dichter dem Publikum die Verantwortung überträgt. Fortan herrscht das Publikum beispielsweise über die Maschinen; so kommt es zu komischen Szenen, wenn Skaramuz überraschend in ein vom Publikum angeordnetes Gewitter gerät.

Skaramuz, Repräsentant utilitaristischer Zweckrationalität,

besetzt den Parnass mit der Frage: »Wie viel trägt mir aber der Berg ein?« Daraufhin veranlasst er die landwirtschaftliche Nutzung des Parnass. Ein fremder Arzt tritt auf, der die Muse Melpomene, die aus ihrem bürgerlichen Leben in den Parnass geflüchtet ist, wieder heimholen will. Als Skaramuz ihre Freigabe verweigert, wird ein Theaterstück über diese verhinderte Liebe aufgeführt, um ihn umzustimmen. Innerhalb dieses Stücks kommt es auf einer vierten Ebene zur Aufführung eines weiteren Stücks, bis Skaramuz schließlich nachgibt. Die Zuschauer allerdings rebellieren gegen diese Konfusion. Apoll, der derweil Schafe hütete, entschließt sich nun zur Wiedereroberung seines Throns. Obwohl er siegt, beschließt das Publikum, den sympathischen Skaramuz auch weiterhin regieren zu lassen.

Im Vergleich zum *Gestiefelten Kater* treten in *Die verkehrte Welt* Handlungselemente und Figurenzeichnung noch mehr in den Hintergrund; dominant werden die satirisch-polemische Absicht, die Vermengung der Ebenen durch ein potenziertes Spiel im Spiel sowie die zeitkritische Anspielung und die Parodie. Neben die Angriffe auf das an Oberflächenreizen interessierte Publikum tritt vermehrt auch die Abrechnung mit den Idealen der Aufklärung mit den Mitteln einer ins Extreme getriebenen, theatralen Form romantischer Ironie. So reflektieren beispielsweise die Darsteller beständig über den Zuschnitt ihrer Rolle oder probieren die technischen Möglichkeiten der Theater-Maschinen aus. Der Fortgang der Handlung wird immer wieder durch den Einbruch anderer Ebenen oder durch eingestreute, teils idyllische, komödiantische oder groteske Szenen gestört. Das Stück gilt als nahezu unaufführbar; wegen seiner Selbstreflexivität und der Verwirrung der Ebenen erfährt es dennoch viel Beachtung.

Die Rahmenhandlung kommentiert den Humor dieses Schauspiels und gibt mit Weises *Zittauischem Theatrum* (1683) auch die Quelle Tiecks an. Die Parallelhandlung um einen Theaterbesuch im nahen Städtchen wird fortgeführt. Man geht auf den »traurigsten Anblick der deutschen Theater-Welt« und die im Sinken begriffene Schauspielkunst ein (mit Ausnahme von Iffland, Schröder, Garrick und Fleck). Tieck gibt zahlreiche illustrative Beschreibungen vom Zustand der (Wander-)Theater um 1800 und von der Attraktionslust und Sensationsgier des deutschen Publikums, die »unsre Theater in wahre kindische Kuckkasten verwandeln, und bald die letzte Spur von Kunst auslöschen werden«. Der zweite Band schließt mit dem dreiaktigen Märchen »Leben und Taten des kleinen Thomas, genannt Däumchen«, in dem Tieck den bekannten Märchenstoff mit der Artussage verbindet.

Der dritte Band ist ganz dem *Fortunat* gewidmet, der in zwei Teilen mit jeweils fünf Aufzügen von zwei Sprechern gelesen und durch den eingestreuten »Prolog« getrennt wird. Auch in inhaltlicher Hinsicht ist der *Fortunat* antagonistisch angelegt. Wird im komödiantischen ersten Teil noch das glückliche Leben des verarmten Edelmannes Fortunat geschildert, der einen sich nie leerenden Beutel Gold vom personifizierten Glück überreicht bekommt und mit dessen Hilfe eine Reihe von Gefahren besteht, heiratet und durch seinen Großmut bekannt wird, stellt der tragödische zweite Teil das gegensätzliche Schicksal seiner Söhne Ampedo und Andalosia dar. Nach Fortunats Tod verführt sie das magische Erbe, der Beutel und ein Zauberhut, zu Leichtsinn, Eigennutz, Ehrsucht und Schwäche bis in den frühen Tod. Darin zeigt sich der *Fortunat* als Illustration eines Epochenumbruchs, als dessen Folge die gestiegene Bedeutung des Handels Großmannssucht und Geldfetisch befördert. Der »Prolog« kommentiert dieses Geschehen, indem hier die personifizierte Fortuna vor einem Gericht angeklagt wird, für einen unglücklichen Lebenslauf verantwortlich zu sein; das Urteil lautet auf Freispruch, denn der Mensch ist für sein Schicksal selbst verantwortlich. Insofern sind der *Fortunat* und das gegensätzliche Los des Vaters und der Söhne auch als eine Absage an das klassische Schicksalsdrama zu lesen.

Die Dramen des *Phantasus* wenden sich gegen die dramaturgischen Konventionen und die normative Poetik. Sie prägen mit ihrer Offenheit, ihrer Fragmentarizität, ihrer uneinheitlichen Handlung, der aufgelösten Zeit- und Raumstruktur und der Ironie das romantische Drama, das auf eine Grenzverwischung von Theater und Wirklichkeit hin abzielt und das Leben und die Kunst zum Spiel werden lässt. Die stilistische und inhaltliche Heterogenität des *Phantasus* als Gesamtwerk und der unterschiedliche Entstehungskontext der 14 Einzelwerke bewirkten eine meist vom Gesamtwerk abgelöste Rezeptionsgeschichte der Märchen und Dramen. Diese gelten als programmatisch und exemplarisch für die Gattung des Kunstmärchens und das romantische Drama.

Christian Dawidowski

Aus: Kindlers Literatur Lexikon. 3., völlig neu bearbeitete Auflage. Herausgegeben von Heinz Ludwig Arnold (ISBN 978-3-476-04000-8). – © der deutschsprachigen Originalausgabe 2009 J. B. Metzler'sche Verlagsbuchhandlung und Carl Ernst Poeschel Verlag, Stuttgart (in Lizenz der Kindler Verlag GmbH).